ALICE LAPLANTE

Das tödliche Versprechen

GOLDMANN
Lesen erleben

Buch

Als Dr. John Taylor tot in einem Hotelzimmer in seiner Heimatstadt aufgefunden wird, entdeckt die Polizei genügend Beweise dafür, dass irgendetwas nicht stimmt. Detective Samantha Adams hat normalerweise eher mit den kleineren Kavaliersdelikten des überschaubaren Städtchens Palo Alto zu tun, jetzt ist sie allerdings mit einem schwerwiegenden und verwickelten Mordfall konfrontiert. Dr. Taylor war ein bekannter plastischer Chirurg, ein geschätzter Familienvater und ein aktives Mitglied der Gemeinde und wurde dafür geliebt und bewundert. Aber was keiner ahnte: Hinter dieser Fassade führte er ein geheimes Leben, tatsächlich sogar mehrere davon. Dr. Taylor war nämlich mit drei Frauen gleichzeitig verheiratet, in drei verschiedenen Städten. Keine von ihnen wusste von der anderen. Und als diese drei Frauen dann auf der Beerdigung aufeinandertreffen, verdächtigt jede die andere, etwas mit dem Mord zu tun zu haben. Auch Detective Adams versucht sich im Netz der Lügen und Eheprobleme zurechtzufinden. Welche der drei Frauen kannte ihren Mann wirklich, oder steckt noch etwas ganz anderes dahinter?

Weitere Informationen zu Alice LaPlante
sowie zu lieferbaren Titeln der Autorin
finden Sie am Ende des Buches.

Alice LaPlante

Das tödliche Versprechen

Roman

Deutsch von
Charlotte Breuer
und Norbert Möllemann

GOLDMANN

Die englische Originalausgabe erschien 2014
unter dem Titel »Circle of Wives«
bei Atlantic Monthly Press, einem Imprint
von Grove/Atlantic Inc., New York.

Dieses Buch ist auch als E-Book erhältlich.

MIX
Papier aus verantwortungsvollen Quellen
FSC® C014496

Verlagsgruppe Random House FSC® N001967
Das FSC®-zertifizierte Papier *Pamo House* für dieses Buch
liefert Arctic Paper Mochenwangen GmbH.

1. Auflage
Taschenbuchausgabe Juli 2015

Umschlaggestaltung: UNO Werbeagentur, München
Umschlagmotiv: FinePic®, München; Masterfile/Daryl Benson
NG · Herstellung: Str.
Druck und Bindung: GGP Media GmbH, Pößneck
Printed in Germany
ISBN: 978-3-442-48169-9
www.goldmann-verlag.de

Besuchen Sie den Goldmann Verlag im Netz

Für David, mit Liebe

Des Weibes Liebe – wer hat's nicht erfahren?
Ist wohl ein süßes, doch ein schrecklich Ding.

Don Juan, Lord Byron

Kapitel 1

Samantha

Wenn ich irgendetwas nicht bin, dann beherzt. Gut, das ist negativ ausgedrückt, aber es kommt tatsächlich kaum vor, dass ich spontan eine Entscheidung treffe. Man kennt das ja, wie Eichhörnchen am Straßenrand mit dem Tod flirten, bis das eine oder andere den Kopf verliert und mitten in den Verkehr und in seinen Untergang rennt. Wegen dieser verdammten Eichhörnchen musste ich als junge Studentin das Fahrradfahren aufgeben. Gelang es mir, wenn wieder mal eins auf meine Reifen zuflitzte, mich nicht beirren zu lassen und einfach weiterzufahren, schafften sie es meistens, rechtzeitig umzukehren und sich in Sicherheit zu bringen. Aber wenn sie in Panik gerieten, geriet ich ebenfalls in Panik, was allzu viele Zusammenstöße und allzu viele Unfallopfer zur Folge hatte. Von da an ging ich während des restlichen Studiums zu Fuß. Also: Beherzt bin ich nicht.

Peter und ich sind gerade im Cook's Seafood. Wie immer wurden wir herzlich begrüßt. Ich liebe diesen Laden, weil die Männer hinterm Tresen – lauter Männer zwischen zwanzig und siebzig – stets den Eindruck machen, als seien sie nirgendwo lieber als hier. Fischhändler eben. Fischhändler in ihrem Element. Es gefällt mir, wie aufmerksam sie Kunden zuhören, die ihnen erklären, was sie fürs Abendessen geplant haben, wie sie sich Zeit lassen, um zu überlegen, wie viele Krabben man für vier Personen oder wie viel Gramm Gelbflossenthunfisch man für sechs Personen braucht. Nein, die Makrelen kann man heute leider nicht empfehlen, die sind ein bisschen schwammig. Nachdem sie die rohen Fischfilets oder die Muscheln gewogen haben, wickeln sie sie so sorgfältig in knisterndes weißes Papier wie ein kostbares Geschenk. Das Bezahlen geschieht ganz beiläufig. Worauf es hier ankommt, ist das Zwischenmenschliche. Wenn ich mich einsam fühlte und Trost und Zuspruch bräuchte, würde ich hierherkommen.

Der Laden ist rappelvoll, aber wir warten geduldig. Die wissen, was wir wollen, und schon bald zwinkert uns Eddie grinsend zu, in der erhobenen Hand einen wunderschönen Delta Smelt, *Hypomesus transpacificus,* nach dem Peter schon seit geraumer Zeit sucht. Dass ich einen mickrigen Fisch als wunderschön bezeichne, zeigt, wie weit es mit mir gekommen ist, seit ich mit Peter zusammenlebe. Wie immer klimpert Peter mit dem Kleingeld in seiner Hosentasche, und wie immer winkt Eddie ab. Peter ist Wissenschaftler. Anthropologe. Das heißt, genau genommen ist er auf dem Weg, einer zu werden. Für seine Doktorarbeit recherchiert er die Ernährungsgewohnheiten der Ureinwohner der Bucht von San Francisco. Den ganzen letzten Sommer hat er auf dem Emeryville Shellmound verbracht und ist knietief in dem giftigen Sumpf herumgewatet. Den winzigen Smelt, den er gerade überreicht bekommen hat, wird er zu Hause dörren und das Skelett sorgfältig präparieren, um es dann zu zeichnen. Ich bin total begeistert von den akkuraten Zeichnungen, die er von diesen Gerippen anfertigt, und blättere oft in seiner Kladde, um sie mir anzusehen. Zum Geburtstag habe ich mir gewünscht, dass er zwei von meinen Lieblingszeichnungen kopieren und rahmen lässt. Erst dachte er, ich wollte ihn aufziehen. Aber das wollte ich ganz und gar nicht. Die filigranen Darstellungen dieser zerbrechlichen Strukturen faszinieren mich tatsächlich. Diese Skelette sind Teil von Gottes Schöpfung.

Ich beschreibe kurz unsere Situation: Wir sind seit fast zehn Jahren zusammen. Kennengelernt haben wir uns in einem Rhetorikseminar für Erstsemester, wo ich ihm den Unterschied zwischen *das* und *dass* und zwischen *der* und *welcher* erklärte. Wir waren von Anfang an unzertrennlich, obwohl ich mich weigerte, mich als seine *feste Freundin* zu bezeichnen. Mit diesen Worten würde ich mich niemals selbst beschreiben. Heute, zehn Jahre später, ist Peter immer noch Student, und ich zaudere immer noch. Ich habe mich nach einem Bachelor-Abschluss in Geschichte in ein abgebrochenes Semester Jura gezaudert, dann in einen Master-Studiengang in Pädagogik, um anschließend fast ein Jahr lang im nahe gelegenen Portola Valley, laut neuester Analyse des *Time*-Magazins die reichste Stadt Amerikas, als Lehrerin für Sozialkunde in der achten Klasse zu arbeiten.

Und noch etwas, das Sie über mich wissen sollten: Ich neige nicht nur zum Zaudern, sondern auch zum Kneifen. Ich schäme mich nicht dafür. Meiner Erfahrung nach braucht es oft mehr Mut, etwas aufzugeben, was man verabscheut, als nach dem Motto »Augen zu und durch« einfach den falschen Weg weiterzugehen. Meistens erspart man sich selbst und anderen eine Menge Verdruss, indem man seinen Irrtum einsieht und sich anderen Dingen zuwendet. Aber diese Kinder – verwöhnte Sprösslinge von Risikokapitalgebern und Softwaremagnaten – mitten im Schuljahr im Stich zu lassen, war nicht in Ordnung. Es war schlichtweg falsch. Aber ich konnte einfach nicht anders. Ehrlich. Wenn ich noch eine Minute länger in diesem hübsch eingerichteten Klassenzimmer mit Blick auf die hügeligen Anwesen der reichsten Einwohner von San Francisco hätte verbringen müssen, hätte ich mir die Kugel gegeben. Peter, vernünftig wie immer, fragte mich, ob ich mich als Lehrerin an einer Schule im Stadtzentrum … nützlicher fühlen würde. Aber ich fühlte mich nicht *nutzlos,* das war es nicht. Ich weiß selbst nicht genau, was es war, ich weiß nur, dass ich an der Schule keine Luft mehr bekam, so ähnlich wie damals, als ich, Sam Adams, mein Studium abgebrochen hatte. Keine Bierwitze jetzt, ich kenne sie alle, aber sonst habe ich mit der Bostoner Biermarke nichts am Hut.

In meine derzeitige Situation bin ich genauso reingestolpert, wie ich in alles reinstolpere. Vor sechs Jahren wohnten Peter und ich in der Curtner Avenue in einer schäbigen Zweizimmerwohnung. Ich hatte gerade meinen Job an der Schule hingeschmissen. Peter arbeitete an seiner Master-Arbeit. In Palo Alto gibt es nicht viele gefährliche Straßen, aber die Curtner Avenue ist eine davon. Wenn man bei California Sexual Predator eine Suche startet, erscheinen rund um die Straße lauter kleine rote Punkte – es ist so ziemlich die einzige Gegend in der Stadt, wo ein Sexualtäter nicht spätestens fünf Minuten, nachdem er eingezogen ist, wieder rausgeworfen würde. Eins muss man der Curtner Avenue allerdings zugutehalten: Die Leute dort waren tolerant. Jedenfalls hatte ich nach sechsjähriger Unterbrechung wieder angefangen, Fahrrad zu fahren – ich war darauf angewiesen, da mein Auto den Geist aufgegeben hatte und ich kein Geld für die Reparatur hatte –, und war entsprechend stinksauer, als jemand die schwere Kette durchsägte, die ich mir extra zugelegt hatte, und mit meinem Drahtesel das Weite suchte. Ich liebte das gute Stück, es war das Vehikel meiner Befreiung, ein Gegengift für meinen Ausrutscher als Lehrerin privilegierter Kinder.

Wutentbrannt stieg ich in den Bus in die Innenstadt und ging zur Polizei. Ein gelangweilter Polizist reichte mir ein Formblatt, und ich füllte es aus, obwohl mein Fahrrad wahrscheinlich nicht mal zweihundert Dollar wert war und sich niemand für das ausgefüllte Blatt Papier interessieren würde. Dann entdeckte ich den Anschlag am Schwarzen Brett. Die Polizei stellte ein. Einzige Voraussetzungen für eine Bewerbung waren ein College-Abschluss und ein sauberes Führungszeugnis.

Es stellte sich heraus, dass sie hauptsächlich Leute brauchten, die auf dem Campus der Stanford Uni patrouillierten und dafür sorgten, dass die Studenten nichts allzu Gefährliches anstellten. In Vorstellungsgesprächen komme ich in der Regel gut an, der Teil war also einfach. Anschließend musste ich mich einem Eignungstest unterziehen, den ich mit Bravour bestand. Anscheinend sehnte ich mich schon mein Leben lang danach, für Recht und Ordnung zu sorgen – nicht im Gerichtssaal, sondern auf der Straße. Das passte. Ich bin schon immer ein bisschen pedantisch gewesen, wenn es um die Einhaltung von Regeln geht.

Ich weiß genauso gut wie jeder andere, zu welchen Dummheiten brave Jugendliche sich hinreißen lassen können, und habe für die Altersgruppe der unteren Semester eine Menge Verständnis. Ich war also auf dem Campus ziemlich beliebt und galt bei allen Parteien als vertrauenswürdig. Überraschenderweise machte der Job mir Spaß. Mir gefiel die Kameradschaft auf dem Polizeirevier. Ich hatte keine Angst vor betrunkenen Erstsemestern, selbst wenn sie größer und kräftiger waren als ich. Es machte mir nichts aus, wenn sie mich anschrien oder sich bei mir ausweinten. Probleme hatte ich höchstens mit suizidgefährdeten jungen Leuten und mit Gewalt – auf dem Campus kam es durchschnittlich pro Quartal zu ein oder zwei Vergewaltigungen. Doch ich behielt einen kühlen Kopf und besaß genug Autorität, um auch mit solch schwierigen Fällen umzugehen, und eh ich michs versah, war ich schon ein ganzes Jahr dabei. Vier weitere Jahre vergingen wie im Flug. Dann, als mich gerade das Gefühl beschlich, mich auf eingefahrenen Gleisen zu bewegen, wurde eine Stelle als Detective frei. Das bedeutete ein besseres Gehalt, was mir sehr entgegenkam. Vor allem würde ich anstatt der kratzigen Uniform mal wieder bequeme Kleider tragen und noch dazu meinen Verstand zum Einsatz bringen können. Ich hatte das Gefühl zu stagnieren, vor lauter Langeweile wie ein alter Käse zu stinken. Also erneut Vorstellungsgespräche. Wieder Eignungstests. Stumpfsinniges Training. Und ich wurde befördert. Detective Samantha Adams. Aber alle nennen mich Sam.

Es ist kurz vor eins an einem sonnigen Tag im Mai. Wir sind vom Einkaufen nach Hause gekommen – ein winziges Mietshaus in Palo Alto – und haben die Schuhe abgestreift.

Peter will gerade sein weltberühmtes vegetarisches Chili zubereiten, als ich einen Anruf bekomme.

Ich ziehe mir die Schuhe wieder an.

»Was ist?« Peter kommt aus der Küche. Er sieht traurig aus. Unsere Terminplanung harmoniert nicht immer, aber die Samstage sind uns eigentlich heilig.

»Ein Todesfall drüben im Westin«, sage ich. Ich stehe immer noch irgendwie unter Schock.

Peter stöhnt. »Kann das nicht warten?«

»Nein. Das ist was Ernstes. Ich treffe mich an Ort und Stelle mit Jake und den Kriminaltechnikern.« Jake ist der Gerichtsmediziner des Santa Clara County. »Mollie sagt, es sieht verdächtig aus.«

»Und?«, fragt Peter.

»Das könnte ein echter *Mord* sein. In Palo Alto.«

Ich hätte mir keine verschlafenere Stadt aussuchen können, um Räuber und Gendarm zu spielen. Palo Alto ist eine gehobene Universitätsstadt fünfzig Kilometer südlich von San Francisco. Peter macht sich gern über mich lustig, indem er mir beim Frühstück die Polizeiberichte in der *Daily News* vorliest. In East Palo Alto und Redwood City werden hin und wieder auch Drogen sichergestellt, und es gibt sogar die eine oder andere Schießerei, aber unsere Arbeit erschöpft sich hauptsächlich darin, Anzeigen wegen ruhestörenden Hundegebells aufzunehmen – in Palo Alto verstößt ein Hund bereits gegen das Gesetz, wenn er länger als zehn Minuten bellt – oder betrunkene Obdachlose einzusammeln, die von uns eine Mahlzeit und einen Platz in der Ausnüchterungszelle bekommen, bis wir sie am nächsten Morgen wieder auf freien Fuß setzen.

Ich biege mit meinem neuen Toyota – kürzlich gekauft von meiner Gehaltserhöhung – vom El Camino in die geschwungene Auffahrt des Hotels Westin ein und parke in einem Halteverbotsbereich. Ein Pförtner bedeutet mir, ich soll verschwinden, doch als ich ihm meine Marke zeige, hält er mir zuvorkommend die Tür auf. Die Ehrerbietung, die mir als Vertreterin des Gesetzes entgegengebracht wird, ist immer noch ungewohnt. Natürlich erlebe ich auch gegenteilige Reaktionen: Respektlosigkeit und Verachtung, vor allem, weil ich so zierlich gebaut bin und für meine achtundzwanzig Jahre sehr jugendlich wirke. Als ich noch Uniform trug, glaubten mir die Leute wenigstens, dass ich Polizistin bin. Aber sobald ich in Zivil auftrete, zweifeln viele auch dann noch an meinen Befugnissen, wenn ich meine Marke zeige. Ich habe es sowohl von Frauen als auch von Männern erlebt, dass sie mir den Kopf tätscheln, wenn ich gerade jemanden vernehmen will oder eine Verwarnung ausspreche. Ziemlich demütigend.

Das Westin hat vor knapp einem Jahr eröffnet, und obwohl es gleich neben dem Campus gelegen ist, habe ich es noch nie betreten. Die würden kaum einen Grund haben, die Polizei zu rufen, bei all den gutbetuchten Leuten aus Silicon Valley, die dort absteigen. Als ich eintreffe, wimmelt es in der Eingangshalle von Hotelgästen mit Kaffeebechern von Starbucks in der Hand und Heftern unterm Arm, auf denen in leuchtend roter Blockschrift EQUIS RESEARCH steht. Ein Werbeplakat verkündet: HIGHTECH INVESTMENT: Ein neues Paradigma für Risikobewertung. Nur wieder eine zusätzliche Möglichkeit für die Betuchten, sich zu bereichern.

Ich sehe mich vergeblich nach einem Treppenhaus um und

fahre widerstrebend mit dem Aufzug in den ersten Stock. Im Flur Hinweisschilder, denen ich entnehme, dass Zimmer 224 zu meiner Rechten liegt. Hochfloriger Teppichboden. Elegante, vergoldete Tischchen mit prächtigen, unglaublich frischen Blumensträußen – so unglaublich frisch, dass ich heimlich eine rote Blüte abzwacke und mir unter die Nase halte. Echt. Der süße, schwere Duft verursacht mir beinahe Übelkeit. Ich biege um die Ecke. Vor Zimmer 224 hat sich eine kleine Menschenmenge versammelt. Zwei Polizisten, die die Tür bewachen, lassen mich eintreten. Jake, ein schmächtiger Mann von Mitte vierzig mit Halbglatze, kniet auf dem Boden neben der Leiche eines massigen Mannes in Jeans, blauem T-Shirt und ziemlich neu aussehenden Turnschuhen. Der Tote liegt auf der Seite. Eine dunkelrote Prellung verunstaltet seine Stirn, und sein T-Shirt ist blutbefleckt. Eine Frau mit einer großen Kamera und einer Dienstmarke um den Hals bewegt sich hinter Jake und fotografiert die Umgebung der Leiche. Zwei Männer, ebenfalls mit Dienstmarken, verstauen sorgfältig verschiedene Beutel mit Beweismitteln. Ich nehme an, dass die beiden ebenso wie Jake vom Polizeirevier Santa Clara County sind. Die haben dort ein kriminaltechnisches Labor. Auf unserem Revier haben wir noch nicht einmal einen Fotografen. An Tatorten oder Unfallorten fotografieren wir mit unseren Handys.

Einer der Polizisten an der Tür ist Mollie, die Neue – die Kollegin, die mich gerufen hat. Der andere ist ihr Partner Henry, ein erfahrener Polizist. Mollie wirkt ein bisschen mitgenommen, verwehrt jedoch beherzt einem Mann, offenbar der Hotelmanager – er trägt einen Anzug mit Namensschild –, und zwei Frauen, ebenfalls mit Namensschildern am Revers, den Zutritt zum Zimmer. Die drei recken die Hälse, um einen Blick auf Jake und die Leiche zu erhaschen. Etwas abseits steht eine Latina in der Arbeitskleidung eines Zimmermädchens. Ich schiebe mich an den Leuten vorbei.

»Vermutlich hat er sich den Kopf an der Ecke der Kommode gestoßen, als er gestürzt ist«, sagt Jake und wirft mir ein Paar Gummihandschuhe zu. Wir haben bisher erst einmal an einem Fall zusammengearbeitet. Das war vor einem Monat. Ein Obdachloser war auf der University Avenue vor ein Auto gelaufen, der erste und einzige Todesfall, mit dem ich zu tun hatte, seit ich zum Detective befördert wurde. Der Fall war schnell abgeschlossen.

»Was hat denn dazu geführt, dass er gestürzt ist?«

»Tja, das ist die Frage«, erwidert Jake. »Ich tippe auf Herzinfarkt. Der Typ sieht nicht so aus, als wäre er Stammgast in einem Fitnessstudio gewesen. Todesursache könnte aber auch der Aufprall hier auf der Kommode gewesen sein. Er hat stark geblutet, was andererseits auch wieder typisch ist für Kopfverletzungen.«

»Papiere?«

Henry reicht mir eine Brieftasche. Selbst ich kann erkennen, dass es sich um edles Leder handelt; diese butterweiche Patina wird meine kunstlederne Handtasche niemals haben. Ich ziehe verschiedene Karten aus der Brieftasche. »John Taylor«, lese ich von einer Visa-Karte ab. Dann finde ich einen Führerschein, der auf denselben Namen ausgestellt ist. Auf dem typischen Passfoto wirkt dieser John Taylor müde und älter als zweiundsechzig. Ein rötliches, fülliges Gesicht. Aber volles Haar für sein Alter. Ich finde einen Ausweis vom Medical Center der Uni Stanford.

»Der Typ ist Arzt«, sage ich. »John Taylor, Stanford Hospitals and Clinics. Ein richtig hohes Tier. Sieh mal einer an.«

»Wie kommen Sie darauf, dass er Arzt war? In der Klinik arbeiten viele Leute. Er könnte genauso gut Krankenpfleger sein, MTA, Sanitäter …«

»Okay, aber wer von denen kann sich wohl ein Zimmer im Westin leisten? Außerdem steht es in seinem Ausweis: *Dr.* John Taylor.«

Jake runzelt die Stirn.

»Was ist?«, frage ich. Bisher habe ich es tunlichst vermieden, mir die Leiche genauer anzusehen. Nicht dass ich kein Blut sehen könnte, aber mir sind noch nicht viele Tote untergekommen.

»Ich habe noch mehr Anzeichen für Gewalteinwirkung gefunden. Wenn der Typ sich dieser Tage nicht in einer Bar geprügelt hat, muss er uns einiges erklären. Sehen Sie mal.«

Jake zeigt mir ein hässliches Hämatom am rechten Oberarm.

»Sieht aus, als hätte ihn einer im Schwitzkasten gehabt.«

»Und hier.« Ein weiteres Hämatom am unteren Hals. »Sehen Sie, wie die Finger sich abzeichnen?«

In dem Moment macht der Manager einen erneuten Versuch, ins Zimmer zu gelangen, wird aber von Mollie aufgehalten.

»Officer«, sagt er zu mir.

»Detective«, korrigiere ich ihn.

»Detective, dieser Mann hat sich unter einem anderen Namen angemeldet. Als Jonathan Tinley.«

Eine seiner beiden Begleiterinnen meldet sich zu Wort. »Ich habe seine Anmeldung aufgenommen. Er hat bar bezahlt. Deswegen habe ich ihn nicht nach seinem Ausweis gefragt.«

»Sie haben nichts falsch gemacht«, erkläre ich ihr, wie ich es in meiner Ausbildung gelernt habe. »Und er auch nicht. Es ist nicht verboten, sich anonym ein Hotelzimmer zu nehmen. Das Bedürfnis nach Privatsphäre ist kein Verbrechen.« Wenn Peter und ich in Urlaub fahren, macht er sich gern einen Spaß daraus, uns unter verrückten Namen im Motel 6 einzutragen. Mr und Mrs Däumling. Rapunzel und Vizekanzler Charming. Mein lieber Peter ist immer noch ein kleiner Junge.

»Kommt drauf an, weswegen er auf seine Privatsphäre bedacht war«, bemerkt Jake, der immer noch neben der Leiche kniet. »Und bar? In so einem Hotel?«

»Was kostet bei Ihnen ein Zimmer?«, frage ich.

»Der Preis variiert je nach Nachfrage«, antwortet der Manager, »aber generell kann man sagen ab vierhundert Dollar aufwärts. Es kommt selten vor, dass Gäste bar bezahlen, und Emma hat es nach Feierabend mir gegenüber erwähnt. Er hat vier Hundertdollarscheine hingeblättert.«

»Wie lange wollte er bleiben?«

»Nur eine Nacht.«

»Wer hat ihn gefunden?«

»Rosa«, sagt der Manager und zeigt auf die Latina. »Eins unserer Zimmermädchen. Bei uns müssen die Gäste um elf Uhr auschecken. Sie hat um zwölf Uhr an die Tür geklopft, und als sich niemand gemeldet hat, hat sie aufgeschlossen.«

Jake macht ein Geräusch. Ich drehe mich zu ihm um.

»Hier ist noch etwas. Am oberen Rücken.« Er dehnt den Halsausschnitt des T-Shirts, sodass die Schulter des Mannes zu sehen ist.

Ich beuge mich hinunter und betrachte die Stelle mit zusammengekniffenen Augen. Ich sehe nichts. Gott, ist der Typ behaart. Eigentlich stehe ich ja auf behaarte Männer, aber das ist grotesk. Unter dem Pelz ist die Haut rot und weiß gefleckt.

»Winzig, aber da«, sagt Jake. »Eine Einstichstelle. Wie von einer Subkutanspritze. Sehen Sie? Das winzige Loch mit dem geschwollenen Rand?«

Ich sehe genauer hin und zucke die Achseln. »Wenn Sie das sagen.«

»Das tue ich. Aber ich muss die Stelle im Labor noch genauer untersuchen. Wir werden auf jeden Fall eine Autopsie durchführen.«

»Was bedeutet das?«, fragt der Manager vom Korridor aus. Er hat diesen Blick, den Leute aufsetzen, wenn sie besorgt wirken wollen, in Wirklichkeit aber bloß sensationslüstern sind. Wir ignorieren ihn beide.

»Haben wir es hier mit einem Fall von unnatürlicher Todesursache zu tun, Jake?«, frage ich.

Der Manager, unfähig, seine Aufregung zu verbergen, stößt ein leises »Oh« aus. Die Neuigkeit wird im Hotel die Runde machen, sobald wir aus der Tür sind.

»Nicht unbedingt.« Jake reibt sich den halb kahlen Schädel mit seiner behandschuhten Hand. »Aber ich will den hier lieber nicht so ohne Weiteres absegnen.« Er nimmt sein Handy und wählt eine Nummer.

Ich bin ratlos. Ich gehe zu Mollie, die wie ich auch neu dabei ist. »Ich schätze, als Erstes sollten wir die Angehörigen benachrichtigen.« Jake nickt mir zu, während er darauf wartet, dass sich am anderen Ende jemand meldet. »Wer auch immer er ist – er scheint jedenfalls verheiratet zu sein.« Ich zeige auf den Ehering an der Hand des Toten. »Jemand wird die Leiche identifizieren müssen.«

Mollie scheint nicht gerade glücklich zu sein.

»Kümmern Sie sich darum. Fahren Sie zu seiner Adresse in Palo Alto. Vielleicht ist ja jemand zu Hause.«

Mollie macht sich mit Henry auf den Weg, und ich schließe die Zimmertür. Jake spricht immer noch in sein Handy. Der Fotograf schießt weitere Aufnahmen, selbst von Stellen, die mir unverdächtig erscheinen, wie zum Beispiel das professionell gemachte Bett.

»Ich weiß nicht«, sagt Jake und legt eine Hand über die Sprechmuschel. »Aber die Sache gefällt mir nicht.«

Mir auch nicht.

Sehnsüchtig denke ich an Peter, der zu Hause mit einem Topf vegetarischem Chili auf mich wartet, nehme Notizblock und Stift aus der Tasche und sage: »Okay, machen wir uns an die Arbeit.«

Kapitel 2

San Francisco Chronicle
Prominenter Stanford-Arzt tot im Hotel Westin in Palo Alto aufgefunden
12. Mai 2013

Palo Alto – Dr. John Taylor, renommierter Schönheitschirurg und Leiter des Taylor Instituts für plastische Chirurgie, ist vermutlich am Freitagabend, dem 10. Mai 2013, im Hotel Westin am El Camino Real in Palo Alto einem Herzinfarkt erlegen.

Seine Kollegen zeigten sich schockiert angesichts des Ablebens von Dr. Taylor, der sich darauf spezialisiert hatte, Kinder mit angeborenen oder durch Verletzungen hervorgerufenen Gesichtsmissbildungen zu operieren. »John Taylor wird uns sehr fehlen, sowohl als Mensch wie auch als Kollege, der auf dem Gebiet der plastischen Chirurgie große Fortschritte erzielt hat«, sagte Dr. Mark Epstein, einer seiner Partner am Taylor Institute.

Dr. Taylor hinterlässt seine Frau Deborah Taylor (55), mit der er seit vierunddreißig Jahren verheiratet war, und drei Kinder: Charles (32), Evan (31) und Cynthia (27).

Laut vorläufigem Befund erlag Dr. Taylor offenbar einem Herzinfarkt.

Kapitel 3

MJ

Ich bin noch nie gern in die Messe gegangen. Diese Monotonie. Diese mit Pomp und Ehrfurcht vorgetragenen leeren Worte. Jeder Versuch, die Bedeutung der Worte zu ergründen, ist zwecklos. Schlüpfrige Worte von schlüpfrigen Menschen. Ich habe nichts mehr übrig für Priester, seit unser Gemeindepfarrer einen Großteil der Messdiener vergewaltigt hat, einschließlich meines kleinen Bruders Thomas, der heute ein trauriger, verstörter Mann ist. Das traditionelle jährliche Messdienerpicknick ist damals in den Achtzigerjahren in eine Sexorgie ausgeartet, die eine ganze Generation junger Männer in Gatlinburg, Tennessee, verdorben hat. *Das prächtige Tor zu den Great Smoky Mountains,* dass ich nicht lache. Alles Augenwischerei. Eine spirituelle Ödnis – das war Gatlinburg.

Ich stehe in der Kirche und sehe mich nach einem Sitzplatz um. Für John. Johns Totenmesse. Ich war seit Jahren in keiner Kirche, schon gar nicht in einer katholischen. Die hinteren Bänke sind bereits alle besetzt. An dieses Phänomen erinnere ich mich sehr gut, dass Katholiken immer die größtmögliche Distanz zu ihren zweifelhaften Priestern suchen.

Ich bin gezwungen, weiter nach vorne zu gehen, um einen Platz zu finden, in den ich mich quetschen kann.

Ich befinde mich in einem seltsamen Zustand. Seit ich vor zwei Tagen in der Zeitung von Johns Tod gelesen habe, bin ich in einer Art Trance durchs Haus gelaufen, abwechselnd geschüttelt von Weinkrämpfen, Wutausbrüchen und Panikattacken. Ich habe ein paar Freunde angerufen, mir ihre fassungslosen und aufgebrachten Kommentare angehört, aber nichts konnte die Gefühlsstarre durchbrechen, die all diesen Ausbrüchen zugrunde liegt. Ich habe es meinen beiden Söhnen erzählt, die es sich, obwohl sie erwachsen sind, nicht verkneifen konnten, mir unter die Nase zu reiben, sie hätten es mir ja gleich gesagt. Mein Bruder Thomas nahm die Nachricht schweigend entgegen. Johns Tod hat einige von Thomas' hochfliegenden finanziellen Projekten zunichtegemacht. Aber alle reden mir gut zu, ich soll den Schock und den Schmerz überwinden und praktisch denken. Ich soll *handeln.*

Vor allem drängen mich meine Freunde, mir einen Anwalt zu nehmen. Gestern Abend habe ich mir sogar bei Yelp die Bewertungen einiger Scheidungsanwälte angesehen. Solche Anwälte müssten sich eigentlich auch mit Eigentumsrecht auskennen. Ich weiß nicht, an wen ich mich sonst wenden könnte. Aber wahrscheinlich kann mir für meine spezielle Situation sowieso niemand eine Rechtsauskunft geben.

Denn, was tut man, wenn der Ehemann nicht nur plötzlich tot aufgefunden wird, sondern sich auch noch herausstellt, dass er bereits verheiratet ist?

Laut *Mercury News* war er fast fünfunddreißig Jahre lang mit einer gewissen Deborah verheiratet. *Seine liebende Ehefrau.* Und ich?

Wir waren (so glaubte ich) seit sechs Jahren glücklich verheiratet. Unser Haus ist auf meinen Namen eingetragen, und in Johns Testament – sicher aufbewahrt in unserem Bankschließfach – ist festgelegt, dass sein Anteil nach seinem Tod in meinen Besitz übergeht. Aber was, wenn es ein weiteres Testament gibt? Was ist mein rechtlicher Status? Diese Deborah ist mindestens siebenundzwanzig Jahre vor mir in Johns Leben getreten. Und in Kalifornien gilt die Gütergemeinschaft. Muss ich die Bank, bei der wir die Hypothek aufgenommen haben, über Johns Tod unterrichten? Hat Johns *wirkliche* Ehefrau eine Handhabe, das Haus zu beanspruchen? Immerhin hat John einen Großteil des Eigenkapitals beigesteuert, und der Wert des Hauses ist inzwischen beträchtlich gestiegen. Und selbst wenn sie keine Ansprüche stellt, kann ich die Hypothek von meinem Gehalt allein bedienen? Wie mein Vater zu sagen pflegte: *Der Stuhl, auf dem ich sitze, ist so heiß, dass mir die Zähne qualmen.*

Man möge mir verzeihen, wenn all das in Anbetracht des Todes eines Mannes, den ich sechs Jahre lang für meinen Ehemann gehalten habe, kalt und berechnend klingt.

Auf dem Weg den Mittelgang hoch nähere ich mich gefährlich den ersten Reihen, wo Johns Ehefrau mit Sicherheit sitzt. Seine *rechtmäßige Ehefrau.* Ich kann nichts dagegen tun, so sehe ich die Situation. Sie rechtmäßig, ich unrechtmäßig. Mein Leben ist ein Schwindel.

Mein Therapeut sagt, dass ich mir das selbst zuzuschreiben habe, dass ich mich ständig in Situationen begebe, in denen ich unweigerlich zur Außenseiterin werde, dass ich ständig Szenarien kreiere, in denen ich eine Randfigur bleibe. Als ich heiratete, dachte ich tatsächlich, ich hätte diese ungesunde

Tendenz überwunden. Endlich war ich angekommen, endlich hatte ich einen Ort gefunden, wo ich hingehörte, endlich hatte ich einen Freundeskreis, der nicht mich, sondern andere ausschloss. Was für ein Witz. Jetzt weiß ich nicht mal mehr, ob mir das Bett gehört, in dem ich schlafe.

Schließlich finde ich einen Platz, allerdings in unangenehmer Nähe zu den Leuten, bei denen es sich offensichtlich um nahe Verwandte und enge Freunde der Familie handelt. Ich setze mich und beobachte eine große, souveräne Frau, von der ich annehme, dass sie die Deborah aus dem Zeitungsartikel ist. Ruhig begrüßt sie die Trauergäste und nimmt ihre Beileidsbekundungen mit beneidenswerter Selbstsicherheit entgegen. Was für eine Haltung! Diese Frau darf man auf keinen Fall unterschätzen. Selbst wenn sie nicht die Witwe wäre, würde sie die Trauergesellschaft dominieren.

Insgeheim hatte ich vage gehofft, dass es sich womöglich um einen Irrtum handelt. Vielleicht war John ja einmal mit dieser Frau verheiratet, aber längst von ihr geschieden gewesen, und jetzt, nach seinem Tod, versucht sie, irgendein krummes Ding zu drehen. Aber als ich ihre gestrafften Schultern, ihr tadellos frisiertes, silbergraues Haar – es glänzt, als wäre es lackiert, jede Strähne sitzt perfekt –, ihre kühle Gelassenheit und ihre sündhaft teuren Kleider sehe, packt mich die Verzweiflung. Das ist keine Frau, die sich abservieren lassen würde, und erst recht keine, die es nötig hätte, einen solch albernen Schwindel zu inszenieren. Diese Frau lässt sich nichts nehmen, weder den Ehemann noch die Macht. Man sieht es an der Art, wie sie jeden Priester persönlich begrüßt (es sind vier!), daran, wie begierig die Trauergäste sind, ihr die Hand zu schütteln oder sie kurz zu umarmen (es sind flüchtige Umarmungen, kein Verweilen, keine Innigkeit). Vor allem Frauen nähern sich ihr. So eine ist sie also. Eine, der auch Frauen eher die Hand schütteln.

Sie steht vor dem Sarg, auf eine Weise elegant und beherrscht, wie ich es nie sein werde. Ich senke den Blick und betrachte meinen goldfarbenen Rock, das teuerste und farbenfrohste Kleidungsstück, das ich besitze – John hat ihn geliebt –, und möchte am liebsten im Erdboden versinken. Ich hebe mich in einem Meer aus Schwarz ab wie ein Kanarienvogel in einer dunklen Höhle. Ich fühle mich wie ein gefangener Kanarienvogel, kurz davor zu ersticken. *Sie* würde sich niemals unpassend kleiden. Eher würde sie mit ihrem Stil den Standard für die anderen setzen. Ich denke an den Parkplatz voller Nobelschlitten – Mercedes, Lexus, BMW –, und meine Verzweiflung wächst. Sie könnte mich zerquetschen wie ein Insekt.

Aber beneide ich sie? Eigentlich nicht. Mir sind die herzlichen Umarmungen meiner Freunde lieber als das förmliche Händeschütteln selbst von Leuten, die sie offensichtlich gut kennen. Und irgendwie kann ich nicht glauben, dass John sie lieber hatte als mich. So viel Selbstvertrauen habe ich immerhin. Schließlich hat er mich *nach* ihr geheiratet. Was mir einen gewissen Vorrang einräumt und mich auf seltsame Weise befriedigt.

Ich gebe zu, dass es mich beeindruckt, wie es ihr gelungen ist, innerhalb von nur zwei Tagen alles perfekt zu organisieren. Die beeindruckenden Nachrufe in *Mercury News, Chronicle* und *Daily News*. Die Blumenberge auf den Stufen der Kirche und entlang des Mittelgangs. Die Musiker – der Organist, ein Cellist, ein Querflötenspieler und eine Sängerin mit einer herzerweichend schönen Altstimme. Alles ist überaus geschmackvoll arrangiert.

Ich überlege, wie erbärmlich die Trauerfeier ausgefallen wäre, hätte man mir ihre Organisation überlassen. Wir – John und ich – gehörten nicht einmal einer Kirche an. Was macht man in so einem Fall? Eine Kirche mieten? Ich hätte unsere wenigen Freunde (*meine* Freunde, wie mir jetzt bewusst wird – John hat mich nie den seinen vorgestellt) in unseren Garten eingeladen und Tee und Sandwiches serviert. Unser Garten! John hat ihn so sehr geliebt! Er hätte gegen all die Schnittblumen hier protestiert, schnöde gekappt in ihrer vollen Blütenpracht. Er liebte alles, was wuchs, was in der Erde wurzelte. Er war ein geborener Heiler.

Er stand immer schon um fünf Uhr auf, um in der fahlen Dämmerung den Garten zu wässern, dann fuhr er in die Klinik, wo er duschte und frühstückte, bevor er seine Visite machte. Aber nein, ich muss mich bremsen, wenn mir solche Gedanken kommen. All das hat er mir erzählt. *Er hat es mir erzählt.* Jetzt weiß ich, dass ich nichts, was er mir erzählt hat, für bare Münze nehmen kann. Bei dieser Erkenntnis sinke ich gegen die harte Rückenlehne der Kirchenbank, während alle anderen sich erheben. Die Priester stehen vor dem Altar, und die Messe beginnt. Mühsam schaffe ich es, auf die Füße zu kommen. Wie beruhigend diese harte, kühle Kirchenbank sich anfühlt. Nichts anderes ist mehr sicher, nichts anderes mehr stabil.

Während ich mich bemühe, meine Fassung wiederzugewinnen, merke ich, wie die Frau, die ich für Deborah halte, sich nach mir umdreht. Ich versuche, ihren Gesichtsausdruck zu lesen. Feindlich, denke ich. *Wer bist du? Ein Eindringling, ein ungebetener Gast, eine Hochstaplerin.* Als ich mich abwende, fällt mein Blick direkt auf den Sarg, den anzuschauen ich bisher vermieden habe. Schwer zu glauben, dass John darin liegt, leblos und steif. Am Donnerstagmorgen ist er wie immer ins Schlafzimmer gekommen, um sich mit einem Kuss von mir zu verabschieden. Er roch nach feuchter Erde. Seine Hände waren kühl, als er sie auf meine Schultern legte und mich sanft schüttelte. Es widerstrebte ihm, mich zu so früher Stunde zu wecken, aber ich habe immer darauf bestanden. Ich wollte seine Lippen an meinen spüren, sein Gewicht auf meiner Brust, wenn er sich über mich beugte, bevor ich ihn für einen ganzen Tag lang gehen lassen konnte. Ich musste mich immer und immer wieder vergewissern, dass er *wirklich* war, so glücklich war ich jeden Tag in den sieben Jahren, die wir zusammen waren.

Praktisch denken? Wem versuche ich etwas vorzumachen? Ich bekomme fast keine Luft vor Trauer und Wut.

In unserem gemeinsamen Testament haben wir festgelegt, dass wir nach unserem Tod verbrannt werden wollen. Mit Deborah hatte er offenbar andere Vereinbarungen. Oder sie hat sich einfach über seine Wünsche hinweggesetzt. Johns Körper wird der Erde unversehrt übergeben. Ich weiß nicht, was ich davon halten soll. Die Vorstellung, verbrannt zu werden, hatte so etwas *Endgültiges* und Sicheres. *Wenn ich ihn nicht haben kann, kann auch keine andere ihn haben.* Verrückte Gedanken – eifersüchtig zu sein auf die Erde, die ihn so ganz und gar umfangen kann, wenn es mir nicht mehr vergönnt ist.

Er hat nie geahnt, wie eifersüchtig ich war, wie aufmerksam ich ihn, wenn wir unter Leuten waren, immer beobachtet habe, ob er nach anderen Frauen schaute, womöglich sogar begehrlich. Aber er hat mir nie den geringsten Grund zur Sorge gegeben. Seltsam, nicht wahr?

Die Messe beginnt. Wir knien nieder, stehen auf, setzen uns wieder. Ich hatte dieses Hoch und Nieder völlig vergessen. Ich bin eingekeilt zwischen einem jungen Mann in einem eleganten grauen Anzug und einer runzligen alten Dame, die, nach dem zu urteilen, wie sie eben Hof gehalten hat, eine wichtige Person zu sein scheint. Vielleicht eine Verwandte? Womöglich sogar Johns Mutter? Er hat mir erzählt, seine Eltern seien beide tot, aber mir wird bewusst, dass ich mich auch hier in Treibsand bewege, dass ich keiner Aussage trauen kann, die John mir gegenüber jemals gemacht hat.

Der junge Mann (na ja, zumindest ist er jünger als ich) zu meiner Rechten trägt einen Anzug aus Seide, wie ich annehme, denn der Stoff fühlt sich ungemein weich an, als ich ihn zufällig mit dem Arm streife. Schmaler Schnurrbart. Die Leute haben ihn mit Mark oder mit Dr. Epstein angeredet, während die alte Dame von allen nur Georgette genannt wurde. Ich schätze sie auf Ende achtzig, vielleicht noch älter. Vor der Messe haben sie sich alle leise und höflich unterhalten. Nicht mit mir, aber über mich hinweg und um mich herum. Ich bin die Außenseiterin. Was sonst?

Und die Kinder! Sie sitzen in der ersten Kirchenbank, links vom Mittelgang. Die junge Frau sieht John unglaublich ähnlich – unmöglich, die Augen vor der Wahrheit zu verschließen. Sie ist sichtlich erschüttert, weint lautlos vor sich hin. Einer ihrer Brüder hat Deborahs kantige Züge, aber – wie ich feststelle, als wir uns wieder erheben – nicht ihre Größe. Er ist locker fünfzehn Zentimeter kleiner als sein Bruder und einige Zentimeter kleiner als seine Schwester. Auch er wirkt ziemlich verloren, und ich empfinde Mitgefühl für ihn, den Kleinsten in einer Familie aus groß gewachsenen, gut aussehenden Menschen. Er muss den Arm hochheben, um ihn seiner Schwester um die Schultern zu legen. Der andere Sohn steht etwas abseits. Er ist groß, über eins achtzig, und er ähnelt weder Deborah noch John. Er wirkt nicht besonders traurig, dafür umso zorniger.

Wie war das noch mit den vier Trauerphasen – müsste ich die nicht durchlaufen? Verleugnung, Wut, Ernüchterung und schließlich Akzeptanz? Wütend bin ich auf jeden Fall, und die ganze Wucht von Johns Tod ist immer noch nicht bei mir angekommen. Meine Gefühle, so intensiv sie auch sein mögen, sind vermutlich nichts gegen das, was ich empfinden werde, wenn ich erst in der Lage bin, das alles vollkommen zu begreifen.

Ich stelle jedoch fest, dass ich kühl kalkulieren kann – trotz meines bevorstehenden Zusammenbruchs (etwas Besseres fällt mir nicht ein, um zu beschreiben, was mit mir passiert). Ich beobachte mich selbst mit beinahe klinischer Präzision, während ich gleichzeitig überlege, wie ich in dieser Situation gegenüber der bemerkenswerten Deborah die Oberhand gewinnen kann. Denn ich finde durchaus, dass wir beide uns in einer *Situation* befinden. Es hat etwas Tröstliches, mir immer wieder zu sagen, dass ich die Einzige bin, die das begreift. Deborah weiß nichts von mir. Vielleicht kann mir mein Außenseiterdasein ausnahmsweise einmal zum Vorteil gereichen.

Genau in dem Augenblick, während ich mich mit diesen Gedanken zu beruhigen versuche, passiert es. Die Messe endet, der Oberpriester entlässt uns in Frieden, der Organist untermalt musikalisch den Auszug aus der Kirche. Ich sehe (in Zeitlupe), wie Deborah sich von ihren Kindern löst und aus der Bank in den Mittelgang schiebt. Während die Priester sich hinter dem Sarg aufstellen, überquert sie den Mittelgang und kommt auf meine Bank zu. Sie scheint mich anzusehen. Ich bekomme feuchte Hände. Ich rede mir ein, dass sie wahrscheinlich etwas Wichtiges mit Georgette zu besprechen hat, oder dass Dr. Epstein aus irgendeinem Grund gebraucht wird. Ich schaue geradeaus und singe lautlos den Text des Kirchenlieds mit, an den ich mich vage aus meiner Kindheit erinnere. *Großer Gott, wir loben dich, Herr, wir preisen deine Stärke.* Wie von sehr weit her höre ich meinen Namen. »Hallo, MJ.« Ich bin wie versteinert. *Vor dir neigt die Erde sich.* »Ich freue mich sehr, dass Sie kommen konnten.« Es ist Deborah. Sie wartet ab, aber ich weigere mich immer noch, sie anzusehen. *Und bewundern deine Werke.* Die Leute um uns herum nehmen Notiz von uns, wundern sich zweifellos über meine Unhöflichkeit. *Wie du warst vor aller Zeit, so bleibst du in Ewigkeit.* Ich glaube nicht, dass ich es mir einbilde, wie sie meinen Namen betont, als sie ihn wiederholt. *Ich weiß, wer Sie sind* – ich höre die Worte so klar und deutlich, als hätte sie sie laut ausgesprochen. »MJ. Kommen Sie nach der Beerdigung zum Empfang in unserem Haus.« Das ist keine Frage. Sie dreht sich um und folgt den Priestern und dem mit Blumen beladenen Sarg den Gang hinunter, ihre Kinder schließen sich an. Die Tochter wendet mir im Vorbeigehen das tränennasse Gesicht zu. Ich weiche ihrem Blick aus. Der Himmel weiß, was sie und die anderen gerade denken.

Kapitel 4

Helen

Ich bin um vier Uhr aufgestanden, um den ersten Flug von Los Angeles nach San Francisco zu nehmen. Jetzt ist es halb zehn, und ich bin endlich auf dem Campus der Stanford Uni angekommen. Ich war natürlich schon einmal hier, allerdings unter wesentlich angenehmeren Umständen. Es kommt nicht alle Tage vor, dass man an der Beerdigung des eigenen Ehemannes teilnimmt, die seine andere Ehefrau organisiert hat. Oder besser gesagt, an der Beerdigung des Mannes, den man seit sechs Monaten für den eigenen Ehemann gehalten hat. Wer war John Taylor? Ich habe keine Ahnung.

In Johns Todesanzeige stand nichts von einer Totenwache, nur Datum und Uhrzeit der Totenmesse: Dienstag, 14. Mai 2013, 10:00 Uhr in der Memorial Church in Stanford. Wie bei einem erfolgreichen Fachmann und wichtigen Mitglied seiner Gemeinde nicht anders zu erwarten ist die Trauergesellschaft beeindruckend. Eine Menschenmenge hat sich vor der Kirche versammelt, die Atmosphäre ist geradezu festlich. Leute schütteln sich die Hände, umarmen sich, plaudern. Wenn nicht alle in Schwarz gekleidet wären, könnte man meinen, hier würde eine Hochzeit oder eine Taufe gefeiert.

Seit drei Tagen stehe ich unter Schock. Seit drei Tagen trifft mich ein Schock nach dem anderen. Zuerst der verwirrende Anruf von meiner Freundin Annie, die an der Uni arbeitet, dann ihre Mail mit dem Link zu dem Artikel in der Campus-Zeitung. Und meine erste Reaktion, nachdem ich den Artikel gelesen hatte, war natürlich Verleugnung. Nein. Nein. Nicht mein John. Nicht *mein* Dr. John Taylor. Aber die Tatsachen – die Tatsachen sprachen für sich. Prominenter Schönheitschirurg an der Stanford University. Gut gehende Privatpraxis, in der Kinder mit Geburtsdefekten kostenlos behandelt werden. Beweise. Welche Lügen John mir auch immer aufgetischt hat, über seine beruflichen Leistungen hat er die Wahrheit gesagt. John ist tot. Das musste ich erst einmal sacken lassen. Und dann diese Deborah. Die andere Ehefrau. Anscheinend meine Vorgängerin. Und die Kinder. Die Kinder.

Ich habe daran gedacht, diese *Ehefrau* anzurufen. Ehrlich gesagt, habe ich mehr als daran gedacht. Ich habe versucht, ihre Telefonnummer herauszufinden, eine E-Mail-Adresse, irgendetwas. Nichts zu machen. Das Einzige, was ich im Internet fand, waren ein paar Clubs und Organisationen, denen sie angehört: der Gartenclub von Palo Alto, deren Vorsitzende sie seit Jahren ist. *Mrs John Taylor gibt eine Teegesellschaft im Hotel Beaufort Park*. Die Women's Guild von Santa Clara County, die sie zweimal zur Vorsitzenden gewählt hat. Ein paar Wohltätigkeitsorganisationen. Ein paar unscharfe Fotos von einer Frau mit grauem Haar und verkrampften Schultern. Ein Gesamtbild, das ziemlich steif wirkt. Keine weiteren Informationen. Kein Foto von den beiden zusammen. Entweder war John extrem vorsichtig, oder sie ist, obwohl gesellschaftlich engagiert, extrem öffentlichkeitsscheu.

Ich habe sogar in der Memorial Church in Stanford angerufen, wo die Totenmesse abgehalten wird. Dort wurde ich an das Bestattungsinstitut verwiesen, das die Beerdigung organisiert. Aber auch dort weigerte man sich, mir ihre Telefonnummer zu geben. Der Himmel weiß, was ich gesagt hätte, wenn ich diese Deborah tatsächlich an die Strippe bekommen hätte. Ich war verstört, ein Wort, das ich nicht leichtfertig benutze. Ein Zustand, in den ich nicht so leicht gerate.

Und da habe ich mir das Ticket nach San Francisco gekauft.

Ich dränge mich durch die Menschenmenge und betrete die Kirche. Drinnen sind die Leute leiser, ernster. Der Sarg ist schon da, auf einem Podest ganz vorne. Das verblüfft mich ein bisschen. Ich dachte, der Sarg würde zu Beginn des Gottesdienstes hereingetragen werden. Aber er ist nicht offen, Gott sei Dank. Das hätte ich nicht verkraftet. Auf keinen Fall. Die Kirche ist riesig, aber die Bänke sind schon ziemlich voll. Ich frage mich, ob es mich mit Stolz erfüllen sollte, dass mein John so beliebt war. Ich empfinde nichts. Bisher empfinde ich überhaupt nichts.

Ich habe heute Morgen mehr Zeit und Sorgfalt als gewöhnlich darauf verwendet, mich zurechtzumachen. In Anbetracht meines Kleidergeschmacks hatte ich kein Problem, etwas Schwarzes zu finden, das ich in meine Reisetasche packen konnte. Im Spiegel in meinem Zimmer habe ich mich eingehend betrachtet. Ich wohne zufällig in dem Hotel, in dem laut Zeitungsartikel John gestorben ist. Mein aschblondes, akkurat schulterlang geschnittenes Haar trage ich bei der Arbeit im Nacken zu einem Zopf zusammengebunden.

Ein paar einzelne graue Haare haben sich bereits eingeschlichen, was im Alter von sechsunddreißig nicht verwunderlich ist. Ich färbe sie nicht. Ich schäme mich nicht für die Spuren meines Alters, das bisschen Grau an den Schläfen und die Krähenfüße an meinen Augenwinkeln. Eine Brille brauche ich noch nicht. Der einzige Schmuck, den ich trage, ist mein Ehering, und selbst dagegen habe ich mich gesträubt, als wir heirateten. Aber John bestand darauf. Und da er sonst kaum etwas von mir verlangte, habe ich ihm den Gefallen getan. Eine Kleinigkeit, die ihm aber wichtig war. Wichtig *war.* Selbst jetzt, ein halbes Jahr später, fühlt sich das kühle Metall an meinem Finger immer noch seltsam an.

In der Kirche wähle ich eine Bank weit genug vorne, um das Gefühl zu haben, zur Trauergemeinde zu gehören, aber weit genug hinten, um alles beobachten zu können, ohne bemerkt zu werden. Als Erstes fallen mir die Blumen auf. Welch eine Pracht – kunstvolle, üppige Gebinde rund um den Altar und zu beiden Seiten des Sargs. Und so viele Kränze. Hunderte. Ein Farbenmeer an diesem düsteren Ort – Rot-, Blau- und Gelbtöne, die sich vom dunklen Holz der Kirchenbänke abheben. Der süße, schwere Duft all der Blumen macht das Atmen schwer. Die Leute halten sich Papiertaschentücher unter die Nase, schieben sich diskret Tabletten in den Mund. Der Sarg ist kaum zu sehen unter diesem Berg aus Blumen und Kränzen.

Ich interessiere mich vor allem für eine Gruppe von Leuten, die direkt beim Sarg stehen, auf den Stufen, die zum Altar hochführen. Offenbar die Angehörigen und engsten Freunde des Toten. *Johns* Angehörige und engste Freunde, rufe ich mir in Erinnerung. Ich entdecke die Ehefrau, Deborah. Ich erkenne sie von den Fotos. Eine große, grauhaarige, äußerst gepflegte Frau in einem taillierten schwarzen Kostüm, die die Leute begrüßt. Sie wirkt vollkommen gefasst. Sie ist sorgfältig geschminkt, was ich auch in Erwägung gezogen, dann aber gelassen habe, aus Angst, ich könnte vielleicht Tränen vergießen. Nicht dass ich nah am Wasser gebaut hätte. Aber aus Angst vor der Peinlichkeit, plötzlich mit verschmierter Wimperntusche dazustehen, bin ich mit völlig nacktem Gesicht erschienen. Johns Kinder sind weniger gefasst als ihre Mutter. Sie stehen etwas abseits von ihr, drei junge Erwachsene, die tapfer lächelnd Hände schütteln, sich umarmen lassen und geflüsterte Beileidsbekundungen entgegennehmen. Die Tochter und der jüngere Bruder weinen. Der ältere Bruder gibt sich alle Mühe, ungerührt zu wirken, allerdings vergeblich. Das Elend steht ihm ins Gesicht geschrieben. Die drei wirken sympathisch. Eine Glocke wird geläutet, und alle nehmen ihre Plätze ein.

Es ist ein katholischer Gottesdienst. Ich war auf genug Beerdigungen von Kindern, die ich nicht retten konnte, um zu wissen, dass es von Bedeutung ist, wenn vier Priester vor dem Altar stehen. Katholiken nehmen solche Dinge sehr ernst. Wie ein Großbrand, bei dem vier Feuerwehrzüge zum Einsatz kommen. Ein Mensch von Rang wird in den Himmel gebetet. Dem John Taylor, den ich kannte, hätte das nichts bedeutet, aber dieser Deborah sieht man an, dass es ihr sehr wichtig ist. Sie kniet nieder, steht auf und bekreuzigt sich immer als Erste. Sie ist für mich das sicherste Vorbild für mein weiteres Verhalten. Sie ist vollkommen beherrscht. Sollte eine Träne die perfekte Maske rissig werden lassen, so entgeht sie mir. Allerdings sehe ich, wie sie diskret an der Robe eines Messdieners zupft, um seine zerrissenen Jeans und zerschlissenen Turnschuhe zu verdecken, als der Trauerzug sich den Mittelgang hinunter in Bewegung setzt.

Ich überlege kurz, ob ich mit zum Friedhof gehen soll. Ich hatte gehofft, Deborah in der Kirche zu erwischen, wenigstens eine halbe Minute mit ihr zu sprechen, vielleicht eine Telefonnummer von ihr zu bekommen oder eine E-Mail-Adresse, irgendetwas, um später mit ihr Kontakt aufnehmen zu können. In Anbetracht der riesigen Menge an Trauergästen bezweifle ich, dass meine Chancen auf dem Friedhof besser stehen. Trotzdem gehe ich mit. Meine Alternativen lauten: Deborah über einen Anwalt kontaktieren oder einen Toten wegen Bigamie anzeigen. Beide sagen mir nicht zu. Ich bin mir nicht einmal sicher, was ich eigentlich will. Wenn ich nur vergessen könnte, dass das alles überhaupt passiert ist. Wenn ich das letzte Jahr aus meinem Leben tilgen, die zwölf Monate, seitdem ich John Taylor kennengelernt habe, einfach ausradieren könnte. Ich fühle mich immer noch verheiratet. Ich fühle mich nicht einmal verwitwet – noch nicht. Aus meiner Erfahrung mit Trauerberatern weiß ich, dass das später kommt.

Obwohl dem Leichenwagen eine lange Autoschlange folgt, stellt sich auf dem Friedhof heraus, dass die meisten Teilnehmer des Gottesdienstes nicht mitgekommen sind. Die Trauergesellschaft ist auf knapp hundert Personen geschrumpft. Das Wetter ist fantastisch, ein für Nordkalifornien typischer tiefblauer Himmel, den wir in Los Angeles selten zu sehen bekommen. Es ist so mild, dass man nicht einmal eine Jacke braucht. Der Friedhof befindet sich auf einem Hügel mit Blick auf das Meer. Die Küste liegt teilweise unter einer

Nebelbank verborgen, aber ansonsten ist im ganzen Umkreis kilometerweit alles zu erkennen. Unter uns eine kleine Küstenstadt. Weiter im Norden auf einem Hügel etwas, das aussieht wie eine militärische Einrichtung mit riesigen Satellitenschüsseln und Kontrolltürmen. Im Süden, wo die Küste halbmondförmig geschwungen ist, eine größere Stadt mit einer Vielzahl von weißen Häusern und Gebäuden, die in der Sonne schimmern. An einem solchen Tag, an einem solchen Ort wäre John glücklich gewesen. Extreme Hitze oder Kälte konnte er nicht ausstehen, aber er liebte die Sonne. Am frühen Morgen, bevor es heiß wurde, öffnete er gern die Verandatür, schleppte einen meiner Wohnzimmersessel nach draußen und trank seinen Kaffee in der Sonne. Er mochte meine Verandamöbel nicht, sie waren ihm zu steif, zu unbequem. Ich hatte eigentlich vorgehabt, mir neue zu kaufen, damit er nicht jedes Mal so einen Aufwand betreiben musste, bloß um seinen Kaffee zu trinken. Aber das wird er nie wieder tun. Der Gedanke trifft mich bis ins Mark. So körperlich, dass ich tatsächlich vor Schmerz aufstöhne. Der Mann neben mir beugt sich zu mir herüber. »Alles in Ordnung?«, fragt er. »Ja«, stoße ich hervor. Aber es stimmt nicht. Nein.

Die Friedhofsangestellten lassen den Sarg nicht ins Grab hinunter, sondern bocken ihn auf einem metallenen Gestell auf. Es ist nur noch ein Priester anwesend, der eine kurze Ansprache hält. Zwischen mehreren »Amen« legen einzelne Leute Blumen auf den Sarg, und das war's. Deborah streckt eine Hand aus und tätschelt den Sarg. Eine flüchtige, beinahe unpersönliche Geste, als handele es sich um ein Möbelstück oder den Hund eines Nachbarn. Dann lädt der Priester alle verbliebenen Trauergäste zum Leichenschmaus ein, der bei Deborah abgehalten wird. Zum ersten Mal höre ich ihre Stimme. Tief und angenehm. Sie bildet mit den Händen ein Sprachrohr, damit alle sie hören können, aber wenn man ihre Lippenbewegungen nicht sähe, könnte man annehmen, man würde die Stimme eines Mannes hören. »Es sind alle eingeladen«, ruft sie. Ich nehme einen der Zettel mit der Adresse und der Wegbeschreibung entgegen, die verteilt werden, gehe zu meinem Mietwagen und fahre zum Haus von Johns rechtmäßiger Ehefrau.

Kapitel 5

Helen

Als pädiatrische Onkologin weiß ich, was Trauer ist. Ich habe sie in ihrer archaischsten Form erlebt, denn der Tod eines Kindes ist das Schlimmste. Es gibt keine mildernden Umstände. Es gibt keine Worte, die Trost spenden könnten. »Sie leidet nicht mehr« kommt einem Trost vielleicht nahe, aber sonst gibt es fast nichts. Ich habe das Dutzende Male mit Eltern durchlebt. Man sollte meinen, ich wäre abgehärtet.

Aber nein. Als ich in meinem aufgeheizten Mietwagen in einer von Bäumen gesäumten Straße in Palo Alto vor dem Haus meines Mannes halte, lerne ich die tiefe Bedeutung des Wortes kennen. *Trauer.* Verlust. Verlassensein. *So fühlt sich das also an,* denke ich. Einen Augenblick vorher habe ich noch über einen neuen Fall nachgedacht, eine kleine Patientin. Die sechsjährige Cecilia, die scheinbar eine Grippe verschleppt hat. Ich habe gründliche Untersuchungen durchgeführt. Zahnfleischbluten. Ein schlechtes Zeichen. Häufiges Nasenbluten. Noch schlechter. Gerade erst ist der Laborbericht per Mail gekommen. Keine guten Resultate. Schreckliche Resultate. Das Problem mit den mobilen Geräten ist, dass andauernd schlechte Nachrichten hereinkommen. *Soll ich die Familie über die Laborergebnisse informieren?*, schreibt mein Kollege. Zehn Minuten später, nachdem ich die Wörter *Familie* und *Labor* und *Ergebnisse* so oft in Gedanken hin und her gewendet habe, dass sie jeden Sinn verloren haben, wird mir bewusst, wie groß das Loch ist, das Johns Tod, seine Untreue, in mein Herz gerissen haben.

Ich kurble das Fenster herunter und wedle mit der Hand ein bisschen Luft ins Auto. Ich möchte noch nicht zum Haus gehen. Irgendwie habe ich es geschafft, vor allen anderen einzutreffen, und anstatt zu früh an die Tür zu klopfen, warte ich lieber. Das Haus überrascht mich. Es ist ein majestätischer Kolonialbau mit weißen Säulen und einer kreisförmigen, von Sträuchern gesäumten Einfahrt. Ein Herrenhaus aus dem tiefen Süden. Tara. Hier hat John gewohnt, hier war er, wenn er nicht bei mir war – nicht in einem alten viktorianischen Reihenhaus in Potrero Hill in San Francisco, wie er mich hat glauben lassen. Wahrscheinlich ist das, was er mir von seinem Haus in San Francisco erzählt hat, einem Wunschtraum entsprungen. Wie er von den alten Tapeten schwärmte, die noch intakt waren, von den hohen Holzfenstern, die sich nicht öffnen ließen, von der Eichentäfelung in seinem Arbeitszimmer. Seine Beschreibungen der alten Rohrleitungen und der Termitenplage waren absolut überzeugend gewesen. Die Ausführlichkeit seiner Lügenmärchen verblüfft mich. Solche Lügen verlangen weise Voraussicht. Er berichtete davon, wie er manchmal bis in die frühen Morgenstunden hinein diktierte und zwischendurch innehielt, um die Lichter der Stadt im Tal zu bewundern. Er hat mir sogar das Pad Thai von seinem Lieblings-Lieferrestaurant beschrieben, das Café mit W-LAN an der Ecke, wo er gern seine Fallnotizen durchging, und den Lärm von der Autobahn 101, der ihn störte, wenn der Südwind ihn zu ihm herübertrug. Er hat ein Bild unschuldiger Geschäftigkeit gezeichnet. Es waren gemütliche Stunden auf dem Sofa, entspannte Gespräche, Neugier aufeinander, wir befanden uns noch in der Phase des Kennenlernens. Nach und nach kamen all diese Dinge heraus. Und alles nur ein Wunschtraum. Nein. Das ist zu harmlos. Alles ein einziger Schwindel.

Seine Wirklichkeit sah ganz anders aus. Das Haus vor mir ist makellos. Perfekt. Vorsintflutliche Rohrleitungen und Termitenbefall würden hier nicht geduldet. Die Hecken sind mit militärischer Präzision getrimmt. Die Blumen stehen in ordentlichen, von gleich großen Steinen eingefassten Beeten. Hier wuchert nichts. Die Rosmarinbüsche sind zu Würfeln, der Lavendel zu hübschen kleinen Hügeln beschnitten. Das also war Johns wirkliches Leben.

Seltsamerweise lindert die Erkenntnis, verletzt und verraten worden zu sein, nicht meinen Schmerz. Ich trauere immer noch um ihn, um den John, den ich gekannt habe. *Wir hätten das hingekriegt,* sage ich ihm in Gedanken. *Du hättest deswegen nicht zu sterben brauchen.* Unter den vielen Trauerrednern war eine dümmliche Laborassistentin aus Johns Praxis, die in ihrer Ansprache mit schiefen Metaphern versuchte, ihm Ehre zu erweisen. *Sein Herz war so warm wie die Sonne in Texas.* Die Sonne in Texas ist nicht warm, sondern verdammt heiß, rief ich ihr lautlos zu. Außerdem geht es in dem Vergleich um Größe. *Ein Herz so groß wie Texas* lautet das Klischee, auf das sie sich bezog.

Unsere Liebe war so groß. Und ich war so stolz auf das von Dramen freie Leben, das wir führten. Es war ganz anders als alles, was ich bis dahin gekannt hatte. Ich konnte nicht ahnen, in welches Drama ich tatsächlich verstrickt war. Ich hielt unsere ruhigen Gespräche für einen Ausdruck von Wohlbehagen, für einen Austausch zwischen zwei nach einem langen Arbeitstag auf wohlige Weise erschöpften Menschen, der tiefer ging als Worte. Und dann ins Bett. Ins Bett. Das wird mir fehlen. Denn John hat meinen Körper immer angebetet. Sein Wort, nicht meins. *Angebetet.* Ich fand meinen schmalen, knochigen Körper immer unansehnlich. Aber er legte mir die Hände um die Taille und staunte darüber, dass seine Fingerspitzen einander fast berührten. Er hob meine Arme an, um meine Schlankheit zu bewundern. Bis ich anfing, mich mit anderen Augen zu sehen, mich attraktiv zu finden. Tatsache ist, dass ich einfach keinen großen Wert aufs Essen lege. Es bedeutet für mich nicht mehr als die Notwendigkeit, mir ausreichend Nahrung zuzuführen. Ich würde mich nicht als mäkelig bezeichnen – im Gegenteil. Für mich schmeckt alles mehr oder weniger gleich, ich habe keine Vorlieben, nichts, worauf ich besonderen Appetit hätte. Eine milde Form von Ageusie, Geschmacksblindheit. Genau genommen Hypogeusie. Verminderte Geschmackswahrnehmung. Nicht ausgeprägt genug, um mir gesundheitlich zu schaden, aber ich laufe auch nicht Gefahr, zu viel zu essen. Ich suche mein Essen nach Farben aus. Dunkelgrün, dunkelgelb, dunkelrot.

Auch Alkohol lässt mich kalt. Trotzdem haben John und ich an jedem Abend, den wir zusammen verbrachten, Wein getrunken. Ich glaube, es war der Anblick des goldenen

Weißweins in dem langstieligen Glas, der mir gefiel, die Kühle an meinen Fingern, wenn ich es anhob. Was meinen Geschmacksknospen an Empfindlichkeit mangelt, wird durch meine Epidermis mehr als wettgemacht. John brauchte nur mit den Fingerspitzen über die Haut an meinen Schultern zu fahren, um mich vor Lust erschaudern zu lassen.

Hinter mir parken die ersten Autos, Leute steigen aus und gehen auf das Haus zu. Deborah steht in der Tür und begrüßt ihre Gäste.

Ich werfe einen Blick auf die Todesanzeige im *Chronicle,* den ich mitgebracht habe. Der Zeitungsausschnitt liegt auf dem Beifahrersitz. Ein Foto von John als jungem Mann beim Klavierspielen. Eine ungewöhnliche Wahl für eine Todesanzeige. John war früher ein umwerfend gut aussehender Mann – diese Jugendlichkeit, dieser Schalk in den Augen. Der John, den ich kannte, war ein müder Mann, ein Mann, den die Verantwortung fast erdrückte. Ein Mann, der freudlos geworden war. Und doch hat er mir Freude bereitet. Und ich glaubte, auch ein bisschen Freude in sein Leben gebracht zu haben.

Bei dem Gedanken überfällt mich die Trauer von Neuem. Seltsam, wie sie schwankt. Im Allgemeinen ist auf meine Gefühle Verlass, und ich kann vorhersehen, wann sie sich ändern. Aber das hier ist anders. Dieses Pochen in der Brust. Warum fühlt es sich so an, als säße der Schmerz dort? Selbst Kleinkinder, die nichts darüber wissen, wo ihr Herz sitzt, zeigen auf ihre Brust, wenn sie großen Kummer haben. Man könnte argumentieren, dass es mit der Lunge zu tun hat, dass der physische Druck, der sich in Stresssituationen auf die Lunge legt, dazu führt, dass wir unsere Brust mit Gefühlen assoziieren. Schließlich besteht keine wirkliche Verbindung zwischen dem Herzen und dem Gehirn. Das Herz ist nur ein Motor, der dazu dient, das Blut in die Extremitäten des Körpers zu pumpen. Und doch schmerzt es da. Man könnte beide Hände auf die linke Brust drücken, um zu versuchen, den Schmerz einzudämmen.

Wenn John mein rechtmäßiger Ehemann gewesen wäre, könnte ich diejenigen unter unseren Freunden und Kollegen, die von unserer Ehe wussten, von seinem Tod unterrichten. Dann könnte ich öffentlich um ihn trauern. Aber ich kann mich doch nicht ohne Mann in mein Haus schleichen und es darauf ankommen lassen, dass die Leute sich fragen: *Was zum Teufel ist passiert?* Zum ersten Mal in meinem Leben zerbreche ich mir den Kopf darüber, was die Leute wohl sagen werden. Nein. Wenigstens muss ich die Rechtslage klären. Ich nehme an, dass ich vor Gericht werde gehen und meine Ehe annullieren lassen müssen. Gut, dann soll es so sein. Wenn ich schon nicht das Recht habe, mich Witwe zu nennen, will ich wenigstens wieder ledig sein. Nicht dass ich je wieder heiraten würde. Ich hatte recht mit der Annahme, dass die Ehe ein unwirtliches Gelände ist für meinesgleichen.

Langsam steige ich aus, glätte mein Kleid und gehe über die akkurat verlegten grauen Steinfliesen auf das weiße Haus zu. Nein, hier hätte ich John nicht vermutet, den Mann, dem ständig Knöpfe fehlten, den Mann mit dem Schmerbauch. Keine Mahlzeit, bei der er sich nicht das Hemd bekleckerte. Aber ich habe auch gesehen, was er als Chirurg geleistet hat, die Gesichter der Kinder, die er wiederhergestellt hat. Er war ein echter Künstler, ein Perfektionist. Er bekam zahllose

Anrufe von Frauen – und immer mehr Männern –, die ihn beknieten, ihnen die Stirn zu straffen, die Nase zu richten, die Wangenknochen zu modellieren, alles nur um der Eitelkeit willen. Im Gegensatz zu seinen Partnern lehnte er solche Gesuche immer ab. Aber vielleicht war auch das nur ein Nebelschleier, ein weiteres Wunschbild des ehrenhaften Lebens, das er gern geführt hätte. Mir geht durch den Kopf, dass man keiner Ehefrau solchen Luxus in Palo Alto bieten kann, wenn man nicht richtig viel Geld verdient.

Ich schlüpfe unauffällig ins Haus. Es ist voll. Bestimmt zweihundert Leute wuseln herum, plaudern, lachen – von dem feierlichen Ernst in der Kirche und auf dem Friedhof ist nichts geblieben. Deborah war klug genug, einen Gastronomieservice zu beauftragen, junge Menschen in weißen Hemden und schwarzen Hosen tragen Tabletts mit Rot- und Weißwein und Mineralwasser herum. Erneut fällt mir auf, wie gefasst Deborah ist, wie wenig sie das alles zu berühren scheint. Nur einmal lässt sie eine Gefühlsregung erkennen, und zwar, als eine korpulente Frau in mittleren Jahren unglücklich mit einem anderen Gast zusammenstößt und ihren Rotwein auf dem Orientteppich verschüttet. Alle erstarren. Alle verstummen und schauen Deborah an. Sie ist gerade mit ein paar Gästen im Gespräch. Auch sie verstummt, fasst sich ans Herz – schon wieder diese Geste –, in ihrem Gesicht derselbe entsetzte, bestürzte Ausdruck, den ich von den Eltern meiner kleinen Patienten kenne, denen ich eine schreckliche Nachricht eröffne. Aber hier geht es um einen Teppich, einen leblosen Gegenstand. Ihre Reaktion ist vielleicht eine Projektion – schließlich hat die Frau gerade erst ihren Mann begraben, vielleicht hat der Vorfall unterdrückte Gefühle freigesetzt. Aber Deborah ist tatsächlich wegen des Teppichs bestürzt. Als die Missetäterin sich bückt und anfängt, mit einer Serviette an dem Fleck herumzureiben, zischt Deborah ihr etwas zu, das sie innehalten lässt. Sie packt die Frau am Handgelenk und ruft nach einem nassen Lappen. Einer der Kellner eilt in die Küche und kommt mit einem feuchten Geschirrtuch zurück. Aber Deborah lässt sich die Sache nicht aus der Hand nehmen. Sie kniet sich hin, legt das feuchte Tuch auf den Fleck, drückt es sanft an und reicht es dem Kellner mit der Aufforderung, es auszuwaschen und ihr wiederzubringen. Sie wiederholt diesen Prozess so lange, dass die Leute ihre Gespräche wieder aufnehmen, und nach kurzer Zeit ist der Geräuschpegel im Zimmer wieder so hoch wie vor dem Zwischenfall. Deborah kümmert sich zwanzig Minuten lang um den Teppich wie um einen Schwerkranken.

Obwohl die Menge der Gäste fast unüberschaubar ist, fällt mir eine Frau auf. Vielleicht zehn Jahre älter als ich. Mitte vierzig. Langes, gewelltes, blondes Haar, das anfängt zu ergrauen. Knöchellanger, mit Goldfäden durchwirkter Rock, der in diesem Meer aus Schwarz deutlich hervorsticht. Dazu ein langärmeliger Pullover, der viel zu warm ist für den warmen Tag – auf ihrer Stirn und an ihrem Hals schimmert ein Schweißfilm. Die Sorte Frau, die so bedürftig wirkt, dass sich automatisch um sie herum ein schwarzes Loch bildet. Mir hat es noch nie etwas ausgemacht, allein zu sein. Der Platz des Mauerblümchens ist ein guter Beobachtungsposten. Ich nippe an meinem Mineralwasser mit Zitrone, antworte, wenn ich angesprochen werde, ohne das Bedürfnis zu verspüren, ständig im Gespräch mit jemandem zu sein.

Plötzlich wird mir bewusst, dass ich die Frau gedankenabwesend anstarre und sie meinen Blick erwidert. Entgeistert sehe ich, wie sie auf mich zukommt. Vielleicht glaubt sie, sie müsse mich retten. Vielleicht hält sie mich für eine Außenseiterin wie sie selbst, die Trost braucht. Sie stolpert. Ich nehme an, dass sie ein bisschen zu viel getrunken hat – was sich als zutreffend herausstellt.

Es kommt genau das, was ich vermutet hatte. »Ich kenne hier niemanden«, sagt sie, offenbar in der Erwartung, von mir etwas Ähnliches zu hören. Ihre Stimme hat trotz ihrer Nervosität einen angenehm tiefen Klang. Ihrer schludrigen Aussprache nach zu urteilen ist sie nicht in Kalifornien geboren. Ich zucke die Achseln, um sie nicht zu einem Gespräch zu animieren. Schludrigkeit hat mich schon immer abgestoßen.

»Woher kennen Sie die Leute hier?«, fragt sie. Sie wartet nicht auf eine Antwort. Sie reißt Mund und Augen auf. Ich höre sie durch den Mund atmen. Widerlich.

Dann spüre ich eine Hand am Ellbogen. Kalt und feucht. Ich drehe mich um. Es ist Deborah, die anscheinend die Behandlung des Teppichs beendet hat. Die Frau in dem goldenen Rock starrt sie mit offenem Mund an, sichtlich verblüfft. »Sie beide haben einander also gefunden«, sagt Deborah und zeigt erst auf mich, dann auf die Frau. »Warum wundert mich das nicht?«

Ich bin sprachlos. Schließlich strecke ich ihr die Hand hin. »Ich bin Helen R…«

»Richter«, sagte Deborah. »Ja, ich weiß. Helen Richter, das ist MJ Taylor. Ich nehme an, Sie beide wissen, wer ich bin.«

»Taylor?«, frage ich die Frau in Gold. »Sind Sie mit John verwandt?«

»Verwandt?« Die Frau lacht laut. Sie ist offenbar betrunken. »Tja, so könnte man es nennen.«

»Aber nicht blutsverwandt«, sagt Deborah lächelnd.

»Nein, das nicht«, erwidert die Frau und verstummt.

Es entsteht ein kurzer Moment der Verlegenheit, als Deborah rasch ein paar Gäste verabschiedet. Dann wendet sie sich uns wieder zu. »Sie beide haben mehr gemeinsam, als Sie ahnen«, sagt sie. Sie wirkt unerschütterlicher denn je. »Tatsächlich verbindet uns alle drei etwas sehr ... Intimes.«

»Ich verstehe nicht«, sage ich, aber in meiner Brust hat eine Pauke zu schlagen begonnen. Ich spüre mein Blut in den Ohren rauschen. Mir wird klar, dass ich seit achtundvierzig Stunden nichts gegessen habe.

»Verzeihen Sie«, sage ich und stolpere zum nächsten freien Stuhl. Ich stecke den Kopf zwischen die Knie. Der Schwindel vergeht.

Einen Moment lang bleibe ich sitzen, dann stehe ich langsam auf in der Hoffnung, in Ruhe gelassen zu werden. Aber nein. Deborah Taylor und MJ Taylor stehen vor mir. MJ wirkt besorgt und hält mir ein Glas Wasser hin. Deborah mustert mich lediglich.

»Sieht so aus, als wäre der Groschen gefallen«, sagt Deborah. Sie lächelt. Mir fällt auf, dass sie kein sehr nettes Gesicht hat.

MJ wirkt immer noch verwirrt, sie schaut abwechselnd Deborah und mich an. »Was soll das heißen?«, fragt sie. Eindeutig Südstaatenakzent.

»Es soll heißen, dass dies die erste Zusammenkunft von

John Taylors Ehefrauen ist«, erklärt Deborah. »Könnte man uns als Hexenkonvent bezeichnen? Als Harem? Wie nennt man eine Gruppe Ehefrauen?«

»Zirkel«, sage ich. »Wir sind ein Ehefrauenzirkel.« Dann schließe ich die Augen, und diesmal wehre ich mich nicht gegen das Schwindelgefühl.

Kapitel 6

MJ

Wie ich es geschafft habe, von diesem unseligen Empfang nach Hause zu fahren, ohne wegen Trunkenheit am Steuer verhaftet zu werden, ist mir ein Rätsel. Ich bin keinen Alkohol gewöhnt. Ein paar Glas Wein auf leeren Magen, und ich bin hinüber, noch dazu der Stress und der Schock haben mir den Rest gegeben. Drei Ehefrauen! Und natürlich war *ich* mit dieser Frau zusammengestoßen, die dann ihren ganzen Rotwein auf Deborahs Orientteppich verschüttet hat. Na ja, obwohl sie über alles andere genau informiert war, scheint sie *das* jedenfalls nicht mitbekommen zu haben. Man muss auch die kleinen Siege zu würdigen wissen.

Wie ich mich fühle? Gedemütigt. Ich fühle mich auf der ganzen Linie überlistet und geschlagen. Meine Fantasien, wie ich das Gespräch mit Deborah suche und *ihr* in ruhigen Worten die Situation erkläre, erscheinen mir im Nachhinein wie Halluzinationen. Seit meinen LSD-Experimenten mit Anfang zwanzig habe ich mich nicht mehr so weit entfernt von der Realität gefühlt wie in Deborahs Wohnzimmer, zusammen mit ihr und dieser anderen »Ehefrau«. Wie hieß sie noch gleich? Helga? Heidi? Irgendwas mit H. Sie hat immerhin die Nerven behalten und vor allem ihre Würde. Ich dagegen wurschtle mich, selbst wenn ich in Bestform bin, eher recht als schlecht durchs Leben, dankbar für die Nachsicht, die die meisten Menschen einfältigen Geschöpfen entgegenbringen. Zumindest scheint Deborah nicht die Absicht zu haben, mir meinen Besitz streitig zu machen, genauer gesagt, mein Haus. »Darüber reden wir später«, meinte sie, kurz bevor ich ging. Das hat sie natürlich nur zu mir gesagt, da diese ... Henrietta? ... Haley? ... offenbar nicht so große finanzielle Sorgen hat wie ich. Möchte wissen, in was für Verhältnissen sie lebt. Gott sei Dank habe ich meinen Job nicht aufgegeben. John hat mir immer gesagt, ich könnte jederzeit aufhören zu arbeiten, aber ich konnte mir einfach nicht vorstellen, was ich den ganzen Tag tun sollte. Wenn ich's mir recht überlege, müsste John eigentlich ähnliche Bedenken gehabt, sich gesagt haben, dass ich womöglich angefangen hätte, Nachforschungen anzustellen, wenn ich nicht jeden Tag acht Stunden und mehr im Büro verbracht hätte. Außerdem gefällt mir meine Arbeit. Für eine Software-Firma in Silicon Valley die Buchführung zu machen ist auf jeden Fall eine Beschäftigung – und verschafft mir obendrein einen gewissen Respekt. Die Plausibilität von Zahlen, die Rationalität von Kennziffern und Prozentsätzen. Die Tätigkeit als Buchhalterin hat mir in schweren Zeiten immer Halt gegeben, und ich kann nur hoffen und beten, dass das diesmal wieder so funktioniert.

Da Deborah immer wieder von Gästen abgelenkt wurde, die sich verabschiedeten und noch einmal ihr Beileid bekunden wollten, sind wir gar nicht dazu gekommen, über die Einzelheiten unserer uneindeutigen rechtlichen Situation zu sprechen. Deborah meinte: »Niemand anders braucht davon zu erfahren«, was mich ziemlich erleichtert hat, aber trotzdem ist mir nicht klar, wie es jetzt weitergehen soll. Soll ich John für tot erklären lassen? Soll ich mit der Todesurkunde zu einem Anwalt gehen, um sicherzustellen, dass das Haus wirklich und wahrhaftig mir gehört? Die *andere* Ehefrau hat einfach nur genickt, die ist ganz locker mit allem umgegangen. Die Demütigung, nicht die rechtmäßige Ehefrau zu sein! Es bestätigt, dass mir etwas fehlt, dass ich John nicht gegeben habe, was er wollte, was er *wirklich* brauchte. Deborah schien sich solche Gedanken gar nicht zu machen. Dabei wurde sie mindestens zweimal verlassen. Wobei ich ja gar nicht *verlassen* wurde. (Das muss ich mir immer wieder in Erinnerung rufen.) Er hätte es tun können. Er hätte sich von mir scheiden lassen können, als er seine dritte Frau kennenlernte, diese ... wer auch immer. Er hätte mich einfach sitzen lassen können. Dass er das nicht getan hat, ist von Bedeutung, es ist etwas, woran ich mich festhalten kann.

Aber was soll ich bloß den Leuten sagen? Ich könnte einfach behaupten, mein Mann sei ganz plötzlich an einem Herzinfarkt gestorben. So stand es ja auch in der Zeitung. Deborah hat ja schon gesagt, es braucht niemand davon zu erfahren. Aber damit werde ich mich ein andermal auseinandersetzen, wenn ich die Kraft dazu habe. Ich bin immer noch ein bisschen beschwipst und kann nicht klar denken. Als ich gerade ins Bett gehen will, klingelt das Telefon.

Normalerweise nehme ich nicht ab, wenn ich die Nummer auf dem Display nicht kenne, aber es ist eine örtliche Nummer, was mich neugierig macht, ebenso wie die Tatsache, dass mich niemand, der mich kennt, jemals auf dem Festnetz anruft. Alle meine Freunde und Bekannten haben meine Handynummer. Aber dieser Anrufer ist sehr hartnäckig, ja regelrecht aggressiv: Das Telefon klingelt und klingelt, und ich lasse fünfmal den Anrufbeantworter anspringen, ehe ich endlich abnehme. »MJ.«

Es ist eine Journalistin vom *Chronicle*. Sie hat einen Hinweis bekommen. Nein, von wem, weiß sie nicht, der Hinweis war anonym. Dann fragt sie: »Stimmt es, dass Sie mit Dr. John Taylor verheiratet waren? Und dass er zwei weitere Ehefrauen hatte?«

Ich bin sprachlos. Wer kann ihr den Tipp gegeben haben? Wer weiß davon? Deborah oder vielleicht die andere Ehefrau, wobei die eigentlich nicht den Eindruck machte, als wäre sie geschwätzig. Aber bei dieser Sorte kann man sich auch wundern. Diese ... Helen – genau, so heißt sie – mag ja so gewirkt haben, als hätte sie alles unter Kontrolle, in ihrem eleganten schwarzen Etuikleid und mit ihren ausgeprägten Wangenknochen, aber solche Weiber habe ich schon total zusammenbrechen sehen. Meine eigene äußerst zugeknöpfte Mutter war eine Meisterin der Selbstbeherrschung, aber wenn bei ihr mal die Sicherungen durchbrannten, dann war alles zu spät.

Doch ich kann mir nicht vorstellen, warum Deborah oder Helen ein Interesse daran haben sollten, diese Sache an die Öffentlichkeit zu bringen. Die beiden hätten eher noch mehr Gründe als ich, sich bedeckt zu halten. Je höher die gesellschaftliche und berufliche Position, desto tiefer der Sturz. Zumindest werden meine Freundschaften und mein gesellschaftlicher Status keinen Schaden nehmen. Wer nicht viel zu verlieren hat, hat eben nicht viel zu verlieren.

Die Journalistin konfrontiert mich mit den Fakten. Total cool. Nicht die Spur von Wertung oder Schock in ihrer Stimme. Aus ihrem Mund hört es sich an, als wäre nichts dabei, und ich falle prompt darauf herein.

»Und Sie haben von den anderen Ehefrauen Ihres Mannes nichts geahnt?«, fragt sie, und sie klingt so … *verständnisvoll,* dass ich den Kopf verliere. Der Alkohol und die Verwirrung. Ich rede und rede und lege irgendwann auf und klappe zusammen.

Kapitel 7

San Francisco Chronicle
Verstorbener Stanford-Arzt hatte drei Ehefrauen
15. Mai 2013

Palo Alto – Dr. John Taylor war prominenter plastischer Chirurg, Professor an der Universität Stanford und Leiter des Taylor Institute, einer erfolgreichen, auf plastische Gesichtsrekonstruktion spezialisierten Privatklinik. Erst als Taylor vergangene Woche im Alter von 62 Jahren einem Herzinfarkt erlag, stellte sich heraus, dass er gleichzeitig mit drei Frauen verheiratet war, die jeweils in Palo Alto, Los Gatos und Los Angeles leben.

»Für mich ist die Welt zusammengebrochen«, sagt MJ Taylor (geb. Johnston) aus Los Gatos, die nichts davon geahnt hatte, dass ihr Mann in erster Ehe drei Kinder hatte und dass er von seiner ersten Ehefrau Deborah Taylor (55) aus Palo Alto nie geschieden wurde. MJ Taylor (49) hatte Dr. John Taylor vor sechs Jahren in aller Stille am Strand von Santa Cruz geheiratet. Zu dem Zeitpunkt war Dr. John Taylor bereits seit fast vierunddreißig Jahren mit Deborah Taylor verheiratet. Dann, vor sechs Monaten, heiratete Dr. Taylor erneut, diesmal seine Kollegin Helen Richter (36), wohnhaft in

Los Angeles. Dr. Taylor hatte eine Gastprofessur an der Universitätsklinik der UCLA. Dr. Richter behielt nach der Eheschließung ihren Geburtsnamen bei. MJ Taylor, Finanzberaterin bei WebSys Corp., Santa Clara, erklärt, auch von dieser Ehe nichts gewusst zu haben. »Bis zur Beerdigung hatte ich keine Ahnung«, sagte sie, fügte jedoch hinzu: »Sie scheint eine sympathische Frau zu sein.«

Dr. Helen Richter und Deborah Taylor standen für einen Kommentar nicht zur Verfügung.

In den Vereinigten Staaten gilt Bigamie laut Strafgesetzbuch (Absatz 230.1) als Vergehen. Im Staat Kalifornien wird eine verheiratete Person, die die Ehe mit einer ledigen Person eingeht, mit einem Jahr Gefängnis oder einer Geldbuße von 10 000 Dollar bestraft. Eine ledige Person, die wissentlich die Ehe mit einer verheirateten Person eingeht, wird mit einem Jahr Gefängnis oder einer Geldbuße von 5000 Dollar bestraft. Samantha Adams, Detective bei der Polizei von Palo Alto, sagte, es werde wahrscheinlich keine Anklage gegen MJ Taylor oder Dr. Richter erhoben, da beide Frauen offenbar keine Kenntnis davon hatten, dass Dr. Taylor bereits verheiratet war.

Kapitel 8

Samantha

»Soso, Sie haben also einen dicken Fisch an der Angel.« Meine Chefin, Chief Elliot. Aber alle nennen sie hier Susan. Wenn Kollegen aus anderen Städten sich mal hierher verirren, sind sie jedes Mal fassungslos über den informellen Umgangston bei uns. Aber obwohl wir einander mit Vornamen anreden, ist sie eine knallharte Chefin. Groß, Mitte fünfzig, seit fast zwanzig Jahren Leiterin des Reviers von Palo Alto. Sie war diejenige, die mich dazu ermuntert hat, das Detective-Examen zu machen, die mich überhaupt erst auf die Idee gebracht hat. Ich würde sie nicht unbedingt als meine Mentorin bezeichnen, auch wenn einige Kollegen der Meinung sind, dass ich ihr Liebling bin. Susan ist eher der verschlossene Typ, nicht sehr warmherzig und trotz der Sache mit dem Vornamen eher unnahbar. Einmal habe ich ihr eine Cola light aus dem Automaten spendiert, weil ich mitbekommen hatte, dass sie das Zeug literweise trinkt. Mir wird jetzt noch ganz anders, wenn ich an den Blick denke, mit dem sie mich bedacht hat. Aber ich habe sie oft genug in Aktion erlebt, um zu wissen, dass sie sehr viel Geduld hat – und auch sehr viel Lebensklugheit, wie mir scheint. Seit es ihr einmal gelungen ist, einen Selbstmordkandidaten davon abzubringen, sich von der Sand Hill Road in die Tiefe zu stürzen, hat sie den Spitznamen *Suizidsusie* weg, den die Kollegen allerdings nur hinter ihrem Rücken benutzen. Der Bürgermeister hat ihr für ihre Tat eine Ehrenmedaille verliehen, die jemand nach dem Festakt aus dem Mülleimer retten musste. Zu Susans Leidwesen hängt die Medaille jetzt über dem Eingang des Reviers. Ich habe großen Respekt vor ihr. Ihr geht es nicht um Ehre um der Ehre willen, sondern um gute Arbeit.

Susan sitzt an ihrem Schreibtisch und spielt mit einem Kugelschreiber. Sie lehnt sich zurück. Sie ist ziemlich korpulent, mit massigen Schultern und Doppelkinn, die Sorte Frau, die Leute mit Vorurteilen angesichts ihres Körperumfangs und ihrer Gleichgültigkeit in Bezug auf Modefragen wahrscheinlich nicht ernst nehmen würden. Die sie vielleicht wegen ihres Gewichts verspotten würden, weil sie es für das Ergebnis von Faulheit oder Mangel an Selbstbeherrschung halten. Aber ich bin noch nie jemandem begegnet, der immer so genau weiß, was er tut, und so diszipliniert ist. Egal wie früh man zur Arbeit kommt, Susan ist schon da. Das Revier ist eine gut geölte, effiziente Maschine. Zehn Jahre vor allen anderen Polizeirevieren in Kalifornien hat sie sämtliche Akten digitalisieren lassen. Das hat natürlich viel damit zu tun, dass in Palo Alto eine Menge Geld ist. Aber eben auch mit Susans Weitsicht. Sie ist mit dem Chef der Feuerwehr von Palo Alto verheiratet, der auch nicht gerade ein Strich in der Landschaft ist. Die Leute scherzen gern, dass Palo Alto wahrscheinlich deswegen so ein friedliches Viertel ist, weil die beiden sich ungern beim Essen stören lassen.

»Ich führe im Moment Selbstgespräche«, sagt sie. »Ich überlege, ob das nicht eher ein Fall für einen erfahreneren Kollegen wäre. Für jemanden, der weiß, wie man mit diesen Pressehaien umgeht. Nachdem der *Chronicle* diesen entsetzlichen Artikel gebracht hat, erwarten die Medien von uns eine offizielle Stellungnahme. Sie müssten sie heute noch schreiben und mir heute Abend oder spätestens morgen früh vorlegen. Trauen Sie sich das zu? Oder wäre es Ihnen lieber, wenn ich Grady den Fall übergebe?« Grady, unser einziger Großstadtcop, war früher bei der Polizei in Detroit. Dann ist er in den Westen gezogen und hat in Palo Alto im reifen Alter von fünfzig Jahren die Stelle eines Detective angetreten. Leicht verdientes Geld nennt er das. Nicht selten muss er ein Grinsen unterdrücken, wenn jemand sich über einen anstrengenden Tag beklagt. Ich hab ihn vor längerer Zeit mal gegoogelt. Er wurde in Detroit zweimal vorübergehend suspendiert, weil er im Dienst jemanden getötet hatte. In verschiedenen Zeitungsartikeln war von »übertriebenem Schusswaffengebrauch« die Rede. Gruselig. Um Grady mache ich immer einen Bogen.

Einerseits möchte ich am liebsten sagen: *Klar, warum nicht, geben Sie Grady den Fall.* Das ist die Drückebergerin in mir. Andererseits reizt mich dieser Fall.

»Ich krieg das schon hin«, sage ich, bemüht, kompetent zu klingen, ohne tollkühn zu wirken. Was in erster Linie bedeutet, dass ich mich zu meiner vollen Größe von einem Meter sechzig aufrichte und mir den Pony aus dem Gesicht streiche.

»Aber bisher wissen wir noch nichts«, fahre ich fort. »Jake hat eine Autopsie angeordnet, doch die Ergebnisse bekommen wir erst in ein paar Tagen.«

»Dann teilen Sie das den Medien mit. Fassen Sie sich kurz und schmieren Sie ihnen ein bisschen Honig ums Maul«, sagt Susan.

»Soll ich auch die Hämatome erwähnen? Und die Einstichstelle?«

»Auf keinen Fall. Keine Spekulationen. Die werden versuchen, mehr Informationen aus Ihnen herauszubekommen, und hoffen, dass Sie ihnen sagen, es war Mord oder was auch immer. Halten Sie sich an die Fakten, Sam.«

Die Fakten, denke ich zufrieden, sind der Hammer. Auch wenn mir natürlich bewusst ist, dass ein Mann gestorben ist – ein Mann mit großer Verantwortung, der eine trauernde Familie hinterlässt –, finde ich es aufregend, mal etwas anderes zu machen als Diebstahlsanzeigen zu bearbeiten, bei denen nichts herauskommt, oder Einbrüche zu untersuchen, die von bekifften Sechzehnjährigen begangen wurden. Diese Jugendlichen sind nicht gerade raffinierte Kriminelle. Bei meinem letzten Fall hatte der Übeltäter zwei Kumpels auf Fahrrädern zum Schmierestehen bestellt. Den Nachbarn fiel natürlich sofort auf, dass vor einem Nachbarhaus zwei Jungs endlos im Kreis fuhren. Als wir ankamen, versuchte der Einbrecher gerade mit einem iMac und zwei iPhones im Rucksack auf dem Fahrrad zu fliehen, nachdem er sich vorher die Zeit genommen hatte, mit einem der gestohlenen iPhones zu telefonieren. Wie gesagt, nicht besonders helle, diese Kleinkriminellen.

»Ich möchte, dass Sie den Fall bearbeiten«, sagt Susan, als hätte sie gerade eine Entscheidung getroffen. »Sie sind vorerst unser Morddezernat, Sam. Nehmen Sie Grady oder Mary zur Unterstützung dazu. Ich erwarte tägliche Berichte.

Und finden Sie heraus, wer der Zeitung den Tipp mit den drei Ehefrauen gegeben hat. Vermutlich war es eine der drei Betroffenen. Ich wüsste wirklich gern, welche von ihnen glaubt, es wäre nützlich für uns, über die Bigamie – äh, die Vielehe – informiert zu sein.«

»Trigamie«, souffliere ich, woraufhin Susan tatsächlich lächelt. Mein Tag ist gerettet.

Kapitel 9

Auszug aus der Vernehmung von MJ Taylor
vom 18. Mai 2013

[Vorstellungen, Erklärungen bezüglich Verfahren und Procedere]

Samantha Adams: Wann ist Ihnen klar geworden, dass Ihr Mann zwei weitere ... Beziehungen hatte?
MJ Taylor: Als ich die Todesanzeige in der Zeitung gelesen habe. Aber da stand nur etwas von seiner ersten Frau. Von der anderen Frau habe ich erst auf der Beerdigung erfahren. Aber niemand glaubt mir das. Niemand kann sich vorstellen, dass ich keinen Verdacht hatte.
Samantha Adams: Und? Hatten Sie einen Verdacht?
MJ Taylor: Nein, nicht den geringsten.
Samantha Adams: Wie ist das möglich?
MJ Taylor: John hatte einfach eine sehr vertrauenerweckende Art, wissen Sie. Er war so ein großer, stattlicher Mann. Und dann seine beruhigende, energische Stimme. Ich habe wirklich nicht geahnt, dass ich mit einem Blaubart verheiratet war. Und im Gegensatz zu Blaubarts Braut habe ich es akzeptiert, wenn er mir erklärt hat, dass ich bestimmte Orte nicht aufsuchen, bestimmte Fragen nicht

stellen durfte. Ich war immer gehorsam, im Gegensatz zu ihr.

Samantha Adams: Glauben Sie, dass andere einen Verdacht hatten? Seine Sekretärin? Seine Kollegen?

MJ Taylor: Ich habe ihn nie in der Klinik oder in der Praxis angerufen, das hat er mir verboten, er meinte, das würde ihn bei der Arbeit stören. Ich durfte ihm nur E-Mails schicken oder ihn auf seinem Handy anrufen. Ich habe in keinem einzigen Hotel angerufen, in dem er wohnte, wenn er unterwegs war, ich bin nie unangekündigt zu irgendwelchen Festessen oder zu den Veranstaltungen erschienen, auf denen er für seine beruflichen Verdienste geehrt wurde. Er hat mir gesagt, er wolle sein berufliches Leben von seinem Privatleben getrennt halten, und das habe ich akzeptiert.

Samantha Adams: Ist Ihnen irgendetwas davon jemals merkwürdig erschienen?

MJ Taylor: Eigentlich nicht. Das heißt, John war merkwürdig. Aber gerade das Exzentrische an ihm hat ihn ja so attraktiv gemacht. Er hat im Dunkeln nackt im Garten getanzt. Er hatte immer Karamellbonbons auf dem Nachttisch liegen, von denen er sich jedes Mal eins in den Mund steckte, wenn er nachts aufwachte, was häufig passierte. Er bekam nachts Angstattacken wie ein Zweijähriger und brauchte dann etwas Süßes, um sich wieder zu beruhigen.

Und ich war – bin – ja auch selbst ein bisschen merkwürdig. Die Hippiefrau als Buchhalterin. Ich passe nirgendwo so richtig hin. Außer natürlich, wenn ich mit meinem Bruder zusammen bin. Als große Schwester bin ich die Beste. Aber die meisten anderen halten mich für ziemlich schräg. Außer John. Der hat mich wirklich erkannt. Verstehen Sie, was ich damit meine? In der Hinsicht hatte John eine ganz besondere Gabe. Meine Freunde haben das auch immer gesagt, er gab einem das Gefühl, dass er einen genauso sah, wie man war. Auf so einen Mann zu warten, hat sich gelohnt. Für so einen Mann Kompromisse einzugehen auch.

Samantha Adams: Wie haben Sie John Taylor denn kennengelernt? Mir scheint, dass Sie beide in sehr verschiedenen Welten gelebt haben.

MJ Taylor: Na ja, es war ein bisschen wie im Kino. Vor sieben Jahren war ich gerade einer dieser Entlassungswellen im Silicon Valley zum Opfer gefallen, die irgendwie alle zehn Jahre stattfinden. Das berühmte *Downsizing*. Ungefähr vierzigtausend Leute haben damals ihren Job verloren. Ich bin mit einer Reihe von Kollegen, die ebenso wie ich überflüssig geworden waren, einen trinken gegangen. Das war ungewöhnlich für mich, ich trinke normalerweise gar keinen Alkohol. John übrigens auch nicht. Deswegen ist es so verrückt, dass wir uns ausgerechnet in einer Kneipe kennengelernt haben. An dem Tag habe ich ein Bier getrunken. Und dann noch eins und noch eins. Nach und nach gingen meine Exkollegen, bis ich mich irgendwann umsah und feststellte, dass ich niemanden kannte. Um mich herum nur Fremde! Ich hatte so viel getrunken, dass ich sauer wurde, aber dann habe ich dem Barmann gesagt, er soll mir einen richtig harten Drink servieren. Ich habe auf ein Glas gezeigt und gesagt: »Geben Sie mir, was aus so einem Glas getrunken wird!« Aber das Zeug war so stark und schmeckte so bitter, dass ich nur gewürgt habe. Außerdem kann ich Oliven nicht ausstehen. Also habe ich den Drink zurückgegeben, habe behauptet, er tauge nichts, so wie man mich am selben Morgen entlassen hatte, als würde ich nichts taugen. Ich habe so laut gesprochen, dass die Leute sich schon nach mir umdrehten. Wer hat schon mal eine alternde Hippiefrau mit Perlen und langem, geblümtem Rock in einer Bar gesehen, wo sich sonst Software-Projektmanager und Handelsvertreter für Halbleiter treffen? Der ganze Laden war voll mit jungen – *jungen!* – Männern, die alle gleich gekleidet waren: Kakihose und blaues Butten-down-Hemd. Kaum Frauen, kaum irgendjemand älter als dreißig. Die einzige Ausnahme war der Typ, der neben mir am Tresen saß.

Dieser Mann – er war so etwa Mitte fünfzig – langte plötzlich über den Tresen, nahm den Drink, den ich zurückgegeben hatte, und trank einen Schluck davon. Dann verzog er das Gesicht. »Der schmeckt wirklich nicht«, sagte er. Dabei hat er mich verständnisvoll angelächelt. »Warten Sie. Ich mixe Ihnen den perfekten Drink.« Dann hat er den Barmann dazu gebracht, ihm die Wodkaflasche, ein paar Limonenscheiben, eine Dose Cranberrysaft und ein paar Tütchen Zucker zu geben. Wie er das geschafft hat? Er hatte einfach so eine Art. Er war es offenbar gewohnt, das Sagen zu haben, er brauchte noch nicht mal die Stimme zu heben. Im Gegenteil, er hat eher noch leiser gesprochen. Wenn man ihn verstehen wollte, musste man sich vorbeugen, man musste sich *ihm* also nähern. Und das haben alle bereitwillig getan.

John war an dem Tag nicht besonders elegant gekleidet, er trug zerschlissene Jeans und ein T-Shirt mit irgendeinem Werbespruch für ein Golfturnier für wohltätige Zwecke. Er kam von irgendeiner Veranstaltung im Hotel nebenan, wo er sich gelangweilt hatte und in die Kneipe geflüchtet war. Und er hat sein Versprechen wahr gemacht: Er hat mir – oder besser uns, weil wir ihn uns geteilt haben – den perfekten Drink gemixt, leicht süß mit einem scharfen Nachgeschmack. Ich war hin und weg.

Samantha Adams: Was genau wussten Sie? Und wann haben Sie es erfahren?

MJ Taylor: Nehmen Sie das auf? Ich meine, weil Sie sich gar keine Notizen machen.

Samantha Adams: Ach, das habe ich vergessen zu erwähnen. Ja, wir nehmen dieses Gespräch auf Video auf. Sehen Sie die Kamera da? Ist das in Ordnung? Das heißt, sind Sie damit einverstanden, dass wir dieses Gespräch aufzeichnen?

MJ Taylor: Ja, natürlich. Ich habe nichts zu verbergen. Nehmen Sie nur alles auf … Wie lautete noch mal Ihre Frage?

Samantha Adams: Wann haben Sie von den anderen Ehefrauen erfahren?

MJ Taylor: Ah, ja. Ich war vollkommen ahnungslos, bis ich letzten Sonntag die Todesanzeige in der *Mercury News* gelesen habe. Ich gehöre zu den wenigen Menschen auf diesem Planeten, die noch eine Zeitung aus echtem Papier abonniert haben und es genießen, beim Frühstück darin zu blättern. Normalerweise lese ich die Todesanzeigen gar nicht – so alt bin ich noch nicht –, aber überfliege zumindest die einzelnen Teile. Und dabei ist mir eine besonders große Todesanzeige aufgefallen. Allein das Foto nahm ein Viertel der Seite ein. Dann habe ich den Namen gelesen. John Taylor.

Bis dahin habe ich nichts gewusst, woher auch? John hatte mich am Donnerstagmorgen angerufen und gesagt, er müsse nach Los Angeles fliegen, es gebe einen Notfall in der Klinik der UCLA. Er meinte, vielleicht hätte ich ja Lust, solange ein paar Freunde in Oregon zu besuchen, ich hatte schon mehrmals erwähnt, dass ich das vorhatte. Aber dann habe ich mich entschlossen, zu Hause zu bleiben und das Haus und den Garten ein bisschen in Ordnung zu bringen.

Samantha Adams: Ist John häufiger so kurzfristig verreist?

MJ Taylor: Ja, sicher, er hatte ja seine Pflichten als Arzt. Dann hatte er seine Konferenzen, seine Gastprofessur an der Uni in Los Angeles. Aber das kam mir bei einem Mann in seiner Stellung nicht ungewöhnlich vor. Jetzt komme ich mir natürlich vor wie eine komplette Idiotin. Blaubarts Geliebte, die das blutige Zimmer erst findet, nachdem ihr abscheulicher Mann bereits gefasst ist.

Samantha Adams: Als Sie die Todesanzeige lasen, hatten Sie ihn also seit drei Tagen nicht gesehen?

MJ Taylor: Genau. Da war er schon zwei Tage tot, und ich hatte nichts davon gewusst, hatte es nicht gespürt. Ich hätte es *wissen* müssen, ich habe ja in der Hinsicht eine gewisse Gabe, da könnte ich Ihnen Geschichten erzählen. Aber nein. Es war mir schon komisch vorgekommen, dass John seit Freitag nicht angerufen und auch nicht auf meine Nachrichten auf seiner Mailbox reagiert hatte. Das war nicht normal. Aber es war auch nicht so, als wäre so etwas noch nie vorgekommen. Er war ein freier Geist, mein John. Auch das habe ich an ihm geliebt.

Samantha Adams: Wie haben Sie auf die Todesanzeige reagiert?

MJ Taylor: Als Erstes habe ich gedacht: Was für ein gut aussehender Mann! Das war es nämlich, was mich auf die Todesanzeige aufmerksam gemacht hat, nicht die Tatsache, dass es um John ging. Aber dieses Foto. Ein junger Mann am Klavier, die feingliedrigen Finger über den Tasten, bereit, ein fröhliches Lied zu spielen, das sein Lächeln versprach. Ich weiß noch, wie ich gedacht habe: *Wie traurig, dass dieser attraktive Mann tot ist.* Dann habe ich den Namen gelesen, habe mir das Foto noch einmal angeschaut und John erkannt.

Samantha Adams: Und so haben Sie von Deborah erfahren?

MJ Taylor: Ja. *Seine liebende Ehefrau.* Okay, das müssen die natürlich schreiben, aber es hat mich fürchterlich getroffen. Und drei erwachsene Kinder! Ich musste daran denken, wie kühl, ja fast feindselig John sich meinen Jungs gegenüber verhalten hat, was ich mir immer damit erklärt habe, dass er selbst keine Kinder hatte. Da hatte ich mich offenbar gründlich geirrt. Ich saß an meinem Küchentisch, und um mich herum brach die Welt zusammen.

Kapitel 10

Auszug aus der telefonischen Vernehmung
von Helen Richter vom 19. Mai 2013

[Vorstellung, Erklärungen zu Vorgehen und Procedere]

Samantha Adams: Können Sie mich gut verstehen? Manchmal ist die Telefonverbindung hier im Haus nicht so gut.
Helen Richter: Ja, ich verstehe Sie gut. Hören Sie mich?
Samantha Adams: Ja. Ich muss Sie darüber informieren, dass wir dieses Gespräch aufzeichnen. Ist das in Ordnung?
Helen Richter: Kein Problem.
Samantha Adams: Also gut. Ich weiß, dass Sie sehr viel zu tun haben, und möchte Sie nicht länger als nötig beanspruchen. Lassen Sie uns also gleich zur Sache kommen. Meine erste Frage ist: Wie konnte Dr. Taylor damit durchkommen? Ich meine – drei Ehefrauen? Wie kann es sein, dass Sie nie Verdacht geschöpft haben?
Helen Richter: Ja, das ist die große Frage, auf die jeder eine Antwort haben möchte. Wie konnte er damit durchkommen? [Pause] Die Frage steht überall im Raum. Bei der Arbeit, bei Veranstaltungen. Manche können sich die Frage verkneifen, die meisten nicht. Sie scheinen ganz zu vergessen, dass sie mit einer der drei düpierten Frauen sprechen. Was

die Leute am meisten interessiert, ist das Thema Logistik. Tja, ich kann's ihnen eigentlich nicht übel nehmen. *Was hat er zu Ihnen gesagt, wenn er für längere Zeit wegfuhr? Hatte er für jede Frau eine Extrakreditkarte, ein Extrakonto? Ist er jemals in Sachen aufgekreuzt, die Sie nicht kannten? Hatte er nie einen seltsamen Geruch an sich?* Sie würden es nicht für möglich halten, was Leute einen zu fragen wagen.

Samantha Adams: Wie lauten denn die Antworten auf diese Fragen? Sie müssen zugeben, dass das die ersten Dinge sind, die einem einfallen.

Helen Richter: Ich kann Ihnen diese Fragen immer noch nicht beantworten, dafür war er einfach viel zu clever. Und zwar nicht unbedingt, indem er schlagfertige Antworten parat gehabt hätte, sondern indem er ein Kraftfeld errichtet hat, das solche Fragen von vornherein verhinderte.

Samantha Adams: Es muss schlimm sein.

Helen Richter: [Pause] Ja. [Pause] Wissen Sie, wenn der Ehemann eine Affäre mit einer anderen Frau hat, dann wird einem ein gewisses Mitgefühl entgegengebracht. Es gibt eine Art gesellschaftlich akzeptables Verhaltensprotokoll in Bezug auf das Trösten von Ehefrauen angejahrter Herren, die fremdgehen. Aber wenn herauskommt, dass der Ehemann eine weitere *Ehefrau* hat … tja, wie soll man damit umgehen? Da gibt es keinen Verhaltenskodex. Und ohne Kodex wissen die Leute nicht, was sie tun sollen. Dann plappern sie wild drauflos. Stellen alle möglichen Fragen. Und die verletzendste ist: *Wie kannst du davon nichts gewusst haben?*

Samantha Adams: Wie haben Sie denn davon erfahren?

Helen Richter: Durch seinen Tod. Durch den Nachruf im *Stanford Daily. Hinterlässt seine liebende Ehefrau Deborah* *und die Kinder Cynthia, Charles und Evan.* Genauer gesagt, *hingebungsvolle* Ehefrau. Oder stand das in der Todesanzeige? Jedenfalls war die Rede von einer Ehefrau, die nicht ich war. Nicht dass ich mich selbst jemals als *hingebungsvolle Ehefrau* bezeichnen würde, das klingt nach blinder, ehrfürchtiger Hingabe. So etwas haben John und ich nicht füreinander empfunden, nein. Ich wusste auch nicht, dass er Kinder hatte. Das war eine der Bedingungen für *unsere* Ehe. Keine Kinder. Das war indiskutabel. Und ich bereue es nicht.

Samantha Adams: Erzählen Sie mir von Ihrer Ehe.

Helen Richter: Sie war sehr kurz und sehr schön. Wir hatten nur ein halbes Jahr zusammen, wir waren ja fast noch in den Flitterwochen. Aber es war auch eine Fernehe. Ich wohne in Los Angeles, er wohnte in Palo Alto. Ich hatte meine Arbeit, er seine. Ich liebe L.A., er mochte Nordkalifornien. Und wir mochten einander. Also kamen wir überein, eine Fernehe zu führen. Er kam zweimal im Monat für drei bis vier Tage.

Samantha Adams: Sie haben ihn nie in Palo Alto besucht?

Helen Richter: Nein, nie. Es hat sich nicht ergeben, war nie Thema. Sie dürfen nicht vergessen, dass wir beide von unserem Beruf sehr in Anspruch genommen werden. Wenn man sich für den Arztberuf entscheidet, akzeptiert man einen Lebensstil, den die meisten Menschen unerträglich finden würden. Ich bin pädiatrische Onkologin an der Kinderklinik der UCLA. Ich behandle pro Woche fünfzig bis sechzig Kinder, die sehr krank sind. Es vergeht kein Monat, ohne dass einer oder mehrere meiner jungen Patienten sterben. An unserer Klinik werden jederzeit mindestens fünf Medikamente gleichzeitig getestet, und ich muss mich ständig über die Ergebnisse auf dem Laufenden halten. Und wenn ich nicht in der Klinik bin, lese ich die wichtigsten Artikel in den neuesten Fachzeitschriften und diktiere meine Befunde und Berichte.

Samantha Adams: Hat er Ihnen nicht gefehlt, wenn er nicht bei Ihnen war?

Helen Richter: Doch, natürlich. In gewisser Weise. Aber was Sie nicht zu verstehen scheinen – was niemand zu verstehen scheint –, ist die Tatsache, dass ich in meinem Leben nicht viel Raum hatte für mehr als das, was John mir zu geben bereit war. Bis ich ihn kennenlernte, ging ich davon aus, dass ich für immer Single bleiben würde, und das war mir mehr als recht. Er hat keine Lücke gefüllt, es gab keine Leere in meinem Leben. Anfangs war es mir gar nicht recht, dass er sich in mein Leben drängte. Und doch wollte ich es. Ich wollte ihn. Es hat mich selbst überrascht, wie sehr ich ihn wollte.

Samantha Adams: Von wem kam der Vorschlag zu heiraten?

Helen Richter: Von John. Ich habe mich zuerst widersetzt, vor allem, da wir sowieso keine Kinder wollten. Ich sah keinen Grund, die Beziehung offiziell zu besiegeln. Aber er hat nicht lockergelassen, er hat sogar gesagt, wenn wir nicht heirateten, sehe er sich nicht in der Lage, unsere ... Liaison ... fortzuführen. Also haben wir das Aufgebot bestellt, sind an einem Freitagmorgen zum Rathaus gegangen und haben uns das Jawort gegeben.

Samantha Adams: Seltsam. Ich meine – *warum?*

Helen Richter: Ja, warum? Er hätte einfach eine Affäre mit mir haben können, und ich wäre ihm nie auf die Schliche gekommen. Ich bin kein misstrauischer Typ. Die Heiratsurkunde war ihm wichtig. Nach der Trauung sind wir zu mir gefahren, haben uns aufs Sofa gesetzt und Wein getrunken. Wir haben einfach nur dagesessen, ohne uns anzufassen. Dann hat er mich gefragt: »Fühlst du dich jetzt anders?« Ich musste zugeben, dass das nicht der Fall war, auch wenn ich glücklich war, sehr glücklich. John meinte, er fühle sich, als sei ihm ein schweres Gewicht von den Schultern genommen worden. »Ich fühle mich so frei«, sagte er. Eine äußerst seltsame Bemerkung, jetzt, nachdem alles herausgekommen ist. Er hatte sich noch mehr Verantwortung aufgehalst und sein Leben mit Intrigen und Lügen noch komplizierter gemacht. *So frei.* Was mag ihm wohl durch den Kopf gegangen sein?

Samantha Adams: Was ist nach der Hochzeit passiert?

Helen Richter: Es hat sich fast nichts geändert. Er hat ein paar Kleidungsstücke und persönliche Gegenstände in meiner Wohnung gelassen. Wir haben unser jeweiliges Testament neu geschrieben. Ansonsten haben wir weitergemacht wie vorher. Wir haben keine Heiratsanzeigen verschickt. Ich habe es meinen wenigen Freunden erzählt, mehr nicht. Die meisten Kollegen an der Klinik, wo ich unterrichte und John die Gastprofessur hatte, wussten nichts davon. Allerdings werden sie mitbekommen haben, dass wir einander zugetan waren.

All das hört sich an, als wäre unsere Beziehung … belanglos gewesen. Als hätten wir einander … nichts bedeutet. Aber so war es nicht. Ich bin ein sehr zurückhaltender Mensch. Ich bin sehr verschlossen. Das fällt mir also schwer. Ich kann Ihnen allerdings sagen, dass mich das, was passiert ist, nachdem wir offiziell verheiratet waren, vollkommen überrascht hat. Ich hatte nicht damit gerechnet, dass es eine so große Rolle spielen würde. Ich hatte nicht mit diesem unglaublichen Glücksgefühl gerechnet. Und mit der Leidenschaft. Ja, ich meine körperliche Leidenschaft. Aber auch noch mehr. Was wir vorher hatten, war gut. Ich wusste also, dass wir die Chance hatten, einander glücklich zu machen. Aber mit Glückseligkeit hatte ich nicht gerechnet. Ich hatte noch nie *Ekstase* erfahren.

Samantha Adams: [lange Pause] Starke Worte.

Helen Richter: Ja. Aber sie reichen trotzdem nicht aus, um zu beschreiben, was ich für John Taylor empfunden habe.

Kapitel 11

Auszug aus der Vernehmung von Deborah Taylor
vom 20. Mai 2013

[Vorstellung, Erklärung von polizeilicher Vorgehensweise und Procedere, Ankündigung, dass das Gespräch per Video aufgezeichnet wird]

Samantha Adams: Sie wussten also, dass Ihr Mann zwei weitere Ehefrauen hatte?
Deborah Taylor: Selbstverständlich wusste ich davon. Wie auch nicht? Ich habe das schließlich alles ermöglicht. Dachten Sie etwa, John wäre in der Lage gewesen, derart komplexe Intrigen zu schmieden? Dass ich nicht lache.
Samantha Adams: Warum in aller Welt haben Sie das denn für ihn getan?
Deborah Taylor: Ganz einfach. Um ihn zu behalten.
Samantha Adams: [Pause] Wie bitte?
Deborah Taylor: Es war die einzige Möglichkeit.
Samantha Adams: Würden Sie mir das bitte näher erklären?
Deborah Taylor: Vor genau acht Jahren fing John an fremdzugehen. Cynthia, unsere jüngste Tochter, war gerade nach Berkeley gegangen, um zu studieren. John und ich waren zum ersten Mal seit fünfundzwanzig Jahren allein im Haus. Wir

haben uns fast nur noch angeschwiegen, und wenn nicht, sind wir aneinandergeraten. Es machte deutlich, was wir beide bereits geahnt hatten. Unsere Ehe war tot.
Schon bald ging John mit einer Schwester in der Klinik ein Verhältnis ein. Er hat versucht, es mir zu verheimlichen. Als hätte ich es nicht vom ersten Tag an gewusst. Ich habe ihn zur Rede gestellt. Wir haben uns nicht gestritten. Aber ich habe meine Bedingungen dargelegt. Ich hatte nichts gegen seine schäbige kleine Affäre mit dieser Krankenschwester, aber ich würde niemals einer Scheidung zustimmen. Sollte er versuchen, die Scheidung durchzusetzen, würde ich kämpfen, ihm alles nehmen, was er hatte, dafür sorgen, dass seine Kinder nie wieder ein Wort mit ihm wechselten. Ich glaube nicht, dass ich letztere Drohung hätte wahr machen können. Die Kinder – zumindest Cynthia und Evan – beten ihren Vater an. Bei Charles bin ich mir nicht so sicher.
Die Angst, die Zuneigung seiner Kinder zu verlieren, war größer als die Angst um sein Geld. Er litt mehr unter seinem Verrat an mir als ich und konnte sich nicht vorstellen, dass andere ihn für sein Verhalten weniger verurteilen würden, als er es selbst tat. John besaß kein großes Vertrauen in seine Fähigkeit, jemandes Zuneigung zu gewinnen. Was ziemlich verrückt ist, wenn man bedenkt, wie beliebt er war. Die Leute mochten ihn wirklich. Fragen Sie mal in der Klinik herum. Er war auf eine Weise warmherzig, ja verletzlich, die ihm die Herzen der Menschen öffnete, die für so etwas empfänglich sind. Ich war es nicht. Jedenfalls nicht mehr.
Ich habe die Geschichte mit der Krankenschwester genau beobachtet. Wie erwartet wurde es bald ernst. Eine flüchtige Affäre war nicht das, was John suchte. Er wollte mehr. Also

habe ich die Sache beendet. Ich möchte jetzt nicht in die Einzelheiten gehen. Sagen wir, ich habe die Frau vergrault. Meine Taktik war nicht unbedingt feinfühlig, aber sie hat funktioniert. John war verzweifelt. »Ich brauche Liebe«, sagte er. »Wenn du mich nicht liebst, muss ich eben jemanden finden, der mich liebt.«

Kurze Seitensprünge machten mir nichts aus. »Tu, was du nicht lassen kannst«, habe ich zu ihm gesagt. »Aber tu nichts, was unsere Ehe gefährdet, nichts, was dich davon abhält, jeden Abend zu mir nach Hause zu kommen.« Aber er wollte keine kurzlebigen Affären. Er wollte eine richtige Beziehung. Und ich wollte unbedingt Mrs Taylor bleiben. Junge Frauen mögen mich verspotten und denken, mir mangele es an Charakter oder Ehrgeiz oder Würde – ich weiß, dass meine Tochter so denken würde –, aber so bin ich nun mal erzogen worden.

Wir waren in einer ausweglosen Situation.

So ging es ein Jahr lang. Zu behaupten, dass wir beide unglücklich waren, wäre untertrieben. Ich hatte immer einen harmonischen Haushalt geführt, dafür gesorgt, dass alles in Ordnung war und glatt lief. Aber plötzlich geriet alles aus den Fugen. John trank, er war deprimiert, und zum ersten Mal seit Beginn unserer Ehe haben wir uns im Zorn angeschrien und beschimpft.

An einem Abend, nach einem besonders heftigen Streit, haben wir eine Abmachung getroffen. Er konnte eine feste Beziehung eingehen mit einer Frau, die er liebte. Er konnte sogar wieder heiraten, falls er eine Frau fand, die ihn auch liebte. Aber sie durfte nichts von mir erfahren. Sie durfte keinen Zugang haben zu seinem öffentlichen und beruflichen

Leben – es musste eine Frau sein, die nicht zu unserer Welt gehörte. *Ich* würde Mrs John Taylor sein und bleiben. Und er musste jeden Morgen um spätestens halb sechs nach Hause kommen, duschen, sich anziehen und zu Hause frühstücken, bevor er zur Arbeit ging, bevor er seine Visite machte. Sein Auto würde in unserer Einfahrt stehen, wenn unsere Nachbarn aufwachten und sich auf den Weg zur Arbeit machten. Wie er das bewerkstelligte, sollte seine Sache sein.
Es dauerte ein Jahr, bis er die Richtige fand, bis alle Faktoren zusammenpassten. Er lernte diese MJ in einer Kneipe in Silicon Valley kennen und begann ein Verhältnis mit ihr. Mit meiner Erlaubnis. Irgendwann haben sie so eine Art Hippiehochzeit gefeiert, die sie für eine rechtmäßige Eheschließung hielt. Ich habe weiterhin sein Leben organisiert. Ich habe den Haushalt geführt, die Rechnungen bezahlt und seinen Kalender kontrolliert. Ich habe ihn in der Spur gehalten. Ich habe sogar die Flüge nach Los Angeles für ihn gebucht, nachdem er dort eine weitere Frau kennengelernt hatte.
Samantha Adams: Sie waren also Mitwisserin bei einer Straftat. Einer Straftat, die man Bigamie nennt – oder wie auch immer, wenn es drei Ehefrauen gibt. Hat Ihnen das nichts ausgemacht?
Deborah Taylor: Warum? Werden Sie mich anzeigen?
Samantha Adams: [schweigt]
Deborah Taylor: Nein? Dachte ich's mir. Aber zurück zu Ihrer Frage. Warum sollte es mir etwas ausmachen, wenn mein Mann in Bigamie lebte? Im Gegenteil, es gab mir Sicherheit. Je größer der Betrug, den er beging, je verwerflicher sein Verbrechen gegen diese Frauen – und, nebenbei bemerkt, gegen das Gesetz –, desto geringer waren seine Chancen, reinen

Tisch zu machen und wieder ein ehrenwerter Mensch zu werden. Er würde unweigerlich in seiner eigenen Schlinge gefangen werden, wenn er es versuchte. Ich hatte die ganze Situation unglaublich gut inszeniert. Es hätte funktioniert. Selbst nach seinem Tod hätte es weiter funktionieren können. Unter normalen Umständen hätte ich mich mit MJ und Helen schon auf irgendeine Weise geeinigt und dafür gesorgt, dass nichts ans Licht kam. Ich wäre John Taylors Witwe gewesen, genauso wie ich seine Frau war. Im Gegenzug hätte ich sichergestellt, dass den beiden Frauen kein finanzieller Schaden entstanden wäre.

Es war alles perfekt, bis Sie mich daran gehindert haben, meinen Mann zu beerdigen. Falls übrigens irgendjemand herausfindet, dass der Sarg leer war, wird mich das zum Gespött der Stadt machen.

Samantha Adams: Wir haben Ihnen erklärt, dass eine Autopsie notwendig ist. Sie hätten die Beerdigung nicht so kurzfristig anberaumen müssen.

Deborah Taylor: Dann hätten die Leute sich gefragt, warum es so lange dauert bis zur Beerdigung. Das konnte ich nicht riskieren. Ich musste John sicher unter die Erde bringen.

Samantha Adams: Und dann hat jemand die Katze aus dem Sack gelassen.

Deborah Taylor: Ja, bedauerlicherweise.

Samantha Adams: Haben Sie der Journalistin den Tipp gegeben?

Deborah Taylor: Warum zum Teufel hätte ich das tun sollen? Wenn es nach mir gegangen wäre, hätte niemand jemals die Wahrheit erfahren. Jetzt sind sogar meine eigenen Kinder wütend auf mich. Sie sind schließlich nicht dumm. Sie kannten ihren Vater. Sie kennen mich. Sie vermuten, dass ich über den Schwindel informiert war, sie haben sogar den Verdacht, dass ich das alles eingefädelt habe.

Samantha Adams: Wer außer den drei Ehefrauen wusste Bescheid?

Deborah Taylor: Niemand. Ich bin mir sicher, dass John es keiner Menschenseele anvertraut hat. Sie haben mir übrigens immer noch nicht gesagt, warum Sie den Leichnam meines Mannes obduzieren lassen. Wird das nicht nur dann gemacht, wenn der Verdacht besteht, dass jemand keines natürlichen Todes gestorben ist?

Samantha Adams: Nicht notwendigerweise. Es reicht aus, wenn die Todesursache nicht eindeutig ist.

Deborah Taylor: Was ist denn am Tod meines Mannes unklar? Soweit ich weiß, vermutet der Gerichtsmediziner einen Herzinfarkt.

Samantha Adams: Vielleicht war das ja auch die Todesursache. Wir werden die Ergebnisse der Autopsie abwarten müssen.

Deborah Taylor: Also gut. Aber Geduld gehört nicht gerade zu meinen Tugenden.

Kapitel 12

Samantha

Es dauert zehn lange Tage, bis der toxikologische Befund endlich vorliegt. Und er ist uneindeutig. Laut Aussage des Pathologen ist die Kaliumkonzentration im Körper des Toten hoch, andererseits ist das normal nach einem Herzinfarkt. Sonst nichts – keine Spur von irgendeiner Substanz, die John Taylors Tod erklären könnte. Jake hält die Autopsieergebnisse ebenfalls für uneindeutig, meint aber, dass der Befund so viele Fragen aufwirft, dass der Coroner bei der gerichtlichen Untersuchung eine unnatürliche Todesursache bescheinigen wird.

Jake sitzt an seinem Schreibtisch und grübelt stirnrunzelnd über den Befunden. So präzise, wie Jake arbeitet, und so akkurat, wie er sich kleidet, so chaotisch ist sein Arbeitsplatz. Akten stapeln sich auf dem Schreibtisch und auf dem Fußboden, aus Fachzeitschriften wie *Forensic Magazine* und *Academic Forensic Pathology* ausgeschnittene Artikel sind wahllos an die Wände gepinnt, die Weißtafel ist vollgekritzelt mit unleserlichen Notizen und einer nicht einmal schlechten Zeichnung von einer Ratte, die an einer halb ausgewischten Leiche schnüffelt.

»Die hohe Kaliumkonzentration allein würde gar nichts beweisen«, sagt Jake, ohne aufzublicken. »Aber zusammen mit der Einstichwunde und den Hämatomen wird es die Geschworenen bei der gerichtlichen Untersuchung aufhorchen lassen.«

»Woran ist er denn nun gestorben? An der Kopfverletzung, die er sich bei diesem Sturz zugezogen hat?« Ich räume einen Stapel Papier von einem Stuhl, setze mich und zücke meinen Notizblock.

Jake schüttelt den Kopf. »Nein. Der Pathologe glaubt, es war ein Herzinfarkt. Die Kopfverletzung hat ihm womöglich das Bewusstsein geraubt, aber sie hat ihn nicht getötet. Er lebte noch, als er an der Schreibtischkante aufgeschlagen ist. Gestorben ist er später.«

»Hattest du nicht gesagt, der Coroner würde eine unnatürliche Todesursache attestieren?«, frage ich. »Das verstehe ich jetzt nicht ganz.«

»Die offizielle Todesursache ist Herzinfarkt.« Jake nimmt ein Blatt Papier in die Hand. »Aber da ist auch noch die Hyperkaliämie«, sagt er. »Normalerweise liegt der Kaliumwert zwischen 3,5 und 5,0. Bei dem Opfer lag er bei zehn. Das kann bei einem Herzinfarkt passieren. Oder der hohe Kaliumwert hat die Herzrhythmusstörungen verursacht. Beides wäre möglich.«

»Was ist das – Hyperkaliämie?«

»Zu viel Kalium.«

»Und … was genau meint jetzt der Pathologe?«

»Dass unser guter Doktor einen Herzinfarkt hatte. Dass er sich im Fallen den Kopf an der Schreibtischkante gestoßen hat, aber dann an dem Herzinfarkt gestorben ist.«

Ich schüttle den Kopf. Es ist, als würde Jake mich im Kreis herumführen.

»Trotzdem gehst du davon aus, dass bei der gerichtlichen Untersuchung eine unnatürliche Todesursache bescheinigt werden wird?«

»Ja«, antwortet Jake ein bisschen ungehalten. »Erinnerst du dich an die Hämatome? Die Einstichstelle? Hier …« Er zieht ein paar Fotos aus der Akte. Diesmal sehe ich, worauf er mich an dem Tag im Westin aufmerksam gemacht hat. Die Einstichstelle. Sehr deutlich.

»Ein erhöhter Kaliumwert im Körper kann sowohl Herzrhythmusstörungen verursachen als auch die Folge davon sein. Ich vermute, dass der Coroner eine gründliche Ermittlung verlangen wird.«

Ich nicke. »Du meinst also, jemand könnte ihm Kalium gespritzt haben? Dann würde der hohe Kaliumwert den Herzinfarkt verursacht haben. Und nicht umgekehrt.«

»Möglich. Warum nicht. Kann sein, vielleicht. Wer weiß?«, erwidert Jake achselzuckend. »Das soll wohl bei der gerichtlichen Untersuchung festgestellt werden.«

Ich nehme die Kopien, die er für mich angefertigt hat, und beginne zu lesen.

Das meiste ist Fachchinesisch: *Myokardinfarkt. Intubation. Rigor mortis, Livores mortis.* Ich halte mich lieber an Ausdrücke, die ich verstehe. *Stirntrauma. Prellungen an Hals und Armen. Unnatürliche Todesursache nicht ausgeschlossen.*

»Wurden in dem Zimmer Fingerabdrücke gefunden?«, fragt Jake.

Diesmal zucke ich die Achseln. »Nein. Nicht mal die üblichen Teilabdrücke, die man normalerweise in einem Hotelzimmer erwarten würde.«

»Und andere Beweismittel?«, fragt er. »Hatte er irgendwas Ungewöhnliches bei sich? Befand sich irgendwas in dem Zimmer, das nicht dahin gehörte?«

»Er hatte sein Handy und eine Brieftasche in den Hosentaschen. Seine Kleidung lag noch ordentlich gefaltet im Koffer. Interessanterweise waren alle Kleidungsstücke neu – es hingen sogar noch die Preisschilder dran. Was er anhatte, war auch ziemlich neu, jedenfalls kaum getragen. Auf dem Bett lag ein noch originalverpackter Schlafanzug, und im Bad haben wir eine neue Zahnbürste und eine frische Tube Zahnpasta sichergestellt. Ansonsten war das Zimmer makellos sauber.«

»Was natürlich verdächtig ist. Eigentlich hätten da überall Fingerabdrücke sein müssen – die des Opfers, die von vorherigen Gästen, vom Hotelpersonal.« Jake überlegt. »War irgendwas *nicht* vorhanden, was man in einem Hotelzimmer erwarten würde?«

Ich stutze. Von der Warte aus habe ich das noch gar nicht betrachtet.

»Lass mich nachdenken.«

»Rasierapparat?«

»Ach so, ja. In seinem Koffer waren ein neuer Rasierapparat und ein ungeöffnetes Päckchen Klingen.«

»Kamm? Bürste?«

»Nur ein Kamm. Im Bad.«

»Autoschlüssel? Ich nehme an, er ist mit dem Auto zum Westin gefahren?«

»Ja. Seine Schlüssel lagen auf der Kommode.«

»Waren an demselben Schlüsselbund auch seine Hausschlüssel?«

Ich muss einen Moment überlegen. »Es war ein ziemlich dicker Schlüsselbund«, sage ich dann. »Aber wäre das nicht verräterisch gewesen? Er hat doch bestimmt nicht die Schlüssel zu allen drei Häusern am selben Schlüsselbund mit sich herumgetragen, oder?«

»Wahrscheinlich hatte er auch noch andere Schlüssel – die zu seiner Praxis, zu seinem Büro in der Klinik. Ein paar Schlüssel mehr oder weniger am Schlüsselbund wären nicht weiter aufgefallen, außer jemand hätte Verdacht geschöpft und nach bestimmten Schlüsseln gesucht«, sagt Jake.

Etwas nagt an mir, während er spricht. Was würde ich bei mir haben, wenn ich mir ein Hotelzimmer genommen hätte? Klamotten. Toilettenartikel. Brieftasche, Handy und Schlüssel. Aber irgendwas fehlte noch …

»Was ist mit dem Zimmerschlüssel?«, frage ich.

»Hä?«

»Ich kann mich nicht erinnern, in den Beweismittelbeuteln einen Zimmerschlüssel gesehen zu haben. Das werde ich natürlich noch mal überprüfen. Schließlich habe ich nicht direkt danach gesucht.«

»Der ist bestimmt dabei«, sagt Jake. »Er brauchte den Schlüssel ja, um in das Zimmer zu kommen. So was Offensichtliches übersieht man leicht.«

»Trotzdem kann es nicht schaden, noch mal nachzusehen«, entgegne ich.

»Gründlichkeit hat noch nie geschadet«, stimmt Jake mir zu, als ich das Zimmer verlasse.

Kapitel 13

MJ

Kaum habe ich aufgelegt, bereue ich es auch schon, mit der Journalistin gesprochen zu haben. Aber etwas wundert mich. Ganz so viel habe ich wirklich nicht ausgeplaudert, auch wenn ich ziemlich betrunken war. Diese Journalistin verfügt eindeutig über Informationen, die *ich* ihr nicht gegeben habe.

Ich hätte nie damit gerechnet, dass der Artikel für so viel Wirbel sorgen würde. Oder dass weitere Berichte folgen, dass im Fernsehen und Radio über meine Situation berichtet werden würde, dass plötzlich Übertragungswagen mit Satellitenschüsseln vor meiner Tür auftauchen würden. *Da laust mich doch der Affe,* wie meine Großmutter sagen würde. Der Zirkus, den das alles ausgelöst hat! Plötzlich stand das Telefon nicht mehr still, weil so viele Journalisten anriefen – bis ich es irgendwann leid war und den Stecker aus der Dose gezogen habe.

Aber heute Morgen klingelte plötzlich andauernd mein Handy, dabei haben nur meine engsten Freunde die Nummer. Irgendjemand hat mich verraten. Ich schalte das Handy ab und gehe in den Garten. Beim Unkrautjäten kann ich die

Welt um mich herum vergessen. Solange ich zwischen den Lavendelbüschen im Dreck knie, umgeben von dem dreieinhalb Meter hohen Zaun, den John um den Garten gezogen hat, um unsere Privatsphäre zu schützen, bin ich in Sicherheit. Ich atme tief ein, so wie ich es bei meinen Entspannungsübungen mache. *Ein, aus, ein, aus, ein, aus.* Nach einer Stunde Unkrautjäten und Atemübungen schlägt mein Herz wieder ruhiger, und ich kann wieder klar denken.

Ich gehe ins Haus, um ein Glas Wasser zu trinken. Ich mache mir Sorgen um meine Kolibripflanzen (*Monardella macrantha*); die Blätter haben braune Flecken, und die leuchtend roten Blüten lassen die Köpfe hängen. Ich wasche mir an der Küchenspüle den Dreck von den Händen und gehe. ohne nachzudenken, an die Haustür, als es klopft. Dummerweise mache ich auf.

Ein Tumult bricht los. Leute springen aus Autos und kommen auf mich zugerannt, Blitzlichtgewitter, alle schreien durcheinander. *Seit wann wissen Sie es, MJ? Wie kommen Sie damit zurecht?* Ich knalle die Tür zu. Aber sie lassen nicht locker. Anfangs sind es nur die Lokalsender. KGO, KTVU. Dann CNN, CBS und NBC. Ich gehe zum AT&T-Laden und lasse mir eine neue Handynummer geben, aber sie kriegen sie irgendwie raus. Die Geschichte scheint sich rasend schnell zu verbreiten. Alle Klatschblätter bringen sie, drucken Folgeartikel, graben Einzelheiten aus, von denen ich nie gedacht hätte, dass sich jemals jemand daran erinnern würde. Wie ich in den Achtzigerjahren, als die Jungs noch klein waren, aus der Wohnung in San Francisco verschwunden bin, ohne die letzte Miete zu bezahlen, um reinen Tisch zu machen für einen Neuanfang. Den ich auch bekam, und zwar in Santa

Cruz in einem winzigen Haus, das sich offenbar mal jemand aus Holzbalken zusammengezimmert und als Feriendomizil benutzt hatte. Auch das finden die Journalisten heraus und auch, dass ich Anfang der Neunzigerjahre mal zu ich weiß nicht mehr wie vielen Stunden gemeinnütziger Arbeit verurteilt wurde, weil ich in meinem Garten Marihuana gezogen und verkauft hatte. *Ja, verflucht,* sage ich laut, als ich die Meldung im Radio höre, *ich musste halt irgendwie meinen Lebensunterhalt verdienen.*

Natürlich bekommen die Journalisten spitz, wo ich arbeite, und interviewen meine Kollegen, die sich anonym – wie nicht anders zu erwarten – über meine Kleidung und meine Frisur und meine schlampige Erscheinung auslassen. Zum Glück äußert sich niemand negativ über die Qualität meiner Arbeit. Kaum auszuhalten ist es zu erleben, wie sich David Letterman und Jay Leno über John – und damit indirekt auch über mich – lustig machen. *Was ist der Nachteil, wenn man drei Ehefrauen hat? – Man hat drei Schwiegermütter!* Und: *Bigamie bedeutet, eine Frau zu viel zu haben. Monogamie ist dasselbe.* In albernen Radiosendungen spekulieren Moderatoren über Johns Sexualleben. Eine Zeitung schreibt, dass John an Thanksgiving und zu Weihnachten immer dreimal Truthahnbraten vorgesetzt bekam. Schwachsinn. Oder nicht? John musste Weihnachten immer arbeiten, das hat er jedenfalls behauptet, deswegen haben wir immer schon mittags gegessen, damit er rechtzeitig in die Klinik kam. Aber wenn ich's mir jetzt überlege – ein plastischer Chirurg, der an Feiertagen im Krankenhaus Dienst hat? Vielleicht für den Fall, dass jemand wegen einer zu großen Nase notoperiert werden muss? Das Beschämendste ist, wie durchsichtig seine Lügen waren. Die Vorstellung, wie er am Weihnachtsabend mit Deborah und seinen Kindern seinen zweiten Truthahnbraten isst, lässt mich vor Wut rot anlaufen. Den dritten Truthahnbraten muss sich irgendein Journalist oder Nachbar ausgedacht haben, da John und Helen noch nicht lange genug verheiratet waren, um gemeinsam Weihnachten zu feiern.

Vielleicht bin ich ja naiv, aber ich hätte nicht gedacht, dass unsere Nachbarn sich so sehr für uns interessierten. Aber woher sollten sie sonst so viel über uns wissen? Haben unser Gärtner und unsere Putzfrau etwa geplaudert? Die Grundstücke in unserer Gegend sind riesig, es gibt jede Menge große Bäume und Sträucher, von unserem Haus aus kann man die anderen Häuser nicht sehen, unser Gartenzaun ist über drei Meter hoch. John war seine Privatsphäre wichtig. Trotzdem wusste irgendjemand, dass wir die meiste Zeit im Garten verbracht haben, dass wir viel gegärtnert und gern unterm Sonnenschirm gesessen und süßen Tee getrunken haben, selbst im Winter. Irgendjemand wusste sogar, wie viel wir für das Haus bezahlt haben, jemand kannte die Farbe der Bougainvillea, die wir gepflanzt haben. Irgendein besonders aufmerksamer Nachbar hat sogar gehört, wie John jeden Morgen kurz nach fünf losgefahren ist. *Selbst am Wochenende. Wie kann es sein, dass sie nichts gemerkt hat?*

Das ist natürlich die Eine-Million-Dollar-Frage.

Kapitel 14

Helen

Ich bin Spezialistin für akute lymphatische Leukämie bei Kindern. Je jünger der Patient, desto weniger Zeit bleibt uns. Die Zellen wachsen und verteilen sich in einem rasanten Tempo, es ist ein fast aussichtsloses Rennen gegen einen unglaublich schnellen Gegner. Normalerweise behandle ich die Kinder mit einer Kombination aus Chemotherapie und gezielter Gabe eines Tyrosin-Kinase-Hemmers. *Hemmer. Hemmerin.* Das bin ich. Eine introvertierte Hemmerin. Meine Aufgabe ist es, zu verhindern, aufzuhalten, Schutzmechanismen und Abwehrstrategien gegen Krebszellen zu entwickeln. In meinem Privatleben beherrsche ich all diese Techniken auch ziemlich gut. Aber John hatte alle meine Schutzwälle überwunden. Ich weiß immer noch nicht, wie ihm das gelungen ist.

Ich habe mir über die Jahre einen Namen gemacht. Ich lasse meine beruflichen Erfolge für sich sprechen, und es erfüllt mich mit Befriedigung, dass mein Terminkalender stets voll ist, auch wenn es gleichzeitig belastend ist, denn es zeigt, wie viele kranke Kinder es gibt, darunter viele hoffnungslose Fälle, die trotzdem die Hoffnung nicht aufgeben, dass ich ihnen eine Chance geben kann. Da ich meine Forschungsergebnisse regelmäßig veröffentliche – meine Artikel im *Journal of Adolescent and Young Adult Oncology* und im *Journal of Pediatric Hemotology* haben Preise gewonnen – und häufig auf Konferenzen spreche, gerate ich als Ärztin immer mehr ins Licht der Öffentlichkeit. Mein Privatleben dagegen habe ich schon immer sehr abgeschirmt. Aber das ist inzwischen unmöglich.

Der Medienrummel ist unbeschreiblich. Ich weiß nicht, ob gerade eine Nachrichtenflaute herrscht, oder ob die Vorstellung von einem Mann mit drei Ehefrauen einfach so überaus pikant ist, dass die Nachricht alles andere von den Titelseiten verdrängt hat. Es bereitet mir Genugtuung, dass es bisher noch niemandem gelungen ist, ein brauchbares Foto oder Video von mir zu machen. Sobald ich vor die Tür gehe, verdecke ich mein Gesicht. Die meisten Printmedien und Fernsehsendungen benutzen mein offizielles Foto von der Webseite der Klinik, das mich mit einem nichtssagenden Kurzhaarschnitt und einem gekünstelten Lächeln zeigt. Kein besonders schmeichelhaftes Foto.

Über die Beharrlichkeit der Reporter und Journalisten kann ich nur staunen. Der Leiter der Presseabteilung der Klinik hat Sicherheitspersonal eingestellt, um die Medienvertreter am Betreten der Klinik zu hindern. Aber irgendein Judas aus dem Kollegium muss einen Nebeneingang geöffnet haben, denn heute Morgen wäre ein Fernsehteam beinahe bis in mein Sprechzimmer vorgedrungen. Ich unterhielt mich gerade mit den verzweifelten Eltern einer Zehnjährigen, denen ich leider erklären musste, dass die vielen blauen Flecken an den Armen und Beinen ihrer Tochter wahrscheinlich nicht vom Fußballtraining herrühren. Meine Sprechstundenhelferin entdeckte die Kameras und hat umgehend den Leiter der Presseabteilung verständigt, der daraufhin die Sicherheitsleute heraufgeschickt hat, um die Reporter gerade noch rechtzeitig aus dem Gebäude zu werfen. Eine besonders raffinierte Journalistin hat ihrer kleinen Tochter tatsächlich die Knie verbunden und hätte es um ein Haar in mein Sprechzimmer geschafft, wenn nicht eine gewitzte Krankenschwester sie aufgehalten hätte.

Von mir bekommen die Reporter nichts, aber trotzdem kennen sie alle Fakten. Und die sind so provokant, dass sogar die *Los Angeles Times* einen Artikel darüber gebracht hat. Ebenso wie die *Newsweek*, die *Time* sowie die Zeitschriften *People* und *InTouch* und einige weniger bekannte Blätter. Ich ignoriere die Nachrichten auf meiner Mailbox, in denen ich eingeladen werde, bei *Good Morning America, Morning Joe* und anderen Radio- oder Fernsehshows aufzutreten. Ich denke an die anderen beiden Ehefrauen und frage mich, ob sie wohl reden. Seit dem ersten katastrophalen Artikel im *Chronicle* – das Loch im Damm, das diese Flut ausgelöst hat – habe ich nirgendwo einen Kommentar von einer der beiden gelesen oder gehört.

Es ist eine schlüpfrige Geschichte. Man erzählt sie sich in den Aufzügen und in den Pausenräumen der Klinik. Leute verstummen, wenn ich die Cafeteria betrete oder an der Schwesternstation vorbeigehe. Ein ahnungsloser Krankenpfleger hat sogar mir davon erzählt. *Haben Sie schon gehört?*, flüsterte er vernehmlich zum Entsetzen der Umstehenden, während ich meine Kaffeetasse füllte. *Dieser Arzt war mit drei Frauen verheiratet! Und eine von denen arbeitet sogar hier!* Ich brachte gerade noch ein *Das ist ja ein Ding!* heraus, bevor jemand dazu kam, ihn ebenfalls im Flüsterton ins Bild zu setzen. Er lief puterrot an, aber ich konnte es dem Mann nicht übel nehmen. Wenn ich nicht persönlich in die Geschichte verwickelt wäre, hätte ich sie womöglich selbst weitererzählt. Nur eine Handvoll Leute an der Klinik wusste, dass John und ich ein Paar waren. Noch weniger wussten, dass wir sogar verheiratet waren. Aber bei dem Presserummel muss ich mich wohl oder übel damit abfinden, dass alle hier über mein Privatleben informiert sind.

Dann das plötzliche Schweigen, wenn ich ein Untersuchungszimmer betrete. Und das Mitleid in den Augen meiner Patienten. Mitleid von Leuten, die selbst das Schlimmste durchmachen. Wahrscheinlich mischt sich auch eine gewisse Schadenfreude in ihr Mitgefühl. Ich kann's ihnen nicht verdenken. Ich muss die Klinik durch einen Seiteneingang verlassen, um den Reportern und Fotografen nicht in die Arme zu laufen. Wenn ich abends nach Hause komme, muss ich mich durch eine Menschenmenge kämpfen und mir zum Schutz vor den Kamerablitzen eine Hand vors Gesicht halten. Ich habe aufgehört, mich mit Freunden zu treffen. Ich bleibe von Tag zu Tag länger in der Klinik, bis nur noch die hartnäckigsten Reporter übrig sind.

Diese Reporter sind verdammt gut. Sie haben eine ganze Reihe von Leuten aufgestöbert, die bereit sind zu reden. Natürlich wollen alle ungenannt bleiben. *Anonymen Quellen zufolge ... Quellen aus dem nahen Umfeld des Opfers sagen ...* Eigentlich dürfte es mich in Anbetracht meiner Menschenkenntnis gar nicht so sehr schockieren, dass einige meiner Kollegen keine Hemmungen haben, in allen Einzelheiten über meine Person und meine Gewohnheiten zu sprechen. Die Reporter wissen von unserem Lieblingsrestaurant am Broadway. Sie wissen genau, welchen Rotwein wir immer getrunken haben. Dass wir hin und wieder in die Oper gegangen sind. Im Vergleich zu dem, was über MJ – Ehefrau Nr. 2 – in den Zeitungen steht, ist das, was man über mich schreibt, immerhin eher schmeichelhaft. *Hoch angesehen. Still und fleißig. Kann ein bisschen spröde sein.* Trotzdem wird mir jedes Mal ganz heiß, wenn ich in der Boulevardpresse über unsere Beziehung lese, wenn ich feststelle, dass ihnen bei ihren gründlichen Recherchen nichts entgangen ist. *Das verliebte Paar wurde oft am frühen Morgen, bevor der Arbeitstag in der Klinik begann, händchenhaltend im Café Three Roses gesehen.* Und: *Einmal wurden sie dabei beobachtet, wie sie sich auf dem Parkplatz leidenschaftlich küssten.* Und: *Sie fährt einen Prius, in den der massige Doktor nur mit Mühe hineinpasste, aber so dicht zusammengequetscht zu sein, scheint den beiden nichts ausgemacht zu haben.*

Es schmerzt, aus der Zeitung Dinge über John zu erfahren, die ich nicht gewusst habe. Zum Beispiel, dass er einmal ein passabler Jazzpianist gewesen ist. Ich konnte es kaum fassen. Das Foto in der Todesanzeige war ein Ausschnitt von einem Auftritt. Er hat regelmäßig in allen möglichen Jazzschuppen in Chicago gespielt – im Birdhouse, im Velvet Lounge, im Andy's. Der John, den ich kannte, mochte keine Musik, er schaltete das Radio aus, wenn er zu mir ins Auto stieg, schüttelte den Kopf, wenn ich ihn zu Hause fragte, ob ich eine CD auflegen sollte. Ich habe ihn für vollkommen unmusikalisch gehalten, ihn sogar damit aufgezogen. Habe ihm angeboten, ihm meine Lieblingsaufnahmen vorzuspielen. Alles klassische Musik. Ich habe nie ein Ohr für etwas anderes entwickelt als das, was mein Vater spielte. Beethoven. Bach. Brahms. Im Nachhinein schäme ich mich für meine voreiligen Mutmaßungen über John, für die naive Gewissheit, die Situation im Griff zu haben. Offenbar bin ich in jeder Hinsicht zum Narren gehalten worden.

Am Tag nach dem Artikel in der *New York Times* ist es am schlimmsten. Noch mehr Medienleute als sonst drängeln sich vor dem Seitenausgang der Klinik – sie haben meine Strategie entdeckt – und vor meinem Haus. Als ich mich endlich in meiner Wohnung in Sicherheit gebracht habe, schließe ich die Tür zweimal ab und lehne mich erleichtert dagegen. Von Johns letztem Besuch ist noch eine halbe Flasche Rotwein übrig. Ich fülle etwas davon in ein Wasserglas und öffne die Schiebetüren zu meinem Eckbalkon. Ich habe mir diese Eckwohnung ausgesucht wegen der Aussicht sowohl auf die Berge als auch auf die Stadt. John liebte diese Wohnung. Vor allem die hohen Palmen auf dieser Seite der Straße, die vor dem alten Wohnblock standen, der abgerissen wurde, um Platz zu schaffen für das neue Gebäude. Als ich es mir gerade mit meinem Wein in einem Liegestuhl bequem gemacht habe, rieche ich den Rauch. Zigarettenrauch. Er scheint vom Nachbarbalkon zu kommen, was merkwürdig ist, denn seit ich vor drei Jahren hier eingezogen bin, wurde ich noch nie von Zigarettenqualm belästigt. Unsere Hausordnung verbietet das Rauchen außerhalb der eigenen vier Wände, vor allem auf den Balkonen, von wo aus der Qualm in andere Wohnungen ziehen kann. Durch die Pflanzen, die ich vor die Stucksäulen gestellt habe, die die Balkone trennen, sehe ich eine junge Frau, die die Beine hochgelegt hat. Im nächsten Augenblick stößt sie eine große Qualmwolke aus, die der Wind mir direkt ins Gesicht treibt. Anstatt vom Balkon aus zu rufen, entschließe ich mich, höflich zu sein und an ihre Wohnungstür zu klopfen.

Nach dreißig Sekunden geht die Tür auf. Die junge Frau steht vor mir, die Zigarette in der Hand. Ein bisschen verlegen stelle ich mich als ihre Nachbarin vor. An Orten, wo ich Autorität besitze, habe ich kein Problem damit, bestimmt aufzutreten, aber das hier ist eine Grauzone. Ich kann ihr schlecht das Rauchen in ihrer eigenen Wohnung verbieten, und es scheint mir kleinlich, ihr vorzuschreiben, wie sie sich auf ihrem eigenen Balkon verhalten soll. Aber noch ehe ich dazu komme, mich zu dem Problem zu äußern, sagt sie, ohne zu fragen, was ich von ihr möchte: »Kommen Sie doch rein.« Um nicht unhöflich zu wirken, folge ich ihrer Einladung, obwohl ich das Gespräch lieber auf dem Flur geführt hätte, auf neutralem Boden.

»Entschuldigen Sie«, sagt sie, drückt eine Taste auf ihrem Telefon und lässt es in ihre Tasche gleiten. Die Zigarette in der Linken, streckt sie mir ihre Rechte hin. »Beth«, sagt sie.

»Helen«, sage ich. Ein peinliches Schweigen entsteht, dann zeige ich auf ihre Zigarette. »Würde es Ihnen etwas ausmachen, nicht auf dem Balkon zu rauchen?«, sage ich. Dann füge ich nach kurzem Zögern hinzu: »Der Rauch weht direkt in meine Wohnung.«

Ein seltsamer Ausdruck legt sich auf das Gesicht der jungen Frau. Fast so etwas wie Genugtuung. »Tut mir leid«, sagt sie, »daran hatte ich nicht gedacht.« Kein Wort davon, dass sie in Zukunft auf das Rauchen auf dem Balkon verzichten wird. Stattdessen nimmt sie einen tiefen Zug von ihrer Zigarette und bläst den Rauch zur Seite. »Kann ich Ihnen irgendetwas anbieten? Ein Glas Wein vielleicht?« Darauf habe ich jetzt überhaupt keine Lust, aber ich füge mich in die Situation. Schließlich will ich dafür sorgen, dass auf meinem Balkon die Luft nicht verschmutzt wird, und ein Gläschen mit meiner Nachbarin zu trinken, hilft mir vielleicht, mein Ziel zu erreichen.

Ohne auf meine Antwort zu warten, verschwindet sie in der Küche. Die Wohnung ist genauso aufgeteilt wie meine, nur spiegelverkehrt und in modernem Stil eingerichtet, mit ledernen Sitzmöbeln, die eher unbequem aussehen, und leuchtenden Primärfarben. Sie kommt mit zwei Gläsern Rotwein zurück. Die Zigarette hat sie offenbar ausgemacht.

»Sie sind Ärztin, nicht wahr?«, sagt sie, als sie mir ein Glas reicht und mir bedeutet, auf einem leuchtend roten Sofa Platz zu nehmen.

»Ja«, antworte ich. Dann, nachdem ich mich auf das kalte, glatte Sofa gesetzt habe: »Woher wissen Sie das?« Nach dem Stress mit den Medienleuten heute bin ich misstrauisch und auf der Hut.

»Ich sehe Sie öfter aus dem Haus gehen«, sagt sie. Aber das erklärt es nicht, denn ich ziehe meinen Arztkittel immer erst in der Klinik an. Am frühen Morgen sehe ich aus wie jede andere berufstätige Frau. Als ich sie darauf hinweise – wahrscheinlich wirke ich ein bisschen allzu nervös –, lacht sie und meint, vermutlich habe sie meinen Namen auf dem Adressaufkleber einer medizinischen Zeitschrift im Hauseingang gelesen. Angesichts der zahlreichen Fachzeitschriften, die ich beziehe, scheint mir das plausibel.

»Wie geht es Mr Helen?«, fragt sie beiläufig. Auf meinen fragenden Blick hin fügt sie hinzu: »Ihrem Mann, meine ich. Wie heißt er? Ich bin ihm schon öfter auf dem Flur begegnet, aber wir haben uns einander nie vorgestellt.«

»John«, sage ich. Ich beschließe, nichts davon zu erwähnen, dass John nicht mehr lebt. Wenn ich darüber nachdenke, hat er eigentlich nie existiert. Nicht der Mann, für den ich ihn hielt, nicht das Leben, das ich zu führen glaubte.

Ein paar Minuten lang trinken wir schweigend unseren Wein. »Und was machen Sie, Beth?«, frage ich schließlich, um irgendetwas zu sagen.

»Ich arbeite als Schreibkraft«, sagt sie. Wie um das Thema schnell zu beenden, fragt sie hastig: »Wie lange sind Sie schon verheiratet?«

»Ein halbes Jahr«, entgegne ich. Das war nicht so schwer. Keine Lüge, aber auch nicht die ganze Wahrheit.

Ich trinke noch einen Schluck und stelle überrascht fest, dass das Glas fast leer ist.

»Moment«, sagt sie, springt auf, verschwindet in der Küche und kommt mit der Flasche zurück. Sie füllt uns beiden nach. »Also ganz frisch verheiratet«, bemerkt sie.

»Ja, so könnte man es nennen.« Ich rede schon genauso, wie die Zeitungen über uns schreiben. »Sozusagen in der Kennenlernphase. Einander noch ein bisschen fremd, aber auf spannende Weise.«

Ich erkenne die Frau, die dieses dumme Zeug von sich gibt, nicht wieder, und das ist gut so, denn ich möchte nichts mit dieser Person zu tun haben, möchte kein schlechtes Gewissen haben wegen der Lügenmärchen. Flüchtig frage ich mich, wie eine Schreibkraft sich eine Wohnung in diesem

Gebäude leisten kann, lasse den Gedanken jedoch wieder fallen. Wahrscheinlich hat sie einen Partner mit Geld.

Wieder vergehen einige Minuten in Schweigen. Dann fragt sie beiläufig, während sie in ihr Weinglas schaut: »Sind Sie nicht die Ärztin, über die neuerdings überall in den Medien berichtet wird?«

Als ich zusammenzucke, setzt sie hastig nach: »Tut mir leid. Ich habe Leute im Aufzug darüber reden hören. Sie wissen schon. Bei all den Medienleuten, die das Haus belagern.« Offenbar wirke ich immer noch entgeistert, denn sie fügt in mitfühlendem Ton hinzu: »Es muss wirklich schlimm sein, auf diese Weise ins Licht der Öffentlichkeit gezerrt zu werden. Als wäre es nicht genug, so hintergangen worden zu sein.«

»Ja, es ist verdammt schlimm«, sage ich und bemerke, dass mein Glas schon wieder voll ist. Ich habe mich stets bemüht, ein möglichst unauffälliges Leben zu führen, bin immer nur an der Oberfläche aufgetaucht, um meine Testergebnisse, mein Fachwissen, meine Diagnosen zu verkünden. Aber von jetzt an wird man mich als die Frau kennen, die mit dem Mann verheiratet war, der drei Ehefrauen hatte. Wohin könnte ich fliehen? Nach New York? Chicago? Houston? Ich könnte jederzeit eine Anstellung in einer anderen Universitätsklinik finden. Aber es würde kein Entrinnen geben. Ich weiß nur zu gut, dass Assistenzärzte ihre Lehrer und ihre potenziellen Lehrer googeln – wie sie ihnen beinahe nachstellen, um zu erfahren, welche Forschungsgelder ihnen zugesprochen wurden, was sie veröffentlicht haben, wie oft sie auf Ärztekongressen Vorträge halten; wie sie mit detektivischem Spürsinn sogar Informationen über das Privatleben ihrer Lehrer sammeln. Nein, von hier wegzuziehen wäre zwecklos. Der Makel klebt an mir. Ich werde ihn nie wieder loswerden. »Ich bin erledigt«, sage ich laut, woraufhin die Frau begierig fragt: »Erledigt? Inwiefern?«

Ich schüttle wortlos den Kopf. Warum es ihr erklären? Ich schäme mich dafür, wie stolz ich darauf war, ein genügsames Leben zu führen. Jetzt hat mein Schutzschild Risse bekommen, und Wut sickert durch die undichten Stellen.

»Nach allem, was ich gehört habe, sind Sie hinters Licht geführt worden«, sagt die junge Frau. Sie beugt sich vor und fummelt an ihrem Telefon herum, ihren Wein hat sie anscheinend vergessen.

Durch den Nebel der Weinseligkeit höre ich sie weitersprechen. »Ich würde ihn umbringen wollen.«

»Ja, der Gedanke ist mir auch schon gekommen«, erwidere ich, ohne nachzudenken. Dann korrigiere ich mich. »Er war schon tot, als ich die Wahrheit erfahren habe.« Ich versuche, mich auf sicheres Terrain zu retten. »Ich hatte also keine Gelegenheit, ihn zur Rede zu stellen, ihn zu fragen, *warum* oder *warum ich.*«

Die junge Frau nickt, als hätte ich etwas ganz besonders Kluges gesagt. »Sie haben sich bestimmt gefragt, warum er aus all den Frauen, denen er jeden Tag begegnete, ausgerechnet Sie ausgesucht hat. Ich meine, in seinem Beruf muss er doch mit sehr vielen Frauen zu tun gehabt haben.«

Ich gehe nicht auf ihre Anspielung ein. »John hat keine kosmetischen Operationen durchgeführt. Das haben nur seine Partner gemacht. In eine Frau, die ihn deswegen aufgesucht hätte, hätte er sich nie verliebt. Das hätte ihn eher abgeschreckt.«

»Und woran ist er gestorben? An einem Herzinfarkt? Finden Sie das nicht irgendwie passend? Für einen Mann mit drei Ehefrauen?«, fragt sie. »Dass sein Herz irgendwann nicht mehr mitgemacht hat?«

»Vielleicht«, sage ich. »Das Herz, dieser unersetzbare Motor, ist einfach stehen geblieben.« Meins schmerzt vor Trauer. Und nimmt eine so empfindliche Stelle in meiner Brust ein. Während meiner Assistenzzeit in der Kardiologie hatte ich einen ägyptischen Professor. Er hat mir einmal erzählt, dass man in seiner Heimat von den Toten sagt, ihr Herz sei fortgegangen. Beim Totengericht werde das Herz gewogen: In die eine Waagschale komme das Herz, in die andere die Feder der Wahrheit. Ein von Sünde und Verderbtheit unbelastetes Herz sei so leicht wie diese Feder, und sein Besitzer gehe ins ewige Leben ein. Aber ich weiß, dass mein Herz nicht federleicht ist. Das Jenseits, das auf mich wartet, wird kein Ort der Freude sein.

Ich ermuntere meine kleinen Patienten gern dazu, ihre Symptome mithilfe von Metaphern zu beschreiben. Die Bilder, die sie benutzen, sind häufig unglaublich aufschlussreich. Ein Kind sagte einmal: »Ein kleiner Vogel mit einem spitzen Schnabel pickt an mir. Sein Schnabel ist ganz voll Blut.« Als ich das Kind untersuchte, fand ich prompt die verräterischen Petechien, die für Leukämie bei Kindern typischen winzigen roten Punkte unter der Haut.

Und meine Metaphern? Lauter Klischees. Mir blutet das Herz. Mir ist schwer ums Herz. Gandhi, mein Held, hat einmal gesagt: *Ein Herz ohne Worte ist besser als Worte ohne Herz*. Aber was ist, wenn man weder Worte noch ein Herz hat? Ich habe nichts mehr zu sagen. Und genau das ist meine Rettung. Denn plötzlich wird mir klar, warum die junge Frau dauernd an ihrem Telefon herumfummelt, warum sie mir so neugierige Fragen stellt, sogar, warum sie behauptet, sie arbeite als Schreibkraft. »Sie sind Journalistin«, sage ich.

Nach kurzem Zögern nickt sie. *»The Star«*, sagt sie. »Man hat mir fünfzigtausend für ein Exklusivinterview geboten. Ich habe Ihre Nachbarn bestochen, damit sie heute Abend ausgehen.«

»Sie haben mich mit dem Zigarettenrauch hierhergelockt?«, frage ich ungläubig. Dann muss ich über ihren genialen Einfall laut lachen.

»Ich rauche eigentlich gar nicht«, erklärt die junge Frau. »Aber der Trick funktioniert hier an der Westküste immer. Leute, die einem sonst niemals die Tür aufmachen würden, kommen sofort herausgerannt, wenn es darum geht, sich gegen Zigarettenrauch zu schützen.«

Ich zeige auf ihr Handy, das sie in der Hand hält. »Nehmen Sie das alles auf?«

Sie nickt. »Sie haben mir gutes Material geliefert, aber nichts, wofür Sie sich schämen müssten. Sie erscheinen als eine Frau mit gebrochenem Herzen, aber zugleich würdevoll.«

Gebrochenes Herz. Schon wieder eine Metapher. »Ich nehme nicht an, dass es eine Möglichkeit gibt, Sie zu bitten, meine Privatsphäre zu respektieren?«, frage ich.

Sie schüttelt den Kopf, aber ich meine echtes Bedauern in ihrer Miene zu entdecken. »Manchmal ist mir meine Arbeit unangenehm, aber arbeitslos zu sein wäre mir noch viel unangenehmer. Aber, wie gesagt, machen Sie sich keine Sorgen. Schließlich haben Sie mir nicht Ihre Sexgeheimnisse verraten.«

»Das liegt daran, dass ich keine habe.« Im ersten Moment glaube ich, dass das stimmt, dass ich nichts zu verbergen habe und nichts bereue. Doch dann erinnere ich mich, und ich schweige.

»Birg, falscher Schein, des falschen Herzens Kunde«, sagt die junge Frau. Ich muss ein verblüfftes Gesicht machen, denn sie fügt hinzu: »Macbeth. Ich habe Englische Literatur studiert.« Sie wirkt ein bisschen verlegen, und ich glaube nicht, dass ich mir das einbilde. »Man landet immer in anderen Situationen, als man denkt«, sagt sie.

»Das stimmt allerdings«, erwidere ich, finde irgendwie den Weg zur Tür und gehe.

Kapitel 15

Helen

Unwillkürlich muss ich an meine Eltern denken, und ich bin froh, dass sie das nicht miterleben müssen. Meine Mutter. Sie würde sich mit den Zeitungsredakteuren anlegen, würde Protestbriefe schreiben, um mich zu beschützen, ihr einziges Kind. Aber sie lebt in einem Heim für Demenzkranke in Indianapolis und weiß nicht mehr, wozu man eine Gabel braucht, und noch weniger, dass sie eine Tochter hat. Mein Vater würde mich an einem guten Tag an sein Herz drücken und mit mir weinen. Heilende Tränen. An einem schlechten Tag würde er mich ohrfeigen und mich anfahren, ich solle mich gefälligst zusammenreißen. Trotzdem würde ich ihn nicht daran hindern können, auf die Reporter loszugehen und sie zusammenzuschlagen. Gegen Ende seines Lebens, als er ständig unter starken Medikamenten stand, hat er weniger geweint. Hin und wieder, wenn ihn der Drang überkam, ein Möbelstück zu zerschlagen oder irgendein Lebewesen zu verletzen, hat er einfach eine Tablette eingeworfen und sich für den Rest des Tages im Bett verkrochen. Wenn er am nächsten Morgen aufstand, war aus Mr Hyde wieder Dr. Jekyll geworden. Heute weiß man, dass man Edgar Allen

Poes Antihelden Lithium oder Valproat verschreiben hätte müssen. Wie viele große literarische Werke wirken durch den Fortschritt der modernen Psychiatrie veraltet und überholt? Irgendwann wird es ein Medikament und eine Therapie für Leute wie John geben, etwas, das solche Männer weniger charmant, weniger attraktiv wirken lässt, weniger gefährlich für die Frauen der Welt. Und auch für mich wird es das passende Medikament geben. Etwas, das mir hilft, wachsamer zu sein. Die Welt wird ein gesünderer Ort sein. Aber nach allem, was passiert ist, glaube ich, dass sie auch langweiliger sein wird.

Kapitel 16

San Francisco Chronicle
Mehrfach verheirateter Arzt laut Coroner keines natürlichen Todes gestorben
1. Juni 2013

Palo Alto – Der Coroner von Santa Clara County erklärte gestern, dass der an der Universitätsklinik von Stanford tätige Arzt, der gleichzeitig mit drei Frauen verheiratet war, eines unnatürlichen Todes gestorben ist. Zu dem Befund führten zahlreiche Hämatome sowie eine Einstichstelle am Rücken des Opfers. Quellen zufolge vermutet die Polizei, dass Dr. Taylor eine hohe Dosis Kalium injiziert wurde, was einen Herzinfarkt zur Folge hatte. Die Polizei hat bereits zahlreiche Zeugen vernommen, darunter auch die drei Ehefrauen, von denen zwei illegal mit dem Arzt verheiratet waren. Denselben Quellen zufolge stehen weitere Zeugenbefragungen aus. In der Stanford Memorial Church wurde eine große Trauerfeier abgehalten, ein geschlossener Sarg wurde feierlich beerdigt, allerdings ohne Leiche, die aufgrund verdächtiger Todesumstände noch nicht freigegeben wurde. »Es war alles nur Show«, so einer der Trauergäste, der anonym bleiben möchte.

Kapitel 17

Samantha

Die gerichtliche Untersuchung von John Taylors Tod hat also genau das ergeben, was Jake vorausgesagt hat. Unnatürliche Todesursache.

Der nächste Schritt ist die Feststellung des Todeszeitpunkts. Im Fernsehen sieht das immer so einfach aus, aber in Wirklichkeit ist es unglaublich kompliziert, den Todeszeitpunkt halbwegs genau festzulegen – wie mir jetzt klar wird. Laut Aussage des Leichenbeschauers vor Gericht kann John Taylor an dem Freitag irgendwann zwischen zwei und zweiundzwanzig Uhr gestorben sein.

Wir wissen allerdings, dass er um halb drei Uhr im Hotel eingecheckt hat, und da ging es ihm noch gut. Um 18:35 Uhr hat er sich Essen aufs Zimmer bestellt: ein Steak, medium, Bratkartoffeln, ein Glas Weißwein und zum Nachtisch Schokoladenfondue. Die junge Frau, die die Bestellung entgegengenommen hat, erinnerte sich noch gut daran, weil sie ausführlich mit Taylor über den Nachtisch gesprochen hat. »Ich habe ihm erklärt, dass das Fondue mindestens fünfzig Minuten brauchen würde, und ihn gefragt, ob wir ihm zuerst das Essen bringen sollten und das Fondue, wenn es fertig war«, sagte sie. »Aber er wollte, dass wir ihm alles gleichzeitig servieren.« Daher hat der Zimmerservicekellner erst um 19:50 Uhr an Taylors Tür geklopft. Keine Reaktion. Er hat mehrmals geklopft, aber es hat niemand geöffnet. »So was kommt vor«, meinte die junge Frau. Auf jeden Fall grenzt die Aussage das Fenster für den Todeszeitpunkt ein auf die Zeit zwischen 18:35 Uhr (da lebte Taylor nachweislich noch) und 19:50 Uhr (da war er wahrscheinlich schon tot).

Beim Abendessen erzähle ich Peter davon. Es gibt Muscheln, er war offenbar noch einmal bei Cook's Seafood und hat sich gesagt, wo er schon mal da war, konnte er auch gleich fürs Abendessen einkaufen. Also, nichts für ungut: Ich liebe es, mich von ihm bekochen zu lassen, aber ich finde, er sollte lieber an seiner Dissertation arbeiten. Ich berichte ihm, dass der Coroner aufgrund der Hämatome an Taylors Oberarm und Hals, der Einstichstelle und der hohen Kaliumwerte in seinem Blut eine polizeiliche Untersuchung verlangt hat.

»Okay, ihr habt also eine unnatürliche Todesursache, aber gibt es denn ein Motiv für einen Mord?«, fragt Peter. Mit seiner Gabel klaubt er eine Muschel aus der Schale und schiebt sie sich genüsslich in den Mund. Beim Essen wirkt er wie ein kleines Kind, so wie er jeden Bissen so vorsichtig probiert, als wäre er jeden Augenblick bereit, ihn angewidert wieder auszuspucken. Aber in Wirklichkeit ist er ein Genießer und ein fantastischer Koch. Die Muscheln sind dick und frisch und schmecken nach Knoblauch und Weißwein. Heute Nachmittag kann Peter unmöglich viel an seiner Dissertation gearbeitet haben. »Ich habe genug Krimis gesehen«, fährt er fort, »um zu wissen, dass das Motiv das A und O ist.«

»Ein Mann mit drei Ehefrauen?«, erwidere ich aufbrausender als beabsichtigt und fahre dann etwas ruhiger fort: »Der Typ hat ein ziemlich aufregendes Leben gehabt. An jeder Stelle, an der wir herumstochern, finden wir ein Motiv.« Ich verschlucke die Muschel, die ich mir in den Mund gesteckt habe, im Ganzen und muss sie mit einem ordentlichen Schluck Wein herunterspülen.

»Und was kommt als Motiv infrage?«, will Peter wissen, als ich mich erholt habe.

»Wut, Eifersucht, Rache«, sage ich. »Alles, was sich in Liebesbeziehungen anhäuft, und das mal drei.«

»Aber die einzige Ehefrau, die im Bilde war, ist die erste«, erinnert er mich. »Und sie hat alles akzeptiert. Sie hat doch sogar Regie geführt, oder?«

»Genau«, antworte ich, wieder ein bisschen ungehalten. Ich bin müde. Ich hole tief Luft und nehme mir vor, den Abend lieber zu genießen. Das Essen, das Zusammensein mit Peter – es ist schon mehr als eine Woche her, dass wir gemeinsam zu Abend gegessen haben –, die Erleichterung, die gerichtliche Untersuchung hinter mir zu haben. Ich versuche, meine Schultern zu entspannen, bewege den Kopf hin und her, um meine Nackenmuskeln zu lockern. Aber mein Körper verspannt sich sofort wieder. Früher war das genug, wir zwei zusammen bei einem einfachen, aber guten Abendessen. Aber in letzter Zeit habe ich immer mehr das Gefühl, dass etwas fehlt. Etwas am Fall John Taylor mit seinem Gespinst aus Liebe und Verrat verleidet mir das, was mir früher Halt gegeben hat.

Peter ist noch nicht bereit, das Thema fallen zu lassen. Vielleicht, weil er meinen Stimmungsumschwung nicht bemerkt hat. Oder vielleicht auch gerade deshalb. Mein Peter ist manchmal schwer zu durchschauen.

»Auf was wettest du?«, fragt er, während er sich ein Stück Knoblauchbrot abbricht. Winzige Stückchen fein gehackter Knoblauch rieseln vom Baguette. Ich überlege, wie lange er für das Hacken gebraucht hat. Was mich noch gereizter macht. Ich lege meine Gabel weg und trinke einen Schluck Wein. »Wann musst du eigentlich deine Doktorarbeit verteidigen?«

Peter wedelt mit dem Brot in der Luft. »Ende des Jahres. Reichlich Zeit.«

Dann mach dich an die Arbeit, denke ich, spreche es aber nicht aus. Stattdessen frage ich: »Wie kommst du denn voran?« Obwohl ich mir alle Mühe gebe, klinge ich genervt.

Peter zuckt die Achseln und ignoriert meine Frage. Typisch. Dann, was ebenfalls typisch ist, geht er zum Angriff über. Und das tut er, indem er mich mit Fragen in die Ecke drängt.

»Was glaubst du, wer's getan hat? Erzähl's mir«, sagt er. »Erzähl mir, wie du jetzt vorgehen willst.«

Er hat den Finger genau auf den wunden Punkt gelegt. »Ich weiß es nicht«, gebe ich zu. »Ich könnte die Ehefrauen noch mal vernehmen. Mir ein genaueres Bild verschaffen.« Plötzlich bin ich ganz unglücklich.

Daraufhin verwandelt Peter sich vom Angreifer zum Tröster.

»Du musst ja jetzt noch nicht die komplette Lösung parat haben«, sagt er sanft und schenkt mir Wein nach. Auch das ist typisch. Wenn er das Gefühl hat, er könnte mich verletzt haben oder dass ich aus irgendeinem anderen Grund leide, wird er sanft. Als könnte er sich nicht vorstellen, dass ich es aushalten kann.

»Die Leute machen die verrücktesten Sachen aus Liebe«, sage ich. »Oder aus einem Gefühl, das sie für Liebe halten.« Ich muss daran denken, wie Helen Richter mir von der Leidenschaft zwischen ihr und John Taylor erzählt hat; sie brachte es in einem trockenen, professionellen Ton vor, und doch so, dass es glaubhaft klang. Es war wie in diesem Buch von C.S. Lewis, das wir im Grundstudium in einem Seminar über romantische Liebe lesen mussten. *Überrascht von Freude.* Das trifft auf jeden Fall auf Dr. Richter zu.

»Ach ja? Und woher willst du das wissen?« Peter lächelt nicht, als er das fragt. Er betrachtet den Berg leere Muscheln auf seinem Teller. Wir nähern uns gefährlich der Auseinandersetzung, auf deren Vermeidung wir uns geeinigt haben. Ich lege meine Hand auf seine. »Die Muscheln waren super«, sage ich.

Er blickt auf und lächelt. »In der Küche bin ich immerhin zu etwas zu gebrauchen. Egal, was du sonst von mir halten magst.«

Kapitel 18

Samantha

Die Anrufliste auf jemandes Handy durchzugehen und seine E-Mails zu überprüfen ist etwa so, als würde man in seiner Unterwäsche wühlen. Das ganze Leben der betreffenden Person breitet sich vor einem aus. John Taylor hat hauptsächlich seine Mailbox abgehört und vorwiegend Anrufe aus seiner Praxis oder der Klinik erhalten. Eine Menge ausgehende Anrufe bei unterschiedlichen Nummern, die zu Patienten und deren Angehörigen gehören. Offenbar hat Dr. Taylor sich die Mühe gemacht, sich persönlich nach dem Befinden seiner jungen Patienten zu erkundigen, nachdem sie aus der Klinik entlassen wurden. Ziemlich viele eingehende Anrufe von Deborah. Anscheinend ist es genauso gewesen, wie sie gesagt hat: Sie hat sein Leben organisiert, seine Kreditkartenrechnungen bezahlt, seine Flüge nach L.A. und zu anderen Orten gebucht. Er hat es sogar ihr überlassen, die Tischreservierungen vorzunehmen, wenn er mit seinen anderen Frauen essen ging.

Gelegentlich ein Anruf von MJ, aber nicht so häufig, wie ich erwartet hätte. Und jeden Abend ein Anruf bei Helen. Jeden Abend um Punkt 21 Uhr hat er ihre Handynummer gewählt. Kein einziger Anruf von ihr bei ihm, aber sie hat ihm täglich an seine E-Mail-Adresse geschrieben: drtaylor3@taylorinstitute.com. Deborah hat an drtaylor1@taylorinstitute.com geschrieben und MJ an drtaylor2@taylorinstitute.com. Nicht besonders fantasievoll.

Aber nichts Verdächtiges in den Mails selbst. Nicht die Spur. Nirgendwo wird Wut oder Feindseligkeit zum Ausdruck gebracht. Der E-Mail-Verkehr zwischen Taylor und seinen Frauen enthält hauptsächlich kurze logistische Angaben: Wann er zu Hause sein würde, wann er verreisen würde. Deborah hat mir den Zugang zu John Taylors Online-Kalender bei Google verschafft, in dem sein Leben sich praktisch bis auf die Viertelstunde genau nachvollziehen lässt. Kein Wunder, dass der Mann nicht besonders spontan war – sein Lebensstil hat ihm kaum Raum dazu gelassen.

Aber als ich John Taylors Anrufliste für die achtundvierzig Stunden vor dem Zeitpunkt überprüfe, an dem er tot im Hotel Westin aufgefunden wurde, werde ich fündig. Alles ist so, wie die Ehefrauen es beschrieben haben – fast alles. Ein Anruf bei MJ am Donnerstagmorgen, der zehn Minuten gedauert hat – genug Zeit, um ein bisschen mit ihr zu plaudern und ihr zu erklären, dass er nach L.A. fliegen musste. Ab sechs Uhr am Freitagmorgen mehrere Anrufe von Deborah, alle äußerst kurz – ein, zwei Sekunden. Wahrscheinlich hat sie ihn nicht erreicht, aber auf keinen Fall hat sie ausführlich mit ihm gesprochen. Ich vermute, dass Deborah sich ans Telefon gehängt hat, als Taylor nicht wie üblich zum Duschen und Frühstücken zu Hause erschien. Mann, ist die Frau hartnäckig. Sie hat ihn angerufen, E-Mails und SMS geschickt – mehrmals pro Stunde den ganzen Freitag und am Samstag bis drei Uhr. Ziemlich genau bis zu dem Zeitpunkt, an dem Mollie bei ihr an die Tür geklopft und ihr die schlechte Nachricht überbracht hat. Es passt alles zusammen.

Solcherart Belästigung habe ich noch nie ertragen können. Peter ist meine erste Beziehung, und er ist normalerweise ziemlich locker. Aber ich erlebe diesen Stress bei einigen meiner Freunde, wie die sich gegenseitig hinterhertelefonieren und simsen, wenn irgendwas nicht so läuft wie geplant. Nicht zum ersten Mal frage ich mich, wie Beziehungen ausgesehen haben, bevor es Handys, E-Mail und Anrufbeantworter gab. Meine Generation ist mit diesen Dingen aufgewachsen, aber die Generationen vor uns? Damals müssen die Leute viel mehr Luft zum Atmen gehabt haben, und alles war geheimnisvoller. Ob sie auch misstrauischer waren? Aber ich kann mir nicht vorstellen, Peter zu misstrauen. Und es sieht auch nicht so aus, als hätten MJ und Helen John Taylor misstraut. Bisher stimmen die Unterlagen mit ihren Geschichten überein. Waren die alle dumm oder blind vor Liebe? Wahrscheinlich eine Mischung aus beidem. Ganz anders als Peter und ich. Unsere Beziehung ist einfach nur langweilig.

Dann entdecke ich zwei ausgehende Anrufe von John Taylors Handy am Freitagabend, und zwar genau innerhalb des Zeitfensters, in dem er nach unseren Erkenntnissen gestorben sein muss. Ich richte mich kerzengerade auf. Um 18:45 Uhr hat er MJ auf dem Handy angerufen. Das Gespräch hat nur fünf Sekunden gedauert – wahrscheinlich hat er aufgelegt, als die Mailbox angesprungen ist. Jedenfalls reichte die Zeit nicht für ein Gespräch. Oder um ihr eine Nachricht zu übermitteln. Dann, dreißig Sekunden später, hat er MJ eine

SMS geschickt. *Dringend. Komm ins Hotel Westin in Palo Alto, Zimmer 224. Sofort.*

Dann nichts mehr. Um 18:45 Uhr hat John Taylor also noch gelebt – da hat er MJ in sein geheimes Hotelzimmer bestellt. Das erfordert eine genauere Untersuchung. Ich nehme das Telefon und lade MJ vor.

Kapitel 19

MJ

Wenigstens haben sie bei der Polizei eine Klimaanlage. Diese Hitze macht mich fertig, sie erinnert mich an Tennessee und die albernen Bemerkungen, die die Leute dort über die Hitze machten. *Bei der Hitze schwitzen die Nutten in der Kirche. So heiß wie das Arschloch einer Ziege, wenn sie Peperoni gefressen hat.* Einigen besonders empfindlichen Pflanzen im Garten bekommt die Hitze auch nicht. Gestern war es über siebenunddreißig Grad heiß, und für morgen sind achtunddreißig Grad angesagt. Es ist zehn Uhr morgens, und ich bin schon nass geschwitzt. Okay, das sind die Wechseljahre. Und wenn ich im Stress bin, kommen die Hitzewallungen häufiger und heftiger. Ich habe mir angewöhnt, ärmellose T-Shirts zu tragen, selbst an kühlen Tagen. Bei der Arbeit trage ich kurze Röcke (wahrscheinlich ein bisschen zu kurz für meine Figur). Aber unter den gegebenen Umständen kann ich mir den Luxus Eitelkeit nicht leisten. Letzte Woche habe ich ein paar von den jüngeren Kolleginnen kichern hören, als ich mich über den Kopierer gebeugt habe. Das Mitgefühl und die Behandlung mit Samthandschuhen haben genau zwei Wochen angehalten. Meinetwegen. Sollen sie über mich lachen. Ich habe im Moment andere Sorgen.

Diesmal weiß ich, warum ich hier im Vernehmungszimmer sitze. Ich bin eine Verdächtige. In einem Mordfall. Eigentlich würde ich erwarten (also, ich würde es hoffen), dass jeder, der mich kennt, darüber lacht, aber seit ich zum ersten Mal in einem Zeitungsartikel als »Person von besonderem polizeilichen Interesse« bezeichnet wurde, habe ich mit niemandem mehr gesprochen. Natürlich wurde das von den anderen Zeitungen schnell aufgegriffen, nachdem es offiziell war, dass es sich um Mord handelt, woraufhin der ganze Medienrummel wieder von vorne losging. Person von besonderem polizeilichen Interesse! Klingt regelrecht schmeichelhaft. Aber ich weiß, dass das eine ernste Sache ist. Letzte Nacht konnte ich nicht schlafen, bin stundenlang im dunklen Haus herumgelaufen, so nervös, dass sogar meine Füße nass geschwitzt waren.

Die Tür öffnet sich, und die junge Polizistin vom letzten Mal kommt herein. Sie reicht mir die Hand, und ich strecke meine zitternd aus. »MJ«, sagt sie. »Schön, Sie wiederzusehen.« Ich nicke und sage: »Detective«, woraufhin sie lächelnd erwidert: »Schon vergessen? Ich bin Sam.« Sie ist sehr zuvorkommend. Könnte sie so mit mir umgehen, wenn sie mir tatsächlich einen Mord zutraute? Ich entspanne mich ein bisschen, dann fällt mir etwas ein, was ich schon oft im Fernsehen gesehen habe – diese Masche guter Cop gegen böser Cop. Ist Sam der gute Cop? Ich nehme mir vor, auf der Hut zu bleiben. Sams erste Frage bestätigt mich darin, dass das notwendig ist.

»Sie haben sich also entschieden, ohne Ihren Anwalt herzukommen?«, fragt sie. Sie geht zur Wand und drückt auf einen Knopf an einem Gerät, das durch ein Kabel mit der weiter oben angebrachten Videokamera verbunden ist. »Haben Sie etwas dagegen?«, will sie wissen und zeigt auf die Kamera.

Ich schüttle nur stumm den Kopf. Sie setzt sich und sieht mich fragend an.

»Ich habe keinen Anwalt«, sage ich. Das stimmt. Ich kenne auch sonst niemanden, der einen hat. Wer außer reichen Leuten und Kriminellen braucht denn schon einen Anwalt? John und ich haben eine Anwältin aufgesucht, um unsere Testamente zu machen, aber das war nicht »meine« Anwältin in dem Sinne.

»Wie ich Ihnen am Telefon bereits gesagt habe, bringen die meisten Leute zu so einer Vernehmung ihren Anwalt mit«, sagt Sam freundlich und fügt hinzu: »Ich würde Ihnen dringend raten, sich einen zu nehmen.«

»Ich kann mir keinen Anwalt leisten«, antworte ich. Ich schäme mich für meine zitternde Stimme.

»Ach so«, sagt sie. »Tut mir leid.« Das klingt sogar ehrlich gemeint. »Mir ist durchaus bewusst, dass Sie sich in einer schwierigen Lage befinden. Aber«, sie räuspert sich, »Sie haben das Recht zu schweigen. Alles, was Sie sagen, kann und wird vor Gericht gegen Sie verwendet werden. Sie haben das Recht, mit einem Anwalt zu sprechen und bei jeder Vernehmung einen Anwalt zur Seite zu haben. Wenn Sie sich keinen Rechtsbeistand leisten können, wird Ihnen auf Staatskosten einer zur Verfügung gestellt.«

So unaufgeregt, wie sie das sagt, wird mir erst hinterher klar, dass sie mir gerade meine Rechte vorgelesen hat.

Sie schaut mich an. »Soll ich Ihnen einen Pflichtverteidiger bestellen? Sie haben ein Anrecht darauf.«

»Nein«, entgegne ich. »Ich habe nichts zu verbergen. Ich kann nichts sagen, was gegen mich verwendet werden kann, da ich nichts Böses getan habe.« Ich hoffe, dass sie nicht sieht, wie ich unter dem Tisch die Hände ringe.

Die Polizistin nickt.

Dann geht sie wieder dazu über, mir Fragen zu stellen, hauptsächlich dieselben, die ich bereits beantwortet habe. Allmählich entspanne ich mich, fange sogar an, mich zu langweilen. Ein Schluck Wasser wäre angenehm, aber sie bietet mir keins an. Kein Einwegspiegel, wie man ihn aus Fernsehkrimis kennt. Nur nackte Wände. Und der Sessel ist bequem. Wo haben sie den wohl her? Aus dem Wohnzimmer von jemand, der ihn bei der Heilsarmee abgegeben hat? Er wirkt hier so vollkommen fehl am Platz.

Und diese Polizistin ist sehr jung. Ich weiß, draußen ist es heiß, aber Rattenschwänze? Ich habe noch nie eine erwachsene Frau mit Rattenschwänzen gesehen. Aber zu ihr passen sie irgendwie. Und nichts an ihr wirkt lächerlich. Sie ist sehr professionell. Sie weiß inzwischen bestimmt genug über meine Ehe mit John, um ihren Bericht zu schreiben. Ich habe schon einen halben Arbeitstag versäumt. Ich schaue auf meine Uhr und hole mehrmals tief Luft. Ein, aus, ein, aus. Ein Tipp meiner Therapeutin für Stresssituationen. Oder die Hände abwechselnd zu Fäusten ballen. Es soll irgendwas mit beiden Gehirnhälften machen, das einem hilft, sich zu entspannen. Ich mache es, aber es hilft nicht.

Die Polizistin ordnet eine Pause an. Ich gehe zur Toilette. Auf dem Rückweg durch das Großraumbüro trinke ich gierig am Wasserspender. Ich merke, dass die Polizisten mich alle ansehen. Selbst für die bin ich ein Objekt der Neugierde. Ich bin vor der Polizistin wieder im Verhörzimmer und empfinde verstärkt die eigenartige Mischung aus Langeweile und Nervosität, die mich seit Johns Tod quält.

Die Polizistin kommt, setzt sich und fragt: »Sind Sie so weit?« Gott, ist sie jung! Sie fummelt dauernd an ihrem kleinen Finger herum, dreht ihn irgendwie wie eine Kurbel, als wäre ihre Hand ein Aufziehspielzeug.

»Wann haben Sie Dr. Taylor – John – zum letzten Mal gesehen?«

»Das habe ich Ihnen doch bereits gesagt. Mehrmals. Es war am Donnerstagmorgen. Er war wie immer früh aufgestanden, um rechtzeitig seine Morgenvisite zu machen«, ich muss mich kurz sammeln, um fortfahren zu können, »und ist kurz nach fünf gegangen. Alles war wie immer. Warum fragen Sie nicht Deborah? Sie hat doch behauptet, dass er jeden Morgen um kurz vor halb sechs zu ihr kam, dass das eine unumstößliche Abmachung zwischen den beiden war.« Meine Verbitterung ist mir anzuhören. Mein Groll auf Deborah, die mich um die Gelegenheit gebracht hat, hin und wieder einen Vormittag mit John faul im Bett liegen zu bleiben, wonach ich mich immer so sehr gesehnt habe.

»Aber im Lauf des Tages hat er sich bei Ihnen gemeldet.« Die Polizistin wirft einen Blick auf ihre Notizen.

»Am späten Vormittag. Moment, ich sage Ihnen die genaue Uhrzeit.« Ich nehme mein Handy heraus und gehe die Anrufliste durch. »Es war um Punkt 11:07 Uhr. Ich war noch auf der Arbeit.«

Die Polizistin nickt. Die Frage hätte sie wirklich nicht zu

stellen brauchen. Sie hat die Ermächtigung beantragt – und bekommen –, mein Handy und meinen Computer zu überprüfen. Ich muss an die Videos von tanzenden Katzen, die primitiven Witze und den ganzen Quatsch denken, den meine Freunde und ich uns gegenseitig per Mail schicken. Wahrscheinlich halten mich inzwischen alle, die mit dem Fall zu tun haben, für eine komplette Idiotin.

»In Ihrem Büro in Santa Clara.«

»Ja. Bei WebSys. Am Tasman Drive.«

»Erzählen Sie mir noch einmal, warum er Sie angerufen hat.«

Ich seufze ungehalten. Und spüre, wie sich eine Hitzewelle anbahnt.

»Er hat mir nur mitgeteilt, dass er zu einem Notfall in L.A. musste. Dass er für den Abend einen Flug gebucht hatte. Er meinte, er würde am Freitag wieder zurück sein, war sich aber nicht sicher.«

»Und das war ungewöhnlich?«

»Sehr. Nicht dass er nach L.A. flog, schließlich war er für ein Jahr Gastprofessor an der UCLA und war regelmäßig zweimal im Monat ein paar Tage lang dort.«

»Was genau war also ungewöhnlich?«

»Dass er von unseren Gewohnheiten abgewichen ist. Er legte großen Wert auf ein geregeltes Leben und konnte es nicht ausstehen, wenn etwas seinen Zeitplan durcheinanderbrachte. Er hat es nicht geduldet … also, er mochte es nicht, wenn ich ihm mit spontanen Vorschlägen kam, auszugehen oder einen Ausflug zu machen. So etwas hat ihn immer total nervös gemacht. Er brauchte seine Routine. Natürlich musste er hin und wieder für ein paar Tage weg, aber diese

Kurzreisen wurden immer sorgfältig und lange im Voraus geplant.«

»Was war denn für ihn spontan?«

»Alles, was nicht mindestens eine Woche vorher mit ihm abgesprochen war«, erkläre ich ihr. »Seine Rechtfertigung dafür lautete, dass er diese Zeit brauche, um seine Pläne entsprechend anzugleichen.« Mir ist klar, wie merkwürdig sich das anhört. Und wie dämlich (und untertänig) ich erscheinen muss, dass ich solche Forderungen akzeptiert habe. Hastig füge ich hinzu: »Als wir anfangs zusammen waren, habe ich manchmal den Fehler gemacht, ganz spontan Leute zum Essen oder auf ein Glas Wein einzuladen. Sie wissen schon, man läuft sich zufällig im Supermarkt über den Weg und sagt, kommt doch rüber heute Abend. Aber darüber hat John sich jedes Mal fürchterlich aufgeregt.«

»Fanden Sie das nicht merkwürdig?«

»Nein. Doch. Vielleicht.« Ich verfluche mich selbst innerlich. »Na ja, John war einfach merkwürdig.«

»Womit hat er seine Reaktion denn begründet?«

»Er meinte, seine Arbeit mit traumatisierten Menschen führte dazu, dass in seinem Berufsleben nichts vorhersehbar war. Zum Beispiel wusste er oft nicht, was ihn erwartete, wenn er morgens zur Arbeit fuhr. Deswegen brauchte er größtmögliche Ordnung in seinem Privatleben.« Ich hole tief Luft. »Das hat er jedenfalls behauptet.«

Die Polizistin nickt. Ich habe ihr das alles schon längst erzählt, warum will sie es noch einmal hören? Sie hat es sogar auf Video. Macht es einen Unterschied, dass sie mir diesmal meine Rechte vorgelesen hat? Plötzlich ist mir trotz der Hitze eiskalt.

»Und nach dem Telefonat haben Sie ihn nicht mehr gesehen?«, fragt sie.

»Nein.« Meine Augen füllen sich mit Tränen, und es gelingt mir nicht, sie zu unterdrücken. In den ersten Tagen nach Johns Tod war ich unerklärlicherweise die Ruhe selbst. Aber seitdem kann ich kaum noch aufhören zu heulen. Mein Chef hat mir angeboten, eine Woche freizunehmen, aber was würde ich dann den ganzen Tag tun? Allein im Haus herumsitzen? Da halte ich mich lieber an meinen geliebten Finanzdaten fest, an Zahlen, die sich zu sinnvollen Ergebnissen addieren lassen, an Bilanzen, die am Ende stimmen. In manchen Dingen waren John und ich uns durchaus ähnlich. Wir brauchten beide unsere Routine.

»Und nach seinem Anruf am Donnerstag um 11:07 Uhr haben Sie auch nicht mehr mit ihm gesprochen?«

»Nein. Und auch das war ungewöhnlich. Wenn er in L.A. war, haben wir normalerweise jeden Abend miteinander telefoniert. Das war ihm ganz wichtig. Er hat immer gesagt …« Schon wieder breche ich in Tränen aus. Die Polizistin gibt mir ein Papiertaschentuch. »Er wollte nicht, dass der Kontakt zwischen uns abbrach. Er hat gesagt, er wolle das gar nicht erst einreißen lassen.«

»Wie fanden Sie das?«

»Natürlich habe ich mich gefragt, wie das wohl in seinen früheren Beziehungen war, ob es da Kommunikationsprobleme gab. Ich habe mich gefragt, ob das der Grund dafür war, dass er nie geheiratet hatte. Er hat das immer auf seinen Beruf geschoben, der ihn zu sehr in Anspruch nahm. Er meinte, deswegen habe er einfach nie die Richtige gefunden. Und ich …«

»Und Sie wollten ihm glauben.« Die Polizistin lächelt mitfühlend. Sie ist ein hübsches junges Ding. Kein Ehering. Und so furchtbar jung. Aber offenbar bin ich die Einzige im Raum, die von Tuten und Blasen keine Ahnung hat. Meine Naivität muss ihr regelrecht grotesk vorkommen.

Ich nehme mir noch ein Papiertaschentuch und zerreiße es sorgfältig in schmale Streifen. Eine weitere Maßnahme zum Stressabbau. Aber der Polizistin scheint das gar nicht aufzufallen. Obwohl ein Block und ein Stift vor ihr auf dem Tisch liegen, macht sie sich keine Notizen, sondern lässt den Videorekorder für sich arbeiten. Schon wieder zieht sie ihre Hand auf. Gleich kommt die nächste Frage.

»Was ist mit der SMS, die John Taylor Ihnen am Freitagabend geschickt hat?«

Ich gebe mir Mühe, ruhig zu sprechen. »Was soll damit sein?«

»Um 18:45 Uhr hat John Taylor Ihnen eine dringende Nachricht zukommen lassen, und das war vielleicht das Letzte, was er vor seinem Tod getan hat. *Komm zum Hotel Westin in Palo Alto, Zimmer 224,* lautete die SMS. Aber Sie haben ihm erst um 19:45 Uhr geantwortet. Da haben Sie angefangen, ihn auf dem Handy anzurufen – und zwar etwa alle zwanzig Minuten bis spät in die Nacht hinein und dann wieder am nächsten Morgen. Wir haben zwischen halb acht am Freitag und halb zwölf am Samstag dreiundvierzig Anrufe gezählt. Während derselben Zeit haben Sie dreizehn Mal im Hotel Westin angerufen. Dann plötzlich kein einziger Anruf mehr. Was war da los?«

Ich richte mich auf. »Am Freitagabend habe ich einige Besorgungen gemacht«, erwidere ich und mache möglichst genaue Angaben. »Zuerst war ich im Supermarkt, dann im Drogeriemarkt. Ich habe mein Handy zu Hause gelassen, das mache ich häufig, weil es John so fürchterlich nervt ... nervte. Ich habe also erst, als ich vom Einkaufen zurückkam, bemerkt, dass John versucht hatte, mich zu erreichen, und mir eine SMS geschickt hatte. Das war so gegen Viertel vor acht. Das hat mich natürlich in Sorge versetzt. Was machte er in Palo Alto? Er war doch angeblich in L.A.! Da habe ich angefangen, ihn anzurufen. Als ich ihn nicht erreichen konnte, habe ich es im Hotel versucht und gebeten, mich mit Zimmer 224 zu verbinden. Aber niemand ging ran. Ich habe mich auch bei der Rezeption erkundigt, ob John Gast in dem Hotel war. Die Frau sagte nein. Sie sagte, sie dürfe mir den Namen des Gasts in Zimmer 224 nicht nennen, aber er laute jedenfalls nicht John Taylor.«

Ich frage mich, ob sie mitbekommt, wie sehr ich schwitze. Mir klebt das T-Shirt am Rücken, und Schweiß läuft mir von den Achseln an den Seiten herunter. Diese Frau macht mich so was von nervös.

»Warum haben Sie am Samstagabend aufgehört, John Taylor anzurufen?«

»Irgendwann bin ich eben ins Bett gegangen. Und am nächsten Morgen habe ich die Todesanzeige in der Zeitung gelesen.«

»Warum haben Sie das alles nicht früher gesagt?«, will die junge Polizistin wissen. Sie wirkt eher verblüfft als argwöhnisch.

»Weil mich niemand danach gefragt hat. Man hat mich nur gefragt, wann ich das letzte Mal mit John gesprochen hätte, aber nicht danach, was später passiert ist.« Okay, das klingt ziemlich lahm, aber was soll ich sagen? Dass ich Angst hatte? Dass ich Schuldgefühle hatte, weil John offenbar versucht hat, mich zu erreichen, und ich nicht für ihn da war? Ich schiebe mir eine feuchte Haarsträhne aus dem Gesicht hinters Ohr.

Die junge Polizistin schweigt eine Weile. Dann fragt sie: »War es typisch für John Taylor, so etwas Spontanes zu tun wie im letzten Moment nach L.A. zu fliegen und sich dann plötzlich aus Palo Alto zu melden?«

Das ist eine leichte Frage. »Nein, es war absolut untypisch! In unserem gemeinsamen Leben gab es keine Überraschungen. Alles wurde sorgfältig geplant.« Von Deborah, füge ich in Gedanken hinzu.

»Und das war für Sie so in Ordnung?«

Höre ich da einen Anflug von Verachtung in ihrem Ton? Den Hochmut der Jugend, die glaubt, Spontaneität sei das Salz des Lebens?

»Für uns war es das Richtige«, erwidere ich ein bisschen trotzig.

»Wie weit ging das?«

»Wie meinen Sie das?«

»Das Spontaneitätsverbot. Durften Sie zum Beispiel den Fernsehsender wechseln?«

Ich schaue sie an, um zu sehen, ob sie mich auf den Arm nimmt, was offenbar nicht der Fall ist. »Wenn nicht gerade eine seiner Lieblingssendungen lief, ja.« Zum Kotzen, wie erbärmlich das klingt. Als hätte ich unter Johns Knute gestanden. Aber so war es nicht (eigentlich nicht). Wir hatten unseren Rhythmus. Es funktionierte.

»Was waren denn seine Lieblingssendungen?«

»Sein Lieblingssender war PBS. Er mochte die Antiques Roadshow. Dokumentarfilme. Aber diese sogenannten Realityshows konnte er nicht ausstehen. Er fand sie zu unstrukturiert.«

Die Polizistin lächelt. »Diese Realityshows sind bis ins kleinste Detail durchgeplant.«

Eine Weile herrscht Schweigen, während sie wieder ihre Hand aufzieht. Aber bevor sie von Neuem loslegt, nehme ich das Heft in die Hand. »Warum stellen Sie mir alle diese Fragen?« Dann füge ich scherzhaft hinzu: »Sie wollen ihn doch wohl nicht posthum wegen Bigamie anzeigen, oder?«

»Nein.«

Schweigen.

»Befragen Sie auch seine anderen ... Ehefrauen? Oder haben Sie es nur auf mich abgesehen?«

»Wir befragen Sie alle.«

»Warum?«, entgegne ich lauter als beabsichtigt.

»Es gibt Bedenken in Bezug auf die Todesursache.«

»Ja, klar. Aber Sie haben keine Beweise.«

»Wie meinen Sie das?«

»Sie haben keinen Beweis dafür, dass er ermordet wurde. Es ist nur ein Verdacht.«

Die Polizistin nickt. »Richtig. Wir wissen es nicht mit Sicherheit. Aber es gibt verdächtige Umstände.« Mehr sagt sie nicht.

»Und?«, bohre ich nach.

»Einige offensichtliche Unstimmigkeiten«, antwortet die junge Polizistin. Sie rutscht auf ihrem Stuhl herum, als fühlte sie sich unwohl, was mir einige Genugtuung bereitet, ebenso wie ihre offensichtliche Unerfahrenheit. »Deswegen muss ich

Sie leider noch einmal fragen, wo Sie am Freitagnachmittag und -abend waren, und was Sie getan haben.«

Ich atme erleichtert auf. »Das ist ganz einfach. Bis vier Uhr war ich im Büro. Ich habe ein bisschen früher Feierabend gemacht. Meine Arbeit war getan, und es war schließlich Freitagnachmittag.«

»Und dann?«

»Bin ich nach Hause gefahren, habe etwa eine Stunde geschlafen und dann bis gegen halb sieben herumgetrödelt.«

»Kann irgendjemand bestätigen, dass Sie während dieser Zeit zu Hause waren?«

»Die ersten Stunden war ich allein, aber dann ist mein Bruder gekommen. Thomas. Er wohnt in der Stadt und besucht mich häufig. Da John weg war, wollte er ein paar Tage bei mir bleiben. Ich habe ja ein Gästezimmer.«

»Kam das häufiger vor?«

»Ja, wenn John nicht da war. Wir stehen uns sehr nahe, mein Bruder und ich.«

»Wir werden uns mit ihm unterhalten müssen.« Die Polizistin macht sich eine Notiz. »Was haben Sie dann gemacht?«

»Gegen sieben, Viertel nach sieben bin ich einkaufen gegangen. Zuerst war ich bei Trader Joe's. Ich bin mir ziemlich sicher, dass die sich dort an mich erinnern. Ich bin dort Stammkundin. Die machen immer Bemerkungen über meine Hüte.« Ich erröte ein bisschen vor Verlegenheit. »Die erinnern sich garantiert an mich, denn an dem Tag habe ich aus Versehen ein Regal mit Cornflakespackungen umgestoßen.«

»Und danach?«

»Danach bin ich zu Walgreens, um Shampoo und solche Sachen zu kaufen. Erst als ich wieder im Auto war, ist mir eingefallen, dass ich noch ein Rezept hatte einlösen wollen. Ich hatte aber keine Lust, noch mal in den Laden zu gehen, deswegen bin ich am Autoschalter vorgefahren. Da muss es ungefähr halb acht gewesen sein. Das können Sie bestimmt anhand der Kassenbelege überprüfen.«

Die Polizisten notiert sich die Uhrzeiten. *Trader Joe's 19:15. Walgreens 19:30.* Ich sehe, wie sie ein Smiley daneben zeichnet. Sie hebt den Kopf und bemerkt, dass ich sie beobachte, und diesmal läuft sie rot an.

»Und danach?«

»Na, da bin ich nach Hause gefahren. Mein Bruder war ja inzwischen angekommen. Wir sind essen gegangen. Chinesisch. Die erinnern sich bestimmt auch an uns – das ist unser Lieblingschinese. Und so gegen halb zehn waren wir wieder zu Hause.«

»Und während des Essens haben Sie John Taylor immer wieder angerufen.«

»Ja. Als ich um Viertel vor acht nach Hause kam, habe ich seine SMS vorgefunden und mir natürlich Sorgen gemacht. Aber ich habe ihn kein einziges Mal erreicht.«

»Danke, das war sehr hilfreich«, sagt die Polizistin, und dann ist das Verhör plötzlich beendet. »Sie können jetzt gehen.« Trotzdem bleibt sie sitzen. Sie scheint darauf zu warten, dass ich zuerst gehe. Unbeholfen wuchte ich mich aus dem Sessel und stehe auf.

Ich habe so viele Fragen, so viele Sorgen. Als ich das Polizeirevier verlasse, bin ich viel verstörter als bei meiner Ankunft.

Kapitel 20

Deborah

Zum ersten Mal seit vielen Jahren muss ich heute Abend an Gerald denken. Er war ein Kollege von John, als wir anfangs in Stanford wohnten, bevor John die Privatklinik gegründet hat. John machte gerade seine Facharztausbildung. Damals war er noch dabei, den Kredit zu bezahlen, mit dem er sein Studium finanziert hatte, und da wir schon ein Kleinkind hatten und ich wieder schwanger war, hatten wir nicht viel Geld. Wir wohnten in einem Studentenheim für Ehepaare, ständig umgeben vom Geschrei der Säuglinge und Kleinkinder. Niemand machte sich die Mühe, nachmittags die Spielsachen vom Spielplatz einzusammeln, wir schickten die Kinder einfach am nächsten Morgen wieder nach draußen, wo sie da weiterspielen konnten, wo sie am Tag zuvor aufgehört hatten. Es war eine Zeit, als noch nicht die Angst vor Entführungen grassierte – dass irgendjemand eins unserer Kinder stehlen könnte, wäre uns nie in den Sinn gekommen. Die Kinder bewegten sich frei zwischen den verschiedenen Wohnungen, und zur Essenszeit konnte man die Mütter auf dem Gehweg vor dem Gebäude nach Sean oder Dorothy oder Steven rufen hören. Und wenn eins der Kinder gerade im Kinderzimmer mit den eigenen Sprösslingen spielte, schickte man es einfach nach Hause. Das Leben war viel einfacher damals.

Gerald und Joyce wohnten eine Etage unter uns. Sie waren ein bisschen älter als wir und hatten zwei Kinder, die in den Kindergarten auf der anderen Straßenseite gingen. Ich konnte jeden Morgen sehen, wie Gerald seinen Sohn und seine Tochter über die Straße in den Kindergarten brachte. Joyce war bereits Assistenzärztin, während Gerald und John sich noch in der Ausbildung befanden, sie war also beruflich viel stärker gefordert. Ich war zu der Zeit nicht berufstätig und trotzdem permanent erschöpft. Wie Joyce das hinbekam, war mir vollkommen schleierhaft.

Ich konnte mit kleinen Kindern nicht gut umgehen. Das entsprach nicht meinem Charakter. Einmal habe ich ein paar andere Mütter über mich reden hören. *Die kann nicht herumalbern, nicht spielen,* sagte eine. *Und sie hat überhaupt keinen Sinn für Humor,* sagte eine andere. Ich fühlte mich nicht mal beleidigt. Was sie sagten, stimmte. Auch fürs Schwangersein war ich nicht geschaffen. Meine Schwangerschaften waren schwierig – es gab zwar keine medizinischen Probleme, aber ich habe jedes Mal die vollen neun Monate lang unter Morgenübelkeit gelitten. Die Leute beglückwünschten mich alle dazu, dass ich gar nicht viel zunahm, so sah man das damals. Aber es lag schlicht und einfach daran, dass ich nichts bei mir behalten konnte. Und selbst in meinem eigenen Badezimmer, wo niemand es mitbekam, fand ich es grässlich, ins Klo zu kotzen. Und dann der scheußliche Geschmack hinterher. Ich habe mir jedes Mal gründlich die Zähne geputzt und die Kloschüssel geschrubbt, um jede

Spur meiner Schwäche (so empfand ich es) zu tilgen. Es ist kaum zu glauben, aber John hat nichts davon mitbekommen. Er hat mir immer liebevoll den Bauch getätschelt, wie Männer das so machen, und gar nicht gemerkt, dass ich das nicht ausstehen konnte.

Aber Gerald. Wir hatten ziemlich viel miteinander zu tun. Ich war Vorsitzende unseres Wohnheimkomitees, und er saß im Verwaltungskomitee. Er hatte diese souveräne Art, die ihn dafür prädestinierte, einmal einer von diesen Ärzten zu werden, die im Vorstand eines Symphonieorchesters oder einer Balletttruppe sitzen – er war immer um das Gemeinwohl bemüht, und nachdem er sich beruflich etabliert hatte und finanziell abgesichert war, stets daran interessiert, seinen Horizont zu erweitern. Bei Joyce und Gerald lief immer klassische Musik. Er hatte eine Plattenserie abonniert, *The World's Greatest Music,* und während er sich die Stücke anhörte, las er tatsächlich die Noten im Begleitheft mit. Selbst ich kannte diese Stücke, es waren die vertrauten Klänge der populären Klassikkonzerte, die meine Eltern so liebten. Aber Gerald hielt sie für große Kunst.

Gerald sah nicht besonders gut aus. Ganz im Gegensatz zu John. Er konnte auch mit seiner Präsenz keinen Raum füllen. Er war eher schüchtern und mochte keine Partys. Ich hätte ihn als Weichling abgetan, wenn er nicht auch eine grausame Seite gehabt hätte. Eine seiner weniger sympathischen Angewohnheiten bestand darin, Fliegen zu fangen – darin war er erstaunlich gut – und ihnen fast gedankenabwesend die Flügel auszureißen. Aber diese Seite unterdrückte er meistens und achtete stets darauf, dass sie keinen Einfluss auf seine Worte oder Taten hatte. Ich fand das sehr anerkennenswert.

Im Gegensatz zu jemandem wie John, der von Natur aus freundlich und liebenswert war, musste Gerald sich das alles erarbeiten. Ebenso wie John war er in der Ausbildung zum Facharzt für Chirurgie, aber sein Spezialgebiet war Herzchirurgie, und einmal hat er mir auf einer Party, als wir beide ein bisschen angetrunken waren, anvertraut, dass es für ihn nichts Aufregenderes gab, als das Brustbein eines Patienten zu durchtrennen, den Brustkorb zu öffnen und das schlagende Herz zu sehen in dem Wissen, dass er es jeden Augenblick anhalten könnte, wenn er wollte. »Ich lege großen Wert darauf, die Krankengeschichte meiner Patienten genau zu kennen, ich bestelle meine Patienten häufiger ein als andere Chirurgen, aber nicht etwa, weil sie mir mehr am Herzen lägen, sondern weil ich das brauche, um mich vor meinen eigenen Instinkten zu schützen. Ich gerate jedes Mal in Versuchung, das Leben meines Patienten zu beenden, nur weil ich es kann«, hat er mir an jenem Abend gestanden. Er war ein bewundernswerter Mann, viel mehr als John. Ehrlicher. Direkter.

An dem Abend, an den ich denken muss, habe ich auf die Kinder von Joyce und Gerald aufgepasst, während die beiden essen waren. Es waren laute Kinder, selbst für Fünf- und Sechsjährige. Es ging mir auf die Nerven, wie sie nach immer noch einer Vorlesegeschichte schrien, aber sie wussten natürlich, dass sie mit ihren Stimmbändern am längeren Hebel saßen, und ich habe ihnen vorgelesen, bis sie endlich ins Bett gingen. Ich war inzwischen hochschwanger, mindestens im siebten Monat, und ich kam mir dick und trampelig vor, als ich in Joyces und Geralds winziger Wohnung umherging, zu unruhig, um mich hinzusetzen und ein Buch zu lesen oder fernzusehen, nur von der Hoffnung getrieben, dass sie bald nach Hause kommen würden und ich mich in mein eigenes Bett legen konnte. Als sie kamen, war Joyce betrunken, was ich noch nie erlebt hatte, und Gerald bugsierte sie auf direktem Weg ins Schlafzimmer. Am liebsten wäre ich gegangen, fand es jedoch unhöflich, einfach so zu verschwinden. An der Schlafzimmertür drehte Gerald sich zu mir um und sagte: »Bleib noch einen Moment, Deborah.«

»Was gibt's denn?«, fragte ich.

»Ich möchte ein paar Minuten mit dir allein sein«, sagte er. »Geht das in Ordnung?«

Aber als wir da saßen, schien er nicht recht zu wissen, was er sagen sollte. Dann nahm er plötzlich meine Hand. Anscheinend hatte er keinen Alkohol getrunken – Joyce bestand immer darauf, im Voraus zu klären, wer auf dem Heimweg das Fahren übernahm. »Flirtest du etwa mit mir?«, scherzte ich, aber er lächelte nicht. »Also doch!«, rief ich lachend und zeigte auf meinen Bauch. Er lächelte immer noch nicht. Aber ich sah diesen berechnenden Ausdruck, den er immer in den Augen hatte, wenn er Fliegen zerlegte. Er zog mein Gesicht mit der freien Hand zu sich und küsste mich. Es war ein heftiger Kuss. Mit ein bisschen Zunge und unglaublich erotisch. Ich war wie vom Donner gerührt. John und ich hatten unsere Verliebtheitsphase längst hinter uns, und ich war davon überzeugt gewesen, dass die Zeit der Leidenschaft für mich vorbei war.

Dann stolperte Joyce aus dem Schlafzimmer, und es kam nicht zu dem, was vielleicht hätte geschehen können.

Die Frage, ob sich zwischen uns etwas hätte entwickeln können, war eine Woche später überflüssig. Gerald und

Joyce hatten einen Verkehrsunfall. Es war ein Frontalzusammenstoß, und beide waren auf der Stelle tot. Wir hörten die Sirenen an dem Abend, ganz in unserer Nähe, so viele, dass wir gleich wussten, dass etwas Schlimmes passiert sein musste. Erst anhaltendes Sirenengeheul, dann totale Stille. John bekreuzigte sich, ein Automatismus aus seiner Kindheit, den er sich nie abgewöhnen konnte, und sagte: »Gott steh ihnen bei.« Später erfuhren wir, dass es Gerald und Joyce waren. Sie waren über die Mittellinie geraten und frontal in einen Lieferwagen gerast. Sie hatten keine Chance. Die Kinder wurden bei den Großeltern untergebracht, es gab eine kleine Trauerfeier an der Uni, und das war's. Aber ich frage mich oft, was geschehen wäre, wenn Joyce uns nicht unterbrochen oder wenn der Tod sie nicht geholt hätte.

Der Tod. Der Tod, der immer irgendetwas verhindert.

Kapitel 21

Samantha

Alibis. Natürlich hat jeder eins, genau wie in den Fernsehkrimis. MJ hat eins – Zeugen konnten bestätigen, dass sie sowohl bei Trader Joe's als auch bei Walgreens eingekauft hat. »Ach, die Frau mit dem Hut, die sich immer so merkwürdig kleidet«, meinte ein Angestellter bei Walgreens, und bei Trader Joe's hat sie um kurz nach sieben tatsächlich ein Regal mit Cornflakespackungen umgestoßen. Selbst wenn sie um 18:45 Uhr auf John Taylors SMS reagiert hätte, hätte sie zur Tatzeit nicht in Palo Alto sein können, erst recht nicht hinfahren und rechtzeitig zurück sein können, um das Regal umzustoßen.

Deborah war auf einer Versammlung des Frauenhilfsdienstes der Kinderklinik in Menlo Park. Sie ist um Punkt 18:25 Uhr im Haus der stellvertretenden Vorsitzenden eingetroffen. *Deborah? Die kommt immer fünf Minuten vor der Zeit,* so die stellvertretende Vorsitzende.

Beide Geschichten wurden von mehreren Zeugen bestätigt, die keinen Grund hätten zu lügen.

Die Ausnahme bildet Helen. Sie hat kein wasserdichtes Alibi für Freitagabend. Sie hat sich am Freitagmittag krankschreiben lassen und ist nach Hause gefahren – was von der Krankenhausverwaltung bestätigt wurde –, dann ist sie laut eigener Aussage den ganzen Nachmittag und den Abend zu Hause geblieben. Bis zum Samstagmorgen um neun, als sie sich bei Starbucks in der Nähe ihrer Wohnung einen Cappuccino bestellt hat, wurde sie von niemandem gesehen. Der Mitarbeiter erinnerte sich an Helen, weil sie im Starbucks Stammkundin ist: An Wochentagen kommt sie jeden Morgen um halb sieben und an Wochenenden um neun und bestellt jedes Mal dasselbe Getränk. *Sie gibt immer zwei Dollar Trinkgeld,* sagt der Kellner. Zwischen Freitagmittag und neun Uhr am Samstagmorgen hätte Helen auf jeden Fall genug Zeit gehabt, nach San Francisco zu fliegen, sich ein Auto zu mieten und ins Hotel Westin zu gehen, um John Taylor die Kaliumsalzlösung zu spritzen. Zudem ist sie Ärztin, was bedeutet, dass sie erstens weiß, was eine Überdosis Kaliumsalzlösung bewirkt, und zweitens, wie sie an das Zeug rankommt.

Wir werden die Fluggesellschaften und Mietwagenfirmen überprüfen müssen. Das kann Mollie übernehmen.

Andererseits ist Helen sehr zierlich. Könnte sie so schwere Hämatome verursacht haben? Und dann ihr Charakter: Sie ist so kühl, so beherrscht und rational. Wäre sie wirklich dazu fähig, einen Mord zu begehen? Und was könnte ihr Motiv sein?

Aber es ist MJs Name, den ich in meinem Notizblock mehrmals unterstrichen habe. Während der letzten Vernehmung war sie irgendwie schreckhafter als sonst, auch wenn sie eigentlich immer ein bisschen fahrig ist. Dann der Bruder, dieser Thomas. Das kam mir alles mehr als merkwürdig vor. Außerdem hat MJs Alibi eine Schwachstelle: eine Lücke von ungefähr zwei Stunden zwischen dem Zeitpunkt, an dem sie von der Arbeit nach Hause kam, und dem Zeitpunkt, an dem sie bei Trader Joe's gesehen wurde.

Die Ehefrauen kann ich also – vielleicht außer Deborah – bisher noch nicht ausschließen. Da liegt noch eine Menge Arbeit vor mir.

Kapitel 22

MJ

Man kann nicht in Gatlinburg, Tennessee aufwachsen, ohne sowohl das Schöne als auch das Groteske wahrzunehmen. Wir sind das selbst ernannte Tor zu den Great Smoky Mountains und können uns damit brüsten, dass eins der ältesten Odditorien von »Ripleys unglaubliche Welt« bei uns existierte. Ich war acht Jahre alt, als es 1970 eröffnet wurde, aber schon längst weggezogen, als es 1992 dem großen Brand zum Opfer fiel, der auch die mumifizierte Katze und Abraham Lincolns Totenmaske und all die anderen wundervollen und schrecklichen Dinge meiner Kindheit zerstörte.

Mein Bruder und ich waren völlig fasziniert von Lincolns Totenmaske. Als wir uns einmal an einem heißen Sommertag langweilten, beschlossen wir, von uns selbst Totenmasken anzufertigen. Wir ölten unsere Gesichter mit Bratfett ein und umwickelten sie dick mit Gipsbinden, die wir uns von unserem gesparten Taschengeld in der Apotheke gekauft hatten. Ich war dreizehn und Thomas elf, und wir waren total verblüfft, als wir feststellten, dass unsere Gesichter ohne mein langes blondes und sein kurzes dunkles Haar völlig identisch aussahen. Meins war vielleicht ein bisschen größer, aber wir hatten die gleichen hohen Wangenknochen, denselben Buckel auf der Nase, die gleiche Gesichtsform.

Kurz danach verlor ich meinen Bruder an den Gemeindepriester. Wir standen uns zwar sehr nahe, aber gegen das Marihuana und die Pornos, die es jeden Abend im Pfarrhaus gab, konnte ich nicht anstinken. Ich war diejenige, die Alarm schlug, nachdem Thomas mir gestanden hatte, was da so alles ablief. *Das kannst du dem Weihnachtsmann erzählen,* sagte meine Mutter, als ich ihr davon berichtete, aber schließlich hat sie mir doch geglaubt und einen Brief an die Diözese geschrieben. Irgendwann wurde der Priester versetzt, wenn auch nicht bestraft. Allerdings erst, nachdem eine ganze Generation von Jungen aus Gatlinburg verdorben worden war.

Thomas hatte sich verändert. Ich habe nie erfahren, ob der Priester bei ihm so weit gegangen ist wie bei einigen der anderen Jungen, aber ich hatte meinen kleinen Bruder verloren und musste fortan mit einem zornigen Fremden vorliebnehmen. Ich habe mir seine Totenmaske in meinem Zimmer an die Wand gehängt, und obwohl der heitere Ausdruck aus dem Gesicht ihres lebenden Besitzers längst verschwunden war, bedeutete sie mir sehr viel, vor allem, als Thomas älter wurde und immer häufiger in Schwierigkeiten geriet.

Welche Schwierigkeiten er hatte? Na, die üblichen, die Jugendliche in Tennessee hatten, zumindest die, die einer bestimmten Schicht angehörten. Und zwar der *Unterschicht,* denn unsere Familie stand auf der sozialen Leiter von Gatlinburg nicht besonders weit oben. Ladendiebstahl. Besitz von Marihuana natürlich, aber nur kleine Mengen, nichts, was ihn ins Gefängnis gebracht hätte. Hin und wieder kam Thomas ziemlich aufgedreht und nervös nach Hause und berichtete mir im Vertrauen, dass er mit ein paar Freunden aufs Land gefahren war und Meth gekauft hatte (was in der Gegend leicht zu kriegen war). Zum Glück ist er nie auf das Zeug abgefahren, er fand es angenehmer, sich mit Marihuana sanft zuzudröhnen, als sich aufzuputschen bis zum Gehtnichtmehr. Dann hat er sich auf Vandalismus verlegt und in der Kirche die hohen Buntglasscheiben hinter dem Altar zerstört. Zusammen mit einem Freund hat er eine Schubkarre mit dicken Steinen gefüllt, sich damit im Gebüsch hinter der Kirche versteckt und die Fenster damit eingeworfen. Er wurde erwischt (wer hätte das gedacht?), weil er sich nicht die Mühe gemacht hatte, hinterher seine Sachen zu waschen, die voller winziger Glasscherben waren, aber bis dahin stand er sowieso längst auf der Liste der Verdächtigen, wenn mal wieder so etwas passierte. Schließlich ist Gatlinburg eine ziemlich kleine Stadt. Der Arme. Er hatte eigentlich keine Chance.

Ich musste zusehen, wie Thomas sein Leben wegwarf, und wusste, dass ich ihm nicht helfen konnte, solange ich noch in dem Kaff wohnte. Ich war intelligent, das wusste ich, und ich wollte nur die Schule hinter mich bringen und weg. Aber dann habe ich mich in meinem dritten Studienjahr in Jefferson City in einen jungen Mann aus Gatlinburg verliebt. Unsere beiden Kinder wurden geboren, als ich zwanzig und einundzwanzig war, und als ich zweiundzwanzig war, habe ich die beiden, während ihr Vater im Odditorium arbeitete, ins Auto gepackt und bin in Richtung Westen abgehauen. Was mich antrieb, war: Ich wollte meine Füße in den Pazifik stecken, und ich wollte verhindern, dass meine Kinder sich den näselnden Tennessee-Tonfall angewöhnten – und eines Tages Thomas helfen, ebenfalls zu entkommen. Dass ich dann nicht in Süd-, sondern in Nordkalifornien gelandet bin, lag daran, dass ich außerhalb von Bakersfield auf der Route 5 die falsche Abfahrt genommen habe. Die Kinder quengelten, es war zwei Uhr nachts, ich war hundemüde und bin anstatt nach L.A., wo ich eigentlich hin wollte, nach Norden gefahren. Trotzdem ist alles gut gegangen.

San Francisco hat mich umgehauen. Ich weiß noch, wie ich an einem Sonntagnachmittag gegen vier am Ocean Beach angekommen bin. Damals wusste ich das natürlich noch nicht, aber es war einer der seltenen sonnigen Tage auf dieser Seite der Stadt, und ich dachte, ich wäre gestorben und in den Himmel gefahren. Ich tauchte meine Füße ungefähr zwei Sekunden lang in das eiskalte Wasser, spritzte meinen Kindern ein bisschen Wasser ins Gesicht, um sie zum Lachen zu bringen, und machte mich daran, ein neues Leben für uns aufzubauen. Drei harte Jahre später, in denen ich neben dem Studium an der San Francisco State University in allen möglichen Bars gekellnert und meine Kinder verschiedenen mittelmäßigen Babysittern ausgesetzt hatte, wurde ich endlich geschieden und hatte meinen Abschluss in Buchhaltung in der Tasche. Die Leute sagen, man hört mir immer noch an, dass ich aus Tennessee komme, vor allem, wenn ich müde bin oder aufgeregt. Aber meine Söhne sprechen beide wie waschechte Kalifornier.

Meine Jungs sind schwer in Ordnung. Leider haben sie sich überhaupt nicht mit John verstanden und er sich nicht mit ihnen, was das Einzige war, was unsere Beziehung getrübt hat. Ich glaube, dass es ihnen, nachdem sie mich sechsundzwanzig Jahre lang für sich allein gehabt hatten, einfach schwerfiel, mich mit jemandem zu teilen.

Seit der Todesnachricht rufen sie beide häufig an. Sie machen sich Sorgen um mich. Und ich verbringe schlaflose Nächte aus Sorge um sie. Vor allem Jackson, der jüngere, macht mir Kummer. Er ist mir allzu sehr aufs schnelle Geld aus, und es tut mir weh, einen Sohn zu haben, der so habsüchtig ist.

Auch mein Bruder ist ein Thema, das mir Kummer bereitet. Ein paar Jahre nach meiner Flucht ist er mir nach San Francisco gefolgt. Für mich ist er immer noch ein gebrochener Mann. Er hatte über die Jahre alle möglichen Beziehungen, einige mit Frauen, mehr mit Männern, aber keine davon war von Dauer. Ich glaube, sein letzter Freund war ziemlich jähzornig. Als ich sie einmal zum Essen eingeladen habe, wirkten sie beide mehr als mitgenommen – Thomas hatte ein blaues Auge, und sein Freund humpelte. Ich bin mit Thomas in Johns Arbeitszimmer gegangen und habe ihm eine Standpauke gehalten. »Es ist mir egal, mit wem du ins Bett gehst, solange ihr gut miteinander umgeht. Aber das scheint mir wirklich nicht der Fall zu sein!«, habe ich zu ihm gesagt. Thomas trat von einem Bein aufs andere und murmelte irgendwas vor sich hin. Als sie dann gingen, hat er mit der Faust das Fenster in unserer Haustür eingeschlagen. Er kann sich einfach nicht beherrschen.

Thomas hat viel Talent als Grafikdesigner, ist autodidaktischer Computerexperte und hat kein Problem, Arbeit zu finden, wenn er sich darum bemüht. Ich wünschte, er würde sich öfter darum bemühen. Er ist irgendwie eine arme Seele. Aber er ist nun mal mein kleiner Bruder, und ich liebe ihn sehr. Ich würde alles für ihn tun, und das weiß er.

Kapitel 23

Samantha

Nachdem ich die ersten Vernehmungen in diesem Fall beendet habe, bin ich froh und erleichtert und zugleich vollkommen aufgewühlt. Wochen sind vergangen, aber ich kann mich nicht konzentrieren. Ich schaue auf den Kalender und stelle fest, dass schon Juni ist – der Sommer vergeht wie im Flug. Ich mache ein bisschen früher Feierabend, gehe nach Hause, ziehe mich um und fahre Rad, obwohl es nach Regen aussieht.

Die Sonne geht erst nach acht unter, es ist also noch eine ganze Weile hell. Ich fahre nie im Dunkeln, dafür habe ich in meiner Zeit auf dem Campus zu viele Unfallberichte geschrieben. Nachdem ich jahrelang überhaupt nicht Fahrrad gefahren war, hat Peter mir zu meinem achtundzwanzigsten Geburtstag ein neues Rad geschenkt, ein richtiges Luxus-Bike – ich blicke immer noch nicht durch die komplizierte Gangschaltung durch.

Ich fahre den Palm Drive hinunter bis zum Campus Drive, unter der Autobahnbrücke durch und dann die Alpine Road entlang. Aus irgendeinem Grund sind die Eichhörnchen hier klug genug, nicht die Straße zu überqueren, nur auf dem

Campus scheinen sie Harakiri für einen Zeitvertreib zu halten.

Beim Fahren nehme ich die Landschaft um mich herum kaum wahr. Ich bin nass geschwitzt, und das hat nichts mit der Hitze oder der Anstrengung zu tun. Dieser Fall macht mich fertig. Letzte Nacht ist Peter um drei Uhr aufgestanden, um nach mir zu suchen. Er fand mich schlafend im Wohnzimmer, mit dem Gesicht auf einem Diagramm, das ich unter der Überschrift »Die üblichen Verdächtigen« angefertigt hatte, aus dem ich aber heute Morgen überhaupt nicht mehr schlau geworden bin.

Ich radle auf einer beliebten Fahrradstrecke. Ständig werde ich überholt von Radfahrern in identischen Trikots, die mit ihren Helmen und gewölbten Sonnenbrillen richtig kämpferisch wirken. Vor allem bei den Männern irritiert mich diese Fahrradkleidung, die eng anliegenden schwarzen Hosen, unter denen sich die Genitalien deutlich abzeichnen, wirken auf aggressive Weise sexuell aufreizend. Ein paar Radler sitzen vor dem Alpine und trinken Bier, andere gehen in die Kneipe hinein und kommen mit Bierdosen wieder heraus, die Hüften vorgeschoben, weil ihre Rennradschuhe ihnen so eine seltsame Haltung aufzwingen. Ich fahre weiter, ohne ihnen Beachtung zu schenken. In deren Augen bin ich nicht angemessen gekleidet; typisch Amateurin, sagen ihre abschätzigen Blicke, mit denen sie meine abgeschnittene Trainingshose und das Polizei-T-Shirt bedenken. Obwohl ich wegen meines Falls so gestresst bin, fühle ich mich stark, während ich so vor mich hin strample und die Stadt hinter mir lasse. Aber als ich an der Kreuzung Portola Road und Alpine ankomme, öffnen sich die Schleusen des Himmels, und ich bin in null Komma nichts nass bis auf die Haut. Fünfzehn Kilometer weit weg von zu Hause, und es regnet sich richtig ein. Die Haare kleben mir am Kopf, und meine vollgesogenen Kleider hängen schwer an meinem Körper. Aber ich fahre weiter, nasser kann ich nicht mehr werden, und es ist ein warmer Regen, also nicht unangenehm. Die Tropfen klatschen mir gegen Gesicht und Hals, die dunklen Wolken über den Hügeln deprimieren mich nicht, sondern spornen mich an, sie scheinen etwas in mir zu öffnen, was seit einiger Zeit fest verschlossen war.

Ich bekomme einen Erinnerungsfetzen zu fassen. Ich spiele im Regen bei meiner Großmutter am Strand. Warmer Wind weht in die offenen Fenster, fernes Donnergrollen, das Klatschen der Regentropfen, als das Gewitter losgeht. Meine Mutter schiebt mich aus der Tür, damit ich ihr helfe, die Wäsche von der Leine zu nehmen, bevor sie nass wird. Ich bleibe draußen, nachdem die Wäsche in Sicherheit ist. Das Haus existiert längst nicht mehr, es wurde bei einem der schrecklichen Stürme zerstört, die in den letzten Jahren die Ostküste heimsuchen, aber in meiner Kindheit und Jugend war es für mich der schönste Ort auf der Welt. Wir haben jeden Sommer mehrere Wochen dort verbracht, meine Eltern, mein jüngerer Bruder Gregory und ich. Als ich acht Jahre alt war, habe ich einen ganzen Sommer bei meiner Großmutter gelebt. Einen schrecklichen, wunderbaren Sommer lang. Was für herrliche Tage: das salzige Meer, die Sonne und das goldene Ingwerbier, das auf mich wartete, wenn ich vom Strand kam, der scharfe Geruch der Feuchtigkeitscreme, die meine Großmutter mir aufs sonnenverbrannte Gesicht schmierte, um die Haut zu kühlen. Ich hatte meine Großmutter ganz für mich allein, während meine Eltern sich zu Hause in Brooklyn um Gregory kümmerten. Sie hatten es mir zwar noch nicht gesagt, aber sie wussten, dass er sterben würde, und sie hatten mich fortgeschickt, damit ich so wenig wie möglich von seinem Leiden mitbekam.

Als ich im September nach Hause kam, lag Gregory im Wohnzimmer in einem Krankenhausbett, in dem er seine letzten Tage verbrachte. Er war jahrelang ein regelrechter Quälgeist gewesen, mein rotznäsiger kleiner Bruder, der immer dazwischenfunkte, wenn ich mit meinen Freundinnen Verkleiden spielte, und der meine Eltern dauernd in Anspruch nahm mit seinen Wehwehchen und blauen Flecken und später seinen Arztbesuchen und Krankenhausaufenthalten. Ich war rechtzeitig wieder da, um sein schreckliches Ende mitzuerleben. Er war nie besonders kräftig gewesen, aber jetzt war er abgemagert und wächsern, mit Schläuchen im Mund und an den Handgelenken, Schläuchen, die sich um sein Bett herum und unter die Bettdecke schlängelten. Dann, eines Tages, kam ich aus der Schule, und es war vorbei. Meine Eltern hatten wahrscheinlich schon alle Tränen geweint, die sie hatten, denn sie saßen nur neben seinem Bett und unterhielten sich leise. Ich glaube, sie haben sogar gelacht, als ich zur Tür hereinkam und beim Anblick des leblosen Körpers, der so eindeutig nicht mehr Gregory war, wie angewurzelt stehen blieb. Er war immer da gewesen, mit all seiner penetranten Körperlichkeit, und jetzt war er plötzlich fort.

Zu sagen, sein Tod hätte ein Loch in mein Leben gerissen, würde es nicht ganz treffen. Zu sagen, er hätte mir gefehlt, würde mir mehr Ehre machen, als ich verdiente, mich menschlicher erscheinen lassen, als ich es damals war. Es hatte durchaus Zeiten des Waffenstillstands gegeben, aber das war so selten vorgekommen, dass es nicht ausreichte, um mich seine Abwesenheit bedauern zu lassen. Ich hatte ihn nie getröstet, als er noch lebte, nicht einmal, als er schon richtig krank war. Einmal habe ich ihm vor lauter Wut einen Fausthieb auf einen großen blauen Fleck verpasst, woraufhin er vor Schmerz aufschrie. Ich zeigte keine Reue und bekam einen Monat Stubenarrest, weil ich mich weigerte, mich bei ihm zu entschuldigen.

Ich denke an Helen, Ehefrau Nr. 3, und frage mich, wie viele Gregorys jedes Jahr zu ihr in Behandlung kommen, wie viele von ihnen sie begraben muss. Und ob sie sie alle mag, oder ob sie meinen Gregory als ebensolchen Quälgeist empfunden hätte wie ich.

Meine Eltern haben sich ein Jahr nach Gregorys Tod scheiden lassen. Anständig, wie sie waren, und bestrebt, gute Eltern zu sein, haben sie sich ein Bein ausgerissen, um mir den Trennungsschmerz so gut wie möglich zu erleichtern. Sie schickten mich zu einer Kindertherapeutin und nahmen beide mit mir zusammen an regelmäßigen Gesprächen bei der Familienberatung teil. Meine Therapeutin zeigte mir alle möglichen Bilder und fragte mich, wie ich mich fühlte, wenn ich sie betrachtete: glücklich, traurig, wütend, fröhlich, mitleidig und so weiter. Es war ziemlich einfach, die richtigen Antworten zu erraten, aber hin und wieder habe ich sie irritiert, indem ich behauptete, ein Bild von zwei sich streitenden Personen mache mich glücklich oder ein Bild von einer schlafenden Katze mache mich wütend. Im Rückblick war ich meine ganze Kindheit über von lauter wohlmeinenden Leuten umgeben, die versuchten, das Richtige zu tun. Ich habe nicht immer angemessen reagiert. Ehrlich gesagt, konnte ich auch eine ziemliche Rotzgöre sein.

Ich glaube, damals ist meine Bindungsunfähigkeit beziehungsweise -verweigerung entstanden, wenn ich mir so viel Küchenpsychologie erlauben darf. Von meinen Eltern dazu gedrängt, mir auszusuchen, bei wem ich wohnen wollte, entschied ich mich für meine Mutter und zog frohgemut mit ihr nach Manhattan. Wie erwartet heulte ich natürlich jeden Abend, weil ich zu meinem Vater wollte, der in unserem Haus in Brooklyn wohnen geblieben war. Also wurde ausgemacht, dass ich von nun an abwechselnd eine Woche bei meinem Vater und eine bei meiner Mutter wohnen sollte. Ich sah immer, wie traurig meine Eltern waren, wenn sie mich sonntags dem jeweils anderen Elternteil übergeben mussten. Mein Vater fuhr mit dem Auto nach Manhattan, und es gab jedes Mal einen kurzen, aber sehr gefühlvollen Abschied vor der Wohnung meiner Mutter, mal, weil ich blieb, mal, weil ich mit ihm fuhr.

Die meisten während dieser schwierigen Zeit vergossenen Tränen sind längst Geschichte. Aber die zehn unsteten Jahre, bis ich aufs College ging, haben ihren Tribut gefordert. Ich habe gelernt, Kompromisse zu schließen, aber ich habe nie gelernt, mich zu binden. Ich konnte mich nicht mal entscheiden, ob ich einen Hund oder eine Katze haben wollte, also bekam ich, wie nicht anders zu erwarten war, beides. Ich musste mich nie entscheiden. Ich habe mich nicht einmal für Peter entschieden. Er hat sich für mich entschieden, und das war irgendwie ziemlich einfach.

Aber manchmal sehne ich mich nach mehr. Danach, mich einer Sache vollkommen zu verschreiben. Ohne zu zögern.

Mich der Leidenschaft hinzugeben. Was auch immer John Taylor in seinem Leben gefehlt hat, welches Loch auch immer er versuchte zu füllen, indem er dreimal geheiratet hat, an Leidenschaft hat es ihm nicht gemangelt. Aber ich weiß nicht, ob ich jemals Leidenschaft erlebt habe. Das ist das Thema, über das Peter und ich nicht reden. Wir haben uns darauf geeinigt, dieses Gespräch nicht zu führen. Er würde sich nur elend fühlen.

Der Regen treibt mir ins Gesicht, sodass ich kaum noch etwas sehen kann, als ich die Sand Hill Road runterfahre. *Leidenschaft.* Ich komme zu dem Schluss, dass alles im Leben mit Leidenschaft zu tun hat. Und ich vermute, dass das auch für den Mord an John Taylor gilt.

Kapitel 24

Deborah

Ich sehe Gespenster. Oder besser, ich sehe ein Gespenst. Überall. Im Supermarkt geht John mit einem Einkaufswagen an mir vorbei, der nichts enthält als ein Dutzend Avocados und drei Tüten Milch. Aber es ist nur ein korpulenter Mann in Johns Alter, der wahrscheinlich gerade eine neue Modediät ausprobiert, etwas, was John nie getan hätte. Ich sehe John am Steuer des Volvo hinter mir und starre so gebannt in den Rückspiegel, dass ich beinahe mit einem gelben Toyota kollidiere, der auf der Cowper Street an einer roten Ampel steht. Ich gehe aus Gewohnheit jeden Morgen um fünf Uhr nach unten und lausche auf das Geräusch seines Wagens, den röhrenden Auspuff, den er schon vor Monaten hätte reparieren lassen müssen. Seine Nachlässigkeit in diesen Dingen bringt mich auf die Palme. Oder vielleicht sollte ich lieber sagen, sie brachte mich auf die Palme. Aber ich bin immer noch wütend. Wütend über seine Worte, die er vor so langer Zeit ausgesprochen hat, als er mir sagte, er habe bei einer anderen Liebe gefunden.

Die andere war MJ. Ich bin die ganze Nacht im Wohnzimmer auf und ab gegangen, und als es hell wurde, bin ich ins

Auto gestiegen und nach San José gefahren, wo sie zur Miete wohnte. Ich habe vor dem Haus geparkt, ein kleines Fertighaus mit Aluminiumfenstern. Die Wohnzimmerfenster waren halb verdeckt von kaputten Rollos, vor dem Schlafzimmerfenster hing ein Batman-Laken. Ich war erleichtert, als eine große, dünne, beinahe verhärmte Frau aus der Tür kam. Sie trug ein weites T-Shirt über ihrem Rock. Ihr Haar war ungepflegt, und sie hatte einen lächerlichen Strohhut mit Kirschen auf dem Kopf, wie eine verlotterte Mary Poppins. Die Erleichterung war so groß, dass ich mich tatsächlich übergeben musste – völlig unwürdig habe ich die Autotür aufgerissen und vors Haus gekotzt. MJ bemerkte mich. Sie kam mit besorgter Miene auf mich zu und fragte, ob sie mir helfen könne. Sie hatte damals einen noch stärkeren Südstaatenakzent. Und ihr Angebot war sogar ernst gemeint, sie hatte es nicht gemacht in der Hoffnung, ich würde ihr antworten, es gehe schon. Sie war so eine. Man sah es gleich an den winzigen, nach oben verlaufenden Linien um ihre Augen, an den echten Sorgenfalten um ihren Mund herum. Sie streckte ihre großen Hände aus. Es wurde Hilfe gebraucht, und sie würde helfen. Ganz und gar nicht mein Typ.

MJ war zwar offensichtlich sehr mitfühlend, aber nicht intelligent genug, um zu fragen, warum eine elegant gekleidete Frau mittleren Alters in einem BMW der Oberklasse an einem Dienstagmorgen in aller Herrgottsfrühe vor ihrem Haus parkte. Sie redete sehr freundlich mit mir, bot mir ein Glas Wasser an, und als ich ablehnte, ging sie trotzdem ins Haus, um mir eins zu holen. Ich nutzte die Gelegenheit und fuhr weg. Ich glaube nicht, dass sie sich an diese lange zurückliegende Begebenheit erinnert oder dass sie mich damit assoziiert. Falls doch, hat sie jedenfalls nichts davon erwähnt. Vielleicht ist ihr Leben so sehr erfüllt von kleinen Akten der Nächstenliebe, dass sie sich gar nicht an das eine Mal erinnert, als ihre Nächstenliebe abgelehnt wurde.

Ich weiß nicht, ob ich mich danach besser oder schlechter fühlte. Eine stillschweigende Übereinkunft unter den Frauen in meinen gesellschaftlichen Kreisen besagt, dass jede Gefälligkeit ein Vertragsverhältnis impliziert, und Voraussetzung für einen Vertrag ist ein *Quidproquo:* dies im Austausch für das. Wert gegen Wert. Vergeltung. Als MJ mir ihre Hilfe anbot, spürte ich instinktiv, dass ich ihr etwas schuldig sein würde, falls ich ihr Angebot annahm. Das wäre für mich unvertretbar gewesen. Ich bin bekannt für meine Großzügigkeit in Bezug auf meine Zeit, für meine Bereitschaft, anderen zu helfen. Aber ich nehme meine gesellschaftlichen Verträge sehr ernst und fordere letztlich immer mein Quidproquo. Mit dieser Haltung bin ich über all die Jahre, in denen ich mit Frauen in den verschiedensten Organisationen zu tun hatte, immer gut gefahren. Aber die Begegnung mit MJ hatte mich aufgewühlt.

Wie würde es sich anfühlen, eine hilfreiche Geste anzubieten, ohne die Erwartung – die realistische Erwartung, sollte ich vielleicht sagen –, etwas dafür zurückzubekommen? Ein Samenkorn zu pflanzen, ohne die Frucht oder die Blume, die daraus wächst, zu beanspruchen? Deswegen sind Leute, die an Karma glauben, solche Heuchler. Sie leben nach denselben Regeln wie ich, nur dass sie vom Universum – oder von irgendeinem göttlichen Wesen – erwarten, dass es irgendwann für Ausgleich sorgt. Mehr als fraglich, wie meine englische Freundin Josephine sagen würde. *Mehr als fraglich,* dass ich diese Frau, diese MJ Oberhand gewinnen lassen würde. Oder dass ich es zulassen würde, ihr etwas schuldig zu sein. Also bin ich gefahren. Aber sie hatte mir tatsächlich einen Gefallen getan – und zwar einen großen. Da es ihr an Intelligenz mangelte, hat sie sich mit John eingelassen, ohne Fragen zu stellen, und damit meine Ehe gerettet. Wenn ich mich also an mein Wertesystem *Quidproquo* halte, dann bin ich MJ etwas schuldig. Und das nicht zu knapp.

Kapitel 25

Helen

Meine ersten Gespräche mit der Polizistin haben am Telefon stattgefunden. Die Frau hatte eine tiefe, melodische und reif klingende Stimme. Deswegen bin ich ziemlich verblüfft, als diese junge Frau – höchstens Anfang zwanzig, scheint mir – am Mittwochmorgen in meinem Wartezimmer sitzt. Sie trägt Jeans und eine blaue Bluse. Sie ist ein bisschen zu warm angezogen für den Hochsommer in L.A., doch dann fällt mir ein, dass sie aus Nordkalifornien kommt. Ihre roten Cowboystiefel haben ein Lochmuster aus Sternen und Monden. Ich frage mich, wie viel an ihrer Kleidung authentisch und wie viel der Ironie der Jugend geschuldet ist. An beiden Ohren sind mehrere Piercings zu sehen und auch eins an einem Nasenflügel, das jedoch schon fast wieder zugewachsen ist. Heute trägt sie nur ein Paar simple Ohrstecker mit blauen Strasssteinen, die zu ihrer Bluse passen.

»Was kann ich für Sie tun?«, frage ich sie, als ich sie in mein Sprechzimmer bitte.

Sie scheint noch nervöser zu sein als ich, denn sie lässt ihren Notizblock fallen, und als sie sich bückt, um ihn aufzuheben, fallen eine Schachtel Tampons und ein Aufnahmegerät aus ihrer Handtasche.

Sie lacht verlegen. »Daran erkennt man den erfahrenen Profi«, sagt sie, während sie ihre Sachen einsammelt. Sie ist mir sofort sympathisch.

Ich erkläre ihr noch einmal, dass ich sehr wenig Zeit habe, obwohl sie extra aus San Francisco hergeflogen ist. Es war schon schwierig genug, diese halbe Stunde zu erübrigen. Als sie erwidert, je nachdem, was sich ergebe, müsse sie vielleicht länger mit mir reden, gern auch morgen, schüttle ich vehement den Kopf. Sie macht mich darauf aufmerksam, dass ich meinen Anwalt zu dem Gespräch dazubitten kann – ein Vorschlag, den ich nicht beachte.

Sie nimmt einen Plüschlöwen und einen Teddybär von einem der Stühle in meinem Sprechzimmer, setzt sich und schaltet das Aufnahmegerät ein. »Als Erstes möchte ich Sie bitten, mir noch einmal ganz genau zu schildern, wo Sie am Freitag, dem 10. Mai 2013, am Nachmittag und am frühen Abend waren, und was Sie gemacht haben.« Sie stellt das Aufnahmegerät auf den Stuhl neben sich, doch dann, als wäre sie meine Patientin, entdeckt sie etwas Interessantes auf dem Fußboden und stürzt sich darauf. Es ist mein Maskottchen, eine riesige Krötenechse aus Plüsch, die farblich und von ihrem Ausdruck her so realistisch gemacht ist, dass alle – Erwachsene ebenso wie Kinder – sich vor ihr erschrecken und zugleich von ihr angezogen fühlen. Nur die Größe ist nicht realistisch. Meine Krötenechse ist so groß wie ein Basketball und fast ebenso rund. Die junge Polizistin nimmt sie auf den Schoß und streichelt sie hingerissen.

»Wie ich Ihnen bereits gesagt habe, war ich allein zu Hause.

Ich fühlte mich nicht gut. Ich hatte sogar meine Nachmittagstermine abgesagt und früher Feierabend gemacht«, sage ich, während sie die Krötenechse lachend auf ihren Knien hüpfen und trillern lässt. Die Frau ist wirklich sehr nett. Sie wirkt überhaupt nicht wie eine Polizistin. Ich nehme meinen Terminkalender. »Um 11:45 Uhr habe ich an dem Tag meinen letzten Patienten behandelt.« Die Polizistin nickt. Ich weiß, dass sie das bereits im Kalender meiner Sprechstundenhelferin überprüft hat. »Dann bin ich nach Hause gefahren, habe mich ins Bett gelegt und bin erst am nächsten Morgen wieder aufgestanden.«

»Kann irgendjemand bestätigen, dass Sie während dieser Zeit zu Hause waren?«, fragt sie.

»Nein«, antworte ich. »Ich lebe allein.« Ich überlege kurz. »Möglich, dass ein Nachbar gesehen hat, wie ich das Gebäude betreten habe. Aber wenn Sie mich fragen, ob ich beweisen kann, dass ich an dem Abend zu Hause war, lautet die Antwort nein.«

Es widerstrebt mir zutiefst, Termine abzusagen. Ich weiß gar nicht, wann ich das zuletzt getan habe. Ich erinnere mich genau an jenen Nachmittag und Abend, aber ich sage nicht alles. Mir war übel, und ich habe mich übergeben, bis mein Magen vollkommen leer war. Bis zum späten Abend habe ich immer wieder gewürgt. Sehr unangenehm.

»Danke, das hilft mir weiter«, sagt die junge Frau. Sie hat die Krötenechse wieder auf dem Boden abgesetzt und notiert sich etwas. Sie blickt auf und lächelt, und das Lächeln ist echt. »Ich werde das überprüfen müssen«, sagt sie beinahe entschuldigend. Die kriminellen Elemente in Palo Alto können es nicht allzu schwer haben. »Aber ich fürchte, so lange diese Dinge nicht endgültig geklärt sind, werde ich Sie an der Angel haben.«

»An was für einer Angel denn?«, frage ich. »Ich bin einfach neugierig.«

Sie zögert. »Wie Sie sicherlich aus den Medienberichten wissen, bestehen erhebliche Zweifel daran, dass John – Ihr Mann – eines natürlichen Todes gestorben ist«, sagt sie.

»Und ich gehöre natürlich zu den Verdächtigen.«

»Natürlich«, pflichtet sie mir bei.

Ich muss innerlich schmunzeln, als ich sehe, wie sie dabei errötet.

»Und welches Motiv hätte ich gehabt?«, frage ich. Es interessiert mich, was sie mir auftischt. Wahrscheinlich irgendetwas Banales wie Eifersucht. Aber sie überrascht mich.

»Tja, das müssen wir noch herausfinden. Ihr Mann war eine komplexe Persönlichkeit. Die Gründe für seinen Tod sind sicherlich ebenfalls komplex. Wenn wir erst einmal wissen, warum er gestorben ist, werden wir auch herausfinden, wer es getan hat.«

Ich bin beeindruckt. Ich bemühe mich, ernst zu bleiben, obwohl diese Frau, eine Autoritätsperson, schon wieder mit der Krötenechse spielt und versucht, ihr die Stofflider über die schwarzen Knopfaugen zu schieben. Als sie bemerkt, dass ich sie beobachte, läuft sie erneut rot an. Entschlossen stellt sie die Krötenechse wieder auf den Boden, diesmal etwas weiter weg, wie eine Maßnahme gegen die Versuchung.

»Darf ich Ihnen noch ein paar Fragen stellen? Vielleicht können Sie mir helfen, weitere Puzzlestücke zusammenzutragen.«

»Selbstverständlich«, sage ich, bemüht, Respekt und Kooperationsbereitschaft zum Ausdruck zu bringen, obwohl ich den Verdacht habe, dass sie sich ihre Verhörmethode aus dem Fernsehen abgeguckt hat. »Aber ich habe für heute nur noch höchstens zwanzig Minuten Zeit. Falls Sie dann noch nicht fertig sind, kann ich Sie vielleicht morgen irgendwo dazwischenschieben.«

Sie nickt, nimmt das Aufnahmegerät und richtet es auf mich. »Wie war Ihre Beziehung zu John Taylor?«, fragt sie etwas lauter als vorher, vermutlich wegen der Aufnahme.

»Sehr freundschaftlich. Sehr … harmonisch.« Das letzte Wort ist nicht ganz passend, aber ich möchte die Stabilität unserer Beziehung betonen. Ich fühle mich erstaunlich gelassen, während ich über John spreche. Bisher habe ich das Thema gemieden, aus Angst, in der Öffentlichkeit von Gefühlen überwältigt zu werden. Aber heute fühle ich mich geerdet und sachlich – was natürlich daran liegen kann, dass wir uns im Krankenhaus befinden, dass ich mich in wenigen Minuten wieder mit Krankenakten und Laborergebnissen von sterbenden Kindern befassen muss. Es ist reiner Selbstschutz.

»Wann haben Sie John Taylor das letzte Mal gesehen?«

»Zwei Wochen vor seinem Tod«, antworte ich. Es waren bittersüße Stunden. Oder vielleicht habe ich sie wegen all dem, was seither passiert ist, so in Erinnerung. Ich werde es nie wissen. Meine kostbaren Erinnerungen werden von Ereignissen beschmutzt, auf die ich keinen Einfluss habe.

»Er ist am Freitag hergeflogen, und wir sind ins La Scala essen gegangen, das italienische Restaurant in der Nähe unserer – meiner – Wohnung. Dann sind wir nach Hause gefahren und ins Bett gegangen«, sage ich.

»Waren Sie in jener Nacht intim?«, erkundigt sich die Polizistin mit abgewandtem Blick.

»Müssen Sie das wirklich wissen?«, frage ich, und als sie nickt, antworte ich: »Ja, das waren wir.« Mehr sage ich nicht. Es geht niemanden etwas an, was sich zwischen John und mir abgespielt hat. Und es hat nichts mit Rührseligkeit zu tun, wenn ich behaupte, dass ich so etwas wahrscheinlich nie wieder erleben werde.

Sie setzt zu einer Frage an, zögert jedoch. »Hat er ... hat er sich in irgendeiner Weise anders verhalten als sonst? Hat er irgendetwas Ungewöhnliches gesagt?«

»Nein. Aber wenn ich mich nicht täusche, war er ein bisschen bedrückt. Ich übrigens auch.« Jetzt fällt mir wieder ein, dass Stephen Meekle in der Woche gestorben war. »Ich hatte an dem Tag einen Patienten verloren. Das könnte erklären, warum ich die Stimmung als bedrückt in Erinnerung habe.«

»Tut mir leid«, sagt die Polizistin, und es klingt, als würde sie es ernst meinen.

»Es war absehbar gewesen«, entgegne ich. Aber so etwas deprimiert mich immer, auch wenn ich mein Bestes getan habe. Ich analysiere solche Fälle jedes Mal minutiös, um zu sehen, ob ich etwas hätte anders machen können. Es ist eine ernüchternde Angewohnheit, aber sie sorgt dafür, dass ich ehrlich bleibe. Leider wurde der Krebs bei Stephen Meekle erst diagnostiziert, als sich bereits in seinem ganzen Körper Metastasen ausgebreitet hatten. Er war gerade mal sechzehn. Sein Vater war einer von diesen Was-dich-nicht-umbringt-macht-dich-nur-noch-härter-Typen und hatte seinen Sohn gezwungen, weiterhin Football zu spielen, obwohl er schreckliche Schmerzen in den Beinen hatte. Erst als die

Football-Saison beendet war, ist er mit ihm zum Arzt gegangen. »Manchen Eltern könnte ich den Hals umdrehen«, sage ich und füge hastig hinzu: »Das meine ich natürlich nicht wörtlich.«

»Und am nächsten Tag?«

»Wir hatten ein ruhiges, wenn auch viel zu kurzes Wochenende. Normalerweise kam John mittwochs oder donnerstags. Er gab ein Seminar, das jeden dritten Freitag stattfand, und dann blieb er immer bis Sonntag. Diesmal hatten wir leider nur den Samstag. Er ist am Freitag gekommen, um sein Seminar zu geben, und am Sonntagmorgen wieder nach San Francisco geflogen. Es war das letzte Mal, dass ich ihn gesehen habe.«

Ich erinnere mich daran, behalte es jedoch für mich, dass das ganze Wochenende für mich von einer düsteren Vorahnung überschattet war. Ich hatte das Gefühl, dass er ungeachtet seines Seminars extra gekommen war, um mich zu sehen, dass er mir eigentlich etwas Wichtiges hatte sagen wollen, was er am Ende nicht über die Lippen gebracht hat. Am Sonntagmorgen waren wir beide freudlos; die Stimmung war auf einem Tiefpunkt, ohne dass ich hätte sagen können, warum.

Die Polizistin beobachtet mich. Sie ist hellwach, diese junge Frau. Ich sehe, wie sie sich etwas auf ihrem Block notiert.

»Am Samstag sind wir ins Getty Museum gegangen. Nicht wegen der Kunstausstellung, die ist furchtbar, sondern um in den Gebäuden herumzuschlendern und im Café einen Kaffee zu trinken. An dem Abend sind wir zu Hause geblieben. Ich habe ein Hühnchencurry gekocht, wir hatten beide unsere Fachzeitschriften durchzugehen, und wir haben getan, was Ärzte wie wir selten tun – nichts.«

Sie nickt, sagt jedoch nichts.

»Ich bin Ihnen keine große Hilfe«, sage ich, um das Schweigen zu brechen. Dann: »Ich glaube nicht, dass John ermordet wurde. Vielleicht will ich es auch nicht glauben. Er hatte ein ungewöhnliches Leben. Er hat ein besseres Ende verdient.«

Aber was möchte ich denn glauben, frage ich mich. Dass ich nicht so eine Närrin war. Närrinnen, wir alle drei. Jede dachte, sie hätte einen Mann für sich allein und hatte doch nur einen Teil von ihm. Wenn überhaupt. Das Beschämendste ist, dass ich damit zufrieden war. Wahrscheinlich bin ich einfach anspruchslos.

»Bei unserem ersten Telefongespräch sagten Sie, Sie hätten nie mit so intensiven Gefühlen gerechnet, als Sie geheiratet haben. Ich glaube, Sie benutzten das Wort *Ekstase«,* sagt die Polizistin. Ich zucke zusammen. Habe ich das tatsächlich gesagt? Ich muss wirklich ziemlich neben mir gestanden haben. »Könnten Sie mir das genauer erklären?«, bittet sie mich.

»Wissen Sie, ich habe das kurz nach dem … Vorfall gesagt«, antworte ich. Dann, bestimmter: »Gleich nach Johns Tod. Da war ich nicht ganz bei Sinnen. Da war ich nicht ich selbst.«

»Was würden Sie denn jetzt sagen?«

Ich überlege, aber mir fällt nichts Besseres ein als: »Unsere Beziehung war herzlich.«

Die junge Polizistin wirkt enttäuscht.

»Hätte John Ihre Beziehung auch so beschrieben?« Sie scheint auf irgendetwas zu hoffen, und ich fürchte, dass ich sie wieder enttäusche, als ich antworte: »Sie war für uns beide befriedigend.« Das ist noch schlimmer als *herzlich,* aber ich lasse es dabei.

»Wie bringen Sie das in Einklang mit der Tatsache, dass Dr. Taylor noch zwei weitere Ehefrauen hatte?«

Ich brauche wesentlich länger, um diese Frage zu beantworten. Mir fehlen schlichtweg die Worte. Als das Schweigen unerträglich wird, sage ich ihr die Wahrheit. »Das kann ich nicht. Das werde ich nie können.«

Diesmal hebe ich die Krötenechse auf. Das Trillern füllt das stille Zimmer, bis ich die Krötenechse mit beiden Armen an meine Brust drücke, so wie ich es meinen kleinen Patienten beibringe. *Wenn du sie ans Herz drückst, hört sie auf zu weinen.*

Die Polizistin zögert, dann fragt sie beinahe schüchtern: »Der Schmerz … ist sehr schlimm?«

Ich halte den Atem an. Wie viel will ich von mir preisgeben? Die Polizistin schaut mich nicht an, gewährt mir ein bisschen Privatsphäre. »Er bringt mich fast um«, antworte ich schließlich. Ich stelle die Krötenechse auf den Boden, und als ich sie loslasse, stößt sie wieder ihr schrilles Klagen aus. Die Kinder begeistert das, sie sehen darin eine Bestätigung für die Macht ihrer Liebe. Nur ich weiß, dass nicht Liebe, sondern Schmerz die Ursache ist.

Kapitel 26

Helen

Ein Gewitter zieht auf, der Wind drückt so heftig gegen die Glastüren des Wohnzimmers, dass ich fürchte, die Scheiben könnten zerbersten. Die Palmen am Grundstücksrand biegen sich gefährlich. Aber die Wolken geben noch nichts ab – es ist noch kein Tropfen gefallen. Die Landschaft schreit nach Wasser.

Obwohl ich selten mehr als vier, fünf Stunden schlafe, hatte ich noch nie das Gefühl, an Schlaflosigkeit zu leiden. Ich gehe spät ins Bett und wache früh auf. Ich rede mir ein, dass ich nicht viel Schlaf brauche. Ich habe einfach zu viel zu tun, um kostbare Zeit im Zustand der Bewusstlosigkeit zu verbringen. Wenn John bei mir war, sind wir immer gemeinsam zu Bett gegangen, und wenn er zu schnarchen anfing – er schnarchte fürchterlich –, bin ich leise aus dem Zimmer geschlichen, um meine Fachzeitschriften zu lesen und meinen Papierkram zu erledigen. Was auch immer meine Ehe mit mir gemacht hat, sie hat nichts daran geändert, dass ich stets von dem Gedanken getrieben bin, dass ich Arbeit zu erledigen, Informationen zu verarbeiten, mir Wissen anzueignen habe.

Aber seit Johns Tod geistere ich nachts auf andere Weise herum. Ich schlafe nicht einmal drei Stunden, und es gelingt mir auch nicht, die restliche Zeit produktiv zu füllen. Der Drang, *keine Minute zu vergeuden,* ist vollkommen verschwunden. Es gibt immer noch Krankenakten durchzusehen, ich müsste Fachzeitschriften lesen und Artikel schreiben, es kommen immer noch genauso viele E-Mails, die ich alle durchsehen, nach Wichtigkeit sortieren und beantworten müsste. Doch allmählich wird mir bewusst, dass es Angst war, die mich all die Jahre dazu getrieben hat, bis zur Erschöpfung zu arbeiten. Angst vor der Leere, die nur Schlaf oder Arbeit füllen können, vor der Leere, die sich jetzt vor mir auftut. Die Nacht hat sich in ein tiefes, leeres Gefäß verwandelt, das ich Tropfen für Tropfen füllen muss.

Ich sitze in Johns Lieblingssessel, den er immer auf den Balkon geschleppt hat. Die Vorhänge sind offen. Durch das große Fenster fällt ein wenig Licht auf die Palmen, die sich im Wind biegen. Dahinter tiefe Schwärze.

Ich stehe auf, gehe in die Küche und hole mir eine Tasse heißes Wasser – ich mache mir nicht einmal die Mühe, einen Teebeutel hineinzuhängen, da Stress meine Geschmacksblindheit nur noch verschlimmert. Mit der Tasse in der Hand gehe ich in mein Arbeitszimmer, trinke einen Schluck, setze mich vor meinen Laptop, öffne eine Patientenakte, stehe wieder auf. Ich setze mich wieder in den Sessel, kalkuliere Wahrscheinlichkeiten, wäge Chancen ab, überlege, ob ich mich anziehen und zum Rite Aid auf dem Mulholland Drive fahren soll, das rund um die Uhr geöffnet hat. Hole mir noch eine Tasse heißes Wasser aus der Küche. Dann gehe ich zum zwanzigsten Mal am heutigen Abend ins Bad und starre das weiße Plastikstäbchen an, das auf dem Waschbeckenrand liegt, das pinkfarbene Pluszeichen am Ende des Stäbchens.

Ich fahre den Computer hoch, rufe die Webseite des Pharmaherstellers auf und gehe auf die Seite mit häufig gestellten Fragen, um herauszufinden, ob es möglich ist, dass die Pille, die ich jeden Abend nehme, seit ich John kennengelernt habe, nicht wirkt. *Weniger als 1 von 100 Frauen, die das Präparat gemäß Anwendungsvorschrift täglich einnehmen, werden pro Jahr schwanger.* Das müsste mich eigentlich beruhigen, wenn da nicht ein Wort stünde: *Täglich*. Ich lese den nächsten Satz. *Etwa 9 von 100 Frauen, die das Präparat entgegen der Anwendungsvorschrift nicht täglich einnehmen, werden pro Jahr schwanger.* Nicht *täglich*. Diesmal ist *nicht* das Stichwort.

Als Ärztin bin ich mir der Bedeutung des Worts *Anwendungsvorschrift* bewusst. Ich weiß, dass das bedeutet, dass man die Pille jeden Tag zur selben Uhrzeit nehmen muss. Was ich immer getan habe. Bis auf einmal. An dem Tag, als ich das Haus verlassen habe, ohne die kleine Plastikscheibe weiterzudrehen und die winzige rosafarbene Tablette herauszudrücken. Weil ich nur an John dachte, der an dem Morgen zu einer seiner regelmäßigen Stippvisiten nach L.A. kommen würde. Weil ich mich darauf freute, ihn auf meiner Station zu begrüßen, wo er sich ein Kind ansehen wollte, das einen gutartigen, aber entstellenden Gesichtstumor hatte. Während der Visite ist mir eingefallen, dass ich die Pille vergessen hatte. Also habe ich sie am Abend genommen, als John und ich endlich nach dem Abendessen nach Hause kamen. In der Annahme, dass das, was jeder Assistenzarzt mir gesagt hätte, ein guter Rat wäre: Wenn man ein Medikament, das man vergessen hat, innerhalb der nächsten zwölf Stunden noch einnimmt, passiert wahrscheinlich nichts. *Wahrscheinlich.* Im Vergleich zu *immer.*

Ich habe so viele Testresultate gesehen, die den Tod eines Kindes bedeuteten, und jetzt eins vor mir zu haben, das Leben bedeutet …

Aber eine Überraschung ist es nicht. Seit ich vierzehn bin, kommt meine Periode fast auf die Stunde genau pünktlich alle achtundzwanzig Tage. Ich weiß es also seit fast zwei Monaten. Ich wusste es eine Woche vor Johns letztem Besuch Anfang Mai. Und doch habe ich nichts gesagt, habe den Test immer wieder vor mir hergeschoben. Bestreitbarkeit. Nennen Anwälte das nicht so? Als John das letzte Mal hier war, wusste ich es schließlich noch nicht offiziell, deswegen konnte ich es ihm nicht sagen. Jetzt ist es offiziell. Und die Landschaft hat sich geändert, sie ist voller seltsamer Ausbrüche und Abbrüche. Sie ist so weit entfernt von dem Leben, wie ich es bisher gekannt habe, dass ich genauso gut auf dem Mond leben könnte.

Kapitel 27

MJ

Tod. Ich war schon mehrmals damit konfrontiert. Meine Großeltern. Meine Mutter. Und jetzt John. Aber meine erste Begegnung mit dem Tod war die seltsamste. Und es war gleichzeitig mein erster Konflikt mit dem Gesetz.

Ich war zwölf, und Thomas war zehn. Wir haben früher immer im Wald gespielt, genau wie alle anderen Kinder. Wir hatten unsere geheimen Wege und Verstecke, und überall gab es die Überreste von Forts, die wir gebaut und wieder abgerissen hatten, seit wir gerade laufen konnten. Die Smoky Mountains waren für uns nicht wie für die Wanderer und Camper und Umweltschützer heiliger Boden, sondern einfach nur ein riesiger Spielplatz. Keine dunkle Stelle im Wald konnte uns Angst einjagen, und wir lachten über die mit Ausrüstung bepackten Wanderer, die sich nicht ohne die richtigen Wanderstiefel, die richtigen Jacken und die neuesten Hightechzelte in seine Nähe trauten. *Zu doof, um ohne Bedienungsanleitung in ein Loch zu kacken.*

Einmal kam Thomas ganz aufgeregt nach Hause. Er und sein Freund Andy schleppten mich in den Wald zum Lager eines Obdachlosen. Der arme Alte saß tot an einen Baum gelehnt. Er hatte sich aus Ästen und Zweigen eine Art Hütte gebaut, darin und um eine Feuerstelle herum lagen seine Habseligkeiten verstreut. Mein Bruder und Andy waren völlig hin und weg von dem Szenario. Sie durchwühlten die Essensvorräte des Toten, blätterten in seinen Pornoheften, machten sich auf der Feuerstelle eine Dose Bohnen warm, die sie mit dem schmutzigen Besteck des Alten aßen. Sie taten so, als wären sie Outlaws und als wäre der Tote ein Mitglied ihrer Bande, das erschossen worden war. Ich fand das alles total widerlich. Vor allem der Gestank war unerträglich. Aber die beiden Jungs banden sich einfach Tücher vors Gesicht und machten weiter, der Tote als gruseliges Requisit machte ihr Rollenspiel umso spannender. Ungefähr eine Woche lang ging das so. Dann, ich weiß nicht mehr, wer auf die Idee kam, gut möglich, dass es Thomas war, beschlossen sie, einen Arm des Toten mit nach Hause zu nehmen. Es war ein paar Wochen vor Halloween, und man kann sich leicht vorstellen, was sie mit dem Arm angestellt haben, zwei Jungs in dem Alter.

Ich erinnere mich vor allem daran, wie ich versucht habe, Thomas dazu zu bringen, den grausigen Arm wieder in den Wald zurückzuschaffen und die Sache zu vergessen. Schließlich habe ich ihm aber dann geholfen, den großen Topf, den meine Mutter benutzte, um die Eichhörnchen zu schmoren, die mein Vater schoss, mit Wasser zu füllen und draußen auf die Feuerstelle zu setzen, um das Fleisch von den Knochen zu kochen. Ich habe sogar die Knochen mit Papierhandtüchern abgetrocknet.

Was habe ich daraus gelernt? Dass ich schon damals fähig war, alles zu tun, was Thomas von mir verlangte, egal wie obszön oder kriminell es war.

Als die Polizei kam (so wie Thomas und Andy mit dem grotesken Knochen in der ganzen Stadt herumliefen, war es nur eine Frage der Zeit, bis jemand die Polizei verständigte), wurden wir alle drei zum Verhör mit aufs Revier genommen. Sie haben die Sache dann fallen gelassen, aber erst nachdem sie uns eine Heidenangst eingejagt hatten mit ernsten Vorträgen über die Strafe für Leichenschändung.

Wir bekamen einen Monat Stubenarrest. Thomas hielt sich einen halben Tag lang daran, dann kletterte er aus dem Fenster und stromerte weiter mit Andy und seinen anderen Freunden in der Stadt herum. Wie immer hielt ich mich brav an die Regeln meiner Strafe (selbst wenn meine Eltern bei der Arbeit waren und ich hätte tun und lassen können, was ich wollte). Trotz der ganzen Aufregung gelang es Thomas, einen Finger von der Leiche zu behalten, den er in einem Einmachglas auf seinem Schreibtisch aufbewahrte. Womöglich hat er ihn immer noch, eine grausige Trophäe von seiner Untat als Junge. Und wie immer ist er ungeschoren davongekommen, während ich den Preis für seine Eskapade bezahlen musste.

Kapitel 28

Helen

Meine natürliche Haarfarbe ist Braun. Man könnte sagen, dass das Normale daran, das Ehrliche, mich mit Stolz erfüllt. Brünette Frauen sind bodenständig. Wir sind nicht schillernd wie Blondinen oder Rothaarige. Und wir sind nicht auffallend wie wirklich Schwarzhaarige.

Als ich jung war, träumte ich von pechschwarzem Haar. Ich hätte es kinnlang getragen, stumpf geschnitten, mit geradem Pony, so wie Ägypterinnen auf den Bildern in den Geschichtsbüchern, die ich mir aus der Bücherei auslieh. Als ich letzte Woche mein langweiliges, braunes Haar im Spiegel betrachtete, fiel mir ein, dass die alten Ägypter beiderlei Geschlechts sich zum Zeichen der Trauer die Haare abschnitten. Also habe ich mir für heute Morgen einen Termin beim Friseur geben lassen. Bei dem netten, großartigen Simon. Seit ich mit vierunddreißig die ersten grauen Haare bekam, will er mir schon die Haare färben. Als ich ihm erkläre, dass ich bereit bin für eine Veränderung, klatscht er begeistert in die Hände. »Strähnchen«, sagt er. »Ich glaube, wir machen dir goldbraune Strähnchen.« Dann schockiere ich ihn mit der Ankündigung, dass ich einen androgynen Kurzhaarschnitt möchte. Außerdem soll er mir das Haar blondieren. Ich will eine Generalüberholung. Ich möchte, nein ich muss mir selbst einen Schock versetzen, damit ich akzeptiere, dass mein Leben sich endgültig geändert hat. Ich will *ein neues Ich,* wie es die Werbung für Haarfärbemittel verspricht.

Natürlich habe ich alles über das Haarefärben während der Schwangerschaft gelesen. Eine Studie von 2005 kommt zu dem Ergebnis, dass es einen Zusammenhang geben könnte zwischen Haarfärbemittel und Neuroblastomen bei Kindern, eine Reihe anderer Studien dagegen konnten keinen solchen Zusammenhang feststellen. Bei den Jungen von Ratten, denen man zwischen dem sechsten und dem achtzehnten Tag der Trächtigkeit einen Cocktail aus frei verkäuflichen Haarfärbemitteln gefüttert hat – bis zu 97,5 mg täglich –, waren keine Fehlbildungen festzustellen. In einem anderen Experiment wurden Ratten zwischen dem sechsten und dem fünfzehnten Tag der Trächtigkeit über eine Magensonde bis zu 500 mg pro Kilogramm täglich eingeflößt, ohne dass die Föten dadurch Schaden nahmen. Meiner Rundumerneuerung steht also nichts im Weg.

Ich achte darauf, nicht in den Spiegel zu sehen, das will ich erst tun, nachdem Simon mir die Überreste meines Haars gefönt hat. Stattdessen konzentriere ich mich auf sein Gesicht. Er blickt ziemlich skeptisch drein, so als würde er gezwungen, etwas zu essen, was er überhaupt nicht mag. Schließlich ist es so weit, und ich schaue in den Spiegel. Ich erkenne mich nicht wieder. Es ist, als würde mich ein altersloser Junge, ein blonder Peter Pan aus dem Spiegel anschauen. Jemand mit innerer Kraft und magischen Geheimnissen. Als ich den Friseursalon verlasse, ist mir viel leichter ums Herz.

Vielleicht kann ich jetzt meine Trauer um John abschließen. Vielleicht kann ich jetzt mein neues Leben genießen. Zwar habe ich meine Privatsphäre verloren, die mir immer so überaus wichtig war – vielleicht sogar den Respekt vor der Welt im Allgemeinen –, aber habe ich nicht etwas viel Wichtigeres gewonnen? Ich sehe mein neues Ich in den Schaufensterscheiben, während ich den Mulholland Drive entlanggehe, und lache beinahe laut vor Glück.

Kapitel 29

Samantha

Ich sitze im Wartezimmer des Taylor Institute, einem ästhetisch ansprechenden, würfelförmigen Gebäude ganz in der Nähe des Campus, mit einer Fassade aus fleischfarbenem Stein. Es ist aber nur eine Fassade, denn in Kalifornien würden Gebäude aus Stein kein Erdbeben überleben. Ich bin dreimal um den Block gefahren, bis ich kapiert habe, dass dieses Gebäude die Klinik ist. Seltsamerweise gibt es nirgendwo ein Schild, nur die Hausnummer in goldenen Ziffern, so diskret zwischen dem Efeu angebracht, das die Fassade teilweise bedeckt, dass ich sie fast nicht gefunden hätte. Als mir endlich klar wurde, dass ich an der richtigen Adresse war, wurde ich von einem Wachposten aufgehalten, der in einem Häuschen neben dem Eingang saß. Ich habe ihm meine Polizeimarke gezeigt, und er hat mich durchgelassen.

Die Sofas im Wartebereich sind mit grünem Samtbrokat bezogen, der weinrote Teppichboden ist so hochflorig, dass die Füße beim Gehen regelrecht darin versinken. Es duftet nach Rosenwasser. Es herrscht eine Stille wie in einer Bibliothek oder einer Kirche. Und alle Angestellten sehen so verdammt gut aus, von der Schwester in der Aufnahme bis hin zu einer Ärztin, die gerade mit einem Klemmbrett auf mich zukommt. Ich bin hier, um mit Dr. Epstein und Dr. Kramer zu sprechen, John Taylors Partnern.

»Detective«, sagt die Aufnahmeschwester. Sie ist das, was man als natürliche Schönheit bezeichnen würde, eine Frau mit glattem, cremefarbenem Gesicht und so glänzendem Haar, wie meine Mutter es mir immer in Aussicht gestellt hat, wenn ich es mir mit Eigelb waschen würde. Was ist wohl an einem solchen Ort natürlich? Ist die Nase ihre eigene? Und wie steht es mit ihren Wangenknochen?

»Dr. Kramer empfängt Sie jetzt.«

Sie zeigt auf eine große, doppelflügelige Eichentür. Ich höre ein leises Summen, als sie auf einen Knopf drückt, um die Tür zu öffnen. Ich wundere mich über die Sicherheitsmaßnahmen hier. Fürchten sie etwa, die Massen könnten mit Mistgabeln bewaffnet eindringen und Gesichtsstraffungen und Nasenkorrekturen verlangen? Aber ich habe meine Hausaufgaben gemacht. So nennt man das heutzutage nicht mehr. Das heißt jetzt Rhytidektomie und Rhinoplastik. Und eine Brustkorrektur heißt jetzt Brustverschönerung. Jawohl!

Ein Mann in einem maßgeschneiderten Anzug erwartet mich hinter der Eichentür. Er ist das genaue Gegenteil von John Taylor: groß, durchtrainiert, Mitte vierzig, tadellos gekleidet.

»Ich bin Dr. Kramer«, sagt er. »Bitte kommen Sie doch in mein Sprechzimmer.« Er führt mich in einen Raum, der eher an ein Wohnzimmer als ein Sprechzimmer erinnert: schwarze Ledersessel und ein niedriger Couchtisch mit Marmorplatte. Wenn seine Diplome und Zeugnisse nicht an der Wand hingen, könnte man sich in einem exklusiven Herrenclub wähnen. Ich rechne fast damit, dass er mir eine gute Zigarre und ein Glas Brandy anbietet. »Sie sind hier, um über Johns Tod zu sprechen«, sagt er leise, als fürchtete er, man könnte ihn hören.

Ich beschließe, ganz direkt vorzugehen. »Kennen Sie irgendjemanden, der John Taylor übelgewollt haben könnte?« Im Vergleich zu seinem sanften Ton klingt meine Stimme rau und polternd.

»Nein«, antwortet er leise, aber nachdrücklich. »John war der liebenswürdigste, großzügigste Mann, den ich je gekannt habe. Ich kann mir nicht vorstellen, wer ihm hätte etwas antun wollen.«

»Und seine drei Frauen?«, frage ich. »Hat Sie das überrascht?«

»Ganz und gar«, erwidert er, aber so dezent, dass er genauso gut das Gegenteil hätte behaupten können. Er rückt seine perfekt sitzende Krawatte zurecht und klaubt eine unsichtbare Fluse von seiner Hose. Dann bemerkt er, dass ich auf eine Antwort warte.

»Sie sind bestimmt aufgebracht, ja schockiert«, sagt er. »Aber ihn deswegen umbringen? Das scheint mir doch ziemlich extrem.«

Dr. Kramer schaut mich an und lächelt. Ich könnte ihn ohrfeigen, einschließlich für das, was er als Nächstes sagen wird. Und schon kommt's. »Samantha, wie alt sind Sie?«

»Die Anrede lautet Detective«, entgegne ich. »Und wie alt sind Sie, *Harold?*« Immerhin wirkt er peinlich berührt.

»Tut mir leid. Aber Sie sehen aus, als könnten Sie eine meiner Töchter sein, die Räuber und Gendarm spielt.«

»Das ist kein Spiel.«

»Ich bitte um Verzeihung.«

Ich beschließe, so zu tun, als hätte es den letzten Wortwechsel nicht gegeben, und gehe wieder in medias res.

»Ich verstehe nicht, wie es möglich war, dass Dr. Taylor so offen mit seiner Frau in Los Gatos zusammenleben konnte, während seine rechtmäßige Ehefrau ganz in der Nähe wohnte. Wie kann es sein, dass sie nie zusammen gesehen wurden – im Kino oder im Einkaufszentrum? Was ist mit Betriebsfeiern?«

Dr. Kramer nickt. Jetzt, nachdem er mich beleidigt hat, ist seine Bereitschaft, mir zu helfen, deutlich größer. »Es war möglich, weil John sein Privatleben völlig abgeschirmt hat. Wir kannten noch nicht einmal Deborah – keiner von uns. Wenn wir John mit einer Frau zusammen gesehen hätten, wären wir ganz selbstverständlich davon ausgegangen, dass es Deborah war.«

»Sie sind der Ehefrau Ihres Partners nie begegnet?«, frage ich. »Ziemlich merkwürdig.«

»Er hat uns erzählt, sie gehe nicht gern unter Leute«, erklärt Dr. Kramer. »Wir hatten keinen Grund, ihm das nicht zu glauben.« Er zögert einen Augenblick. »Es ist ja nicht so, als wären wir Freunde gewesen. Wir waren Geschäftspartner, Kollegen. Dr. Epstein und ich stehen auch privat in Kontakt, aber John hat immer deutlich gemacht, dass er daran nicht interessiert war – er legte großen Wert darauf, Arbeit und Privatleben strikt voneinander zu trennen.«

Es klopft leise an der Tür, dann kommt eine wahrhaft umwerfend hübsche junge Frau herein. Selbst unter all den Schönheiten hier – Frauen wie Männern – ist sie eine Ausnahmeerscheinung. Was für ein surrealer Ort. Sie ist etwa so alt wie ich, vielleicht ein oder zwei Jahre jünger. Schwer zu sagen, weil ihre Haut so außergewöhnlich blass ist, vor allem im Kontrast zu ihrem pechschwarzen Haar. Heutzutage schützen wir unsere Kleinkinder mit Mützen und langen Ärmeln und extrastarker Sonnenmilch vor UV-Strahlung. Aber wer war vor fünfundzwanzig Jahren schon so zwanghaft? Die Eltern dieser Frau – oder wer auch immer sie großgezogen hat – müssen es gewesen sein. Mit ihrer weißen Haut und dem schwarzen Haar sieht sie aus wie ein modernes Schneewittchen.

Und sie fällt nicht nur durch ihr Aussehen auf, sondern auch durch ihre Körpersprache. Für einen so jungen Menschen wirkt sie bemerkenswert selbstsicher. Sie nickt mir zum Gruß zu, geht schnurstracks zu Dr. Kramer und reicht ihm eine Mappe.

»Die Fotos, um die Sie gebeten haben«, sagt sie. Ihre Stimme klingt tiefer, als ich erwartet hatte, und rau, fast wie eine Raucherstimme, obwohl ich mir kaum vorstellen kann, dass sie ihren perfekten Körper, ihre perfekte Haut mit Nikotin verseuchen würde.

Die Frau trägt das Haar kinnlang, und es schwingt wie am Stück, als sie sich umdreht, um das Zimmer zu verlassen. Sie trägt einen weißen Laborkittel über einer schwarzen Hose und einer weißen Bluse und dazu eine affenscharfe Brille.

»Das ist Dr. Fanning, Dr. Claire Fanning, unsere neue Assistenzärztin«, sagt Dr. Kramer. »Sie arbeitet sei vier Monaten bei uns, während sie an der Stanford-Universität ihre Facharztausbildung beendet. Claire, das ist Detective Adams, die Johns tragischen Tod untersucht.«

Claire sieht mich mit ihren schwarzen Augen an. »Was gibt es da zu untersuchen?«, fragt sie. »Ich dachte, es wäre Herzstillstand gewesen.«

»Herzinfarkt«, korrigiere ich lächelnd. Sie erwidert mein Lächeln nicht. Sie mag vielleicht eine Schönheitskönigin sein, aber ihr Sinn für Humor scheint mir eher unterentwickelt zu sein.

»Detective Adams ist nicht zufrieden mit der Erklärung«, bemerkt Dr. Kramer.

Ihre Augen weiten sich hinter der Brille. Es wirkt unfreiwillig komisch. »Nein?«

»Nein«, sage ich. »Es wundert mich, dass Sie nicht im Bilde sind. Es stand doch überall in den Zeitungen. Der Coroner hat auf unnatürliche Todesursache befunden. Es gibt zu viele ungeklärte Faktoren, um den Fall auf sich beruhen zu lassen.«

Einen Moment lang herrscht Schweigen. Ich wende mich wieder an Dr. Kramer. »Apropos Öffentlichkeit. Wie laufen denn die Geschäfte hier in der Klinik? Wurden sie durch den Medienrummel beeinträchtigt?«

»Nein, ganz und gar nicht. Die Geschäfte könnten nicht besser laufen«, sagt er. Er spricht jetzt lauter als vorher, beinahe jovial. »Wir haben monatelange Wartelisten.« Mir fällt auf, dass Dr. Fanning ihn die ganze Zeit ansieht, aber er meidet ihren Blick.

»Wer wird die Kinder behandeln, jetzt, da Dr. Taylor nicht mehr da ist?«, erkundige ich mich.

»Das haben wir noch nicht entschieden. Es ist allerdings ein wichtiges Markenzeichen unserer Klinik. Da müssen wir natürlich dranbleiben«, sagt Dr. Kramer.

Jetzt bin ich mir ganz sicher, Dr. Fanning versucht ihm mit ihrem Blick etwas mitzuteilen.

»Was denken Sie?«, frage ich sie. Sie zuckt leicht zusammen, antwortet jedoch schnell und bestimmt.

»Zwar verdienen wir unser Geld mit Schönheitschirurgie, aber wir sind es John schuldig, die kostenlose Behandlung von Kindern weiterzubetreiben.«

»Aber haben Sie denn jemanden, der dafür qualifiziert ist? Soweit ich weiß, besaß er für diese Art der Chirurgie ein außergewöhnliches Talent.«

»Das ist sicherlich richtig«, meldet sich Dr. Kramer zu Wort. »Aber wir dürfen den Nimbus nicht mit der Person verwechseln. Es gibt genug qualifizierte Chirurgen, die durchaus in der Lage sind, seine Arbeit fortzuführen. Ich glaube nicht, dass sich in dieser Hinsicht viel ändern wird.«

»Bis auf den Patienten- und Behandlungsmix«, widerspricht Claire. Dr. Kramer runzelt die Stirn.

»Was meinen Sie damit?«, frage ich.

Dr. Kramer sagt: »Ich finde, wir sollten Dr. Fanning nicht länger aufhalten«, aber ich bedeute ihm, sie sprechen zu lassen.

»In der Vergangenheit hat sich ein Konsens herausgebildet, die Kinder fallen zu lassen. Sozusagen.« Ich suche nach dem Anzeichen für ein Lächeln, aber es gibt keins. Definitiv kein Sinn für Humor. »In den Besprechungen des Managements gab es immer mehr Streit.«

Dr. Kramer nimmt einen Stift von seinem Schreibtisch und klopft damit auf einem Zettel herum.

»Warum?«, frage ich.

Statt zu antworten reibt sie nur Daumen und Zeigefinger gegeneinander, das universelle Zeichen für Geld.

»John sah sich einer Meuterei gegenüber«, fährt sie fort.

»Das ist übertrieben«, widerspricht Dr. Kramer. »So bekommt Detective Adams einen falschen Eindruck.«

»Vielleicht wäre das gar nicht so schlecht«, sagt Dr. Fanning.

»Oder vielleicht ist der Eindruck ja auch richtig«, sage ich gleichzeitig. Wir sehen einander an.

»Was hat zu dem Streit geführt?«, frage ich.

»Das ist ein einfaches Rechenexempel«, sagt sie. »Die erwachsenen Patienten, die eine Schönheitsoperation wollen, sind in der Regel gut betucht. Kein Ärger mit Versicherungen, Medicaid oder Gebührenerlass-Fragen, da fließt einfach nur eine Menge Geld. Aber bei den Kindern sieht das ganz anders aus. Man muss langwierige Auseinandersetzungen mit Versicherungsgesellschaften führen – selbst wenn die Kinder versichert sind –, ständig um Spenden betteln und immer wieder neue Möglichkeiten finden, die kostenlosen Behandlungen zu finanzieren, die John durchführte.«

»Um wie viel Geld genau geht es da?«, will ich wissen.

»Jährlich? Um Millionen«, antwortet sie. »John war nicht daran interessiert, den Bereich der kosmetischen Chirurgie zu erweitern. Und John besaß ein Vetorecht. Darauf hat er bestanden, als der Partnervertrag ausgehandelt wurde.«

Ich schaue Dr. Kramer an. »Stimmt das?«

Er zuckt die Achseln, bemüht, lässig zu wirken, doch seine Schultern sind angespannter als anfangs. »Meinungsverschiedenheiten zwischen Geschäftspartnern sind nichts Ungewöhnliches. Das gehört dazu.« Er lässt einen Augenblick verstreichen, dann fügt er hinzu: »Wohl kaum ein Mordmotiv.«

Ich nicke unverbindlich. »Das hat ja auch niemand behauptet.«

»Aber das Gespräch bewegte sich in die Richtung«, entgegnet er. »Ich dachte, da kann ich das Kind auch gleich beim Namen nennen.«

Ich wechsle das Thema. »Eine Frage aus reiner Neugier: Warum haben Sie kein Schild über dem Eingang? Es ist fast unmöglich, dieses Gebäude zu finden.«

Dr. Kramer wirkt erleichtert über die Kursänderung. »Unseren Klienten ist es lieber so. Es ist diskreter.«

»Er meint die Klienten, die kosmetische Eingriffe durchführen lassen«, sagt Dr. Fanning. »Sie wollen nicht beim Betreten einer Klinik für Schönheitschirurgie gesehen werden – Gott bewahre. Oder beim Verlassen derselben. Haben Sie unseren Hinterausgang gesehen? Den Fluchtweg für unsere Klienten?« Sie geht zu einer Tür auf der anderen Seite des Schreibtischs und öffnet sie. Dahinter liegt ein dunkler Flur. »Jedes Sprechzimmer und jeder Aufwachraum hat so eine Tür. Sie führen in einen Flur, von dem aus man auf einen schmalen Weg gelangt, der noch besser verdeckt ist als der Haupteingang. Auf diese Weise können unsere zahlenden Kunden ungesehen verschwinden. Egal ob sie nur zu einer Beratung gekommen sind oder eine Operation hinter sich haben, sie werden von niemandem gesehen.«

Dr. Kramer steht auf. »Dr. Fanning, Sie haben bestimmt viel zu tun. Wir wollen Sie nicht länger aufhalten.« Dann wendet er sich mir zu. »Man sagte mir, Sie wollen auch mit Dr. Epstein sprechen.«

»Wenn das möglich ist«, erwidere ich. Ich habe bereits mehr Informationen bekommen, als ich erwartet hatte.

»Selbstverständlich«, sagt Dr. Kramer. »Bitte folgen Sie mir.«

Ich reiche Dr. Fanning die Hand. »Vielen Dank, das war sehr … aufschlussreich.«

Kapitel 30

MJ

Mein Bruder will heute Morgen um zehn vorbeikommen. Aber wie ich Thomas kenne, kommt er frühestens gegen Viertel vor elf. Außerdem wird er hungrig sein, eine Dusche und frische Kleider nötig haben. Er ist nur zwei Jahre jünger als ich, aber er hat nie gelernt, für sich selbst zu sorgen; er sucht sich immer Partner, die ihn versorgen, wenn auch nie für längere Zeit. Im Moment ist er Single, ich rechne also damit, dass er völlig abgerissen ist, wenn er hier erscheint. Ich habe ihn einmal gefragt, wie er es schafft, diese ... nicht Sugardaddys, denn reich sind sie in der Regel nicht ... diese Männer zu finden, die so viel überschüssiges Mitgefühl haben und den Wunsch, nein, das überwältigende Bedürfnis, sich um andere zu kümmern, ihnen regelrecht zu dienen. *Ihm* zu dienen.

Er sagt, es ist wie eine Hundepfeife, etwas, das er hören kann, wenn diese Männer reden, oder sogar, wenn sie nicht reden. Etwas an ihrer Körpersprache. »Ich kann sie erschnüffeln«, prahlte er. »Und was ist mit Liebe?«, habe ich ihn gefragt. »Doch, ich liebe sie«, hat er ohne Zögern geantwortet. »Wie auch nicht? So gut, wie sie für mich sorgen.«

Er ist immer derjenige, der die Beziehungen beendet, der sich von den nettesten Typen trennt, denen ich je begegnet bin. Aber er macht Schluss. Und meistens ziemlich unvermittelt. Es ist wie bei einem streunenden Kater, den man füttert und streichelt und schließlich glaubt, es ist eine Bindung entstanden, eine Vertrautheit, bis er plötzlich verschwindet, und Monate später findet man heraus, dass er seine Zuneigung kurzerhand auf den Nachbarn am Ende der Straße übertragen hat. Und auf einmal hat er einen anderen Namen, einen anderen Gang und tut so, als würde er einen nicht kennen.

»Du sendest dieses Signal auch aus«, hat Thomas mal zu mir gesagt. Kann sein. Aber irgendetwas an mir muss etwas Abschreckendes aussenden, denn es ist weiß Gott nicht so, als könnte ich mich vor Männern nicht retten.

Anfangs hatte ich kleine Kinder und war viel zu sehr damit beschäftigt, sie großzuziehen und gleichzeitig Geld zu verdienen. Als die Jungs ins Teenageralter kamen und mich weniger brauchten, habe ich mich auf einige Beziehungen eingelassen, dir mir nicht besonders gutgetan haben. Da war Jonah, ein Nachbar, dem die Frau weggelaufen war. Sie hatte die Kinder mitgenommen und ihm die Mietwohnung und den Hund überlassen. Ich war für ihn nichts weiter als ein Trostpflaster. Das wusste ich natürlich, aber nach so vielen Jahren wieder berührt zu werden, wieder ein sexuelles Wesen zu sein, egal wie ungleich die Gefühle füreinander waren … Irgendwann machte er Schluss, indem er einen Zettel an den Knauf meiner Gartentür klebte, an dem auch sein Hund angebunden war.

Nach Jonah kam Mike, dem die Tankstelle am Ende der Straße gehörte, wo ich hin und wieder meinen alten Subaru zusammenflicken ließ. Mit ihm war es ganz nett. Er nahm Paul, meinen Ältesten, unter seine Fittiche und brachte ihm in seiner Werkstatt bei, Autos zu reparieren. Eigentlich brauchte er ihm gar nicht viel zu zeigen, Paul war ein Naturtalent. Es war zwar nicht gerade der Beruf, den ich mir für ihn erträumt hatte, aber er machte sich gut und hat heute, mit neunundzwanzig Jahren, eine eigene Autowerkstatt. Ich bin stolz auf ihn.

Mein Jüngster, Jackson, ist ehrgeiziger, er will sich nach oben arbeiten. Er war auf dem College, hat sein Studium aber abgebrochen und bei einer Start-up-Firma einen Job als Programmierer angenommen. Er besitzt, was man gemeinhin als Unternehmergeist bezeichnet, was ich jedoch Habgier nenne. Ja, ich halte Jackson für habgierig. Er sieht all den Reichtum um sich herum und will seinen Anteil. *Sind die Augen mal wieder größer als der Magen?*, habe ich immer zu ihm gesagt, als er noch klein war und wieder mal mehr Pfannkuchen haben wollte, als ihm zustanden. Die erste Start-up-Firma ging pleite, die nächsten beiden erlitten dasselbe Schicksal. Man hört immer nur von den Facebooks und Googles dieser Welt, aber nie von den kleinen Klitschen, die sich im Industriegebiet östlich der Schnellstraße in Santa Clara billige Büroräume mieten und kommen und gehen. Ich musste John ein bisschen vor Jackson beschützen. Jackson, der gleich Geld gewittert hatte, hoffte, dass John in sein neuestes Projekt investieren würde, irgendein Projekt, bei dem es um die Entwicklung einer Software ging, die »Schwachstellen in der Industrie für medizinische Geräte« beheben sollte. Er wollte von John mehrere Hunderttausend Dollar als Startkapital. »Du wärst ein Unternehmensengel«, hatte

Jackson während eines Akquisegesprächs mit John gesagt, das ich letztlich nicht verhindern konnte. »Du würdest jeden Cent zurückkriegen, plus einer fetten Rendite.« John lehnte ab, und das hat Jackson ihm nie verziehen. Er hat aber auch nie aufgehört, mich um Geld anzuhauen. Ich habe Jackson und Thomas über die Jahre so viel zugesteckt, dass mein Lohn immer ziemlich schnell weg war. Das muss aufhören, jetzt, da ich auf mich allein gestellt bin. Ich habe mich sogar dazu entschlossen, das Gästezimmer zu vermieten, das müsste reichen, um die Hypothekenraten zu bezahlen und ansonsten über die Runden zu kommen.

Ich höre ein Auto vorfahren, Thomas ist endlich da. Eineinviertelstunde später als verabredet. Er betritt das Haus wesentlich selbstbewusster, jetzt, da John nicht mehr da ist. »Hallo, Schwesterherz«, sagt er und drückt mir einen Kuss auf die Wange. Ich mache ihm eine Tasse Kaffee und einen Teller mit Rührei und Speck. Er schlingt das Essen herunter und verlangt nach mehr. Ich setze die Pfanne wieder auf. Ich bin froh, dass er da ist, froh, dass ich mich um jemanden kümmern kann. Acht Wochen sind inzwischen vergangen, und ich bin noch weit davon entfernt, Johns Tod zu akzeptieren. Vor Kurzem ist eine Freundin gekommen, um seine Sachen wegzupacken, weil ich es nicht ertragen konnte, sie jedes Mal zu sehen, wenn ich den Schrank aufmachte oder ins Bad ging.

»Deine Geldquelle ist also versiegt«, bemerkt Thomas und zeigt mit der Gabel auf die Kücheneinrichtung. »Weißt du schon, ob du das hier halten kannst?«

Ich nicke.

»Gehen wir in den Garten«, sage ich, und er folgt mir. Der

Garten ist ein bisschen verwildert, weil ich dem Gärtner gekündigt habe, der immer den Rasen gemäht und das Gras weggeschafft hat. Zu teuer. Ich tue mein Bestes, aber das Unkraut wächst schneller, als ich es ausrupfen kann. Wie alles andere in meinem Leben wirkt der ehemals prächtige Garten ziemlich heruntergekommen. Es geht ziemlich steil bergab mit mir.

Wir ziehen zwei Stühle unter dem Sonnenschirm hervor und genießen den warmen Junimorgen.

»Du siehst furchtbar aus«, sage ich, als ich seine blutunterlaufenen Augen sehe.

»Du auch«, erwidert er scharf.

Ich wollte ihn nicht kränken, ich bin nur besorgt um ihn. Aber seine Worte treffen mich.

Eine Weile sitzen wir schweigend da.

»Na ja, was hast du denn erwartet?«, sage ich schließlich. »Nach allem, was passiert ist.«

»Wie sieht's denn jetzt aus?«, fragt er.

»Wie meinst du das?«

»Wie viel Geld ist übrig?«

»Kommt drauf an.«

»Worauf?«

»Darauf, was Deborah tut. Sie hat gesagt, ich kann seinen Anteil behalten. Das ist die gute Nachricht. Jetzt warte ich ab, ob noch mehr kommt.«

»Und?«

»Vielleicht«, sage ich ein bisschen schläfrig von der Sonne. »Vielleicht.«

Thomas lächelt. »Meine große Schwester. Wer hätte ihr das zugetraut?« Obwohl er lächelt, spüre ich, dass er nervös ist. Er hat diese Phasen, in die er abwechselnd gerät (Stimmungsschwankungen wäre wohl das passendere Wort, nur dass sie bei ihm wochen- oder sogar monatelang andauern können), und im Moment scheint er sich wieder auf eine Angstphase zuzubewegen. Er steht auf und geht vor mir auf und ab.

Dann wechselt er das Thema. »Die haben einen Film über den Wald gemacht. Es ist eigentlich ein alter Film, aber ich hab ihn jetzt zum ersten Mal gesehen. Ein Film, der das richtig erfasst.«

»Der was erfasst?«

»Den Horror«, sagt er einfach.

Es wundert mich, dass er über diese Sache redet. Das tut er sonst nie.

Als Junge war Thomas fast die ganze Zeit im Wald, entweder allein oder mit seinen Freunden. Er hatte ein kleines Notzelt, und er kletterte heimlich aus dem Fenster mit dem Zelt im Rucksack (so ein ähnlicher Rucksack wie der, in dem er jetzt seine Habseligkeiten mit sich herumträgt). Dann hat er im Wald übernachtet. Er hatte seine geheimen Stellen. Ich habe ihn nie danach gefragt, und ich habe ihn auch nie verpetzt. Oft habe ich ihn sogar gedeckt, vor allem im Sommer, wenn er manchmal erst mittags oder nachmittags nach Hause kam.

Das änderte sich jedoch, als er zwölf war, als er anfing, zusammen mit den anderen Messdienern ins Pfarrhaus zu gehen. Da fing das mit den Stimmungsschwankungen an (ein besseres Wort fällt mir einfach nicht ein). Von da an fühlte er sich nicht mehr wohl im Wald, nein, es war viel schlimmer, der Wald flößte ihm Angst ein. Wenn ich ihn fragte, ob er mit mir im Wald spielen oder auch nur einen Spaziergang machen wollte, lehnte er ab. Er hat mir nie eine Erklärung dafür gegeben, aber mir fiel auf, dass er angefangen hatte, nachts die Vorhänge am Fenster zuzuziehen, die zum Great Smoky Mountains National Park hinausgingen. Und dann, etwa zur gleichen Zeit, hatte ich mein eigenes Erlebnis, das den Wald auch für mich zu einem unwirtlichen Ort machte.

Plötzlich war der Wald, der uns von klein auf fasziniert hatte, in dem wir Zuflucht gesucht und Abenteuer erlebt hatten, zu einem Ort des Schreckens geworden. Kein Wunder, dass wir beide fortgegangen und nie wieder zurückgekehrt sind.

»Worum geht's denn in dem Film?«, frage ich.

»Um drei Typen, die in den Wald gehen, um einen Film zu drehen«, erklärt er. »Und dann passieren ganz schlimme Dinge.« Ich sehe, wie er erschaudert, als er die Worte ausspricht. »Es war verdammt gruselig, aber ich hab mir den Film bis zu Ende angesehen. Gott, da ist echt 'ne Menge hochgekommen.«

Er braucht mir nicht zu sagen, ob es gut oder schlecht war, was da hochgekommen ist.

»Ich hab mir früher immer vor Angst fast in die Hose gemacht, wenn ich allein im Wald war«, sagt Thomas nach einer Weile. Ich halte lieber den Mund und warte ab, was als Nächstes kommt. Besser, Enthüllungen kommen spät als nie. »Und manchmal hatte ich sogar noch mehr Angst, wenn ich nicht allein war, so verkorkst, wie meine Freunde alle waren. Ich dachte immer, es würde mich stärker machen, sodass ich mit den harten Sachen, die sich ansonsten abspielten, besser umgehen könnte.«

Von dem, was sich ansonsten abspielte, hat er mir erst erzählt, als es schon zu spät war.

Ich stehe auf und gehe zu ihm. Ich nehme ihn in die Arme, damit er stehen bleibt, und lege meine Wange an seinen Kopf. Wir sind beide beschädigt und brauchen einander. »Es gibt nichts, wovor du Angst haben musst«, sage ich zu ihm. »Überhaupt nichts. Ich bin da, und ich werde immer für dich da sein.«

Kapitel 31

Helen

Ich war gerade beim Frauenarzt. Ich bin noch nie im Leben krank gewesen, und es fühlt sich komisch an, all diese Arztbesuche, die Bluttests, das Blutdruckmessen. Und heute die Ultraschalluntersuchung. Die Gestalt meines Kindes auf dem Bildschirm zu sehen hat mich nicht mit Staunen erfüllt – vielleicht bin ich zu abgehärtet nach meiner Assistenzzeit auf der Gyn. Außerdem spüre ich sie schon. Ich weiß, dass es ein Mädchen ist, und in einem Monat, nach der Fruchtwasseruntersuchung, werde ich den Beweis haben. Ich habe lange überlegt, ob ich diese Untersuchung überhaupt machen lassen soll – sie birgt gewisse Risiken –, aber ich habe festgestellt, dass es einfach zu vieles gibt, was mich beunruhigt – was bei meinem Beruf nicht verwunderlich ist. Es kann so viel schiefgehen, es gibt so viele Toxine in Luft und Wasser, die DNS ist so anfällig. Schon jetzt bin ich von dem Wunsch beseelt, dieses Kind zu beschützen, alles richtig zu machen. Als könnte schiere Willenskraft das perfekte Geschöpf in meinem Bauch wachsen lassen.

Ich habe meine Ernährung um täglich vierhundert Kalorien erhöht. Mehr Rot. Mehr Grün. Mehr Gelb. Ich kann die

Farben beinahe schmecken. Ich bekomme Rundungen und kriege meine Hosen nicht mehr zu. Ich trage jetzt Krankenhauskittel in Größe S anstatt XS.

Ich gehe zurück in mein Sprechzimmer und behandle kranke Kinder. Ich bin im dritten Monat, man sieht noch fast nichts, aber so dünn, wie ich bin, wölbt sich mein Bauch doch ein bisschen, jedenfalls genug, um diesen glatzköpfigen, apathischen Kindern aufzufallen, die mir den Bauch tätscheln und fragen, ob da ein Baby drin ist. *Ja,* sage ich, *da ist ein Baby drin. Möchtest du mal fühlen, wie es strampelt?* Ich frage das, obwohl es natürlich noch viel zu früh ist, um etwas zu fühlen. Ich lasse sie ihre kleinen Hände auf meinen Bauch legen.

Zum ersten Mal fällt mir meine Arbeit schwer, meine Angst wächst. Und zu der Angst kommen Schuldgefühle – Gefühle, die mir nicht sehr vertraut sind. Denn ich weiß, dass dieses Kind nicht geboren werden würde, wenn John noch lebte. Das gehörte zu unserer Vereinbarung: keine Kinder. Der Gedanke ist mir unerträglich. Wie kann man ein Leben gegen ein anderes abwägen? Und doch habe ich es getan. Mich dafür entschieden.

Kapitel 32

Samantha

»Ich habe das Gefühl, dass die Leute über mich lachen, und das ärgert mich«, sage ich zu Peter. Wir haben eben zu Abend gegessen und es uns danach im Wohnzimmer gemütlich gemacht. Wobei das dreieinhalb mal dreieinhalb Quadratmeter große Zimmer, das gerade für unser Sofa und unsere CDs Platz bietet, kaum den Namen verdient. »Ich möchte endlich einmal ernst genommen werden, aber es passiert einfach nicht.«

»Als Erstes könntest du schon mal deine Rattenschwänze abschaffen«, entgegnet Peter. »Wie sollen die Leute dich respektieren, wenn du wie die Unschuld vom Lande herumläufst?«

Ich bemühe mich, ihm nicht zu zeigen, wie sehr mich seine Bemerkung trifft.

Es wird wirklich Zeit, dass ich mir ein dickeres Fell zulege. Bei dem Job, den ich mache, darf man nicht so dünnhäutig sein. Dann kommt mir eine Idee.

»Du spielst Deborah. Ich muss sie morgen noch einmal vernehmen, und bei der Aussicht ist mir nicht ganz wohl. Lass uns ein Rollenspiel machen.« Peter bleibt auf dem Sofa sitzen, und ich setze mich ihm gegenüber in einen Sessel. »Also los«, sage ich. »Sei richtig unverschämt.«

Peter überlegt. Dann hebt er theatralisch die Brauen und sagt: »Sie Rotzgöre, wie können Sie es wagen, meinen kostbaren Teppich mit Ihren Füßen zu besudeln!«

»Nein, im Ernst, Mensch. Ich brauche deine Hilfe.«

»Okay, okay.« Er lässt sich Zeit, versucht anscheinend, sich zu erinnern, was ich ihm über den Fall erzählt habe. »Wieso werde ich schon *wieder* vernommen?«, faucht er mich an.

Ich zucke zusammen, erhole mich aber schnell von dem Schreck. »Weil ich noch weitere Fragen habe.«

»Ich habe das Gefühl, das sind dieselben Fragen, die Sie mir letztes Mal bereits gestellt haben. Hat die Polizei von Palo Alto keine ... erfahrenere Polizistin, die man zu mir schicken kann?«

Er bringt es fertig, das mit genau der richtigen Mischung aus Verachtung und Ärger vorzubringen, die mich auf die Palme bringt.

»Sie müssen schon mit mir vorliebnehmen, Baby«, sage ich. »Gewöhnen Sie sich dran.«

Peter runzelt die Stirn. »Zu unprofessionell. Versuch's noch mal.«

Seine knappe, forsche Art regt mich auf, aber ich befolge seinen Rat. »Ich leite die Ermittlungen in diesem Fall.«

»Andere Polizisten hätten die Informationen, die Sie brauchen, bei der ersten Befragung in Erfahrung gebracht. Warum bestellen Sie mich immer wieder ein? Das ist pure Inkompetenz. Oder Faulheit. Oder Mangel an Einsatzbereitschaft.«

Er spuckt die Wörter regelrecht aus, unter besonderer Betonung der letzten. *Mangel an Einsatzbereitschaft.* Sie treffen mich mitten in die Magengrube.

»Ich tue mein Bestes«, erwidere ich und bereue es sofort. Es klingt schwach, beinahe flehend.

»Ich tue mein Bestes«, äfft Peter mich nach. Es berührt mich unangenehm, wie genau es ihm gelingt, meinen Gesichtsausdruck und meinen Ton nachzuahmen. »Tja, Ihr Bestes ist eben nicht gut genug.«

»Beantworten Sie meine Fragen, oder … oder …«, stammle ich. Mein Arsenal ist so dürftig, dass mir nicht einmal etwas einfällt, womit ich ihm drohen kann.

»Oder Sie hängen Ihren Job an den Nagel?«, fragt Peter. »Das wäre aber ein bisschen übertrieben. Dann müssten wir ja schon wieder ein Kapitel im gar nicht mehr so jungen Leben von Sam Adams abschließen.«

Schweigen. Ich bekomme kaum Luft. Peter lehnt sich grinsend zurück. Er weiß, dass er ins Schwarze getroffen hat.

»Peter, wo kommt das jetzt alles her?«, frage ich schließlich.

»Was denn?«, erwidert er mit großen Augen. »Ich spiele Deborah. Ich spiele ein Miststück. Genau wie du es wolltest.« Er grinst immer noch.

»Nein, gerade hast du Peter gespielt. Ich hatte keine Ahnung, dass du so wütend auf mich bist.« Ich bin ehrlich erschüttert.

»Deborah ist diejenige, die wütend ist«, widerspricht er. Aber er sieht mich nicht an.

»Das glaube ich dir nicht. Und das Schlimmste ist noch nicht mal, dass du ernst gemeint hast, was du gesagt hast, sondern dass es dir auch noch Spaß gemacht hat. Das hat wehgetan. Richtig weh.«

Peter sagt nichts. Wir sind beide erschöpft und zerknirscht. Es war keine gute Idee von mir, der Wahrheit Tür und Tor zu öffnen. Destruktiv, das alles. Solches Verhalten, solche Worte, selbst im Scherz oder im Rollenspiel ausgesprochen, haben das Potenzial, unsere Beziehung zu vergiften.

Dieser Fall erweist sich in mehr als einer Hinsicht als große Herausforderung.

Kapitel 33

Samantha

Der Weg, der vom Bürgersteig zu Deborahs Haus führt, besteht aus perfekt verlegten Steinplatten, die ineinander passen wie Puzzleteile. Das und alles, was ich sehe, als sie die Tür öffnet, stinkt nach Geld. Vom glänzend polierten Holzboden – wahrscheinlich irgendwas Exotisches aus dem Regenwald – bis zu dem Duft, den ein riesiger Strauß frischer Rosen in einer Kristallvase verströmt, zeugt von einer Welt, die für mich immer unerreichbar bleiben wird. Plötzlich bin ich wütend. Eigentlich weiß ich nicht genau, warum. Ich bin nicht auf Besitztümer aus, doch Peter hat gestern so viel Gift und Galle gespuckt, und das hat seine Spuren hinterlassen.

Die Orientteppiche sind bestimmt echt und sehr wertvoll, aber für mein ungeübtes Auge sehen sie fast genauso aus wie die industriell gefertigten, die Peter und ich auf einem Flohmarkt gekauft haben. Die gleichen Farben, die gleichen Muster. Aber als ich sie näher betrachte, erkenne ich, wie fein die Blumen gewebt sind, wie dezent die Farben aufeinander abgestimmt sind. Aus purer Boshaftigkeit hoffe ich, dass die teuren Möbel unbequem sind, und sinke dann in einen

Sessel, den ich jederzeit gegen unser klumpiges Bett eintauschen würde. Gut angelegtes Geld. An den Wänden Ölgemälde, hauptsächlich Porträts von seltsamen Männern und Frauen, aber wahrscheinlich von Künstlern, die es sich zu sammeln lohnt. Etwas anderes würde seinen Weg nicht in dieses Haus finden.

Deborah trägt ein schlichtes blaues Etuikleid, und obwohl dies ein für nordkalifornische Verhältnisse heißer Tag zu werden verspricht, eine Strumpfhose. Und entgegen meiner Annahme, dass man in diesem Haus seine Schuhe an der Haustür auszieht, hat sie glänzende schwarze Pumps mit dezenten, etwa drei Zentimeter hohen Absätzen an. Unsere Schuhe liegen immer in einem Haufen neben der Eingangstür, aber nicht etwa, weil wir unsere Teppiche schonen müssten, sondern weil Peter und ich nicht gern Schuhe an den Füßen haben und sie bei der erstbesten Gelegenheit abstreifen. Im Haus laufen wir immer barfuß herum. Wir teilen sogar unsere Bekannten in Schuhträger und Barfußgeher ein. Deborah ist zweifellos eine Schuhträgerin der extremen Sorte. Sie schlüpft wahrscheinlich in ihre Schuhe, sobald sie aus der Dusche kommt.

Deborah bietet mir Eistee an. Ich akzeptiere, weil ich Durst habe, bereue es aber sofort, als sie triumphierend mit dem Glas zurückkommt, komplett mit Zitronenscheibe auf dem Rand und einem langstieligen Eisteelöffel. Wer außer den Superreichen hat schon Eisteelöffel? Natürlich bringt sie für sich selbst kein Getränk mit. Irgendwie hat sie die Oberhand gewonnen, indem sie sich die Mühe gemacht hat, mir ein Getränk zu besorgen. Dabei hätte sie die sowieso gehabt. Schließlich befinden wir uns auf ihrem Territorium. Ich bin ihr Spielzeug. Ich nehme das Glas entgegen und sehe mich um, unsicher, ob ich es auf dem eichenen Couchtisch abstellen kann. Sie bekommt das natürlich genau mit, zwingt mich jedoch zu fragen.

»Haben Sie einen Untersetzer?«, stoße ich schließlich hervor, als das Schweigen peinlich wird.

»Selbstverständlich«, antwortet sie sofort, nimmt einen aus einer Tischschublade und legt ihn vor mich hin. Machtspielchen. Miststück.

»Also, was kann ich für Sie tun?«, fragt Deborah. Sie faltet die Hände in ihrem Schoß, anscheinend vollkommen entspannt.

»Sind Sie sicher, dass Sie keinen Anwalt dabeihaben wollen?«, frage ich, während ich mein Aufnahmegerät einschalte.

»Ganz sicher«, sagt sie.

Ich fordere sie nicht auf, es sich noch einmal zu überlegen. Diese Frau weiß, was sie tut.

»Bitte beschreiben Sie fürs Protokoll, wo Sie an dem Abend waren, als Dr. Taylor gestorben ist«, fordere ich sie stattdessen auf. »Von besonderem Interesse ist die Zeit zwischen 18:45 Uhr und 19:50 Uhr.«

»Das ist ganz einfach.« Deborah lächelt. »Ich war auf der Versammlung der Förderinnen des Krankenhauses in Menlo Park. Wir haben uns bei der stellvertretenden Vorsitzenden zu Hause getroffen. Normalerweise treffen wir uns hier, aber ich hatte darum gebeten, die Versammlung an einem anderen Ort stattfinden zu lassen, weil es mir nicht gut ging und ich fürchtete, absagen zu müssen. Aber bei Gail zu Hause hätte das Treffen auch ohne mich stattfinden können.«

»Von wann bis wann?«, frage ich. Ich weiß im Voraus, dass sie die richtige Antwort parat hat.

»Die Versammlung dauerte von halb sieben bis acht. Ich bin eine Stunde länger geblieben, weil wir noch Zahlen zusammenstellen wollten, die wir am nächsten Tag dem Finanzkomitee vorlegen mussten. Ich war so gegen Viertel nach neun zu Hause und bin den ganzen Abend hiergeblieben. Ich fürchte, dass es dafür keine Zeugen gibt, aber die Komiteemitglieder können bestätigen, dass ich vorher mit ihnen zusammen war.«

Ich bitte um die Namen und Telefonnummern der Frauen, auch wenn ich bereits weiß, dass sie alles bestätigen werden. Selbst wenn diese Frau einen Mord begangen hätte, hätte sie alles so sorgfältig geplant, dass ich ihr nie auf die Schliche kommen würde.

»Wer könnte Ihrem Mann den Tod gewünscht haben?«, frage ich. Gott, wie lahm.

Sie hebt die Hände, die Handflächen nach oben, die klassische Geste der Ratlosigkeit.

»Abgesehen von einer der anderen Frauen in einem Anfall von Eifersucht? Also, da fällt mir wirklich niemand ein. Andererseits würden die beiden wohl eher *mich* umbringen wollen.«

»Wie kommen Sie darauf?«

»Na ja, als die rechtmäßige Ehefrau stand ich zweifellos im Weg«, sagt Deborah, als würde sie zu einer Zweijährigen sprechen.

Ich spüre, wie mein Gesicht ganz heiß wird.

»Aber MJ Taylor und Helen Richter behaupten, sie hätten weder voneinander noch von Ihnen gewusst«, entgegne ich.

»Wollen Sie damit sagen, dass Sie das nicht glauben?« Ich bin ehrlich neugierig.

»Helen ist die Intelligentere der beiden, aber selbst MJ müsste eigentlich aufgeweckt genug sein, um bemerkt zu haben, dass etwas nicht stimmte.«

»Womit Sie andeuten wollen, dass die beiden Bescheid wussten.«

Deborah seufzt vornehm. »Entweder sie wussten es, oder sie waren hoch motiviert, die Märchen zu glauben, die John ihnen erzählt hat. Ich neige dazu, Letzteres anzunehmen. Jeder Mensch hat seine Schwachstellen, und John war sehr gut darin, die zu finden.«

Sie sagt das ganz lässig, ohne eine Spur von Verachtung, als wäre das allgemein bekannt. Ich bin entschlossen, mich nicht einschüchtern zu lassen.

»Und wo liegt Ihre Schwachstelle?«, frage ich.

»Sie werden wohl kaum von mir erwarten, dass ich das ausgerechnet Ihnen verrate«, erwidert sie leicht amüsiert.

Ich verfluche meine Neigung zu erröten, wenn ich verlegen oder wütend bin.

Deborah, die Hände immer noch verschränkt, wartet lächelnd auf die nächste Frage. Ich habe das Gefühl, dass sie eine Rolle spielt, etwas an ihr wirkt nicht ganz echt. In Palo Alto läuft man immer mal wieder einer von diesen armen reichen Frauen über den Weg, die zu viele Schönheitsoperationen hinter sich haben, und empfindet unwillkürlich Mitleid, wenn man ihr glattes, ausdrucksloses Gesicht sieht. Deborah hat so ein Gesicht. Doch sie ist nicht geliftet. Ihr Gesicht ist das einer 55-Jährigen. Sie sieht gut aus für ihr Alter, wirkt jedoch nicht jünger. Aber sie hat ihre Züge extrem unter Kontrolle. Und ich habe den Eindruck, dass sie mich nicht ernst nimmt.

»Warum wollen Sie das alles hören? Meine Meinung ist doch sicher irrelevant.«

»Alles ist relevant«, sage ich. Ich nehme mein Glas. Solchen Tee habe ich noch nie getrunken. Er schmeckt bitter und zugleich aromatisch. Und obwohl der Tee süßlich duftet, ist er so sauer, dass es mir den Mund zusammenzieht. »Wenn ich John und seine Beziehungen verstehe, verstehe ich vielleicht auch seinen Mörder.«

»Das scheint mir aber ein Umweg in Richtung Ihres Ziels zu sein. Noch dazu zu einem Ziel, das, wie ich bereits erwähnte, auf einer irrigen Annahme beruht. Niemand hat John ermordet. Sein Gesundheitszustand war erschreckend schlecht, er hat sich nicht um sich selbst gekümmert. Sie kennen ja den Spruch: Doktor, heile dich selbst. Das hätte John tun sollen.«

Ihre Bemerkung erinnert mich an eine Frage, die zu stellen ich mir vorgenommen hatte.

»Hatte John übrigens eine Lebensversicherung?«

»Ja, natürlich. Darauf habe ich von Anfang an bestanden, da John der einzige Verdiener in der Familie war.«

»Wie hoch ist die Police?«

»Zehn Millionen Dollar.«

Ich muss unwillkürlich irgendein Geräusch von mir gegeben haben, denn sie fügt hinzu: »Das klingt für jemanden wie Sie nach einer hohen Summe«, ich bemühe mich, keine Miene zu verziehen, »aber Sie müssen wissen, dass John allein aus seiner Beteiligung an der Privatklinik ein jährliches Einkommen von fast einer halben Million hatte. Und wir haben über die Jahre einen Großteil davon gespart und gut angelegt. Ich bin also auch ohne das Geld von der Versicherung finanziell ausreichend abgesichert.«

»Ich habe von MJ erfahren, dass Sie keine Ansprüche auf das Haus in Los Gatos erheben wollen, obwohl Sie das durchaus könnten.«

»Richtig«, erwidert Deborah beinahe gleichgültig. »Wie gesagt, wir haben unser Geld gut angelegt. Es tut mir nicht weh, diesem armen Geschöpf zuliebe auf ein paar Hunderttausend zu verzichten.«

MJ. Armes Geschöpf. Ich möchte wissen, als was Deborah mich in meiner Abwesenheit bezeichnet. Sie ist zweifellos meine Respekt einflößendste Gegnerin in diesem Fall.

Kapitel 34

Deborah

So, die junge Polizistin ist weg. Was für eine Erleichterung. Nein, es ist mehr als Erleichterung. Es ist eine Befreiung. Eine Befreiung von Gefühlen, die ich nicht haben will. Sie erinnert mich allzu sehr an einen Lebensstil, an ein *Milieu,* mit dem ich nicht in Kontakt kommen will. Mir ist nicht entgangen, wie begehrlich sie sich umgesehen hat. Wobei ich ihr zugutehalten muss, dass sie sich nicht nach Besitz, sondern nach Schönheit sehnt. Ich nehme an, dass es in ihrem Leben daran mangelt. Und wenn man einen ausgeprägten Sinn für Schönheit hat, dann löst der Mangel daran eine tiefe Sehnsucht aus. Ich bezweifle, dass ihr das bewusst ist. Aber ich vermute, dass das noch schlimmer ist – einen solchen Schmerz zu empfinden und sich selbst nicht gut genug zu kennen, um zu wissen, welcher Teil des Körpers oder der Seele leidet.

Ich könnte Mitgefühl für sie empfinden, wenn ich es zuließe. Aber das tue ich nicht. Ich bin in einer Welt ohne Schönheit aufgewachsen. Meine Eltern waren Versager. *Loser,* wie die Jugendlichen heute sagen würden. Sie waren nicht direkt kriminell, denn sie wurden nie bei einer Straftat ertappt, aber mein Vater war ständig dabei, irgendetwas auszuhecken, hatte ständig irgendwelche Partner, mit denen er den großen Coup zu landen hoffte. Ich habe nie wirklich durchschaut, womit er seinen Lebensunterhalt verdiente, aber am Telefon redete er immer von »Chancen« und »Aussichten« und Angeboten, bei denen man »sofort zuschlagen« musste. Zeitweise hatten wir Geld, um die Miete und die Stromrechnung zu bezahlen. Dann verschwanden die Partner und das Geld mit ihnen, und wir zogen mal wieder um. Einmal habe ich einen alten Reisepass meines Vaters gefunden – da stand ein anderer Name drin. Ich habe ihn meiner Mutter gezeigt, aber die hat nur die Achseln gezuckt und meinte, er habe seine Gründe, warum er nicht mehr diese Person sein wollte. Sie sagte es, als hätte es keine Bedeutung.

Meine Mutter fand überall Arbeit als Gerichtsschreiberin. Sie war gut, sie schaffte hundertfünfzig Wörter pro Minute ohne einen einzigen Tippfehler. Man müsse sich nur gut genug konzentrieren, sagte sie immer. Und sie war ganz und gar auf die Gegenwart konzentriert. Denn die Vergangenheit war vorbei und die Zukunft noch nicht da. *Warum sich Sorgen machen?*, war einer ihrer Lieblingssprüche. Buchstabe für Buchstabe, Wort für Wort hat sie sich beharrlich durchs Leben gearbeitet, jedes Mal enttäuscht und doch in ihrer Zuversicht nicht zu erschüttern, wenn die Machenschaften meines Vaters mal wieder fehlgeschlagen waren und wir abermals umziehen mussten.

Ich war schon in jungen Jahren fest entschlossen, mich von dieser Sorte Leute fernzuhalten.

Sie sind natürlich schon lange tot. Zuerst starb meine Mutter; sie hatte Brustkrebs, der viel zu spät entdeckt wurde, da meine Eltern keine Krankenversicherung hatten. Ein Jahr später hat mein Vater sich das Leben genommen. Ich hatte schon seit mindestens einem halben Jahr nicht mehr mit ihm gesprochen, als ich den Anruf erhielt. Er hatte sich eine Kugel in den Kopf gejagt. Er hatte schon immer einen Sinn fürs Dramatische gehabt. Ich weiß gar nicht, wie man mich gefunden hat, um mir die Nachricht zu überbringen, denn ich hatte die Spuren, die mich mit meinen Eltern verbanden, ziemlich gründlich getilgt. Ich war damals Mitte zwanzig, bereits verheiratet, bereits Mutter, hatte einen neuen Namen und ein neues Leben.

Ich habe John auf einer Tanzveranstaltung der Kirchen in Chicago kennengelernt. Nicht dass einer von uns religiös gewesen wäre. Er war im letzten Semester seines Medizinstudiums an der University of Chicago, und ich ging auf die Highschool in Franklin Park. Er war acht Jahre älter als ich. Ich war mit einer Freundin dort, weil ihre Kirche die Party sponserte, und John war mit ein paar Kommilitonen gekommen, um »nette« Mädchen kennenzulernen. Lustig, wie die damals dachten.

Ich stand kurz vor meinem Highschool-Abschluss, und zwar ohne ein Jahr wiederholt zu haben, ziemlich erstaunlich, wenn man bedenkt, dass ich in vier Jahren auf acht Schulen ging. Aufs College zu gehen war mir nicht in die Wiege gelegt. Ich habe es nicht einmal in Erwägung gezogen. Ein Hochschulstudium war eine Nummer zu groß für mich. Und John eigentlich auch. Aber damals sah ich toll aus, und John hatte mich schnell entdeckt. Gott, wie *aufmerksam* er war. Acht Monate später haben wir geheiratet, und dann kamen bald die Kinder. Ich war einundzwanzig, als Charles geboren wurde, mit zweiundzwanzig habe ich Evan bekommen und Cynthia mit fünfundzwanzig. John hätte gern noch mehr Kinder gehabt, aber nach dreien hatte ich genug. Ich hatte damals das Gefühl, dass er die Bewunderung seines winzigen Fanclubs sehr genoss. Die Kinder waren ganz verrückt nach ihrem Vater. Das sind sie bis heute. Weil jemand gestorben ist, heißt das noch lange nicht, dass die Beziehung mit diesem Menschen beendet ist.

Über viele Jahre hinweg hatten John und ich eine gute Beziehung, danach haben wir uns einige Jahre lang gegenseitig toleriert. John hatte es faustdick hinter den Ohren, auch wenn er im Alter ruhiger geworden ist. Wenn ich es nicht selbst erlebt hätte, ich hätte ihm niemals zugetraut, dass er genug Energie für drei Ehefrauen haben könnte. Ich sagte ihm schon seit geraumer Zeit, dass er im Beruf ein bisschen kürzertreten sollte, sich mehr Ruhe gönnen, Sport treiben. Aber davon wollte er nichts hören, so war er nun mal.

Ich weiß nicht, warum mir das im Gedächtnis haften geblieben ist, aber mit Anfang zwanzig hielt John sich für eine Art Künstler. Er besaß etwas zeichnerisches Talent, das ihm in seinem Medizinstudium sehr nützlich war. Er fertigte Zeichnungen des menschlichen Körpers an, die ihm halfen, die Anatomieprüfung zu bestehen. Häufig sah ich ihn heimlich Leute zeichnen – Freunde, Nachbarn, Fremde im Café, in der Hochbahn. Er sagte mir damals, wenn es ihm gelingen würde, auch nur einen Menschen auf Papier zu bannen, sei er zufrieden.

Wir zogen nach San Francisco, damit er an der Universität dort seinen Facharzt machen konnte. An manchen Tagen gingen wir in den Golden Gate Park, setzten uns ins Gras und ließen die Kinder spielen. Die Kinder und die Leute um uns herum waren unser Unterhaltungsprogramm in den klammen Zeiten damals. In den Achtzigerjahren war San Francisco eine bunte Stadt. Vielleicht ist sie das auch heute noch. John zeichnete die Leute, manchmal sehr treffend. Einmal zeichnete er ein älteres Paar, das auf einer Bank vor dem Arboretum saß, und war so begeistert von dem Ergebnis, dass er es den alten Leuten zeigte. Sie freuten sich und fragten, ob sie ihm die Zeichnung abkaufen konnten, in der Annahme, er sei ein Profi. Er fühlte sich geschmeichelt und schenkte sie ihnen, musste sie jedoch noch signieren. Er war außer sich vor Glück. Aber auch wenn er ein gewisses Talent zum Zeichnen besaß, so war es doch eher bescheiden, und das habe ich ihm an dem Tag auf dem Heimweg gesagt. Ich hatte ihn noch nie so niedergeschlagen erlebt. Er blieb an der Ecke 15th Avenue und Geary stehen, den Doppelkinderwagen vor sich, und blinzelte seine Tränen fort. Da erzählte er mir, dass er sich an der San Francisco State University für einen Zeichenkurs eingeschrieben hatte. Vorher hatte er sich nicht getraut, es mir zu sagen. Aus gutem Grund. Ich sagte ihm, das komme überhaupt nicht infrage, ich würde nicht zulassen, dass er sich verzettelte, ich verlangte, dass er sich auf seinen Beruf konzentrierte. Er sagte: »Deborah, du bringst mich eines Tages noch um.« Wir haben drei Tage lang nicht miteinander gesprochen. Das war ungewöhnlich, denn damals verstanden wir uns gut. Zumindest glaubte ich das. Jedenfalls hat er seitdem nie wieder etwas gezeichnet, oder, falls doch, hat er es mir nicht gezeigt.

Auch im Klavierspielen war er ein bisschen talentiert. Bevor wir nach San Francisco zogen, als er noch in Chicago Medizin studierte, hatte er in verschiedenen Jazzclubs gespielt, die ein Vorprogramm brauchten. Er klapperte die Clubs ab, ließ seine Demobänder da und bekam überraschend viele Gigs. Während ich allein zu Hause hockte, mit Charles, der damals noch ein Baby war. Sein Medizinstudium und die Auftritte in den Clubs ließen ihm kaum Zeit zum Schlafen. Der Himmel weiß, wie er das durchgehalten hat. Pures Adrenalin. Aber das Klavierspielen war ebenso wenig seine Berufung wie das Zeichnen. Es war die Medizin. Und wenn er sich auf dem Gebiet hervortun wollte, musste er sich auf sein Studium konzentrieren. Das sagte ich ihm. Wiederholt. Man musste ihn immer wieder daran erinnern, denn er ließ sich leicht ablenken. Ich sorgte dafür, dass er am Ball blieb. Ich war nicht gewillt, ein Leben zu führen, das auch nur die geringste Ähnlichkeit mit dem Leben meiner Eltern hatte.

John wäre zufrieden gewesen, sich als praktischer Arzt niederzulassen, das hätte ihm vollkommen gereicht. Ich bestand darauf, dass er Chirurg wurde. Und nachdem er dieses Ziel erreicht hatte, bestand ich darauf, dass er sich spezialisierte. Er entschied sich für plastische Chirurgie und gegen Neurochirurgie, was ich bevorzugt hätte. Aber in dem Punkt war er überraschend durchsetzungsfähig. »Ich weiß, dass du mein künstlerisches Talent geringschätzt«, sagte er, »aber bei Gesichtsrekonstruktionen wird es mir sehr hilfreich sein.« Von Anfang an kam Schönheitschirurgie für ihn nicht infrage, er wollte nur medizinisch notwendige Eingriffe durchführen. Er stand die sechs Jahre Facharztausbildung durch und bekam fast sofort nach der Prüfung eine Stelle in Stanford.

Vor ungefähr zehn Jahren hat er dann das Taylor Center for Pediatric Reconstructive Surgery gegründet, wie es ursprünglich hieß. Gegen meinen Willen. Er wollte nur Kinder behandeln, Opfer von Verbrennungen, Kinder mit Geburtsfehlern und sonstigen Traumata. Er hoffte, mithilfe von Versicherungsgeldern und staatlichen Zuschüssen genug Kinder behandeln zu können, die nicht versichert waren und deren Eltern nicht bezahlen konnten. Was jedoch, wie ich vorausgesagt hatte, in finanzieller Hinsicht ein närrisches Konzept war. Deswegen hat er sich vor sechs Jahren mit einem Partner zusammengetan, einem Spezialisten für Schönheitschirurgie, und die Klinik in Taylor Institute of Plastic Surgery umbenannt. Vor drei Jahren kam ein weiterer Partner dazu, weil die Nachfrage nach Eitelkeitsoperationen, wie John sie nannte, immer größer wurde. Aber mit diesem Teil des Unternehmens wollte er nichts zu tun haben.

Ob John in den letzten Jahren glücklich war oder nicht, ist schwer zu sagen. Er war ein komplizierter Mensch. Er lächelte mich immer noch beim Frühstück an. Er sang immer noch unter der Dusche oder führte Selbstgespräche. Daran konnte ich häufig seine Stimmung ablesen, indem ich vor der Badezimmertür lauschte. Bei seinen Selbstgesprächen, mit seinen Wortschwallen und Gesangsanfällen hat er eine Menge von sich preisgegeben. Einmal hörte ich ihn sagen: »Ach, MJ, sei nicht albern, das ist eine tropische Pflanze.« Wenn der Name MJ auftauchte, dann meist in Form eines Tadels wegen unnötiger Ausgaben. Helens Name fiel wesentlich seltener, und wenn, dann sagte er nur ihren Namen. *Helen.* In einem fast verträumten Ton.

Ich glaube, wir drei zusammen ergaben die perfekte Ehefrau, und er brauchte uns alle drei, um ein ausgeglichenes Leben zu führen. Natürlich zog das Ganze bei ihm ein emotionales Chaos nach sich. Er hat einen hohen Preis bezahlt für diese Ausgeglichenheit, für den Versuch, die Bedürfnisse dreier Frauen zu befriedigen. Ich weiß, dass ich genauso rede wie alle, die sich über ihn lustig machen, wenn ich sage, es wundert mich nicht, dass er einen Herzinfarkt hatte.

Jetzt, da John tot ist, muss ich eingestehen, dass auch ich erschöpft war. Ich war es müde, diejenige zu sein, die an den Fäden zog. Ich war es leid, in John Taylors Welt die Göttin zu spielen. Selbst Gott brauchte den siebten Tag, um zu ruhen. Hin und wieder empfinde ich trotz Chaos, Trauer und Schuldgefühlen einen tiefen Frieden. Ich war – bin – bereit, meine nächste Lebensphase zu beginnen. Ohne John.

Kapitel 35

Samantha

Endlich gelingt uns ein Durchbruch.

Auf allen Parkplätzen und in allen Parkbuchten am Straßenrand im Zentrum von Palo Alto, in der Nähe des Hotels Westin, ist die Parkdauer auf zwei Stunden begrenzt. Ich hatte Mollie angewiesen, alle Strafzettel zu überprüfen, die am Nachmittag und Abend des 10. Mai wegen Übertretung des Zeitlimits ausgestellt wurden. Es war eine vage Möglichkeit, aber man kann ja nie wissen.

Mollie hat mir dreiundvierzig Strafzettel auf den Schreibtisch gelegt, die am Freitag dem 10. Mai zwischen vier und acht Uhr in den Straßen um das Hotel Westin herum ausgestellt wurden. Ich bin gerade mit der mühsamen Arbeit beschäftigt, sie alle einzeln durchzugehen, den jeweiligen Wagenhalter ausfindig zu machen und anzurufen. In den meisten Fällen springt ein Anrufbeantworter an, und ich hinterlasse eine Nachricht. Dann stoße ich auf einen Namen, der mir bekannt vorkommt: Thomas Johnston. Er wohnt in San Francisco, im Mission District. Dann fällt mir ein: MJ Taylor hat einen Bruder namens Thomas, und ihr Geburtsname lautet Johnston. Treffer.

Thomas Johnston hat dichtes schwarzes Haar, buschige Augenbrauen und dunkelbraune Augen. Er ist sichtlich erbost, als er auf dem Revier erscheint. Ich erkenne ihn sofort. Trotz seiner schwarzen Haare und seines finsteren Gesichtsausdrucks ist die Ähnlichkeit mit seiner blonden Schwester nicht zu übersehen: das gleiche längliche Gesicht, die breiten Wangenknochen, die spitze Nase.

Er weicht allen Blicken aus, als man ihn zu meinem Schreibtisch führt, wo ich immer die Strafzettel durchgehe. Ich führe ihn in ein Verhörzimmer und biete ihm ein Glas Wasser an. Er lehnt ab und setzt sich. Er sieht aus, als hätte er sich seit einer Woche nicht rasiert. Trotzdem ist er nicht unattraktiv. Mit seinen zarten, beinahe femininen Zügen ist er ein richtig hübscher Junge.

»Ich kapier nicht, warum Sie mich sprechen wollen«, blafft er mich an, als ich das Aufnahmegerät einschalte, und lümmelt sich auf seinem Stuhl.

»Sie sind das Alibi Ihrer Schwester, zumindest für einen Teil das Abends, an dem John Taylor ermordet wurde«, erwidere ich. »Aber da ist auch noch die Sache mit dem Strafzettel, aus dem hervorgeht, dass Sie sich um 18:27 Uhr in der Nähe des Tatorts aufgehalten haben.« Ich rieche seinen ungewaschenen Körper. Er ist kein Mann, der sich pflegt. Er ist abstoßend. Aber ich muss daran denken, wie sehr MJ an ihm hängt. Der Altersunterschied zwischen den beiden dürfte ähnlich dem sein, der zwischen Gregory und mir bestand. Aber MJ hat ihren Bruder immer beschützt und umsorgt, während meiner vor mir geschützt werden musste. Meine Therapeutin, zu der ich hin und wieder gehe, meint, das lag daran, dass meine Eltern ein »sicheres« Umfeld geschaffen haben. *Wenn die emotionale Situation für einen von Ihnen beiden bedrohlicher gewesen wäre, hätten Sie sich aneinandergeklammert,* hat sie mir schon mehr als einmal erklärt. Dieser Theorie zufolge hätten wir einander mehr geliebt, wenn wir weniger Liebe von unseren Eltern bekommen hätten. Ich weiß nicht, ob ich das glauben soll. Ich zerquetsche Spinnen immer noch mit mehr Gewalt als nötig. Ich gebe Gas, wenn vor mir jemand auf den Highway auffahren will. Ich habe diesen Wesenszug, gegen den ich ankämpfen muss, vor allem Peter gegenüber.

»Also, erzählen Sie mir doch noch einmal, wo Sie sich am Freitag, dem 10. Mai, gegen Abend aufgehalten haben«, fordere ich ihn auf.

Thomas funkelt mich wütend an. »Ich wollte MJ besuchen. Ich wusste, dass sie mindestens bis halb sechs arbeiten musste, aber ich wollte nicht in den Berufsverkehr geraten, deswegen bin ich früher losgefahren – so gegen drei. Da MJ nicht vor sechs zu Hause sein würde, habe ich in Palo Alto haltgemacht und bin ein bisschen herumgelaufen und in ein paar Läden gegangen. Später stellte sich dann heraus, dass MJ die ganze Zeit über zu Hause war, aber das wusste ich ja nicht. Und als ich bei ihr ankam, war sie unterwegs zum Einkaufen. Ich habe sie also erst nach halb acht gesehen.«

»Kann irgendjemand bestätigen, wo Sie sich zwischen halb sieben – als der Strafzettel ausgestellt wurde – und dem Moment aufgehalten haben, als Sie bei MJ eingetroffen sind?«, frage ich.

»Es war eher Viertel vor acht, als sie nach Hause kam. Und, nein, niemand kann bestätigen, wo ich war. Zwischen halb sieben und sieben hab ich im Auto gesessen, da war ich auf dem Weg von Palo Alto nach Los Gatos. Und von sieben Uhr an habe ich in ihrem Haus auf sie gewartet. Allein.« Irgendetwas lässt ihn lächeln.

»Was ist?«, will ich wissen.

»Ich habe einen Hausschlüssel«, sagt er. »Es hat John zur Weißglut getrieben, dass ich da reinkonnte und reinging, wann auch immer ich wollte. Aber da war MJ eisern, ihr Haus war mein Haus.«

»Und vor halb sieben? Was haben Sie da gemacht?«, hake ich nach.

»Da bin ich in der Stadt herumgelaufen. Sie können ja in den Läden nachfragen, ob sich da jemand an mich erinnert. Das glaube ich zwar nicht, aber man weiß ja nie.«

Einen Moment lang schauen wir einander an. Ich weiß einfach nicht, wie ich weitermachen soll.

»Wie war Ihr Verhältnis zu John Taylor?«, frage ich schließlich.

»Sehr freundschaftlich, Schlüssel hin oder her.«

»Wie freundschaftlich?«

»Er hat mich großzügig unterstützt, wenn ich arbeitslos war. Ich habe ihn als echten Freund betrachtet.«

Dass jemand Thomas Geld oder Freundschaft anbieten würde, überrascht mich. »Über wie viel Geld reden wir hier?«

Er scheint im Kopf nachzurechnen. Dann sagt er: »Vielleicht fünfzigtausend über die Jahre. Mehr oder weniger.«

»John Taylor hat Ihnen fünfzigtausend Dollar gegeben? Einfach so? Nicht geliehen?«, frage ich ungläubig. Was für eine unglaubliche Summe – fast zweimal so viel, wie ich im Jahr verdiene.

»Nein«, antwortet Thomas. »Wie gesagt, er war sehr großzügig.« Dann fügt er hinzu: »Die Großzügigkeit ist mit ihm gestorben, wissen Sie. Ich bin der Letzte, der von seinem Tod profitiert. Leider ist er nicht mehr dazu gekommen, mir noch etwas Geld zu geben. Eine Woche vor seinem Tod hat er mir nämlich sechstausend versprochen. Ich habe in letzter Zeit eine ziemliche Pechsträhne. Und ich hatte eine neue Geschäftsidee.«

»Gibt es dafür Nachweise? Für das Geld, das er Ihnen gegeben oder versprochen hat?«

»Nein. Das lief alles auf Ehrenwort. So war John nun mal.«

Etwas an Thomas, an seinen glatten Zügen und dem Ausdruck in seinen weit auseinanderstehenden Augen, vermittelt den Eindruck, als würde er etwas verschweigen. Als hätte er Geheimnisse. Mir kommt der Gedanke, dass ich, wenn ich ihn noch ein bisschen auf die richtige Art und Weise bearbeite, noch mehr aus ihm herausbekommen kann, vielleicht etwas, was für den Fall von Bedeutung ist, vielleicht auch nicht. Ich bohre also weiter.

»Können Sie mir eine Liste der Geschäfte machen, in denen Sie am Freitag gewesen sind? Dann können wir überprüfen, ob sich jemand an Sie erinnert.«

Er lächelt und nickt eilfertig, als wollte er es mir unbedingt recht machen, was jedoch in keiner Weise glaubwürdig wirkt. Seine Gemütsverfassung hat sich, seit er eingetroffen ist, vollkommen verändert. Er sitzt kerzengerade auf seinem Stuhl, statt Wut zu versprühen, gibt er sich beflissen. Der Inbegriff des schleimigen Schmarotzers. Ich widerstehe dem Drang, ihm einen Tritt zu verpassen.

»Ich weiß noch genau, wo ich war, ich kann Ihnen die Läden aufzählen«, sagt er. »Die meiste Zeit hab ich im Apple Store verbracht. Anschließend war ich im Buchladen. Dann hab ich bei Starbucks einen Kaffee getrunken. Danach bin ich zu MJ gefahren, weil ich annahm, dass sie inzwischen zu Hause sein würde.«

»Der Strafzettel wurde um 18:27 Uhr ausgestellt. Wenn MJ um halb sechs Feierabend gemacht hat, warum haben Sie dann so lange gewartet, ehe Sie zu ihr gefahren sind?«

»Ich wollte nicht in den Berufsverkehr auf der 280 geraten. Ich fand es angenehmer, mir einen Latte zu genehmigen, als anderthalb Stunden im Stau zu stehen. Ich bin gegen halb sieben in Palo Alto losgefahren. Die müssen mir den Strafzettel verpasst haben, kurz bevor ich zu meinem Wagen kam. Bis zu MJ habe ich genau fünfundzwanzig Minuten gebraucht.«

»Um festzustellen, dass sie nicht da war.«

Er nickt wieder. »Ja. Sie war einkaufen.«

»Bis gegen Viertel vor acht?«, frage ich.

Er schaut auf seine Hände und zählt an den Fingern ab. »Ja«, sagt er schließlich. »So in etwa. Ich hab nicht auf die Uhr geguckt. Aber das kommt hin.«

»Das ergibt doch gar keinen Sinn«, entgegne ich. »Warum Sind Sie nicht gleich um drei über die 280 nach Los Gatos gefahren? Dann wären Sie nicht in den Berufsverkehr geraten. Sie haben doch einen Hausschlüssel.«

Thomas schüttelt den Kopf. »Ich hatte keine Lust, allein im Haus herumzusitzen. Und ich hatte auch keine Lust, in Los Gatos herumzulaufen. Palo Alto ist viel interessanter.«

»Was haben Sie im Apple Store gemacht?«

»Ich hab mir die neue Hardware angesehen. Ich bin

Grafikdesigner. Ich halte mich gern auf dem Laufenden. Deswegen brauchte ich auch das Geld von John. Um mir die neuesten Geräte zu kaufen.«

»Und danach?«

»Danach bin ich zum Buchladen gegangen – Sie wissen schon, der Buchladen in dem ehemaligen Kino mit dem schönen Hof. Ich steh total auf den Laden. Ich hab ganz in Ruhe ein bisschen rumgestöbert.«

Ich beuge mich vor. »Was lesen Sie denn so?«, frage ich. Ich lasse mir alle Zeit der Welt.

»Hauptsächlich Krimis. Und Thriller. Leichte Kost. Nicht wie MJ. Die liest richtig kompliziertes Zeug. Sie ist in einem Lesezirkel, wo sie so dicke Wälzer lesen, ziemlich langweiligen Kram. Ich hab ihr sogar in dem Laden ein Buch gekauft, wie hieß es noch gleich? Ach ja, *Große Erwartungen*. Sie hat sich total gefreut.« Er lächelt beinahe schüchtern. »Normalerweise ist sie diejenige, die mir Geschenke macht. Es war schön, ihr auch mal was mitzubringen.« Er lehnt sich zurück, zufrieden mit sich.

»Das Szenario hat nur einen Haken«, erwidere ich. Ich merke, dass es mir ehrlich leidtut auszusprechen, was ich gleich sagen werde, so stolz und liebevoll, wie er von seiner Schwester spricht.

»Welchen denn?« Er wirkt nervös.

»Der Buchladen«, sage ich so sanft, als würde ich mit einem Achtjährigen reden, »hat vor zwei Monaten dichtgemacht. Das schöne alte Kino steht leer. Die suchen gerade einen neuen Mieter.«

Er schweigt.

»Können Sie mir also noch einmal erklären, warum Ihr

Wagen von spätestens halb fünf bis halb sieben in Palo Alto gestanden hat?«

»Ich war wirklich in dem Apple Store«, antwortet er und klingt fast verzweifelt. Er zupft an seinem struppigen Haar, seine Schultern sind angespannt, und er scharrt mit den Füßen auf dem Fliesenboden. »Ich habe mir dort das neue iPad angesehen.«

»Und dann?«

»Dann hatte ich ... einen ... einen Termin«, bringt er schließlich heraus.

»Bei wem?«

»Das kann ich Ihnen nicht sagen«, erwidert er trotzig.

»Obwohl es Ihnen ein Alibi verschaffen würde? In einem Mordfall?«

Schweigen. Dann: »Gibt es eine Möglichkeit, dass Sie mir Straffreiheit garantieren, wenn ich Ihnen sage, was ich zu der Zeit gemacht hab?«

»Straffreiheit für ein anderes Verbrechen?«, frage ich. Das klingt so komisch, dass ich lachen muss, aber ich reiße mich zusammen, als ich sein Gesicht sehe.

Er antwortet nicht.

»Ich glaube, Sie täten gut daran, die Wahrheit zu sagen. Was haben Sie am Nachmittag und Abend des 10. Mai gemacht?«

»Um fünf war ich im Apple Store. Wie ich ja schon gesagt habe. Danach hatte ich meinen ... meinen Termin. Und dann bin ich zu MJ gefahren.«

Ich hebe die Brauen.

Dann, plötzlich, sprudelt es nur so aus ihm heraus. »Ich hab bei einem Typen, den ich kenne, Gras gekauft. Mein

Dealer in der Innenstadt hatte nichts mehr und hatte mir gesteckt, ich soll mich an den Typen in Palo Alto wenden.«

Ich sage nichts. Er richtet sich auf, wie jemand, der gerade ein Geständnis abgelegt hat. Ich muss mich erkundigen, ob ich diese Aussage gegen ihn verwenden kann. Sie ist immerhin aktenkundig. Aber eigentlich interessiert mich das alles überhaupt nicht. Wir machen uns nicht die Mühe, Leute zu verhaften, die Marihuana rauchen. Da müssten wir die Hälfte aller Studenten einsperren. Ich vermute, dass auch die Hälfte der Professoren kifft. Ich habe früher selbst auf Studentenpartys gekifft, aber ich mochte das Gefühl nicht, das man davon bekam, und habe es seitdem gelassen.

»Ich werde klären müssen, wie wir mit dieser Information umgehen«, sage ich schließlich. Aber ich kaufe ihm die Geschichte ab, im Gegensatz zu der Geschichte mit dem Buchladen, die mir von Anfang an nicht ganz astrein vorkam. Abgesehen davon, dass der Laden längst dichtgemacht hatte, konnte ich mir einfach nicht vorstellen, dass Thomas in Bücherregalen herumstöbert oder spontan ein Geschenk für MJ kauft. Er scheint mir viel zu ichbezogen, um auf so eine Idee zu kommen. Da sehe ich ihn schon eher in irgendeiner Studenten-WG Marihuana kaufen.

»Also gut«, fahre ich schließlich fort und rechne es ihm vor. »Selbst wenn Ihre Schwester Ihnen ab 19:45 Uhr ein Alibi geben kann, und selbst wenn Sie von Palo Alto bis Los Gatos nur fünfundzwanzig Minuten gebraucht haben, bleiben in dem fraglichen Zeitraum immer noch fünfzig Minuten ungeklärt. Und zwar von halb sieben bis zwanzig nach sieben, genau in dem Zeitraum, in dem das Verbrechen begangen wurde.«

Die Angst steht ihm ins Gesicht geschrieben. »Ich habe John nicht umgebracht. Ich hatte doch gar keinen Grund dazu. Das müssen Sie mir glauben.«

Seltsamerweise tue ich das. Ich halte ihn für einen Feigling, aber nicht für gewalttätig. Ich schweige eine Weile. Dann stehe ich auf und schalte den Videorekorder aus. »Das wär's vorerst«, sage ich und lasse ihn gehen.

Ich nehme auf dem Stuhl Platz, auf dem er eben noch gesessen hat, und stoße einen tiefen Seufzer aus. Ich weiß nicht, was ich denken soll. Aber es ist der erste Riss in den scheinbar undurchdringlichen Mauern dieses Falls.

Kapitel 36

MJ

Thomas wurde gestern aufs Polizeirevier bestellt. Sie haben nicht gesagt, warum. Das hat mir Sorgen gemacht. Wenn Thomas einmal anfängt zu reden, hört er nicht mehr auf, das ist das Problem. Wenn er als Junge wegen etwas, das er gar nicht getan hatte, zum Schuldirektor oder zur Polizei zitiert wurde, hat er oft Dinge zugegeben, die er tatsächlich verbrochen hatte. Die Polizei in Tennessee wusste das und hat es schamlos ausgenutzt. Außerdem hat er nicht selten seine Freunde verpfiffen. Aber nicht absichtlich, sondern weil er einfach nicht die Klappe halten konnte.

Was mich besonders nervös macht, ist, dass ich mit Fragen aus Thomas nicht herausbekommen kann, was er tatsächlich gesagt hat. Er hat schon immer geglaubt, bei Verhören das Heft in der Hand zu haben. Er kommt sich unglaublich schlau vor, wie eine Art verbaler Robin Hood, der die Befrager permanent an der Nase herumführt. Als ich ihn heute Morgen anrief, um mich zu erkundigen, wie es gelaufen war, meinte er nur »super« und glaubte es sogar selbst. Jetzt warte ich ängstlich auf den nächsten Anruf von dieser jungen Polizistin. Sie gibt sich wie die Unschuld vom Lande, aber in Wirklichkeit ist sie ziemlich schlau. Der entgeht so schnell nichts.

Als ich hörte, dass sie Thomas einbestellt hatte, habe ich mir nun doch einen Anwalt genommen. Da ich nicht wusste, wie ich das anfangen sollte, habe ich einfach bei der Kanzlei angerufen, die die größte Anzeige in den Yellow Pages hat. Der Spaß kostet mich vierhundert Dollar die Stunde. Außerdem hat der Anwalt mehr als tausend Dollar Vorschuss verlangt, weil er sich in den Fall einarbeiten muss. Ich habe ihm gesagt, wie sehr es mich beunruhigte, dass Thomas allein zu dem Verhör ging, woraufhin er mich gefragt hat, ob ich wollte, dass er ihn begleitete. Da habe ich kurz nachgerechnet. Inklusive Fahrtzeit hätte mich das wahrscheinlich noch mal tausend Dollar gekostet, also habe ich abgelehnt. Ich brauche jeden Penny, um die Hypothek zu bezahlen.

Dann hat der Anwalt mir erklärt, dass Thomas eigentlich nur dann zu der Vernehmung erscheinen muss, wenn eine offizielle Vorladung vorliegt, dass es aber einen besseren Eindruck macht, wenn er sich so kooperativ wie möglich zeigt. »Es sei denn, er hat etwas zu verbergen«, sagte er. Er ließ es beiläufig klingen, aber ich habe trotzdem gemerkt, dass er auf den Busch klopfte. »Thomas hat nichts zu verbergen«, habe ich gesagt und aufgelegt. Schon wieder hundert Dollar zum Teufel, denn der rechnet pro Viertelstunde ab.

Kapitel 37

Samantha

»Sie können ihn nicht verhaften, Sie können überhaupt nichts gegen ihn unternehmen, solange nicht mehr Beweise vorliegen«, sagt Grady.

Ich habe ihm von dem Strafzettel erzählt, und er hat sich das Befragungsvideo angesehen. Wir sitzen in Susans Büro, um uns zu beraten.

»Ich glaube nicht, dass er es war. Aber trotzdem lügt er«, protestiere ich. »Das merkt man ganz genau. Man braucht nur zu sehen, wie er auf seinem Stuhl herumrutscht. Und jedes Mal, wenn er bei einer Lüge erwischt wird, denkt er sich eine neue aus. Man sieht regelrecht, wie er sich diese Geschichten aus den Fingern saugt.«

»Was weiß er denn Ihrer Meinung nach?«, fragt Grady.

»Keine Ahnung. Irgendwas.« Ich weiß, dass das lahm klingt.

Schließlich schaltet Susan sich ein. Sie hält mich an der kurzen Leine, wie sie es nennt, verlangt tägliche Berichte und hält mich dazu an, von Gradys Erfahrung zu profitieren. »Sam, so funktioniert das nicht. Wir klagen niemanden an, solange wir uns nicht ganz sicher sind, dass wir etwas gegen ihn in der Hand haben. Sonst wirft die Staatsanwaltschaft uns die Sache vor die Füße. Alles, was Sie haben, sind verdächtige Umstände und schwache Indizien. Ich fürchte, Sie müssen weitergraben.«

Ich bin frustriert. Ich wende mich an Grady. »Was für einen Beweis bräuchten wir, um den Typen einzulochen?«

»Fingerabdrücke am Tatort.«

Ich schüttle den Kopf.

»Ein Augenzeuge, der ihn *im* Westin gesehen hat, nicht nur in der Nähe«, sagt Grady.

Wieder schüttle ich den Kopf. »In dem Hotel fing gerade ein größerer Kongress an. Die Leute haben sich in der Lobby registriert, und zur Begrüßung wurden im ersten Stock Cocktails ausgeschenkt. Niemand hat irgendwas gesehen. Wir sind die Liste der Konferenzteilnehmer durchgegangen, haben jedem von ihnen Fotos von MJ, Deborah, Thomas, sogar von Helen gezeigt, obwohl die angeblich sechshundert Kilometer weit weg war. Nichts. Alle waren angetrunken und auf der Suche nach einem Fick, also nicht gerade in der Verfassung, irgendwas zu bemerken.«

»Was ist mit dem Kaliumsalz?«, will Susan wissen. »Hat uns das weitergebracht?«

»Es ist genauso, wie Grady gesagt hat«, antworte ich mit einem Nicken in seine Richtung. »Wenn man es bei Google eingibt, kriegt man Hunderttausende Treffer. Hier in den Vereinigten Staaten ist es rezeptpflichtig, aber nicht in Kanada. Jeder kann es sich bestellen. Ich habe bei den wichtigsten kanadischen Online-Apotheken angerufen, aber die rücken ihre Kundendaten nicht raus. Und da es sich um ein anderes Land handelt, habe ich keine Druckmittel.«

»Helen könnte sich das Zeug ohne Weiteres im Krankenhaus besorgen«, bemerkt Grady. »Vergessen Sie das nicht. Und sie kennt sich damit aus.«

»Ja, aber ich habe *Mord* und *Herzinfarkt* gegoogelt und bin auf ungefähr einhundert Seiten gestoßen mit Ratschlägen für die Anwendung von Kaliumsalz.«

»Entweder gibt es hier in Amerika mehr Mörder, als ich angenommen hatte, oder alle schreiben plötzlich Krimis«, sagt Susan. »Ich tippe auf Letzteres.« Sie klopft mit einem Bleistift gegen ihre Cola-light-Dose. »Okay. Halten Sie uns auf dem Laufenden, Sam. Sie leisten gute Arbeit. Aber wenn wir in dem Fall nicht bald einen Durchbruch erzielen, werde ich die Kollegen vom Santa Clara County hinzuziehen. Die warten nur darauf, den Fall zu übernehmen. Das ist ein Fall von großem öffentlichen Interesse, der darf nicht ungelöst bleiben.«

Kapitel 38

Helen

Es heißt, die Gegenwart hat ihre Wurzeln in unserer Vergangenheit. Vielleicht. Vielleicht war ich von Geburt an darauf konditioniert, auf einen Betrüger wie John hereinzufallen. Ich, die von ihrem Vater darin geschult wurde, Missbrauch und Zuwendung von ein und demselben Mann hinzunehmen. Der Gedanke ist demütigend. Andererseits wächst nun dieses Kind in mir. Ja, sage ich mir immer wieder. *Das ist die Wirklichkeit.* Ein wahrer Quell der Freude. Im Gegensatz zur Vergangenheit.

Als meine Mutter mit meiner kleinen Schwester schwanger war, war ich alt genug – neun –, um ihre zwiespältigen Gefühle zu spüren angesichts der Tatsache, dass sie mit zweiundvierzig noch ein Kind bekam. Mein Vater schrie sie in einem Moment an, das Kind abtreiben zu lassen, nur um im nächsten Moment seinen Kopf an ihren Bauch zu schmiegen, selbst als es noch viel zu früh war, um irgendwelche Kindsbewegungen zu spüren. Ich habe mich immer gefragt, wie sie dieses Hin und Her aushielt, aber sie blieb die ganze Zeit gelassen.

Meine Mutter arbeitete als Bibliothekarin in der Stadtbücherei von Minneapolis, und manchmal nahm sie mich mit zur Arbeit. Ich war ein braves Kind. Sie konnte sich darauf verlassen, dass ich meine Hausaufgaben machte und mich anschließend im Magazin beschäftigte. Hin und wieder lugte sie in den Gang zwischen den Regalen, wo ich im Schneidersitz in ein Buch vertieft auf dem Boden saß, und lächelte mich an. Die Obdachlosen, die sich später hier einnisteten, waren noch nicht da. Es waren Stunden wie im Märchenland. Ich brauchte mir keine Sorgen zu machen, dass mein Vater hereinstürmen und mir das Buch aus den Händen treten würde, oder, schlimmer noch, dass er es mir abnehmen und mich zwingen würde, mir von ihm daraus vorlesen zu lassen. Seine Stimme war rau, sie schmerzte in den Ohren. Johns Stimme war so ganz anders, so beruhigend, so *rational.* Und doch hat sich herausgestellt, dass Johns Leben das verrücktere war.

Mein Vater war hochgebildet, charmant und liebevoll. Meistens jedenfalls. Aber er konnte auch anders. Irgendetwas löste seinen Zorn aus, und dann sprang er auf und warf den Küchentisch um, an dem wir gerade aßen. Wir mussten Kartoffelpüree und Frikadellenreste aus sämtlichen Ritzen in der Küche kratzen. Später weinte er und bat uns um Verzeihung. Nachdem ich mit dem Medizinstudium angefangen hatte, wurde mir natürlich klar, dass man ihm mit Medikamenten hätte helfen können. Aber damals habe ich es einfach hingenommen – das Leben hatte mir eine sanfte, liebevolle Mutter und einen gewalttätigen, liebevollen Vater geschenkt. Was die schlimmste Kombination überhaupt ist, wie ich heute weiß. Was sie mit mir gemacht hat, ist mein Geheimnis. Ich werfe keine Tische um, aber ich bin durchaus jähzornig. Wenn ich die Beherrschung verliere, was selten vorkommt, bereue ich es hinterher zutiefst und leide tagelang. Aber ich bitte nur einmal um Verzeihung – ich werde niemals um Verzeihung betteln, so wie mein Vater. Würde ist wichtig. Würde ist unverzichtbar. Ich zwinge mich, den Raum zu verlassen, um nicht vor der Person, die ich verletzt habe, um Gnade zu winseln, vor der armen Schwester oder dem Pfleger oder gar den Eltern eines todgeweihten Kindes.

Aber mein Vater, der weinende Tyrann, kannte keine Grenzen. Er war der Chef eines mittelgroßen Stahl verarbeitenden Betriebs in Minnesota. Ich bin mir sicher, dass er gut war in seinem Beruf, außerhalb des Hauses strahlte er Kompetenz und Autorität aus, und in der Firma schien er seine Gemütslage unter Kontrolle zu haben.

Ich erinnere mich gern an meinen Vater als Leser. In den Leser hat meine Mutter, die Bibliothekarin, sich verliebt. Er konnte sich wortgewandt über Marcel Proust oder Henry James oder Edith Wharton auslassen. Er zitierte ständig aus irgendwelchen Gedichten, und ich begriff schon in jungen Jahren, dass es ihn beruhigte, wenn man ihm Gedichte von Emily Dickinson vorlas, dass man damit seine Tobsuchtsanfälle und Schwermutsphasen hinausschieben und manchmal sogar verhindern konnte. Studien haben ergeben, dass Poesie, im rechten Moment vorgetragen, dieselben Hirnregionen beeinflussen kann wie die Medikamente, die man bipolaren Patienten verabreicht.

Mein Vater konnte so mühelos und selbstverständlich zitieren, dass man seine Worte nicht immer gleich als Zitate erkannte. Nicht dass er versuchte, einen hereinzulegen. Nein. Seine Gedanken bewegten sich einfach so schnell, dass er manchmal ein Problem damit hatte, ihren Zusammenhang deutlich zu machen. Die meisten Zitate, die er anbrachte, waren düster. Ich musste oft mit den Tränen kämpfen. Aber ich habe sie unterdrückt, denn ich wusste, dass ich mich der Traurigkeit nicht hingeben durfte – oder besser gesagt, der Frustration. Ich war wild entschlossen, nicht so zu enden wie mein Vater.

Warum also habe ich mich für pädiatrische Onkologie entschieden, den »traurigsten aller Berufe«, wie einer meiner Professoren einmal gesagt hat? Jedenfalls nicht aus dem altruistischen Drang heraus, kranke Kinder zu retten, auch wenn ich das Tag für Tag voller Leidenschaft versuche. Nein. Es geht um die Bekämpfung des Krebses. Darum, den Kampf zu gewinnen. Etwas, worauf ich meine Wut konzentrieren kann. Denn sie ist immer da, diese Wut, sie unterliegt allem, was ich tue. Ohne diese Wut entscheidet man sich nicht für pädiatrische Onkologie. Ohne diese Wut würde man vor Traurigkeit umkommen.

Um meine arme Mutter zu beschreiben, zitierte mein Vater Henry James.

Drei Dinge im Leben eines Menschen sind wichtig. Erstens freundlich zu sein, zweitens freundlich zu sein und drittens freundlich zu sein.

Ja, sie war freundlich. Freundlichkeit war ihr Wesensmerkmal, aber sie fiel ihr nicht immer leicht. Auch sie hatte ihre Dämonen. Manchmal konnte man sehen, wie sie mit sich rang, nicht während der Tobsuchtsanfälle meines Vaters, wie sie sie nannte, sondern wenn sie gegen die Langeweile ankämpfte, die damals das Schicksal der Frauen war. Die Rolle der Bibliothekarin, wiewohl sie in dieser Eigenschaft stets ihre geliebten Bücher um sich hatte, engte sie ein. Diese Arbeit füllte sie einfach nicht aus. Und die familiären Konflikte raubten ihr fast die gesamte mentale und emotionale Kraft, auch wenn sie sich diesen Konflikten mit grenzenloser Freundlichkeit stellte. Dass sie mit sich rang, war nur an der Art zu merken, wie sie manchmal ganz kurz zögerte, ehe sie den Forderungen meines Vaters nachkam, oder auch meinen Forderungen, worüber ich mich heute schäme. Ich war ein sehr selbstsüchtiges Kind.

Freundlichkeit bedeutete für meine Mutter Disziplin. Was nicht heißt, dass ihre Freundlichkeit nicht echt war. Sie war weder gespielt noch aufgesetzt. Meine Mutter holte sie aus ihrem tiefsten Innern, von dem ansonsten nicht sehr viel ans Tageslicht drang. Meine Mutter war eine komplexe Persönlichkeit.

Ich erzähle das, weil es alles mit meiner Entscheidung zu tun hatte, Medizin zu studieren. Es schien mir eine Möglichkeit zu verhindern, dass meine äußerst ambitionierte Seele sich nicht eingeengt fühlte. Ich wusste, dass ich eine Möglichkeit finden musste, meine Wut auf einen viel schlimmeren Feind als einen bipolaren Ehemann zu kanalisieren. Und in all dieser Wut meine ganz persönliche Art der Freundlichkeit zu trainieren.

Einmal hat mein Vater mir etwas zitiert, was Aristoteles über Wut gesagt hat.

Jeder kann wütend werden, das ist einfach. Aber wütend auf den Richtigen zu sein, im richtigen Maß, zur richtigen Zeit, zum richtigen Zweck und auf die richtige Art, das ist schwer.

Das könnte mein Lebensmotto sein: die Wut dahin zu

richten, wo sie hingehört. Im Kampf zwischen Wut und Freude der Freude die besseren Chancen geben. Aber alles, woran ich jetzt denken kann, während ich hier liege und zu schlafen versuche, ist ein Zitat von Medea.

Die allerschlimmste, die unheilbarste Wut
Ist die, die am Ort der größten Liebe wütet.

Kapitel 39

MJ

John hat mich dazu ermutigt, meinen Vater zu besuchen – meine Mutter war schon lange tot, als wir heirateten. Aber er wollte nie mitgehen, sagte, er könne sich nicht freimachen. Ich durfte meinem Vater nicht mal Fotos von unserer Hochzeit schicken, auf denen er abgebildet war. Mein Vater wunderte sich über die Zeremonie am Strand. Eine Hochzeit ohne Priester? Ohne Hochzeitskleid? Ohne große Feier mit Festessen und Tanz im Saal des Veteranenheims? Für ihn war es, als wären John und ich gar nicht richtig verheiratet.

Aber den Priester, das weiße Kleid und das Festessen mit Tanz im Saal des Veteranenheims hatte ich schon mit meinem ersten Mann Brian gehabt. Im Veteranenheim wurde das Fest ausgerichtet, wenn man in Gatlinburg heiratete. Wer keine Volkstänze konnte, setzte sich hin und wartete höflich, bis alle genug hatten von Doghouse oder Bird Dance oder zu betrunken waren, um sich auf den Beinen zu halten. Nachdem die Kapelle ihre Tuben und Klarinetten eingepackt hatte (die wurden nicht von den Eltern, sondern den Freunden des Paars angeheuert), kam die richtige Partyband, und die ältere Generation überließ den jüngeren Leuten die Tanzfläche. Ein solches Hochzeitsfest wurde allgemein erwartet, und meine wenigen Freunde aus der Highschool und ich hatten nicht den Mut, uns mehr oder etwas anderes zu wünschen.

Im Vergleich dazu war meine Hochzeit mit John geradezu idyllisch. Sie fand am Strand von Santa Cruz statt, wo wir von einem befreundeten Hippie getraut wurden, der sich aus Spaß im Internet eine Zulassung als Pfarrer besorgt hatte. Mein Brautstrauß bestand aus wildem Rosmarin, der in den Rissen des Parkplatzes hinter dem Gebäude wuchs, wo John und ich wohnten, bis wir das Haus in Los Gatos fanden.

John war in meinen Augen außerordentlich rechtschaffen. Bis auf die Sache mit den Hochzeitsfotos gab es nie auch nur das leiseste Anzeichen dafür, dass er auf der Flucht vor seinem wirklichen Leben war. Er hatte einen sehr männlichen Händedruck. Er sah den Leuten in die Augen und schüttelte ihnen die Hand wie ein aufrechter Bürger.

Die Scham und die Schuldgefühle belasten mich derzeit sehr. Zu viele Sünden, die ich in meinem Leben angehäuft habe. Ich kann niemandem die Hand schütteln oder in die Augen sehen, nicht mal Fremden. Mir fällt das Schlucken schwer, und ich trinke literweise Wasser gegen meinen trockenen Hals. Beim Autofahren schaue ich andauernd in den Rückspiegel. Ich schüttle meine Schuhe aus, bevor ich sie anziehe, um zu sehen, ob sie irgendein Geheimnis enthalten. Insbesondere verstecke ich mich vor allen, die mich gut kennen.

So ähnlich habe ich mich gefühlt, als ich damals mit Paul und Jackson, die noch in den Windeln waren, abgehauen bin. Beschämt wegen meines Doppelspiels habe ich jeden Kontakt mit zu Hause abgebrochen, nur Thomas wusste immer, wo ich war. Meine Mutter habe ich nie wieder gesehen. Ich habe mich immer gefragt, was sie von der Frau gehalten hätte, die ich geworden war, als ich nach Kalifornien kam, von meinem – so glaube ich – wahren Ich. Ohne BH. Barfuß. Ohne Haargummi, Haarspangen und Gürtel. Mir mit einem Kamm einen Scheitel zu ziehen, erschien mir als spießig. Meine Mutter war so anders. Alles an ihr war konventionell, von ihrer Betondauerwelle über ihr Korsett bis hin zu ihren geschlossenen Schuhen. Selbst im Sommer trug sie geschlossene Schuhe. Beim Duschen setzte sie sich eine Duschhaube auf, und anstatt mit einem Badetuch um den Bauch durch die Wohnung zu laufen, zog sie sich einen Bademantel über. Sie sammelte unsere schmutzigen Kleider ein, kaum dass wir sie ausgezogen hatten, und ehe man sichs versah, lagen alle Blusen, Hemden, Röcke und Hosen schon wieder gewaschen, gebügelt und gefaltet in der Schublade.

Und dann starb sie. Die Jungs waren zwölf und dreizehn, wir waren arm wie die Kirchenmäuse und wohnten in Santa Cruz in diesem Haus, das wir uns mit zwei Typen teilten, die sich in erster Linie als Surfer und in zweiter als Studenten betrachteten. Das war Jahre, bevor ich John kennenlernte, Jahre, bevor ich mir einbildete, endlich wieder geliebt und durch diese Liebe gerettet zu werden. Alles Lug und Trug. John war nicht besser als jeder gewöhnliche Ehebrecher. Und für mich ein weiterer Reinfall, für den ich mich schäme.

Unsere beiden Mitbewohner hatten dauernd das Radio an und hörten einen von diesen Amateursendern aus Santa Cruz, die ganz bestimmte Musikstücke als Code für Surfer spielten, wo die besten Wellen zu finden waren. Es war das Jahr der Geheimnisse. Der geheimen Wellen. Ich hatte eine heimliche Affäre mit einem verheirateten Mann und Vater von zwei Kindern, den ich an einer Tankstelle kennengelernt hatte, zu der ich häufig fuhr, wenn ich die Jungs zum Football-, Fußball- oder Schwimmtraining gebracht hatte. Thomas hatte ein heimliches Verhältnis mit einem Mann, das in Wirklichkeit gar nicht so heimlich war. Die Krankheit meiner Mutter, die sie geheim hielt. Sie hatte ihr Leben lang immer wieder Phasen tiefer Traurigkeit durchlebt, und ich glaube, der Brustkrebs war für sie fast eine Erleichterung, obwohl irgendwann die Schmerzen zu groß wurden, um die Krankheit länger zu verbergen. Zwei Monate, nachdem er meine Mutter beerdigt hatte, ist mein Vater mit einer Witwe aus Pigeon Forge zusammengezogen.

Das war meine letzte Begegnung mit dem Tod, bis John starb, eine Mutter, die mit Schmerzmitteln vollgepumpt war und als ich sie anrief, nicht mehr wusste, dass sie mich seit elf Jahren nicht mehr gesehen hatte. Sie meldete sich mit einem schläfrigen Hallo, vollkommen benebelt vom Morphium. Ich hatte also nie wirklich Gelegenheit, mich von ihr zu verabschieden. Familie. Schwierig, selbst in guten Zeiten.

Kapitel 40

Samantha

Susan sagt, ich muss mir in meinem Fall mehr Klarheit verschaffen. Sie will allmählich Erfolge sehen. Sie sagt, es passiert nicht selten, dass Ermittler sich festbeißen, wenn der Erfolg ausbleibt, und dass das weder dem Ermittler noch der Abteilung guttut. *Sam,* sagt sie, *noch zwei Wochen, dann ziehe ich Sie von dem Fall ab.*

Ich gehe zurück an meinen Schreibtisch und öffne eins der Videos über Dr. Taylor, die ich im Internet gefunden habe. Lehrvideos auf Webseiten, in denen es um entstellende Geburtsfehler oder Verletzungen geht: www.abeautifulchild.org und www.nomoredefects.org. Ich habe kein Interesse daran, mir die Aufnahmen von den Operationen anzusehen – davon gibt es erstaunlicherweise eine ganze Reihe. Mich interessieren nur die begleitenden Vorlesungen, die ich mir gleich mehrere Male ansehe.

Ich überspringe die OP-Szenen per Schnellvorlauf, bis zu der Stelle, an der Dr. Taylor vor etwa dreißig Studenten steht und die Technik zur Behebung einer Lippenspalte bei Säuglingen erklärt. Ich bin fasziniert. Er achtet überhaupt nicht auf die Kamera. Er nimmt Blickkontakt mit den Studenten auf und benutzt seine großen Hände wie eine Balletttänzerin ihren Körper, um zu erklären, was sich mit Worten nicht sagen lässt. Ich beobachte vor allem sein Gesicht. Er wirkt nicht wie ein Mann, der eine Frau belügen würde. Ich drücke auf Pause, gehe auf die Webseite des Taylor Institute und klicke ein anderes Video an. Es ist ein Pflichtvideo für alle Männer und Frauen, die sich in der Klinik einer kosmetischen Operation unterziehen. Dr. Epstein, mit dem ich mich im Anschluss an das Gespräch mit Dr. Kramer unterhalten habe, hat mir gesagt, dass zwanzig Prozent der potenziellen Klienten sich von dem Video abschrecken lassen. Ich hatte nicht den Eindruck, dass ihm das gefiel. Ich habe ihn gefragt, ob sie das Video nach Dr. Taylors Tod weiterhin zeigen. »Nein«, sagte er bestimmt. »Die Partner sind sich einig, dass das nicht sinnvoll ist.«

»Mit Partner meinen Sie sich selbst und Dr. Kramer?«, fragte ich.

»Ja, die verbliebenen Partner.«

In dem Video sitzt Dr. Taylor an einem Schreibtisch. Er schaut direkt in die Kamera. *Bevor Sie sich diesem Eingriff unterziehen, möchte ich Sie über einige Dinge informieren,* beginnt er seinen Vortrag. Er redet vom Trauma für den Körper durch eine Brustvergrößerung oder eine Gesichtsstraffung. Er spricht von dem Risiko, dass bei einer Operation etwas schiefgeht. Er benennt den Prozentsatz an Frauen, die mit dem Ergebnis einer solchen Operation unglücklich sind. Er macht statistische Angaben zum Selbstwertgefühl der Patientinnen: Nur neunundzwanzig Prozent der Frauen fühlen sich ein Jahr nach dem Eingriff besser. *Die Ausnahme bildet die Rhinoplastik,* sagt er. *Aber bei Körperkonturierung,*

Oberschenkelstraffung, Bauchstraffung ist die Freude kurzlebig. Er schaut den Zuschauerinnen tief in die Augen, bevor er zu seiner Schlussrede ansetzt. *Falls Sie an mangelndem Selbstvertrauen leiden, falls Sie sich als unattraktiv oder als nicht liebenswert genug empfinden, ist eine Schönheitsoperation nicht das Richtige für Sie. Sie hilft Ihnen nicht, diese tief sitzenden Probleme zu lösen. Sie werden nur weitere Makel an sich entdecken, die Sie beheben lassen wollen. Ihr Körper ist kein Lehmklumpen, den Sie nach Ihren Wünschen formen können. Ihr Körper ist ein Geschenk. Behandeln Sie ihn als solches.*

Nachdem ich mir das Video zum ersten Mal angesehen hatte, habe ich Peter die OPs beschrieben. Er war total entsetzt. Dann legte er eine Hand auf meine kleine rechte Brust und sagte: »Aber du bist perfekt, so wie du bist.« Das ist eine Lüge. Ich bin nicht perfekt. Ich bin nicht mal *normal.*

Nachdem man die Vorher- und Nachher-Videos von Dr. Epsteins und Dr. Kramers Patienten gesehen hat, fängt man tatsächlich an, sich mit anderen Augen zu betrachten. Dieses Speckröllchen hier – wäre es nicht schön, wenn es weg wäre? Wäre es nicht schön, wenn man es vermeiden könnte, mit den Jahren einen Hängebusen zu bekommen? Ich bin neunundzwanzig Jahre alt und so unvollkommen, dass ich den Blick vom Spiegel abwende, wenn ich aus der Dusche steige. Wie werde ich mich erst mit neununddreißig fühlen? Oder mit neunundfünfzig? Bei den seltenen Gelegenheiten, wenn wir nach L.A. fahren, fallen uns jedes Mal die riesigen Reklametafeln auf, auf denen für Schönheitsoperationen geworben wird wie hier im Silicon Valley für den neuesten technischen Fortschritt. Das ist die Zukunft. Dr. Taylor konnte nicht mehr tun, als mit dem erhobenen Finger vor diesem Ansturm zu warnen.

In den Videos wirkt er wie ein Mann, dem man vertrauen konnte. Ein Mann, dem das Wohl seiner Patienten am Herzen lag. Wahrscheinlich haben sich viele Mütter seiner kleinen Patienten in ihn verliebt. Aber wenn man diesen kompetenten, offenen und zugleich mitfühlenden Mann auf dem Bildschirm sieht, dann weiß man, dass er die emotional aufgeladene Situation dieser Frauen niemals ausnutzen würde, dass er seine Patienten niemals ausbeuten oder ihre Verletzlichkeit schamlos ausnutzen würde. Das ist kein Mann, der seine Frau betrügt.

Ich frage mich, was in mir vorgehen würde, wenn ich in die Klinik ginge, um mir den Bauch oder die Oberschenkel straffen zu lassen, und mir anhören müsste, wie Dr. Taylor versucht, mich davon abzuhalten. Ich glaube, ich würde mich Hals über Kopf in diesen bärigen Mann verlieben, ich würde mich freudig seinem Harem anschließen, nur damit er hin und wieder seinen Blick auf mich richtet und einen Moment auf mir ruhen lässt. Das würde mir reichen.

Mir fällt auf, dass er in keinem der Videos einen Ehering trägt.

Das Telefon klingelt. Es ist Peter.

»Wann kommst du heute Abend nach Hause?«, fragt er. Seine Stimme klingt neutral, seine Art, mich wissen zu lassen, dass es ihm leidtut. Wir haben uns gestern Abend gestritten. Er meinte, ich sei in letzter Zeit nicht *präsent,* nicht anwesend, obwohl ich im Zimmer bin, würde ihm nicht zuhören, nicht auf seine Berührungen reagieren. Vielleicht stimmt das. Dieser Fall hat mich voll im Griff. Auf meinem Schreibtisch liegt die Todesanzeige aus dem *Chronicle*. Ich betrachte das Foto von dem jungen John Taylor. Sehr attraktiv. Ein Leuchten in den halb geschlossenen Augen, das fast lasziv ist. Es ist ein Klischee, dass Frauen sich in ihren Arzt verlieben, aber welche Frau wäre bei John Taylor nicht Gefahr gelaufen, sich zu verlieben?

»Weiß ich noch nicht«, antworte ich. »Ich arbeite.«

»An dem Fall Taylor«, sagt er tonlos.

»Ja, natürlich, an meinem Fall. Du weißt doch, wie wichtig der für mich ist. Meine Chefin hat schon angedroht, die Kollegen vom Morddezernat in San José hinzuzuziehen. Ich will den Fall aber allein lösen.«

»Okay«, sagt Peter und legt auf.

Ich schaue mir noch einmal die Videos an. Mir ist inzwischen klar, dass Dr. Taylor einen Beruf gewählt hat, der glücklich macht. Zuerst die ängstlichen, besorgten Blicke, und dann, nach dem gelungenen Eingriff, strahlende Gesichter, Umarmungen, Händeschütteln, wenn die Eltern ihr noch schlafendes, verändertes Kind betrachten. Falls Dr. Taylor je versagt hat, so wurde es nicht dokumentiert. Er hat offenbar auf anderen Ebenen versagt.

Kapitel 41

MJ

Ich muss oft an unsere Hochzeitsreise denken. Heute weiß ich natürlich, dass John mit Deborahs Erlaubnis gereist ist, dass sie wahrscheinlich sogar die Reservierungen vorgenommen hat. Wenn es so war, dann hat sie eine gute Wahl getroffen. Ich mag keine Nobelhotels und Schickimicki-Ferienanlagen. Ich war in Hawaii und Honolulu, habe im Hilton übernachtet und fand es furchtbar. Das gechlorte Wasser in den Swimmingpools, die zwanghafte Zwanglosigkeit, all die Leute, die, anstatt miteinander zu reden, ständig mit ihren Handys beschäftigt sind. *Parallelspiel* nannte man das, als meine Jungs noch klein waren, eine Phase, die alle Kinder durchlaufen. Inzwischen scheinen Erwachsene in diese frühe Entwicklungsstufe zurückzufallen.

John und ich sind nach Nordkalifornien gefahren, nach Ukiah, in eine hundertfünfzig Jahre alte Ferienanlage namens Vichy Springs, wo es heiße Quellen gibt. Unser Zimmer war klein, aber sauber, es gab keinen Fernseher, überhaupt keine elektrischen Geräte. Die Anlage ist so weit abgelegen, dass man noch nicht einmal Handyempfang hatte. Wir saßen auf der Veranda vor unserem Zimmer und haben einem alten Hund dabei zugesehen, wie er hinter den wilden Truthähnen hertrottete, die auf dem Gelände herumliefen. Spätabends, wenn alle anderen schliefen, haben wir uns ins Mineralbad geschlichen und zwei Badewannen bis zum Rand mit dem warmen, prickelnden Wasser vollllaufen lassen. Es war, als würde man in Champagner baden. Obwohl es eigentlich verboten war, haben wir uns nackt in die Wannen gelegt und die Sterne betrachtet. Hinterher haben wir uns in grobe Badetücher gewickelt und sind durch die kühle Nacht zurück in unser einfaches Zimmer gelaufen.

Der Sex war okay. Also, ich meine, ich hatte schon besseren. John und ich fühlten uns wohler miteinander, wenn wir angezogen waren, am besten mit Gartenwerkzeugen bewaffnet und Erde an den Knien, damit beschäftigt, Hortensien zu pflanzen. Welchen Grund John auch immer gehabt haben mag, mich zu heiraten, wegen Sex war es jedenfalls nicht.

Hat mich das gestört? Anfangs vielleicht. Man träumt natürlich von Leidenschaft, davon, das Objekt der Begierde zu sein. Aber schon bald fand ich es in Ordnung. Wir waren so glücklich! Zumindest ich war es. *Glücklicher als ein hungriger Floh im Hundepelz.*

Wie soll ich beschreiben, wie es war, mit John nach einem Haus zu suchen? Sich Häuser anzusehen, die eine oder zwei Millionen kosteten, sie lässig abzulehnen, bis wir das ganz besondere Haus in Los Gatos fanden.

Auf den ersten Blick ist schwer zu verstehen, warum wir uns so in das Haus verliebt haben. Ein ganz normales kalifornisches Ranchhaus, der Gehweg davor von Rissen durchzogen vom Loma-Prieta-Erdbeben, der Vorgarten verwildert und zugewuchert mit Dornengestrüpp und hohem Gras. Eine

Ratte kam aus dem Gestrüpp geflitzt, als wir zum ersten Mal auf die Haustür zugingen. Aber dann haben wir den Garten gesehen, groß und weitläufig und mit Hügeln, die sanft zum Grundstücksrand abfielen. In einer Ecke eine mächtige, mindestens zweihundert Jahre alte Eiche, die ihre Äste in alle Richtungen ausbreitete. Wir zählten zwei Feigenbäume, einen Zitronenbaum und zwei Dattelpflaumenbäume. In einer anderen Ecke ein Gewirr aus Brombeersträuchern. Und um den Garten ein hoher, mit leuchtend roten Bougainvilleen bewachsener Zaun. John hatte Tränen in den Augen. Jetzt, nachdem ich Deborahs superordentliche Gartenanlage gesehen habe, verstehe ich, warum. Niemand würde es wagen, sich auf ihren manikürten Rasen zu setzen. Nicht einmal ein Hund würde es wagen, darauf zu kacken.

John und ich sind uns nur selten in die Wolle geraten, aber ich erinnere mich an einen besonders heftigen Streit über eine Nichtigkeit. Es ging um einen Hibiskusstrauch, den ich zu stark heruntergeschnitten hatte. Es war an einem Samstagmorgen, er war gerade vom Einkaufen gekommen, und ich half ihm dabei, alles einzuräumen, als er aus dem Fenster in den Garten sah, wo ich die ganze Zeit gearbeitet hatte. Er schrie bestürzt auf. »Was hast du getan?« Dann warf er den Eierkarton, den er gerade in der Hand hatte, mit aller Kraft an die Wand. Die Anrichte, der Fußboden, alles war voll mit rohem Ei.

»Ich hab dir doch gesagt, du sollst die Finger von dem Strauch lassen!«, schrie er.

Ich war schockiert. So hatte ich ihn noch nie erlebt. Ich konnte mich nicht erinnern, dass er mich gebeten hatte, den Hibiskus in Ruhe zu lassen, und sagte ihm das.

Das machte ihn nur noch wütender. Er lief puterrot an. »Ich erwarte wirklich nicht viel von dir, MJ«, sagte er. »Aber ich bitte dich, meinen Garten nicht zu verunstalten.« Ich war inzwischen in Tränen aufgelöst, aber er ist aus dem Haus gestürmt, ins Auto gestiegen und mit quietschenden Reifen losgefahren. Er war stundenlang fort, und wo er war, werde ich nie erfahren. Als er zurückkam, hatte er sich beruhigt. Aber entschuldigt hat er sich nicht. Wir haben nie wieder über den Vorfall gesprochen, aber von da an war ich vorsichtiger ihm gegenüber. Und dass er *mein Garten* gesagt hatte, nicht *unser Garten,* das hat mich gequält.

Kapitel 42

Samantha

In einem von John Taylors Videos habe ich unter den Studenten im Hörsaal Schneewittchen entdeckt, die junge Ärztin, mit der ich im Taylor Institute gesprochen habe. Alle sind eifrig dabei, sich Notizen zu machen. Nur sie nicht. Sie sitzt einfach da, das Heft aufgeschlagen auf dem Tisch, der Stift daneben, die Hände gefaltet. Sie lässt John Taylor keinen Moment aus den Augen. Es hätte amüsant sein können, aber es war eher unheimlich. Dann, für den Bruchteil einer Sekunde, schaut er sie direkt an. Sein Gesicht bleibt ausdruckslos, und er sieht wieder weg, ohne Hast, aber auch ohne zu verweilen. Ich dachte: *Ach, so war das also.* Dann habe ich in der Klinik angerufen und Dr. Claire Fanning zu einem Gespräch hergebeten. Ich habe mich um einen beiläufigen Ton bemüht, während ich mit ihr telefonierte, aber das entsprach ganz und gar nicht dem, wie ich mich fühlte. Denn in dem Moment wusste ich, dass ich eine Spur entdeckt hatte.

Schneewittchen – Dr. Fanning – sagte, sie könne erst um neun Uhr mit mir sprechen, nach ihrer Schicht. Deswegen sitze ich jetzt um Viertel nach neun noch hier auf dem Revier, hungrig und schlecht gelaunt, aber auch nicht darauf erpicht, zu Peter nach Hause zu gehen. In letzter Zeit zanken wir uns eigentlich nur noch.

Es gefällt mir nicht, spätabends allein hier zu sein. Natürlich bin ich nicht ganz allein. Die Kollegen von der Nachtschicht sitzen in ihrem Büro, aber sie haben die Tür geschlossen, sie leben in ihrer eigenen Welt. Um diese Uhrzeit ist es hier auf dem Revier richtig gespenstisch – all die dunklen Bildschirme, das gedämpfte Licht, die kreuz und quer stehenden Stühle, als hätten alle fluchtartig das Gebäude verlassen. Susan macht gewöhnlich als Letzte Schluss, aber diesmal hat sie um halb acht seufzend ihre Sachen gepackt und ist gegangen. Ich hasse es, so spät noch hier zu sein. Eigentlich bin ich nach neun Uhr abends nirgendwo gern, deswegen sind Peter und ich auch solche Stubenhocker. Um halb neun ziehe ich mir normalerweise meinen Schlafanzug an.

Aber diese Claire Fanning, die schläft wahrscheinlich nie. Sie hat mir zwar gesagt, sie könne erst nach Feierabend herkommen, aber als sie eintrifft, trägt sie einen Trainingsanzug und kommt offenbar direkt vom Sport, denn an ihrem Hals und an ihren Armen ist ein dünner Schweißfilm zu sehen.

»Ich bin noch schnell eine Runde gelaufen«, sagt sie, als sie bemerkt, wie ich sie mustere, aber sie bittet nicht um Entschuldigung. Es klingt eher wie Angeberei. »Ich trainiere für den Ironman auf Hawaii, da nutze ich jede Gelegenheit zum Training.«

Ich bin nicht in der Stimmung, mir einen Vortrag über ihre sportlichen Leistungen anzuhören. »Bitte, nehmen Sie Platz, Dr. Fanning.« Ich zeige auf einen Stuhl neben meinem Schreibtisch.

»Nennen Sie mich Claire«, sagt sie.

Ich nicke. »Ich bin Sam.«

Obwohl wir uns schon einmal begegnet sind, schütteln wir uns die Hände, was sich seltsam förmlich anfühlt, als würden wir irgendeinen Vertrag per Handschlag besiegeln.

»Ich muss Ihnen etwas über John Taylor und mich erzählen«, beginnt sie ohne Umschweife und ohne darauf zu warten, dass ich ihr Fragen stelle. Obwohl sie verschwitzt ist und mir eben erklärt hat, dass sie noch ein bisschen trainiert hat, ist sie überraschenderweise kein bisschen außer Atem oder wirkt so, als hätte sie sich angestrengt.

»Das dachte ich mir schon.« Ich verschränke die Arme. Diese Claire ist nicht dumm, mein Blick entgeht ihr nicht. Also wirklich: Wenn eine junge, attraktive Frau ankündigt, dass sie etwas über einen älteren Kollegen in einer Machtposition zu sagen hat, dann ist doch klar, was kommt. Selbst wenn ich nicht in dem Video gesehen hätte, wie sich ihre Blicke begegneten, wäre es mir klar gewesen. Okay, ich geb's zu, das ist sexistisch, aber was soll's? »Sie werden mir jetzt sagen, dass Sie ein Verhältnis mit John Taylor hatten«, komme ich ihr zuvor.

Sie zuckt mit keiner Wimper. »Ja.«

Wir sitzen einander schräg gegenüber und schauen uns an. Ich habe die Arme immer noch verschränkt und immer noch diesen Blick, da bin ich mir sicher.

»Warum haben Sie so lange damit gewartet, mir das mitzuteilen?«

»Ich hielt es nicht für relevant.«

Darüber brauche ich nicht lange nachzudenken. Es klingt glattweg gelogen.

»Was hat Sie dazu bewogen, Ihre Meinung zu ändern?«, frage ich.

»Das hier«, sagt sie und hält die Ausgabe des *Chronicle* mit dem Ergebnis der gerichtlichen Untersuchung hoch, das John Taylor zum Opfer einer Straftat erklärt.

»Aber der Artikel und der ganze Medienrummel – das war schon vor Wochen. Was hat Sie veranlasst, so lange zu warten?«

»Ich war mir nicht sicher, ob ich in die Sache hineingezogen werden wollte. Gerade wegen des Medienrummels. Ich musste mir genau überlegen, was ich tun wollte. Schließlich werde ich durch meinen Schritt in etwas verwickelt, das sowohl mein Berufs- als auch mein Privatleben auf Jahre hinaus beeinträchtigen könnte.« Sie bringt das ganz cool vor, ohne irgendeine Gefühlsregung zu zeigen. Diese Frau hat wirklich nichts von einer warmherzigen Ärztin.

»Okay«, sage ich nach wie vor mit verschränkten Armen. »Nun sind Sie also zu dem Schluss gekommen, dass es Ihre Bürgerpflicht ist herzukommen. In Ordnung. Demnach glauben Sie also, dass die Tatsache, dass Sie ein Verhältnis mit John Taylor hatten, irgendwie von Bedeutung ist?«

»Nein.« Sie schüttelt nachdrücklich den Kopf. Ihr dichtes schwarzes Haar schwingt über ihre Wangen. Trotz der ernsten Situation beneide ich sie um ihre Schönheit.

Ich lege die Hände auf den Tisch. »Hallo? Haben Sie das nicht gerade gesagt?«

»Nein, das haben Sie gesagt. Es gibt einen ganz anderen Grund, warum Sie ein Interesse daran haben sollten, mit mir zu reden.«

»Und der wäre?«

»Ich war mit John Taylor verlobt.«

Ich glaube, ich höre nicht richtig. *»Wie bitte?«*, presse ich hervor.

Claire lächelt beinahe, doch sie hat sich sofort wieder im Griff. »Ja, und ich wusste auch von den anderen dreien.«

»Sie wussten von ihnen?«

»Ja. Zu unserer Abmachung gehörte, dass er sich von Deborah scheiden lassen und sich von den anderen beiden *Ehefrauen* trennen würde, um mich zu heiraten.«

Ich schweige eine Weile, um das zu verdauen.

»Wusste irgendjemand davon?«, frage ich schließlich.

»Nur John und ich.«

Ich versuche, meine Gedanken zu ordnen. Ich hatte ja mit allem Möglichen gerechnet, aber auf keinen Fall mit einer weiteren Frau.

»Haben Sie denn keine Fragen an mich?«, will Claire wissen.

Falls sie sich bemüht, sich ihre Verachtung nicht anmerken zu lassen, so gelingt ihr das nicht. Was ich meine, ist: Ich spüre ihre Verachtung regelrecht. Sie verbirgt sie gar nicht. Wieder fällt mir auf, wie schwarz ihre Augen sind, wie schwarz ihr Haar sich von ihrer makellosen weißen Haut abhebt. Und diese Körperhaltung. Gibt es irgendwas, das Medizinstudenten sich spritzen lassen, um diese verdammte überhebliche Attitüde zu erlangen? Falls ja, dann hat sie die komplette Impfung bekommen. Am liebsten würde ich sie anschreien, laut fluchen, irgendwas, um sie aus der Fassung zu bringen. Stattdessen sage ich ganz ruhig: »Es wundert mich immer noch, dass Sie sich nicht sofort bei uns gemeldet haben, nachdem Ihr Verlobter unter mysteriösen Umständen gestorben ist. War Ihnen nicht daran gelegen, für Gerechtigkeit zu sorgen?«

»Wir hatten unsere Beziehung noch nicht öffentlich gemacht. Und es wäre mir … billig vorgekommen … noch eine Extranummer zu dem Zirkus beizutragen. Bis feststand, dass es bei Johns Tod womöglich nicht mit rechten Dingen zugegangen ist, habe ich nicht im Entferntesten daran gedacht.«

Als klar wird, dass sie das nicht weiter ausführen wird, frage ich: »Und seit wann waren Sie … ein Paar?« Ich hasse das Wort, es klingt so gefühlsduselig aus meinem Mund, aber mir fällt nichts Besseres ein.

»So ziemlich von Anfang an. Er war mein Professor. Da ich bei ihm hospitierte, haben wir notgedrungen viel Zeit miteinander verbracht. Dann ist es eines Nachmittags einfach passiert.«

»In der Klinik?« Ich komme mir vor wie ein Voyeur.

»Zuerst ja. Da gibt es durchaus Möglichkeiten. Später haben wir uns in meiner Wohnung in der Nähe der University Avenue getroffen. Zu ihm konnten wir ja nicht gehen, aus naheliegenden Gründen.«

»Sie wussten also, dass er verheiratet war?«

»Selbstverständlich. Allerdings dachte ich anfangs, Deborah wäre seine einzige Frau.«

»Sie werden verstehen, dass ich wissen muss, wo genau Sie sich am Freitag, dem 10. Mai, zwischen halb sieben und acht Uhr aufgehalten haben.«

»Kein Problem.« Claire lächelt. »Ich war in der Klinik. Um vier Uhr war ich mit meinem letzten Patienten fertig, dann habe ich für John Papierkram erledigt. Er war ein bisschen ins Hintertreffen geraten. Außerdem hatte er mich gebeten, als Co-Autorin bei einigen Veröffentlichungen zu fungieren. Ich habe sie überarbeitet, um sie Kollegen zu zeigen. Sie können gern den Nachtwächter fragen. Er beginnt seinen Dienst um sechs. Ich habe das Gebäude erst nach neun verlassen.«

»Das werde ich überprüfen«, sage ich. Ich zögere. Aber ich muss es wissen. »Was genau hat Sie an ihm fasziniert?«, will ich wissen. »Er war doch etwa dreimal so alt wie Sie. Nicht besonders gut in Form. Verheiratet. Warum haben Sie sich mit ihm eingelassen?«

Claire lacht, ein echtes Lachen, die erste Gefühlsregung, die ich bei ihr erlebe. »John Taylor war der unwiderstehlichste Mann, dem ich je begegnet bin. Er war ungeheuer interessant und aufrichtig *interessiert*. An der Welt, an anderen Menschen. Er gab einem das Gefühl, einzigartig zu sein. Es war wirklich bemerkenswert. *Er* war bemerkenswert.«

»Womit hat er es gerechtfertigt, dass er eine Affäre mit Ihnen einging? Ich meine, bevor Sie sich verlobt haben?« Ich hoffe, dass meine Stimme mich nicht verrät. Meine … Verachtung? Meinen Neid?

»Er sprach davon, dass es in seiner Ehe keine Liebe mehr gebe, dass es seiner Frau wichtig sei, den Schein zu wahren, dass er seine Frau beschützen müsse.«

»Anders ausgedrückt, der übliche Scheiß«, erwidere ich, um sie zu provozieren.

»Ja, der übliche Scheiß«, pflichtet Claire mir bei. Meine Worte irritieren sie kein bisschen. Wahrscheinlich kann man sie mit nichts aus der Ruhe bringen.

»Wie lange hat es denn gedauert, bis Sie über den üblichen Scheiß hinaus waren?«

»Nicht lange. Nach etwa einem Monat hat er mir einen

Heiratsantrag gemacht. Er hat mir gesagt, dass er mich liebe, dass er ein neues Leben mit mir anfangen wolle. Und ich habe ihm geglaubt.«

»Und wann haben Sie die Wahrheit erfahren?«

»Die Wahrheit?«

»Dass er mehr als eine Ehefrau loswerden musste.«

»Ach das«, entgegnet sie, als hätte es keine Bedeutung. »Als er mir den Heiratsantrag gemacht hat, hat er mir alles erzählt. Es spielte keine Rolle.«

»Sie wussten es also? Genau wie Deborah?«

»Nein, nicht wie Deborah. Ich wusste *alles*. Sie wusste nichts von mir.«

»Sind Sie sich da ganz sicher?«

»So wie John Deborah beschrieben hat, kann ich mir nicht vorstellen, dass sie es gewusst und nicht versucht hat, sich in unsere Beziehung einzumischen, sozusagen die Regie zu übernehmen, wie sie es bei den anderen getan hat. Aber unsere Beziehung war echt. Es wäre unmöglich gewesen, sie auf diese Weise zu manipulieren oder zu kontrollieren.«

»Aber wann zum Teufel hatten Sie beide denn überhaupt Zeit füreinander?«, hake ich nach. Die Vorstellung von drei Haushalten, drei Ehen, war ja schon verrückt genug. Aber vier? Der reine Wahnsinn.

»Bei der Arbeit, zwischen OPs. An Wochenenden, wenn er nicht in L.A. war, oder wenn MJ und Deborah ihn auf einem Kongress wähnten oder glaubten, er hätte Bereitschaftsdienst. Wir haben schon dafür gesorgt, dass wir Zeit füreinander hatten.«

Das ist ja mal was Neues. Es ändert alles. Alles. Ich muss sämtliche Mitschriften der Vernehmungen noch einmal durchgehen, mir ansehen, was die Ehefrauen mir gesagt haben, und es unter diesem neuen Aspekt noch einmal durchdenken.

Claire reißt mich aus meinen Gedanken. »Es gibt noch etwas, das Sie wissen sollten.«

»Was denn?« Sie lenkt das Gespräch, nicht ich. Sie ist mir immer zwei Schritte voraus, während ich hinterherhinke. Wie üblich.

»Ich glaube, ich war die Letzte, die John lebend gesehen hat. Bis auf die Hotelangestellten und den Mörder natürlich.«

Plötzlich bin ich hellwach. Mir wird bewusst, dass sie eine wertvolle Zeugin ist, die mir wertvolle Informationen liefert. Ich muss das unbedingt festhalten, anstatt hier zu sitzen und Bauklötze zu staunen. Mehr noch, ich muss dieses Gespräch in die Hand nehmen. Hastig hole ich das Aufnahmegerät aus meiner Tasche und schalte es ein.

»Erzählen Sie mir von der Woche, in der er gestorben ist«, sage ich. »Bis Donnerstagmorgen haben wir seine Aktivitäten rekonstruiert. Da hat er sich wie immer von Deborah verabschiedet und ist losgefahren. Danach hat ihn niemand mehr gesehen.«

»Er war mit mir zusammen. Wir haben uns fürchterlich gestritten. Wir haben uns vor der Arbeit auf einen Kaffee getroffen, und ich habe ihm die Hölle heißgemacht. Ich hatte das Gefühl, dass er die Sache nicht durchziehen würde, dass er kalte Füße bekommen hatte. Ich habe ihm angedroht, selbst mit Deborah zu sprechen. Später hat er MJ und Deborah angerufen und behauptet, er müsse nach L.A. An dem Tag und auch am nächsten Tag war er nicht in der Klinik, sondern bei mir. Von Donnerstag auf Freitag hat er bei mir übernachtet. Dann, am Freitag, als ich in der Mittagspause nach Hause gegangen bin, haben wir uns erneut gestritten. Wir waren beide erschöpft, es war eine lange Woche gewesen. In meiner Wohnung, einem Studio mit gerade mal genug Platz für ein Bett und einen Schreibtisch, hockten wir ziemlich dicht aufeinander. Ich bin wieder zur Arbeit gefahren, und als ich am Abend nach Hause kam, war er weg. Ich wusste nicht, wo er war, vermutete aber, dass er bei einer seiner Frauen war. Ich war wütend. Und das war ich, bis ich in der Sonntagszeitung von seinem Tod erfahren habe.«

»Dann haben *Sie* beim *Chronicle* angerufen und denen das mit den drei Ehefrauen gesteckt.«

Habe ich da gerade so etwas wie Scham über ihr perfektes Gesicht huschen sehen? »Ja«, gesteht sie schließlich. »Es war ein spontaner Impuls. Normalerweise bin ich kein spontaner Typ. Und ich habe es sofort bereut.«

Ich durchschaue Claire nicht. Von Johns anderen drei Frauen habe ich ein ziemlich klares Bild. Ich sehe die Beziehung, die jede von ihnen zu ihm hatte, vor mir, und auch wenn es irgendwie verrückt ist, kann ich alle drei Frauen verstehen. Aber nicht Claire.

Ich habe eine Theorie über die Menschen. Ich teile sie nicht in schwache und starke Persönlichkeiten ein, das sind für mich keine Kategorien. In einem solchen Unterscheidungssystem wäre Deborah die stärkste und MJ die schwächste Persönlichkeit und Helen irgendwo dazwischen. Aber ich empfinde MJ nicht als schwach, ich denke an ihre breiten Schultern, ihre hochgewachsene Statur, ihre großen Hände, ihre Energie. Hinter ihrer schusseligen Fassade verbirgt sich ein starker Charakter. Dasselbe gilt für Helen und ebenso für Deborah, wie ich zu behaupten wage. Vielleicht meine ich das: Sie sind reale Menschen. John Taylor hat drei reale Frauen geheiratet. Und er hat sie gut ausgewählt.

Aber Claire? Diesmal bin ich enttäuscht von Johns Wahl. Angesichts ihrer grazilen Schönheit kann man ja verstehen, warum die Männer hinter ihr her sind. Trotzdem bin ich enttäuscht. Ich habe mir ein Bild von John Taylor gemacht, und das passt nicht zu einem Mann, der eine Porzellanpuppe heiratet, die nicht einmal halb so alt ist wie er.

»Können Sie beweisen, was Sie mir erzählt haben?«, frage ich Claire.

Sie streckt ihre Hand aus. An ihrem Ringfinger steckt ein Ring mit einem exquisiten, sehr großen Diamanten. So sieht es jedenfalls aus. In Anbetracht meines ungeübten Blicks könnte es sich aber genauso gut um geschliffenes Glas handeln. Vielleicht erwartet sie von mir, dass ich mein Erstaunen über die Größe des Diamanten zum Ausdruck bringe. Ich nicke nur. Ich habe die Erfahrung gemacht, dass die Leute mich nicht für so dumm halten, wie ich mich fühle, wenn ich in unsicheren Momenten einfach schweige.

»Bisher durfte ich ihn nie in der Öffentlichkeit tragen. Jetzt spielt es keine Rolle mehr.« Sie wirkt kein bisschen traurig, als sie das sagt. Seltsam. Ihr perfektes Gesicht verrät nichts.

»Den können Sie sich ebenso selbst gekauft haben«, bemerke ich.

Sie wühlt in ihrer Handtasche und bringt eine Rechnung zum Vorschein. Es ist ein Kreditkartenbeleg für einen Diamantring von Haynes Jewelers in San Francisco. Von dem Juwelier habe sogar ich schon gehört. Fünfundsiebzigtausend Dollar. Bezahlt mit John Taylors American-Express-Kreditkarte. Von wegen Sugardaddy. Fünfzigtausend Dollar für MJs Bruder Thomas. Fünfundsiebzigtausend für einen Ring für die zukünftige vierte Gattin. Der Mann hat nur so mit Geld um sich geworfen.

»Haben Sie irgendwelche Zeugen, die Ihre Aussagen bestätigen können?«, frage ich.

»Natürlich nicht«, antwortet sie. »Wir haben alles streng geheim gehalten.«

»Niemand in der Klinik wusste Bescheid?«

»Es gab natürlich die üblichen Gerüchte.«

Die Verachtung in ihrer Stimme ist wieder da. Respektlosigkeit behagt mir nicht.

»Die *üblichen?*«

»Meiner Erfahrung nach wird immer über mich und die Männer, mit denen ich zusammenarbeite, getratscht«, sagt sie. Dann, meinen Blick richtig deutend, fügt sie hinzu: »Zu Unrecht.« Dann, als würde sie ihre beruflichen Qualifikationen beschreiben: »Eine attraktive junge Frau in einer Männerdomäne. Mit so etwas muss ich mich leider herumschlagen.«

»Damit habe ich keine Erfahrung.«

»Aber es stimmt«, beharrt sie. Entweder hat sie meinen sarkastischen Ton überhört, oder sie zieht es vor, ihn zu übergehen. »Es gab Gerüchte über John und mich, bloß weil wir eng zusammengearbeitet haben. Aber niemand hatte irgendeinen Beweis.«

»Glauben Sie.«

»Hat irgendjemand angedeutet, dass wir etwas miteinander hatten?«

Gute Frage.

»Nein«, gebe ich zu.

Ich nehme die Zügel wieder in die Hand.

»John war also am Donnerstag bei Ihnen und dann wieder am Freitagmorgen. Warum hat sich die Situation ausgerechnet in der Woche zugespitzt? Was hat die Krise ausgelöst, obwohl alles, wenn auch vielleicht nicht entspannt, aber doch zumindest im Gleichgewicht war?«

»Wir hatten vor, den ... den Ehefrauen ... an dem Samstag reinen Wein einzuschenken. Am 11. Mai.«

Jetzt höre ich ganz deutlich einen Unterton, als sie das Wort *Ehefrauen* ausspricht. Es ist eindeutig Verachtung.

»Was glaubten Sie denn eigentlich, wie die anderen Frauen reagieren würden? Helen Richter ist eine erfolgreiche Ärztin«, gebe ich zu bedenken. Ich weiß auch nicht, warum ich das Bedürfnis habe, die drei Ehefrauen zu verteidigen. »Deborah war seit fünfunddreißig Jahren seine rechtmäßige Ehefrau, und MJ ...«, ich suche nach etwas Positivem, was ich über MJ sagen kann, »... ist eine Naturgewalt.« Das war schwach, das ist mir klar.

»Falls eine der drei einen Verdacht gehabt hätte, dann hätte sie ein Motiv, nicht wahr?«

»Haben Sie Grund zu der Annahme, dass dem so war?«

»John war am Donnerstagabend fürchterlich nervös. Er hat dauernd mit seinem Handy hantiert, um nachzusehen, ob irgendeine Nachricht, eine SMS oder eine Mail eingegangen war. Als ich ihn gefragt habe, was denn los sei, hat er nur den Kopf geschüttelt. Er meinte, er mache sich Sorgen. Auf mich wirkte es eher so, als hätte er Angst.«

»Warum ist er am Donnerstag und am Freitag nicht zur

Arbeit gegangen?«, frage ich. »Ging in der Klinik etwas vor sich, dem er aus dem Weg gehen wollte?«

»Ich glaube, es war einfach alles zu viel. Seine Frauen und die Spannungen zwischen ihm und seinen Partnern«, meint Claire. Das Wort *Partner* spricht sie genauso aus wie das Wort *Ehefrauen*. Voller Verachtung. »Seine Partner wollten zusätzliche Chirurgen einstellen, den Bereich der kosmetischen Chirurgie ausbauen. John wollte, dass die Klinik ihrer ursprünglichen Vision treu blieb, da war er absolut unnachgiebig.«

»Es könnte also sein, dass er seinen Partnern aus dem Weg gehen wollte?«, erkundige ich mich. Ich muss an Dr. Epsteins aalglatte, verbindliche Art denken. Dem Mann würde ich so einiges zutrauen.

»Ich weiß nicht. John hatte für Donnerstag und Freitag all seine Termine abgesagt. Das war sehr ungewöhnlich. Mehr als sehr ungewöhnlich. Es war absolut außergewöhnlich. Ich glaube, das zeigt, wie aufgeregt er war wegen der bevorstehenden Ankündigung am Samstag.«

»Hat er bei Deborah oder MJ irgendetwas abgeholt?«

»Nein. Er hat sich versteckt.«

»Und was war mit seiner Kleidung?«, frage ich, um sie zu testen. »Er hat doch sicher keine Kleidung bei Ihnen gelassen, oder?«

»Nein. So lange war er nie da. Als ich am Donnerstagabend nach Hause kam, hatte er sich bei Macy's ein paar Hosen und Hemden und was man sonst so braucht gekauft. Damit er das Notwendigste hatte, falls das am Samstag richtig schlimm ausging. Wir hatten schon angefangen, uns Mietwohnungen anzusehen, da wir unmöglich für längere Zeit in meinem Studio wohnen konnten.«

Ich weiß nicht, was ich noch fragen soll. Ich bin müde und habe Kopfschmerzen. Ich schalte das Aufnahmegerät aus. »Das reicht für heute. Aber ich bin mir fast sicher, dass ich Sie noch einmal werde befragen müssen.«

»Selbstverständlich.« Sie steht auf und verlässt das Gebäude, ihre wohlgeformten Beine schimmern im Licht der Neonröhren.

Ich nehme mein Aufnahmegerät in die Hand und schalte es noch einmal an. »Herr im Himmel«, sage ich ins Mikro. »Was für ein Schlamassel.«

Kapitel 43

Samantha

Ich gehe selten in die Stanford-Mall, obwohl ich jeden Tag auf dem Weg zur Arbeit daran vorbeifahre. Sie ist voll mit teuren Läden wie Nieman Marcus, Bloomingdale's und Ann Taylor, neben den üblichen Filialen von Macy's und Victoria's Secret. Es gibt nur ein Fast-Food-Restaurant: ein McDonald's für die reichen Eltern aus Palo Alto, die ihre verwöhnten Sprösslinge in SUVs von Mercedes und Lexus durch die Gegend kutschieren. Aber ansonsten keine Hotdog-Buden, kein Brezelstand, keine Läden mit Modeschmuck für Teenies. Einmal habe ich den Fehler begangen, einen Teeladen zu betreten. Von draußen duftete es himmlisch, und jemand verteilte kleine Probebecher mit unglaublich leckerem pinkfarbenem Tee. Ich bin rein und habe gesagt, ich wollte ein halbes Pfund davon, weil ich dachte, er würde Peter gut schmecken. Der Tee wurde abgewogen und eingepackt, als wäre er ein Geschenk für die Queen, aber als mir der Preis genannt wurde, ist mir die Kinnlade heruntergefallen. Ich musste ablehnen. Es war Monatsende, und so viel Geld hatte ich nicht mehr auf dem Konto.

Mollie und ich gehen zu Macy's for Men und finden problemlos Jenna, die Verkäuferin, die Dr. John Taylor bedient hat. Sie ist etwa Mitte dreißig, bekleidet mit einer eleganten schwarzen Hose und einer weißen Bluse und hat ein paar Pfunde zu viel, die ihr aber gut stehen. Perfekte Haltung, gepflegtes Äußeres. Eine Frau mit gutem Geschmack, die sich in Modedingen auskennt. Wenn ich es mir leisten könnte, würde ich mich von ihr beraten lassen, um Peter einzukleiden.

Sie erinnert sich genau an Dr. Taylor. »Anfangs wollte er keine Beratung. Aber nachdem er sich zehn Minuten lang umgesehen hatte, kam er noch einmal zu mir und gestand mir, dass er sich seit Jahren keine Kleidung mehr selbst gekauft hatte«, erzählt Jenna. »Ich dachte, er war vielleicht seit Kurzem geschieden oder verwitwet, weil er so traurig wirkte. Er sagte, er brauche ein paar praktische Hosen und Hemden. Er war ja eher korpulent, und ich musste ins Lager gehen, um Sachen in seiner Größe zu holen. Er war sehr dankbar und anspruchslos. Ich habe versucht, ihm eine Hose auszureden, die er sich ausgesucht hatte, weil ich fand, dass sie ihm nicht stand, und ihm vorgeschlagen, stattdessen eine zu nehmen, die anders geschnitten war. Aber davon wollte er nichts wissen. Dann hat er alles bezahlt und ist gegangen.«

»Was ist mit der zweiten Rechnung von Macy's?«, frage ich, die Kreditkartenabrechnung in der Hand. »Die ist vom selben Tag. Kurz nachdem er die Hemden und Hosen bezahlt hat.«

Die Frau zuckt die Achseln. »Wahrscheinlich hat er sich noch etwas in einer anderen Abteilung gekauft. Haben Sie die Vorgangsnummer? Ich könnte den Code eingeben.« Sie sucht auf dem Monitor. »Offenbar hat er unten noch etwas gekauft, in der Abteilung für Wäsche und Accessoires.«

»Das würde passen«, wirft Mollie ein. »Wahrscheinlich brauchte er einen Schlafanzug und ein paar Unterhosen.«

»Unglaublich, oder?«, sage ich so leise zu Mollie, dass die Verkäuferin nicht mithören kann. »Der Typ hat drei Haushalte, drei volle Kleiderschränke, und wenn er da grade nicht drankommt, kauft er sich einfach einen Satz Notklamotten.« Ich überlege, wann ich mir zuletzt was Neues zum Anziehen gegönnt habe, kann mich aber nicht erinnern. Wenn ich nicht im Dienst bin, trage ich meistens einen Trainingsanzug. Für die seltenen Gelegenheiten, zu denen ich mich feinmachen muss, habe ich noch die Sachen, die ich mir vor Jahren für mein Jurastudium zugelegt habe. Die sind kaum getragen.

»Und was machen wir jetzt mit diesen Informationen?«, fragt Mollie.

»Im Großen und Ganzen bestätigen sie, was Claire gesagt hat. Wir wissen, dass er in der Nähe war, aber nicht zur Arbeit gegangen ist. Und dass er sich neu eingekleidet hat, anstatt zu einer seiner Frauen zu fahren und sich ein paar Sachen einzupacken.«

»Aber könnte es nicht trotzdem sein, dass Claire lügt?«, entgegnet Mollie. »Was, wenn er sich das Zeug aus einer Laune heraus zugelegt hat? Wenn er doch nach Hause gegangen ist? Zu einer seiner Frauen. Diese Claire und die Ehefrauen, die könnten dich doch alle vier hinters Licht führen. Womöglich lügen die alle.«

»Alle vier?«, frage ich mit hochgezogenen Brauen. »Wir haben mit Deborahs Nachbarn gesprochen, und keiner hat Dr. Taylors Auto am Donnerstagmorgen in der Einfahrt stehen sehen«, erinnere ich sie, ohne eine Antwort abzuwarten.

»Dasselbe gilt für MJs Nachbarn, obwohl ich mir nicht ganz sicher bin, ob denen so was überhaupt auffallen würde. Die Häuser stehen weit voneinander entfernt, und es gibt viele Bäume und Sträucher.« Ich schüttle den Kopf. »Ich glaube, dass das Schneewittchens Geschichte so ziemlich bestätigt.«

Wir sind auf dem Weg zum Auto, als wir hören, dass jemand hinter uns herrennt. Es ist die Verkäuferin von Macy's. »Mir ist gerade noch etwas eingefallen«, sagt sie außer Atem, als sie uns eingeholt hat. »Als er sich mit den neuen Sachen im Spiegel betrachtet hat, hat er vor sich hin gemurmelt: *Zum Friseur muss ich auch noch*. Um ihn ein bisschen aufzuziehen, habe ich ihn gefragt: ›Es steht also ein großer Tag bevor?‹ ›So könnte man es nennen‹, meinte er. ›Am Samstag.‹ Ich habe zu ihm gesagt, ich hoffe, es sei ein freudiges Ereignis, aber er hat den Kopf geschüttelt. ›Das nicht. Aber von großer Tragweite.‹«

Kapitel 44

Samantha

Nachdem Teile von Claires Geschichte also jetzt bestätigt sind, beschließe ich, die Ehefrauen noch einmal zu befragen. Ich werde mit Deborah anfangen, da sie am nächsten wohnt. Dann werde ich bei MJ anklopfen. Unangemeldet. Wie ich bei Helen vorgehe, muss ich mir noch überlegen. Ich möchte die Neuigkeit unbedingt persönlich überbringen, um ihre Reaktionen zu sehen, um zu spüren, wie echt sie sind. Je eher ich mit Deborah und MJ rede, desto eher kann ich nach L.A. fliegen. Allerdings besteht die Gefahr, dass eine von den beiden mir zuvorkommt und Helen informiert.

Natürlich habe ich keinen Beweis dafür, dass die Frauen überhaupt miteinander in Kontakt stehen. Aber vor Kurzem habe ich um zwei Uhr nachts in mein Notizheft geschrieben: *Reden die Frauen miteinander?* Irgendeine Art summender Drähte schienen sie zu verbinden, denn sie waren immer über die Informationen im Bilde, die ich den jeweils anderen beiden gegeben hatte. Es war nichts Konkretes. Ich hatte einfach nur das Gefühl, dass gemeinsame Quellen angezapft, gemeinsame Verteidigungslinien gestärkt wurden.

Deborah ist zu Hause. Wie immer ist sie perfekt gekleidet und zurechtgemacht, als sie die Tür öffnet. Beim Anblick ihrer Schuhe, elegante Stiefeletten, frage ich unwillkürlich: »Wollten Sie gerade ausgehen?« Dann fällt mir wieder ein, dass sie auch im Haus Schuhe trägt.

»Nein«, sagt sie. »Kommen Sie rein.« Sie seufzt nicht direkt, aber ich rechne jeden Moment damit. Mir fällt auf, dass sie an den Teppichen vorbeigeht, als sie mich ins Wohnzimmer führt. Ich trete extra mit meinen schmutzigen Sportschuhen darauf.

Sie bietet mir Kaffee an, aber ich lehne ab. Diesmal überlasse ich ihr nicht die Oberhand. Heute gibt sich Deborah resigniert. Wie jemand, dessen Geduld mit einem Kleinkind fast aufgebraucht ist.

»Ich wüsste gern, ob Sie eine Frau namens Claire Fanning kennen«, sage ich, während ich mich setze. Ich nehme ein Foto von Claire heraus, das ich gestern auf dem Revier gemacht habe. Selbst auf dem schlechten Handyfoto sieht sie exotisch aus. Die Konkubine eines Kaisers.

Deborah zeigt nicht die geringste Reaktion. »Der Name kommt mir bekannt vor, aber ich habe diese Frau noch nie gesehen.«

»Sie hat in der Klinik mit Ihrem Mann zusammengearbeitet. Sie hat in Stanford ihre Facharztausbildung gemacht, und Ihr Mann war ihr Mentor und Professor.«

»Das erklärt, warum ich den Namen schon einmal gehört habe.« Sie wirkt desinteressiert. »John wird sie wohl mal erwähnt haben. Er hat mir oft von seinen Studenten erzählt.«

»Claire war mehr als eine Studentin, zumindest behauptet sie das.« Ich beobachte Deborah genau, sehe aber keine auffällige Reaktion. Entweder ist sie eine perfekte Schauspielerin, oder sie hat wirklich keine Ahnung, was auf sie zukommt.

»Und das heißt?«, fragt sie.

»Sie war seine Verlobte.«

»Unmöglich«, sagt sie nachdrücklich und fast schneller, als ich die Worte aussprechen kann. »Das hätte John mir gesagt. Er hat mir immer alles erzählt. Und wann hätte er denn Zeit für sie haben sollen? Sein Leben war bis auf die Minute durchgeplant. Ich muss das schließlich wissen, denn ich habe alle Flug- und Restaurantreservierungen vorgenommen. Das habe ich alles für ihn getan.«

»Claire behauptet, sie hätten irgendwie ohne Sie Zeit füreinander gefunden. Sie sind Ihrem Radar entgangen, indem John Ihnen vorgegaukelt hat, er wäre in L.A. Sie haben die Flüge umgebucht. Nicht sehr oft. Aber oft genug, um eine Beziehung aufzubauen. Eine sehr tiefe.«

Deborah ist unbeeindruckt. »Das ist unmöglich«, wiederholt sie. »John war nicht dazu fähig, mich hinters Licht zu führen.«

»Das ist noch nicht alles«, sage ich.

Deborah hebt lediglich eine Braue.

»Claire behauptet, er habe vorgehabt, sich von Ihnen scheiden zu lassen, sich von MJ und Helen zu trennen und sie zu heiraten. Das wollte er am Samstag, dem 11. Mai, verkünden. An dem Tag, nachdem er ermordet wurde.«

Deborah sieht mich mit versteinerter Miene an. »Und welchen Beweis haben Sie dafür, dass auch nur ein Wort dieser … dieser Medizinstudentin der Wahrheit entspricht?«, fragt sie.

»Sie hat einen Verlobungsring und die Quittung, aus der hervorgeht, dass er mit Johns Kreditkarte bezahlt wurde.«

»Welche Kreditkarte? Ich bezahle sämtliche Rechnungen. Die Abrechnung hätte ich gesehen.«

Ich hole die Kopie der Rechnung von Haynes Jewelers aus meiner Tasche und reiche sie ihr. Sie wirkt leicht konsterniert, als sie den Namen auf der Rechnung und die Kontonummer liest. »Von dieser Kreditkarte weiß ich nichts«, sagt sie schließlich.

»Vielleicht wissen Sie eben nicht alles«, bemerke ich. Ich habe das Gefühl, dass ich von jetzt an vorsichtiger sein muss. Seit ich Deborah zum ersten Mal begegnet bin, strahlt sie nichts als Stärke aus, aber die Fassade könnte bröckeln, wenn der Schlag mit der richtigen Kraft geführt wird. Allerdings halte ich es nicht für Erfolg versprechend, allzu brutal vorzugehen. Also besser ganz sachte.

»Claire hat auch eine Erklärung für Johns Verschwinden vor seinem Tod«, fahre ich fort. »Sie behauptet, er sei von Donnerstagmorgen bis Freitagmorgen bei ihr gewesen, und dann hätten sie sich gestritten. Woraufhin er sich ein Zimmer im Hotel Westin genommen hat. Das heißt, das mit dem Hotel wusste sie nicht. Aber sie konnte mir andere Tatsachen nennen, von denen sie nur Kenntnis haben kann, wenn ihre Geschichte stimmt.«

Ich kann erkennen, dass Deborah unter ihrem Make-up erbleicht. Ihre Hände liegen verschränkt auf ihrem Schoß, aber ich sehe, dass sie zittern.

»Einerseits ist das natürlich alles irrelevant«, sage ich sanft. »John ist tot. Er hat sich nicht von Ihnen scheiden lassen.«

Schweigen.

»Andererseits beschert es mir Motive, die ich vorher nicht hatte.«

Sie schaut mich an. Ihr Gesicht ist wieder ausdruckslos. »Sie meinen mich.«

»Ja.«

»Und wie genau sollte mein Motiv aussehen?«, fragt sie.

»Na ja«, erwidere ich und überlege mir meine Worte genau. »Falls Ihr Mann tatsächlich vorhatte, sich von seinen Frauen scheiden zu lassen …«

»Ich war seine einzige Ehefrau«, fällt sie mir ins Wort.

»Also gut«, lenke ich ein. »Von *Ihnen* scheiden zu lassen und den anderen beiden klarzumachen, dass sie gar nicht wirklich mit ihm verheiratet waren, hätte das einige Leute ziemlich sauer gemacht.«

»Mit *einige Leute* meinen Sie MJ, Helen und mich«, sagt Deborah.

»Nein, nicht nur«, antworte ich und denke zum Beispiel an Thomas, behalte das aber für mich.

Wieder Schweigen.

»Tja, also falls Sie mich fragen, ob ich es getan habe, lautet meine Antwort nach wie vor nein, und ich gehe davon aus, dass mein Alibi wasserdicht ist«, sagt sie schließlich. »Es sei denn, etwas hat Sie veranlasst, den Todeszeitpunkt neu zu definieren.«

»Nein. An den technischen Beweisen hat sich nichts geändert.«

»Dann habe ich nichts mehr zu sagen.«

Ich nehme an, dass ich damit entlassen bin, und stehe auf.

»Warten Sie«, befiehlt Deborah, als ich das Zimmer zur Hälfte durchquert habe.

Ich bleibe stehen und drehe mich zu ihr um.

»Sie glauben vielleicht, dass Sie verstehen, was hier gespielt wird«, sagt sie. »Aber das tun Sie nicht. Wie auch?«

Ich öffne den Mund, um etwas zu erwidern, doch sie bedeutet mir mit einer ungehaltenen Geste zu schweigen.

»John war zufrieden mit unserem Arrangement«, erklärt Deborah. »Mit mir und den Mädels, so habe ich das immer gesehen. Zwischen uns gab es keine Rivalität, wir bildeten ein unterstützendes Netzwerk, wir waren sein Bindegewebe. Wir waren ein lebender Organismus, und zwar ein erfolgreicher. Das hätte John niemals gefährdet, nicht so etwas, das durch sorgfältige Planung über die Jahre entstanden war.«

Ich mag es nicht, wenn man mich wie ein junges Ding behandelt. Ich sehe Deborah ausdruckslos an. Ich nicke nicht wie sonst, wenn mir Autoritätspersonen etwas erklären.

Deborah runzelt die Stirn. »Ich erwarte, dass Sie mir das glauben.«

»Meinetwegen«, entgegne ich und gehe.

Kapitel 45

Samantha

Das mag Ihnen vielleicht komisch vorkommen«, sagt Grady. »Aber ich würde die Alibis vorerst außen vor lassen.«

Er sitzt auf meiner Schreibtischkante. Heute Morgen kam Susan, um mir zu gratulieren, weil der Fall endlich in Bewegung kommt. »Also, eine vierte Frau?«, fragte sie. »Schade, dass dieser John Taylor tot ist. Den würde ich gern zum Mann des Jahres nominieren.« Aber trotz meiner neuen Spuren wollte sie, dass ich mich mit Grady berate, ehe ich weitermache.

»Das verstehe ich nicht«, sage ich. »Wenn zwei der plausibelsten Verdächtigen ein wasserdichtes Alibi haben, wie sollen die dann den Mord begangen haben?«

»Alibis lassen sich konstruieren. Der Todeszeitpunkt lässt sich manipulieren. Aber ein Motiv ist viel schwerer zu verschleiern.«

»Aber die Alibis von Deborah und MJ sind sehr überzeugend«, entgegne ich. »In beiden Fällen gibt es mehrere Zeugen. Bei Helen und MJs Bruder liegt die Sache anders.«

»Dann überprüfen Sie den Todeszeitpunkt. Ich werde

immer verdammt hellhörig, wenn Leute wasserdichte Alibis für exakt den Zeitraum haben, in dem jemand gestorben ist.«

Er fängt an, im Zimmer auf und ab zu gehen. »Was ist denn nun mit Helen? Sie haben sie also noch nicht von der Verdächtigenliste gestrichen?«

»Also, Mollie hat das überprüft, und eine Helen Richter ist an dem Tag mit keiner Fluggesellschaft von keinem Flughafen in L.A. irgendwohin geflogen.«

»Und wenn sie mit dem Auto gefahren ist? Schließlich hatte sie einundzwanzig Stunden Zeit. Sechs Stunden hin, sechs Stunden zurück und dazwischen hätte sie ihren untreuen Ehemann locker um die Ecke bringen können.«

»Ich weiß«, seufze ich. »Ich habe einen richterlichen Beschluss zur Herausgabe der Bänder aus der Sicherheitskamera in Helens Tiefgarage und vom Eingang ihres Wohnhauses. Die müssten mir in den nächsten Tagen vorliegen.«

»Aber haben Sie damit auch alle Ein- und Ausgänge des Gebäudes abgedeckt? Kann sie durch einen Hinterausgang aus dem Gebäude gelangt sein, sich ein Auto gemietet haben und damit nach San Francisco gefahren sein?«, wendet Grady ein. »Geben Sie Helen noch nicht auf. Sie ist meine persönliche Spitzenkandidatin.«

Ich lache. »Das würden Sie nicht sagen, wenn Sie sie mal kennengelernt hätten.«

»Und nehmen Sie sich die anderen beiden noch mal vor«, sagt Grady.

Sein Rat gefällt mir nicht. »Und was soll ich machen? Sie noch mal und noch mal zur Befragung einbestellen? Verlangen, dass sie mir auf die Minute genau erzählen, wo sie am

Freitag waren? Mir fallen keine Fragen mehr ein, und das ist denen nicht entgangen.«

»Stellen Sie ihnen ruhig noch mal dieselben Fragen«, sagt Grady. »Und gehen Sie die Abschriften ein weiteres Mal gründlich durch. Irgendwas wird Ihnen ins Auge fallen. Irgendjemand wird reden. Irgendwas wird sich herauskristallisieren. Das ist immer so.«

Kapitel 46

Samantha

Ich klopfe an die Tür. Nichts rührt sich. Ich klopfe noch einmal. Und gähne. Es war eine kurze Nacht. Peters Freunde sind vorbeigekommen, und wir haben bis zwei Uhr Scrabble gespielt und zu viel Wein getrunken und darüber debattiert, ob *affengeil* und *chillen* gültige Wörter sind. Unsere Version der Ausschweifung: betrunken mit Worten spielen. Ich bin mit einem Kater aufgewacht und war dankbar für die Millionen Nadelstiche einer kalten Dusche.

Es ist so ein Tag, an dem man alles infrage stellt. *Warum bin ich in Palo Alto? Als Polizistin? Warum Peter? Warum nicht ein anderer der jungen Männer, von denen es hier im Valley wimmelt?* Manchmal macht es mich fertig, wie vieles vom Zufall abhängt. *Warum dieses Auto? Warum diese Jeans? Warum dieses Leben?*

Ich klopfe erneut. Immer noch keine Reaktion. Aber in der Einfahrt steht ein Auto. Es ist zwei Uhr, ich nehme also kaum an, dass MJ noch schläft. Ein sonniger Samstag, nicht zu heiß, ein perfekter Augusttag in Nordkalifornien, wie er sich dank des globalen Wahnsinns zum Ganzjahresphänomen entwickelt.

Das Haus ist nichtssagend, ein typisches kalifornisches Ranchhaus, das sich von den anderen in der Straße nur dadurch unterscheidet, dass es besonders vernachlässigt wirkt. Der Rasen im Vorgarten ist trocken und gelb, der Briefkasten sieht aus, als würde er jeden Augenblick aus seiner Halterung fallen, und der Gehweg vor dem Haus ist von Rissen durchzogen. Das Auto in der Einfahrt ist ein Toyota Prius. Was sonst? Und wahrscheinlich ist der Rasen vertrocknet, weil man kein Wasser vergeuden will. Ich kenne doch meine Neohippies.

Und ich weiß auch, dass die Hütte hier, so heruntergekommen auch alles erscheinen mag, mindestens zwei Millionen gekostet hat. Ich stehe auf einem der teuersten Grundstücke der Welt. Allein die Tatsache, dass diese alten Kästen für Millionen aufgekauft und dann abgerissen werden, um Platz für supergestylte Villen zu machen, beweist, wie viel Geld hier in dieser Gegend steckt.

Ich klopfe ein letztes Mal, obwohl ich keine Reaktion erwarte. Dann, weil es mir widerstrebt, die lange Fahrt zurück nach Palo Alto anzutreten, ohne etwas erreicht zu haben, fange ich an, mich umzusehen. Ich gehe rechts um das Haus herum, stoße aber nur auf einen hohen Zaun. Auf der linken Seite habe ich mehr Glück. In dem Zaun, der offenbar das gesamte Grundstück umschließt, befindet sich ein Tor. Es ist nicht verschlossen. Ich schiebe den Riegel zurück und ziehe.

Der Anblick ist atemberaubend.

Ein Garten der Lüste, wenn es je einen gab. Die Farben: eine Überfülle von satten Rot-, Violett- und Gelbtönen. Die Düfte: zart und sanft und aromatisch. Und die Geräusche: Bienen und andere Insekten summen umher, während eine leichte Brise das Laub leise rascheln lässt.

Ein Drittel des Gartens liegt im Schatten einer mächtigen Eiche, die ihre Äste in alle Richtungen ausbreitet. Auf dem Boden darunter ein dichter Teppich aus winzigen blauen Blumen. Die anderen zwei Drittel des Gartens liegen im hellen Sonnenlicht, und der hohe Zaun ist mit rot blühenden Rankpflanzen überwuchert. Bäume voller Zitronen, Apfelsinen, Feigen. So etwas habe ich noch nie gesehen. Das ist das Paradies, bevor Adam allen Pflanzen und Tieren ihre Namen gab, noch bevor Eva in den Apfel biss.

Und mittendrin kniet eine Frau, auf den ersten Blick wirkt sie fast nackt, die Muskeln ihrer glänzenden, kräftigen Schultern arbeiten, als sie eine Pflanzschaufel ins Erdreich stößt. Bei näherem Hinsehen stelle ich fest, dass sie eine Art fleischfarbenen Sarong trägt, der eine Schulter und ihre Beine bis zu den Oberschenkeln freigibt. Sie trägt ihr langes, graublondes Haar offen. Ihre vollen Brüste sind halb entblößt. Eine prächtige Erdmutter.

Sie hat mich noch nicht gesehen. *Kein Wunder, dass John Taylor sich in sie verliebt hat,* denke ich und schäme mich dafür, dass ich bisher eine so geringschätzige, engstirnige Meinung von ihr hatte.

»Oh!«, ruft sie aus, als sie mich entdeckt. Sie steht auf und richtet ihren Sarong, um sich besser zu bedecken.

»Hallo, MJ, verzeihen Sie«, sage ich hastig. »Ich habe geklopft, aber niemand hat aufgemacht.«

Sie nickt. Der etwas ängstliche, argwöhnische Blick, der mir bei unserer ersten Begegnung aufgefallen ist, ist wieder da. Es tut mir ehrlich leid, dass ich ihn inmitten all dieser Schönheit heraufbeschworen habe.

»Was kann ich für Sie tun?«, fragt sie. Sie hat immer noch

die Pflanzschaufel in der Hand, an der dunkelbraune Erde klebt, die ich sogar riechen kann.

»Ich habe nur noch ein paar Fragen«, lüge ich. »Nichts Wichtiges. Ich versuche, ein paar Dinge zum Abschluss zu bringen.« Ich sehe, wie sie sich entspannt, und wieder überkommt mich die Scham. Ich habe es nicht verdient, dass man mir vertraut.

»Kommen Sie rein, da ist es kühler.«

Ich folge ihr in ein wundervolles Haus. Die Art Haus, von der ich träume. Gemütliche Sessel. Farblich gestaltete Wände mit bunten Postern und alten Schwarz-Weiß-Fotos. Keine Schnittblumen, aber jede Menge üppige Zimmerpflanzen.

»Sie haben in Berkeley studiert?«, frage ich und zeige auf ein klassisches Protestposter aus den Sechzigerjahren, das in einem Rahmen an der Wand hängt.

»Nein, an der San Francisco State University«, sagt sie. »Das hat aber auch keine Rolle gespielt. Als ich in der Bay Area ankam, war der Spaß längst vorbei.« Sie lacht. »Ich hätte zwanzig Jahre früher geboren werden müssen.« Sie bietet mir einen Platz am Küchentisch aus gebleichtem Kiefernholz an und stellt mir ein Glas Leitungswasser hin.

»Es wird immer noch viel protestiert«, sage ich.

»Ja, aber die Stimmung ist anders«, erwidert sie und schweigt dann einen Moment. »Ich pflanze jetzt Blumen. Das ist mein Protest gegen das, was in der Welt passiert.«

»Ihr Garten ist wirklich eindrucksvoll«, entgegne ich und meine es ernst.

Sie entspannt sich noch ein bisschen mehr. Dann sagt sie: »Kommen Sie, ich zeige Ihnen etwas.«

Ich stelle mein Wasserglas ab und folge ihr nach draußen. Sie führt mich an der Eiche vorbei in die sonnigste Ecke des Gartens, die durch eine brusthohe Mauer abgetrennt ist. Durch eine schmale Lücke betreten wir den Bereich. Zuerst kommt es mir vor, als wäre die Luft hier erfüllt von Papierschnipseln, vielleicht Konfetti. Papierstreifen in allen erdenklichen Farben schwirren um mich herum. Dann plötzlich verstehe ich: Es sind Schmetterlinge. Sie flattern zwischen den Sträuchern und Blumen umher, tanzen um unsere Köpfe. Einer lässt sich sogar auf MJs nackter Schulter nieder. Ein Schmetterlingsgarten. Ich habe davon gehört, aber noch nie einen gesehen.

»Das war Johns Lieblingsstelle im Garten.« MJ zeigt auf eine Bank inmitten des Gewimmels aus Farben und Flügeln. »Er hat immer wieder etwas gesagt, das ich erst nach seinem Tod verstanden habe.« Ihre Miene verdunkelt sich. »Er sagte immer, er brauche dieses Chaos. Dass alles andere in seinem Leben viel zu reglementiert sei.«

Ich antworte nicht gleich. »Das hat man wohl davon, wenn man sich drei Frauen nimmt«, sage ich schließlich. »Reglementierungen.«

Ich setze mich neben sie auf die Bank. Eine Weile sitzen wir in beinahe kameradschaftlichem Schweigen da. Wenn ich nicht aufpasse, könnte ich hier glatt einschlafen, völlig berauscht von der Hitze und all der Schönheit.

»Was passiert jetzt mit dem Haus?«, frage ich. »Können Sie es sich leisten, es zu behalten?«

Sie zuckt zusammen. Offenbar habe ich einen wunden Punkt getroffen.

»Kommt drauf an«, antwortet sie. Ein schwarz-orange gemusterter Schmetterling landet auf ihrem Arm. Gedankenabwesend berührt sie seine Flügel, und er flattert davon.

»Häuser in Los Gatos sind nicht gerade billig«, sage ich. »Hat John es gekauft?«

»Er hat das Eigenkapital gestellt. Die monatlichen Hypothekenraten haben wir gemeinsam bezahlt.«

Ich habe kurz im Internet geforscht, bevor ich hergekommen bin. Dieses unrenovierte Ranchhaus aus den Vierzigerjahren ist auf dem heutigen Markt etwa 2,6 Millionen Dollar wert. Vor fünf Jahren haben sie es für 2,2 Millionen gekauft. Keine immense Wertsteigerung im Vergleich zu dem Boom in der Bay Area vor einigen Jahren, aber auch kein geringer Gewinn, für den sie nichts weiter tun musste, als hier zu wohnen.

»Wie hoch ist denn Ihre Hypothek?«, will ich wissen.

Ich sehe regelrecht, wie sie sich innerlich windet.

»Ungefähr fünfhunderttausend«, sagt sie, ohne mich anzusehen.

Ich kann nicht an mich halten und pfeife. »John hat 1,7 Millionen an Eigenkapital aufgebracht?«

»Ja. Er wollte es so einrichten, dass ich die Hypothek auch allein abbezahlen konnte, falls ihm etwas zustoßen sollte.«

»Und? Können Sie?«

Sie wendet sich ab. »Ja, ja, es geht schon«, sagt sie, aber selbst im Silicon Valley gehören Buchhalter nicht zu den Großverdienern.

Ich gebe zu, dass mich Geld fasziniert. Also, nicht das Geld an sich, aber wie Leute daran kommen und wie sie es ausgeben. Da ich selbst so wenig Geld habe, macht es mich immer neugierig, wenn ich Leute in teuren Autos herumfahren oder in den Nobelrestaurants in Palo Alto essen sehe. Zum Beispiel frage ich mich, wie man sich solche Häuser hier leisten kann. Ein Immobilienmakler, den ich mal auf einer Party ein bisschen ausgequetscht habe, hat mir erzählt, dass das kleine Haus, in dem Peter und ich wohnen, locker eine Million bringen würde. Natürlich würde keiner es kaufen oder etwa darin *wohnen* wollen. Es würde höchstens wegen des Grundstücks weggehen, und Peter und ich fürchten uns jetzt schon vor dem Tag, an dem unsere Vermieterin uns mitteilt, dass sie es verkauft.

»Ich weiß, dass Ihre Lage unsicher ist«, sage ich zu MJ. Sie sieht mich erschrocken an, und ich füge hinzu: »Rechtlich gesehen, meine ich.« Sie stößt einen tiefen Seufzer aus. »Deborah könnte dieses Haus jederzeit als Teil von Johns Erbe beanspruchen.«

»Ich habe mit einem Anwalt gesprochen. Deborah würde mich vor einem Zivilgericht verklagen müssen. Aber sie hat mir versichert, dass sie sich die Mühe nicht machen wird.«

»Und warum nicht? 1,7 Millionen plus Wertsteigerung in den letzten fünf Jahren sind eine Menge Geld«, wende ich ein.

MJ zuckt die Achseln. Sie wirkt unglücklich. »Ich glaube, sie hat Mitleid mit mir. Ich glaube, sie weiß, dass mein Leben auch so schon ein Scherbenhaufen ist und dass ich es nicht verkraften würde, wenn sie mir auch noch das Haus wegnehmen würde. Wobei es gar nicht so sehr das Haus ist, an dem ich hänge. Aber das hier könnte ich niemals aufgeben.«

Mit *das hier* meint sie den Garten. Ich kann sie verstehen. Aber Deborah kommt mir überhaupt nicht vor wie eine altruistische Wohltäterin. Ich frage mich, was dahintersteckt.

»Ich meine, ich würde *sterben,* wenn ich wieder in eine kleine Wohnung ziehen müsste«, sagt MJ. »Zum ersten Mal in meinem Leben habe ich ein richtiges Zuhause. Es bedeutet mir alles.«

Sie würde also für das Haus sterben.

Würde sie dafür auch töten?

Ich zeige ihr das Foto von Claire. Sie schüttelt den Kopf und wartet auf eine Erklärung.

Es fällt mir schwer, aber ich habe keine Wahl.

»Wir haben Grund zu der Annahme, dass Dr. Taylor vorhatte, diese junge Frau zu heiraten und ... sich von ... seinen drei anderen Frauen zu trennen. Er wollte noch einmal ganz von vorne anfangen. Mit einer neuen Frau. Einer rechtmäßigen Ehefrau, wie Deborah es war.«

Schweigen.

MJ sieht mich ausdruckslos an. »Und?«, fragt sie.

»Verstehen Sie, was ich Ihnen gerade gesagt habe? Dr. Taylor hatte vor, Sie zu verlassen. Sie alle drei. Angeblich hatte er vor, Ihnen die Neuigkeit am Samstag, dem 11. Mai, zu unterbreiten. Einen Tag, nachdem er ermordet wurde. Er ist also nicht mehr dazu gekommen.«

MJ überrascht mich. Deborah hat mit ihrer üblichen Würde und Reserviertheit auf die Neuigkeit reagiert. Von MJ hatte ich einen Nervenzusammenbruch erwartet. Stattdessen kristallisiert sich etwas in ihr, vor meinen Augen. Richtet sie sich auf? Schaut sie mich direkter an? Spannen sich ihre Kiefermuskeln an? Was auch immer, ich habe keine Ahnung, ob MJ von Claire wusste oder nicht. Sie versinkt weder in Niedergeschlagenheit noch gerät sie in Panik. Sie bricht nicht zusammen, wie ich es erwartet hätte. Im Gegenteil, sie scheint zu einer neuen Entschlossenheit zu finden. Als würde sie sich für einen Kampf wappnen.

»Möchten Sie darüber reden?«, frage ich sie. Aber sie hat dichtgemacht, so als hätte sie sich gegen alte Widersacher verschanzt, von denen ich einer bin.

MJ beginnt, die Knospen von den Basilikumpflanzen zu zupfen, die neben der Bank wachsen. Sie tut das mit geübten Handgriffen, als würde sie winzige Köpfe abknipsen. Eine geschickte Mörderin, denke ich und fühle mich plötzlich unsicher. Der Nachmittag ist still. Kein Geräusch bis auf das Summen der Bienen. Die Schmetterlinge umschwirren uns lautlos. Wir sind so weit entfernt von großen Straßen, dass ich noch nicht einmal Verkehrslärm höre. Ich kann mich nicht erinnern, wann ich zum letzten Mal an einem Ort war, wo keine Autogeräusche zu hören waren. Ich sehe gewisse Seiten an MJ, die ich vorher nicht bemerkt habe. Ein unbarmherziges innerliches Verhärten. Sie rupft eine Knospe ab, und wieder denke ich *Mörderin.*

»Warum sollte sich dadurch für mich irgendetwas ändern?«, fragt sie schließlich, ohne aufzublicken. »Er hatte doch bereits eine andere geheiratet, ich bin also auch so schon die Betrogene. Was spielt es für eine Rolle, ob er mich noch einmal betrogen hat?«

»Diesmal ist es anders. Wegen Helen hätte er Sie nicht verlassen. Sie hatten immer noch Ihr gemeinsames Leben, Ihr Haus, Ihren Garten. Aber wenn er seine Pläne mit Claire Fanning in die Tat umgesetzt hätte, hätten Sie womöglich am Ende mit gar nichts dagestanden.«

»Damit wollen Sie sagen, ich hätte ein Motiv gehabt, meinen Mann zu ermorden«, sagt sie, und plötzlich ist die Luft so aufgeladen, dass es mich in Alarmbereitschaft versetzt. Ich frage mich unwillkürlich, ob ich am Morgen meine

Waffe eingesteckt habe. Dann sage ich mir: *Du bist verrückt.*

»Ja«, erwidere ich. Mir wird bewusst, dass die Zuneigung, die ich für MJ empfunden habe, nur meinem törichten Wunsch geschuldet war, gemocht zu werden. Wir sind Gegnerinnen, waren es von Anfang an.

»Sie haben doch mein Alibi. Ich nehme an, Sie haben es überprüft.«

»Ja, aber …« Ich zögere, weil ich vermute, dass das, was ich jetzt sagen werde, ihr noch weniger schmecken wird als die Neuigkeit über Dr. Fanning.

»Mein Bruder hat keins, stimmt's?«

»Woher wissen Sie das?«

»Er hat mich angerufen. Was haben Sie denn gedacht? Dass er es geheim hält? Vor *mir?*« Sie lacht, aber es ist ein raues Geräusch.

»Fangen Sie bloß nicht an, gegen ihn zu ermitteln«, sagt sie, und es ist eine Warnung – ein Befehl, keine Bitte. »Sie werden nichts finden, was Sie gegen ihn verwenden können, bis auf diesen verdammten Strafzettel. Okay, mein Bruder ist ein Kiffer. Na und? Die werden Sie auslachen, im Gerichtssaal.« Den Nebensatz lässt sie unausgesprochen: *noch mehr als jetzt.* Hinter der Fassade der harmlosen Hippiefrau finden sich komplizierte Schichten, die ich erst langsam ergründen kann.

»Ich hab es satt, immer und immer wieder dasselbe Zeug durchzukauen«, fährt sie fort. »Sie verfolgen mich und stellen mir immer wieder dieselben Fragen.«

»Eigentlich ist Claire Fanning ein neues Thema«, widerspreche ich.

Sie fährt wütend herum. »Ich habe Ihnen gesagt, *ich wusste nichts von dieser sogenannten Verlobten.* Und was hätte ich wohl getan, wenn ich's herausgefunden hätte? Als John noch lebte? Ich hätte ihn natürlich umgebracht, haha. Okay, jetzt mal im Ernst. Ich wäre stinksauer gewesen. Aber irgendwann hätte ich mich wieder beruhigt, und dann hätten wir lange geredet. Ich weiß, das lässt mich bedauernswert erscheinen. Aber es ist eigentlich nicht viel anders als von den anderen beiden zu erfahren, von Deborah und Helen. Von den anderen Ehefrauen meines Mannes. Ob es zwei oder drei waren, was macht das schon für einen Unterschied?«

Ich nehme eine Bewegung am Eingang zum Schmetterlingsgarten wahr. Thomas ist da. Er kommt mit schnellen Schritten auf uns zu. Er hat die Brauen zusammengezogen. Er wirkt ehrlich besorgt, als er seine Schwester sieht.

»Was ist hier los? Was haben Sie getan?«, faucht er, als er zu uns tritt.

Ich stehe auf, und er setzt sich und legt einen Arm um MJ. Sie schüttelt den Arm nicht ab, sondern wehrt ihn mit derselben Kraft ab, die mich hat aufspringen lassen.

Ich verziehe mich still. Zwei abgehakt. Bleibt noch eine.

Kapitel 47

Deborah

Heute ist mein Geburtstag. Ich werde sechsundfünfzig. Ich muss gestehen, ich fühle mich überhaupt nicht wie Mitte fünfzig. Wenn ich mein Alter danach schätzen müsste, wie ich mich fühle, würde ich sagen fünfunddreißig, älter nicht. Immer noch rege. Immer noch körperlich fit. Und mein Verlangen nach körperlicher Intimität ist mir keineswegs mit dem Alter abhandengekommen, so wie ich es erwartet hätte. Seltsamerweise haben John und ich wenige Tage vor seinem Verschwinden genau darüber gesprochen. Wir haben stets miteinander geplaudert, wenn er morgens zum Duschen und Frühstücken nach Hause kam. Ich bestand darauf, dass wir uns wenigstens für einen Kaffee zusammen an den Tisch setzten. »Fehlt dir der Sex nicht?«, hat er mich gefragt. Wir konnten schon immer entspannt über alles reden, was andere vielleicht als schwierige Themen bezeichnen würden. »Natürlich fehlt mir der Sex«, sagte ich zu ihm. »Was glaubst du denn.« Da hat er seine Hand ausgestreckt, um meine zu nehmen – nicht zu streicheln. Ich hielt gerade meine Kaffeetasse. Seine Fingerspitzen berührten leicht meine Knöchel. Ich bin unwillkürlich zusammengezuckt. So heftig, dass ich heißen Kaffee über seine Finger verschüttet habe. Tatsache war, dass ich ihn nicht mehr begehrte. Nicht *ihn*. Was auch immer uns einmal in der Hinsicht verbunden hatte, war längst nicht mehr da. Es war einem Gefühl gewichen, das mehr war als Gleichgültigkeit. Viel düsterer. Vielleicht Verbitterung.

Da hat John mich überrascht. Normalerweise kann ich alle seine Reaktionen voraussehen. Ich weiß, das klingt überheblich, aber es stimmt. An dem Morgen jedoch war ich verblüfft, als er seinen Stuhl zurückschob, um den Tisch trat und sich hinter mich stellte. Ich versuchte zu sehen, was er tat, aber er hielt mir die Schultern so fest, dass ich mich nicht bewegen konnte. Ich konnte nur den Kopf drehen, sodass ich von der Seite einen Blick auf seinen ausladenden Brustkorb hatte. Seine Hemdknöpfe kratzten an meiner Wange, und ich spürte seinen Atem im Nacken. Es war mir wahnsinnig unangenehm. Dann legte er plötzlich seine rechte Hand auf meine Brust. Ich habe sie natürlich sofort weggeschlagen. Aber ich spürte seine Hand immer noch. Er hatte es geschafft, mir ganz leicht die Brustwarze zu kneifen, vor allem dieses Gefühl blieb. Ich war fuchsteufelswild, aber in die Wut mischte sich auch Scham, und wenn ich mir in dem Moment die Brust hätte abschneiden können, ich hätte es getan. Alles, um dieses Gefühl loszuwerden, das mir durch und durch ging, diese Hand auf meiner Brust, das brennende Kneifen. Dieser Rohling. Dieser Rüpel. Bis ich mich wieder beruhigt hatte, war er weg, auf dem Weg zur Klinik. Gott sei Dank, dachte ich.

Kapitel 48

Samantha

Widerstrebend hat Susan mir noch einen Flug nach L.A. genehmigt. Ich habe ihr erklärt, dass ich von Angesicht zu Angesicht mit Helen reden, ihr die Neuigkeit über Claire Fanning persönlich überbringen muss. Also sitze ich jetzt im Flugzeug, eingeklemmt neben einem Mann mittleren Alters, der anfangs an einer Excel-Tabelle arbeitete, inzwischen aber Spider Solitaire spielt. Er flucht laut vor sich hin, wenn er keine Lösung findet und die Karten neu mischen muss. Ich danke dem Himmel für Peter, der seinen Laptop nur aufklappt, wenn er mal wieder ein Kapitel für seine Diss schreibt. *Sei dankbar für die kleinen Dinge,* sage ich mir. Auch wenn diese Kapitel nur langsam zustande kommen. Wir haben eine Art Waffenstillstand geschlossen. Er hat sogar für mich gepackt, und als ich an der Sicherheitskontrolle meine Handtasche aufgemacht habe, um meinen Ausweis herauszunehmen, lag da eine Tafel Zartbitterschokolade mit Mandeln. Um ein Haar wäre ich nach Hause gefahren, um Peter einen Kuss zu geben.

In der UCLA-Klinik muss ich mindestens zehnmal meine Marke vorzeigen. Daraus schließe ich, dass die Medien immer noch versuchen, zu Helen vorzudringen. Ich denke an Claire. *Wenn die wüssten.* Und wenn die erst ein Foto von ihr in die Finger bekämen. Dieses Gesicht würde die Verkaufszahlen vieler Zeitschriften in die Höhe schießen lassen.

Als ich an Helens Tür klopfe, wird sie fast augenblicklich von einer jungen Frau mit blondem Kurzhaarschnitt geöffnet.

»Ich möchte Dr. Richter sprechen«, sage ich.

Die junge Frau lacht. »Sam, ich bin's.«

Jetzt erkenne ich sie. Halbwegs. Und es sind nicht nur die Haare. Helen wirkt auch viel weniger ernst – eher wie ein Schulmädchen. Unbeschwert.

»Wow«, entfährt es mir.

Sie bugsiert mich in ihr Sprechzimmer, das noch genauso aussieht wie beim letzten Mal. Dieselben Stofftiere auf den Stühlen und auf dem Boden.

»Geht es immer noch um John?«, fragt sie, während sie es sich auf ihrem Stuhl bequem macht. Sie legt sich eine schwarze Stola um die Schultern. Es ist zu kalt, die Klimaanlage läuft auf Hochtouren.

»Ich weiß«, sagt sie, als sie sieht, wie ich mich schüttle. »Wir können das in unseren Räumen nicht regeln. Im Sommer halten sie es kühl hier.«

Sommer. Es ist Mitte August. Ich kann mich an keinen Sommer erinnern, der so schnell vergangen ist oder den ich so wenig genossen habe. Normalerweise verbringen Peter und ich die meisten Sommerwochenenden im Freien, gehen zu Open-Air-Konzerten oder Picknicken. Aber diesmal sind wir kaum dazu gekommen. Oder vielleicht habe ich mich wegen des zähen Falls nicht genug darum gekümmert, und Peter hat mich nicht daran erinnert.

»Was ist passiert?«, frage ich und zeige auf ihre Frisur.

Helen lächelt. »Es war ein Experiment. Eins, das sich gelohnt hat.«

Erst dann fällt mir die leichte Wölbung ihres Bauchs auf. Nachdem ich ein paarmal fürchterlich ins Fettnäpfchen getreten bin, habe ich es mir zur Regel gemacht, niemals eine Frau zu fragen, ob sie schwanger ist, aber diesmal kann ich einfach nicht anders.

»Sie sind schwanger!«, entfährt es mir. Sie nickt. »Von John?«, frage ich und verfluche mich innerlich für meine Blödheit. Vom wem sonst?

Eine Weile sitzen wir schweigend da. Helen scheint das nicht unangenehm zu sein, aber ich winde mich auf meinem Stuhl.

»Ich dachte, Sie hätten eine Abmachung gehabt, die besagte, keine Kinder«, sage ich schließlich.

»Stimmt, die hatten wir auch. Aber das Leben hat anders entschieden.«

»Wusste John davon?«

Ein Schatten huscht über Helens Gesicht. »Nein, ich bin nicht mehr dazu gekommen, es ihm zu sagen.« Dann wechselt sie das Thema, um klarzustellen, dass dieser Teil des Gesprächs beendet ist. »Aber deswegen sind Sie doch nicht hergekommen. Was brauchen Sie jetzt noch von mir?«

»Es geht um John. Oder vielmehr …« Ich zögere. »Um die Gesamtsituation.« Mir schwirrt immer noch der Kopf.

»Ja?«, fragt sie, wirkt aber eher desinteressiert. Sie sieht unglaublich gesund und glücklich aus, fast auf obszöne Weise in diesem Zimmer, das die Eltern ihrer Patienten wahrscheinlich als eine Art Todeszelle empfinden.

»Es ist eine weitere Frau aufgetaucht«, sage ich und warte ab.

Sie lacht. Was auch immer ich erwartet habe, das jedenfalls nicht.

»Aber keine weitere Ehefrau«, sagt sie.

»Nein, aber eine, die Sie alle drei ablösen wollte. Eine Verlobte.« Dann frage ich aus reiner Neugier: »Was hätten Sie empfunden, wenn John Ihnen mitgeteilt hätte, dass er sich von Ihnen trennen wollte?«

Sie scheint ernsthaft darüber nachzudenken.

»Vorher«, sie tätschelt ihren Bauch, »wäre ich am Boden zerstört gewesen. Aber jetzt? Es beunruhigt mich nicht besonders.«

Eine Weile sehen wir einander an. »Wann haben Sie erfahren, dass Sie schwanger sind?«, frage ich.

»Erst nach Johns Tod.«

Ich überlege.

»Das glaube ich Ihnen nicht.«

Sie lächelt. »Tja, also Sie müssen schon akzeptieren, dass ich in dieser Hinsicht die ultimative Sachverständige bin.«

Plötzlich habe ich den Eindruck, dass das alles für sie ein Spiel ist.

»Ihr Alibi steht auf wackligen Füßen, wissen Sie«, erkläre ich ihr.

»Haben Sie irgendwelche Beweise dafür, dass ich in Palo Alto war? Hunderte Kilometer weit weg von zu Hause?«, fragt sie.

»Nein«, gebe ich zu.

»Dann muss ich ja ungeheuer geschickt vorgegangen sein«, bemerkt sie.

Zum ersten Mal ist sie mir richtig unsympathisch.

»Der Mann ist tot. Und eine von Ihnen dreien hat ihn umgebracht, da bin ich mir fast sicher.«

Wieder lächelt sie. »Wenn Sie herausfinden, wer, gewinnen Sie den ersten Preis.«

Kapitel 49

Samantha

Sprich mit mir, Peter. Wir haben drei Frauen, nein, vier, die alle Besitzansprüche auf denselben Mann erheben.«

Ich bin gerade aus L.A. zurück, und wir machen uns einen faulen Sonntag, einen dieser Sonntage, die wir früher immer so genossen haben. Wir sitzen in unserem winzigen Garten, der an den Bach grenzt. Die Sonne geht bald unter, und die Zikaden zirpen schon, aber die Mücken halten sich noch zurück. Die perfekte Stimmung an einem Nachmittag, der der perfekte Augustnachmittag sein könnte. Aber Peter ist gar nicht richtig da, er spielt die meiste Zeit abwesend mit seinem Handy herum. Nicht dass ich seine Aufmerksamkeit dringend *nötig* hätte. Ich lese ein bisschen in einem Buch aus der Bücherei und denke über den Fall Taylor nach. Aber es hat etwas Feindseliges, wie er das Handy auf Armeslänge hält – genau so, dass es mein Gesicht verdeckt.

Widerstrebend legt Peter das Handy weg. »Und?«, fragt er. »Es geht also um *Besitzansprüche*. Mir fällt auf, dass du nichts von Liebe erwähnt hast.«

»Ganz recht, hab ich nicht.«

»Wie lautet also deine Frage?«

»Du findest raus, dass es diese anderen Frauen gibt. Dir wird klar, dass dein bisheriges Leben damit mehr oder weniger beendet ist. Ein kompletter Scherbenhaufen. Was tust du?«

»Du willst wissen, ob das eine Frau so in den Wahnsinn treiben kann, dass sie ihren Mann umbringt?«

»So in etwa, ja. Würde das nicht ausreichen? Lassen wir das mit den Alibis, mit der Gelegenheit und so weiter mal beiseite. Es geht mir nur um die Motivation.«

Peter streckt sich. Sein langer Körper ist zu groß für die billigen Liegestühle, die wir auf einem Garagenflohmarkt gekauft haben. Er ist fast einen Kopf größer als ich und trägt einen Vollbart. Früher habe ich ihn immer Sasquatch genannt. Inzwischen haben wir keine Kosenamen mehr füreinander. Schade. Eine Lebensphase ist vorübergegangen, als ich nicht aufgepasst habe.

»Gib mir Vorher- und Nachher-Bilder vom Leben dieser Frauen, und ich sage dir, welche ihn umgebracht hat«, sagt Peter.

»Okay, fangen wir mit Helen an. Sie ist am einfachsten, denn sie ist in ihrer Ehe mit John von allen dreien am unabhängigsten geblieben. Sie hat eine kameradschaftliche Fernbeziehung mit einem Mann geführt, den sie anscheinend wirklich geliebt hat. Sie klang ehrlich und glaubwürdig, als sie mir die Beziehung beschrieb.«

»Und wenn diese sexy junge Ärztin ihr Taylor wegnimmt?«, fragt Peter.

»Tja, dann ist Schluss mit der Kameradschaft. Und nach allem, was sie mir erzählt hat, glaube ich nicht, dass sie in ihrem Leben viele Beziehungen gehabt hat. Das könnte also ein ziemlich harter Schlag für sie sein.«

»Ganz zu schweigen davon, dass da noch das Thema verschmähte Liebe wäre«, meint Peter.

»Ja, stimmt. Weibliche Wut und Eifersucht. Langweilig.«

»Das ist doch die, die schwanger ist, oder?«, fragt Peter. »Die den Mann über den Tod hinaus zum Vater macht?«

»Ja. Und er wäre alles andere als erfreut darüber gewesen, noch mal Vater zu werden.«

»Aber sie will das Kind? Sie freut sich?«

»Total«, sage ich und muss daran denken, wie verwandelt ich sie erlebt habe.

»Aber ihre finanzielle Situation ändert sich nicht, oder? Als Ärztin verdient sie vermutlich selbst eine Menge Kohle. Genug, um ein Kind großzuziehen.«

»Finanziell war sie nicht auf ihn angewiesen. Nicht so wie MJ.«

»Diese MJ hat am meisten zu verlieren, stimmt's?«

»Kommt drauf an, welche Werte man hat«, erwidere ich. »Finanziell hätte sie auf jeden Fall ganz schlecht dagestanden, wenn Taylor Schneewittchen geheiratet hätte. Was das Haus betrifft, ist ihre rechtliche Situation ziemlich prekär. Deborah könnte vor Gericht gehen und es beanspruchen. Dann würde MJ mit leeren Händen dastehen.«

»Womit wir bei meiner Favoritin wären. Deborah«, sagt Peter.

»Warum ist sie denn deine Favoritin? Mir ist die Frau nicht geheuer. MJ kann ich irgendwie verstehen. Und vor Helen habe ich einen gewissen Respekt. Aber Deborah?« Ich halte abrupt inne.

»Ich wollte dich nur ein bisschen provozieren«, sagt Peter. »Du wirst jedes Mal ganz steif, wenn du von ihr sprichst, und deine Stimme wird tiefer. Unbewusste Nachahmung.«

»Deborah hätte im Fall einer Scheidung am meisten zu verlieren gehabt, zumindest, was ihren sozialen Status angeht. Und der scheint ihr eine Menge zu bedeuten.«

»Was ist daran so interessant?«, fragt Peter. Er klingt gelangweilt.

Ich sehe, wie er verstohlen nach seinem Handy linst. Er entgleitet mir. Dabei versuche ich, ihn in ein Gespräch zu verwickeln, mehr Zeit mit ihm zu verbringen. Alles zu tun, um das drückende Schweigen zu verscheuchen, das uns den ganzen Tag begleitet hat.

»Außerdem ist sie diejenige, die von seinem Tod am meisten profitiert«, fahre ich fort. »Eine Lebensversicherung von zehn Millionen. Hey«, sage ich etwas lauter, als er drauf und dran ist, nach seinem Handy zu greifen. »Ich würde dich glatt erschießen, wenn auf deinen Kopf eine solche Summe ausgesetzt wäre.«

»Das glaube ich dir aufs Wort«, sagt Peter, ohne aufzublicken oder zu lächeln.

Ich schlage mit der Hand auf den kleinen Tisch neben meinem Liegestuhl. Mein Glas zerspringt, als es auf die mit Backsteinen gepflasterte Terrasse fällt.

»Verdammt, Peter«, schreie ich. Ein paar Krähen, die nach den Krümeln unseres späten Mittagessens pickten, fliegen erschrocken auf.

»Was ist denn?« Endlich schaut er mich an.

»Das weißt du genau. Dir liegt doch den ganzen Tag schon irgendwas auf dem Magen. Raus damit!«

Eine Weile sagt er nichts. Dann: »In letzter Zeit reißt du

dauernd Witze über die Ehe. Machst abfällige Bemerkungen darüber.«

Das verblüfft mich. Meine Stimme klingt wieder weich. »Wirklich?«

»Du redest verdammt verächtlich über diese Frauen. An allen ihren … Ehevereinbarungen findest du was auszusetzen. Also, falls es ein perfektes Modell für eine Ehe gibt, einen Idealstandard, dem alle diese Beziehungen nicht gerecht werden, dann wüsste ich mal gern, wie der aussieht.«

Darüber muss ich nachdenken.

»Ich glaube nicht, dass ich mich verächtlich über Helen geäußert habe«, sage ich dann. »Ich bewundere sie sogar. Dafür, dass sie trotz der widrigen Umstände ihr Glück gefunden hat.«

»Na, großartig«, schnaubt Peter. »Du bewunderst ausgerechnet die Frau, die ihren Mann einmal im Monat zwei Tage lang gesehen hat.«

»Zweimal im Monat drei Tage lang«, korrigiere ich ihn.

»Meinetwegen.«

»Und es ist nicht der Zeitaspekt ihrer Ehe, der mich interessiert, sondern die Intensität der emotionalen Bindung.«

»Schon wieder das Thema Leidenschaft.«

»Ganz genau! *Leidenschaft!* Was übrigens nichts mit Sex zu tun hat.«

»Das sagtest du bereits.«

»Peter, was willst du von mir?« Ich bücke mich und sammle die Glasscherben ein. Natürlich schneide ich mir in den Finger. Hätte ich mir denken können. Großartig. Blutige Hände, wo ich gerade anfangen wollte, das Abendessen zu machen.

»Sam, die Frage ist, was willst *du* von *mir.* Offenbar bin ich unfähig, deine Leidenschaft zu entfachen.«

Ich stehe da mit den Scherben in den Händen. »Bleib sitzen, bis ich das hier weggemacht habe.« Ich gehe rein, werfe die Scherben in den Mülleimer, klebe mir ein Pflaster auf den Finger, schnappe mir den Handstaubsauger und gehe wieder nach draußen.

Peter spielt schon wieder mit seinem Handy. Er hat keine Lust mehr, sich mit mir auseinanderzusetzen. Ich schaue zum Bach hinunter, zu den Manzanitabäumen, die jetzt bei Sonnenuntergang ganz dunkel aussehen.

»Warum heiraten wir eigentlich nicht?«, fragt Peter unvermittelt. Ich sehe, dass er sich in seinem Liegestuhl aufgerichtet hat. »Die meisten unserer Freunde sind inzwischen verheiratet, dabei sind wir beide schon viel länger zusammen als die. Letztes Jahr waren wir auf so vielen Hochzeiten, dass ich schon Reiskörner im Hosensaum hatte.«

»Das war wegen dem gefürchteten dreißigsten Geburtstag. Da fanden plötzlich alle, sie müssten endlich Nägel mit Köpfen machen.«

»Und du nicht?«

»Eigentlich nicht«, sage ich. »Es ist noch so vieles ungeklärt. Du musst deine Doktorarbeit fertigschreiben. Und dir dann auf dem derzeit beschissenen Arbeitsmarkt eine Stelle als Akademiker suchen. Du weißt doch genau, wie das läuft, Peter. Es kann dir passieren, dass du nach Arkansas oder Florida oder Alaska ziehen musst. Wenn du Glück hast und da einen Job kriegst.«

»Willst du damit sagen, du würdest nicht mitkommen? Nach Arkansas oder Florida oder wohin auch immer?«

»Nach Arkansas jedenfalls nicht«, erwidere ich. »Und Florida ist mir einfach zu schräg.« Es sollte ein Scherz sein, aber ich sehe Peter an, dass es ihn ärgert. »Hör zu, Peter, ich kann dir einfach nicht versprechen, dass ich mit dir überallhin gehen würde.«

»Deine Bindungsangst. Ich weiß.« Seine Stimme trieft vor Sarkasmus.

»Hey, ich finde es nicht gerade abwegig zu sagen, ich möchte keine Seepocke an deinem Schiff sein, wenn ich noch nicht mal weiß, ob der Kahn unsinkbar ist.« Gott, wie viele Verneinungen in einem Satz. Und kaum habe ich ihn ausgesprochen, bereue ich es auch schon. Ich weiß nur zu gut, wie sehr Peter unter Stress steht wegen seiner Doktorarbeit, wegen der schlechten Aussichten auf dem Arbeitsmarkt – ihm das Leben noch schwerer zu machen ist wirklich das Letzte, was ich will.

Sein Gesicht wirkt plötzlich angespannt.

»Sam«, sagt er leise, ohne mich anzusehen. »Du begreifst nicht, dass wir etwas haben, was die meisten Menschen sich erhoffen, wenn die Zeit der ersten Verliebtheit und Leidenschaft vorbei ist. Wir sind die besten Freunde. Das wünscht man sich für die Zeit, wenn man fünfzig, sechzig und älter ist. Ehen, die nicht zerbrechen, halten genau deswegen. Die haben, wenn alles andere verraucht ist, immer noch das. Und wir haben das Glück, es von Anfang an zu haben.«

»Willst du damit sagen, dass wir alles … *andere* schon hinter uns haben?«, frage ich. »Verdammt, Peter!« Einen Moment lang bin ich sprachlos, und das ist auch besser so, denn sonst würden schlimme Dinge aus meinem Mund kommen. »Glaubst du etwa, ich möchte für den Rest meines Lebens auf eine der tiefsten Erfahrungen verzichten, die ein Mensch machen kann?«

»Und welche ist das?«, fragt Peter.

Ich kann es auf den Tod nicht ausstehen, wenn er sarkastisch wird. Es passt nicht zu ihm, und es bringt mich nur auf die Palme.

»Sich zu verlieben«, antworte ich. Mit der Dunkelheit haben die Zikaden voll ihren Gesang angestimmt, der laut die Stille füllt, in die meine Worte fallen. Ich schlage nach einer Mücke. Schon wieder Blut an meiner Hand.

»Tja«, seufzt Peter. Dann versagt ihm die Stimme. Schließlich fängt er sich. »Das ist ja eine ziemlich vernichtende Ansage.«

Ich gerate in Panik. »Nein, Peter, warte. Versteh mich nicht falsch.«

»Ich glaube nicht, dass das möglich ist. Du hast dich ausgesprochen deutlich ausgedrückt.«

Kapitel 50

Samantha

Als ich heute Morgen aufs Revier komme, merke ich sofort, dass irgendwas passiert ist. Grady sitzt an meinem Schreibtisch, im Gespräch mit Mollie, die furchtbar aufgeregt wirkt. Neben Mollie steht Susan, die unvermeidliche Cola light in der Hand. Sie nickt und lächelt.

»Großartig«, sagt Grady, als er mich sieht. »Gute Polizeiarbeit.«

Ich schaue Mollie an. »Hast du einen Treffer gelandet?«

Sie strahlt. »Ja! Ich war dabei, die Teilnehmerliste von diesem Kongress abzuarbeiten und die Fotos herumzuzeigen, und führte gerade so ungefähr das millionste Gespräch, da sagt eine Frau: ›Moment, aber den da kenn ich!‹ und zeigt darauf.« Mollie grinst. »Rate mal, wen sie kannte!«

»Wir haben keine Zeit für Ratespiele, Mollie«, schaltet Susan sich ein. »Sagen Sie es Sam einfach.« Einen ganz kurzen Moment wirkt Mollie verlegen, dann sagt sie: »Es war einer von diesen Ärzten aus der Privatklinik. Dr. Epstein.«

»Ist die Zeugin sich da auch ganz sicher?«, frage ich. Gott, ist das aufregend. Nach einer schlaflosen Nacht im Bett, während Peter, tief verletzt nach unserem Gespräch, auf dem

Sofa genächtigt hat, kann ich gute Nachrichten wirklich gebrauchen.

»Absolut. Sie ist mit ihm im Aufzug in den zweiten Stock gefahren. Sie erinnert sich an ihn, weil er ziemlich klein war und ›Flaum‹ im Gesicht hatte. Anscheinend kann sie kleine Männer mit dünnem Bart nicht leiden. Die Frau ist groß und kräftig, deswegen habe ich ihr geglaubt. Die hätte Dr. Epstein zum Frühstück verspeisen können.«

»Und er ist im zweiten Stock ausgestiegen?«

»Es kommt noch besser. Die Frau ist auch ausgestiegen, und sie wohnte in Zimmer 225 – genau gegenüber dem Zimmer von John Taylor. Die beiden sind also gemeinsam den Flur entlanggegangen. Dann hat er sich zurückfallen lassen. Sie sagt, sie hatte ganz deutlich den Eindruck, dass er absichtlich langsamer gegangen ist.«

»Sie hat ihn also nicht direkt in John Taylors Zimmer gehen sehen?«, frage ich enttäuscht.

»Nein, aber nachdem sie ihre Tür zugemacht hat, hat sie ganz in der Nähe jemanden an eine Tür klopfen hören.«

»Na, das ist doch etwas«, sage ich und wende mich zum Gehen. Diesem Dr. Epstein werde ich mal auf den Zahn fühlen. »Ich halte Sie auf dem Laufenden«, rufe ich Susan zu.

»Tun Sie das«, antwortet sie, und ich weiß, dass sie lächelt.

Kapitel 51

Samantha

Diesmal habe ich kein Problem, den Eingang der Klinik zu finden. Ich nicke dem Wachmann zu, aber er besteht trotzdem darauf, dass ich ihm meine Marke zeige. Wahrscheinlich langweilt er sich. Das würde ich auch tun, wenn ich den ganzen Tag in so einem Kabäuschen hocken und auf Besucher warten müsste. Am Empfang teilt man mir mit, dass Dr. Epstein beschäftigt ist, also mache ich es mir in dem luxuriösen Wartezimmer bequem. Nach einer Stunde spreche ich Ms Perfection am Empfang noch einmal an. Sie wählt eine Nummer und flüstert etwas ins Telefon. Nein, sagt sie. Der Doktor könne mich noch nicht empfangen. Ich kehre zu meinem bequemen Sessel im Wartezimmer zurück.

Nach einer Weile schrecke ich hoch. Ich war eingenickt, und im Schlaf ist mir etwas Speichel aus dem Mundwinkel gelaufen. Peinlich berührt wische ich mir das Kinn ab und schaue auf die Uhr. Ich habe mindestens zwanzig Minuten gedöst. Jetzt reicht's mir. Ich stehe auf und trete entschlossen an den Empfangstresen.

»Ich muss Dr. Epstein sprechen«, sage ich und zeige meine Marke. »Jetzt sofort. Es ist sehr wichtig.«

Sie kommt meiner Aufforderung mit einer Eilfertigkeit nach, dass ich mir blöd vorkomme, weil ich ihre vorige Auskunft, *der Doktor könne mich noch nicht empfangen,* so widerspruchslos hingenommen habe. Sie drückt einen Summer und zeigt auf die Doppeltüren. Ich kenne den Weg zu Dr. Epsteins Zimmer. Er sitzt in einem Sessel neben seinem Schreibtisch und liest in einer medizinischen Fachzeitschrift. Ich verfluche mich innerlich dafür, dass ich nicht gleich darauf bestanden habe, ihn zu sprechen.

»Ah, ja, Detective«, sagt er und streckt mir seine Hand hin. Er macht sich nicht die Mühe aufzustehen. Ich weiß, es ist kleinlich, aber ich betrachte seine ausgestreckte Hand und rühre mich nicht.

Vor seinem Schreibtisch steht ein Stuhl, aber ich bleibe stehen.

»Dr. Epstein, warum waren Sie am Freitag, dem 10. Mai, abends im Hotel Westin?«, frage ich.

Er lächelt immer noch, und ich muss an das denken, was die Zeugin über seinen Bart gesagt hat. Da ich selbst zierlich bin, stört es mich nicht, dass er klein ist. Aber zusammen mit den nur vereinzelt wachsenden Barthaaren und der selbstgefälligen Ausstrahlung kann ich die Verachtung verstehen, die die Zeugin zum Ausdruck gebracht hat. Der Mann ist wirklich unangenehm. Man möchte ihm am liebsten einen Tritt verpassen, um ihm wenigstens dieses Grinsen auszutreiben.

»Bei unserem ersten Gespräch haben Sie ausgesagt, Sie seien an dem Abend zu Hause gewesen. Ihre Frau hat Ihre Aussage sogar bestätigt.«

»Warum stellen Sie sie dann jetzt infrage?«, erkundigt er sich. Immer noch lächelnd.

»Weil eine Zeugin Sie im Hotel Westin gesehen hat, und zwar im zweiten Stock. In dem Flur vor John Taylors Zimmer, etwa zu der Zeit, als dieser gestorben ist.«

Eine Weile sagt er nichts. Überlegt. Dann zuckt er mit den Schultern. »Ja, ich war dort.«

»Um wie viel Uhr genau?«

»So um zwanzig vor acht, Viertel vor acht.«

»Lebte John Taylor noch, als Sie wieder gingen?«, frage ich.

»Nein«, sagt er.

Damit habe ich nicht gerechnet.

»Wie bitte?«

»Nein«, wiederholt er. »John war tot. Aber er war schon tot, als ich ankam. Ich habe ihn nicht umgebracht.«

»Sie kommen am besten mit aufs Revier. Dann können Sie uns alles in Ruhe erzählen.«

Kapitel 52

Auszug aus der Vernehmung von Dr. Mark Epstein
vom 26. August 2013

[Vorstellung, Erklärung von polizeilicher Vorgehensweise und Procedere, Ankündigung, dass das Gespräch per Video aufgezeichnet wird]

Mark Epstein: Fast den ganzen April über haben John und ich uns immer wieder gestritten. Also, er und ich und Edward – Sie wissen schon, Dr. Kramer. Edward und ich wollten zusätzliche Kollegen einstellen, um den Bereich der Schönheitschirurgie zu erweitern und die Klinik lukrativer zu machen. John war dagegen. Aber wir fanden es nicht fair von ihm, uns erst als Partner einzubinden und uns dann zu zwingen, auf so viel Geld zu verzichten, das auf der Straße herumliegt.

John war seit zwei Tagen nicht in der Klinik erschienen. Das war noch nie vorgekommen. Der Mann mochte seine Fehler gehabt haben, doch er hat sich nie vor der Arbeit gedrückt. Aber er hatte sowohl am Donnerstagmorgen als auch am Freitagmorgen angerufen und sämtliche Termine abgesagt. Er ging nicht an sein Handy, reagierte nicht auf SMS, beantwortete keine E-Mails. Schließlich habe ich Dr. Fanning gefragt, wo er war.

Samantha Adams: Wussten Sie, dass die beiden ein Verhältnis hatten?
Mark Epstein: Nicht offiziell. Aber es war nicht schwer, das zu erraten. Die beiden hingen immer zusammen. Zwar haben sie die Klinik nie gemeinsam verlassen, aber wenn der eine ging, verschwand der andere spätestens fünf Minuten danach. Es war ziemlich offensichtlich. Aber das ging mich nichts an. Natürlich wusste ich nichts von den anderen Frauen. Nur dass er mit einer Frau namens Deborah verheiratet war. Und wenn er so leben wollte, stand es mir nicht zu, mich da einzumischen. Claire – Dr. Fanning – hat mir dann gesagt, er hätte sich im Hotel Westin einquartiert, und hat mir die Zimmernummer gegeben. Das hat mich, ehrlich gesagt, überrascht. Und zwar aus zwei Gründen. Erstens: Wieso nimmt er sich in der Stadt, in der er wohnt, ein Hotelzimmer? Und zweitens: Wieso gibt Claire mir diese Information, die eindeutig geheim ist? Sie hat in allen Diskussionen immer Johns Partei ergriffen. Aber anscheinend hatten die beiden sich auch gestritten, und sie war genauso frustriert wie wir.
Samantha Adams: Dr. Fanning hat Ihnen von sich aus die Auskunft gegeben, dass Dr. Taylor im Westin war?
Mark Epstein: Ja.
Samantha Adams: Bitte, fahren Sie fort.
Mark Epstein: Also bin ich am Freitag nach dem Abendessen zum Westin gefahren.
Samantha Adams: Um wie viel Uhr sind Sie dort angekommen?
Mark Epstein: Wie gesagt, so um zwanzig vor acht, vielleicht ein bisschen später. Ich habe an seine Tür geklopft. Niemand meldete sich, aber dann fiel mir auf, dass die Tür einen Spalt-

breit offen stand. Ich bin reingegangen, und da lag er tot auf dem Boden. Es war ein ziemlicher Schock, das kann ich Ihnen sagen.

Dann klopfte es plötzlich an der Tür. Ich hatte sie hinter mir zugemacht, und wer auch immer es war, konnte nicht rein. Ich bin in Panik geraten. Ich wollte auf keinen Fall mit einem Toten im Zimmer entdeckt werden. Also habe ich mich ganz still verhalten. Dann klopfte es noch einmal, und diesmal rief eine männliche Stimme »Zimmerservice«. Ich habe den Atem angehalten und abgewartet. Er hat noch ein paarmal geklopft, ist dann aber gegangen. Nachdem ich mich vergewissert hatte, dass der Mann weg war und niemand sich im Flur aufhielt, habe ich das Zimmer verlassen und bin nach Hause gefahren. Ich habe meiner Frau erzählt, was passiert war, und wir waren uns schnell einig, dass kein Grund bestand, der Polizei mitzuteilen, dass ich dort gewesen war. Wir fürchteten, es würde alles nur noch komplizierter machen. Als wir später erfuhren, dass der Verdacht auf ein Verbrechen bestand, fanden wir es zu spät, um uns bei der Polizei zu melden.

Samantha Adams: Es gab keinen Kampf mit John Taylor?

Mark Epstein: Nein! Ich sage Ihnen doch, er war schon tot!

Samantha Adams: Woher wussten Sie, dass er tot war?

Mark Epstein: Ich bin Arzt.

Samantha Adams: Sie haben ihn also untersucht?

Mark Epstein: Ja. Ich habe seinen Puls gefühlt und zweifelsfrei festgestellt, dass er tot war.

Samantha Adams: Sie haben ihm kein Kaliumsalz injiziert?

Mark Epstein: *Er war schon tot.*

Samantha Adams: Aber mit John Taylors Tod ist der Weg für

Sie frei. Jetzt können Sie die Abteilung für kosmetische Chirurgie nach Belieben erweitern. Jetzt brauchen Sie nicht länger auf all das Geld zu verzichten, *das auf der Straße herumliegt,* wie Sie sich eben ausgedrückt haben.

Mark Epstein: Hören Sie, ich weiß, dass das ziemlich schnoddrig geklungen hat, vielleicht sogar kaltschnäuzig. Aber das heißt noch lange nicht, dass ich wegen Geld jemanden umbringen würde!

Samantha Adams: Wie erklären Sie es sich, dass nirgendwo in dem Zimmer Fingerabdrücke von Ihnen gefunden wurden?

Mark Epstein: Nachdem ich festgestellt hatte, dass John tot war, habe ich darauf geachtet, nichts mehr anzufassen. Und ich habe alles abgewischt, was ich beim Betreten des Zimmers angefasst hatte – die Tür, den Türknauf, das Schloss. Okay, ich weiß, dass das verdächtig wirkt. Aber ich wollte genau das verhindern, was jetzt passiert: dass die Polizei einen schweren Fehler begeht.

Samantha Adams: Fehler oder nicht, ich habe Anweisung, Sie wegen Mordes an John Taylor festzunehmen.

Kapitel 53

Samantha

Gegen Mark Epstein wurde dann doch keine Anklage erhoben. Nach seiner Festnahme hat er sofort seinen Anwalt angerufen, der sich wiederum mit dem Bezirksstaatsanwalt in Verbindung gesetzt hat. Der Staatsanwalt hat den Fall abgelehnt mit dem Argument, die Beweise würden vor Gericht nicht ausreichen, und uns aufgefordert, mehr Beweise beizubringen.

Susan ist ausgerastet, schließlich war sie diejenige, die die Verhaftung angeordnet hatte. Wider mein besseres Wissen, wie ich allerdings betonen muss. Ich bin nicht davon überzeugt, dass er es war, und zwar aus folgendem Grund: Er ist so verdammt klein und schmächtig. Kaum größer als ich. Ich kann mir nicht vorstellen, dass er die Kraft hätte, einen großen, korpulenten Mann wie Dr. Taylor zu überwältigen. Vielleicht ist es der schüttere Bart. Vielleicht traue ich's ihm deswegen nicht zu. Jedenfalls müssen wir wieder bei null anfangen und nach Beweisen suchen. Falls Mark Epstein der Mörder war, dann ist er sehr raffiniert. Und wenn es jemand anders war, dann war der noch raffinierter. So oder so haben wir nicht genügend Beweismaterial, um irgendjemanden anzuklagen.

Kapitel 54

Samantha

Als ich heute Morgen aufgewacht bin, musste ich an Helen und ihre Schwangerschaft denken. Hatte sie es darauf angelegt? War das ein bewusster Verstoß gegen John Taylors Verdikt: *keine Kinder?* Das werden wir wohl nie erfahren. Wäre der Wunsch, das Kind zu behalten, ein ausreichendes Motiv für einen Mord? Das scheint mir ziemlich abwegig. Helen hätte sich einfach von John Taylor scheiden lassen und das Kind allein großziehen können. Andererseits war sie irgendwie merkwürdig, als ich sie in L.A. aufgesucht habe. Und sie hat kein Alibi. Meine Gedanken drehen sich im Kreis.

Peter und ich haben das alles längst hinter uns. Irgendwann wollten wir mal eine ganze Schar Kinder haben, wobei ich mir da weniger sicher war als er. Einmal bin ich sogar schwanger geworden. Eines Abends hatten wir es einfach darauf ankommen lassen. Wir hatten zu viel getrunken und keine Verhütungsmittel im Haus und hätten auch mitten in der Nacht keine besorgen können. Wir waren total betrunken. Dann blieb meine Periode aus, und wir hatten den Salat – beide noch Studenten und viel zu jung.

Die Natur hat es dann geregelt. Zu meiner Verwunderung habe ich bei der Gelegenheit erfahren, dass zehn Prozent aller Schwangerschaften mit einer Fehlgeburt enden. Ich hatte alle klassischen Symptome: Morgenübelkeit, Blähungen, Stimmungsschwankungen. Aber ehe wir dazu kamen, uns von dem Schock zu erholen, als der Test positiv ausfiel, war es auch schon wieder vorbei. Am nächsten Tag bekam ich starke Blutungen. Ende der Geschichte. An dem Abend hat Peter mir, in dem Versuch, mich zu trösten, eine Hand auf den Bauch gelegt. Aber seine langen Finger da zu spüren, hat mich nur abgestoßen. Es fühlte sich an, als tastete er nach irgendetwas. Nach einem Zentrum. Meinem Zentrum.

Diese vierundzwanzig Stunden haben uns beide verändert. Von da an wollte er unbedingt erwachsen werden, während ich mich mehr denn je dagegen sträubte. Ich hätte es sicher verkraftet, Mutter zu sein. Aber wenn es nicht unbedingt sein musste? Für mich gab es auf einmal nichts Schöneres, als auf einer Matratze auf dem Boden zu schlafen und von Tellern zu essen, die nicht zusammenpassten. Die kurze Schwangerschaft hatte uns für einen Moment zusammengeschweißt und dann gezeigt, wie weit wir voneinander entfernt waren. Wir brauchten gar nicht darüber zu reden. Alles kristallisierte sich von selbst heraus. Dann fielen wir wieder in einen Rhythmus: aufwachen, frühstücken, duschen, zur Arbeit fahren … Aber es war ein anderer Rhythmus.

Der arme Peter. Er ist zu ehrlich. Er ist für diese harte Welt nicht geschaffen. Einmal hat er eine Brieftasche mit fünfhundert Dollar gefunden und sie prompt im Fundbüro auf dem Campus abgeliefert. Das war zu der Zeit, als wir noch arm wie die Kirchenmäuse waren und ich noch nicht zum Arm des Gesetzes geworden war. Ich habe drei Tage lang kein Wort mit ihm gesprochen.

Aber er hat so ein großes, vertrauensvolles Herz. Peter ist wirklich ein ganz Lieber – es würde mir ziemlich schwerfallen, einen lieberen Mann zu finden. Und doch verblasst er vor einem John Taylor, ihm fehlt das Rückgrat, um seinen Weg zu finden und zu bekommen, was er will. Ich muss an John Taylors Geschicklichkeit denken, daran, wie er Haut von Schenkeln schälte, um sie an Wangen zu nähen, wie er mit dem Skalpell in Fleisch schnitt, Kinnpartien und Nasen aufbaute, wie er entstellte Gesichter in schöne Gesichter verwandelte. Er war wirklich ein Gott, während Peter allzu menschlich ist.

Kapitel 55

MJ

Heute Morgen bin ich fast nicht aus dem Bett gekommen. Auch dass es laut Wetterbericht wieder ein herrlicher Sommertag werden würde, half nicht. Ich hasse dieses Gefühl. Dieses Gefühl, das ich nach Jahren Therapie und Yoga und Achtsamkeit überwunden zu haben glaubte.

Ich rede nur selten über *diese Sache, die mir passiert ist*. So haben meine Eltern es immer genannt. Aber dieses ganze Theater jetzt – die vielen Polizisten, die Vernehmungen auf dem Polizeirevier, die aggressiven, fast verletzenden Fragen – erinnert mich wieder daran.

Damals führte ich Tagebuch. Also, vorher. Danach war mir nicht mehr nach Innenschau. Vor ein paar Tagen habe ich das Tagebuch herausgekramt und darin gelesen. Wie seicht und oberflächlich ich als Mädchen war! Nichts anderes im Kopf als Jungs, Jungs, Jungs. Meine ganze Welt war durchtränkt von meiner erwachenden Sinnlichkeit.

Ich war vierzehn. Ich übte, anders zu gehen, anders zu sprechen. Es gefiel mir, wenn ich durch die Stadt ging und Männer meine langen Beine und meine Brüste bewunderten, es machte mir bewusst, dass meine Beine und Brüste wertvolle

Aktivposten waren. Meine Eltern reagierten wie alle Eltern, sie schickten mich zurück auf mein Zimmer, wenn ich nicht *anständig* angezogen war. Also habe ich's heimlich gemacht. Ich verließ das Haus ungeschminkt und *anständig* gekleidet und verschwand in der Schule als Erstes auf der Mädchentoilette, um mich zu schminken und umzuziehen. Ich war natürlich nicht die Einzige. Einige Mädchen durften sich offen schminken, aber viele, vor allem die, die aus religiösen Familien kamen, mussten es heimlich machen und sich gründlich abschminken, bevor sie nach Hause gingen. Ich kann es meiner Mutter nicht verdenken. Ich würde es bei meiner Tochter genauso machen.

Aber diese *Sache*. Es ist am Ende des achten Schuljahrs passiert. Im Mai. Ich war auf dem Heimweg von der Schule. Ich war mit ein paar Freundinnen losgegangen, aber inzwischen allein unterwegs, weil ich den weitesten Schulweg hatte. Ein paar Jungs aus der Highschool standen am Straßenrand zusammen und ließen einen Joint rumgehen. »Hey«, rief einer von ihnen, als sie mich sahen. Ich hatte mir die Schminke abgewischt und meine *anständigen* Sachen wieder angezogen, aber sie saßen anders, als ich eine Weile später nach Hause kam und meine Mutter in der Küche begrüßte. Ich wirkte kindlich und zweifellos bereit, es jedem recht zu machen. Ich erinnere mich noch genau an die Worte, weil ich sie so aufregend fand. *Hey, du sexy Biene, komm mal rüber.* Ich ging hin. Ein paar von ihnen kannte ich, es waren ältere Brüder von Mädchen oder Jungs aus meiner Klasse, aber es waren auch ein paar dabei, die in meinem Alter waren. Sie boten mir den Joint an, und ich nahm ihn, versuchte, ganz cool zu tun, aber als ich daran zog, musste ich natürlich fürchterlich husten. Die Jungs lachten, und einer sagte: »Der erste Zug bringt einen um.« Er sagte es so freundlich, dass ich mich entspannte.

In einen von den Jungs war ich schon seit Jahren verknallt. Richard. Er hatte irgendwas mit dem Herzen und konnte deswegen nicht Football spielen. Das wäre normalerweise für einen Jungen an meiner Highschool das Todesurteil gewesen, aber er schaffte es irgendwie, immer mit den Footballspielern herumzuhängen. Als wir sechs waren, hatte ich ihm zum Valentinstag ein Herz mit einem kleinen Loch in der Mitte gemalt, so wie meine Mutter es mir beschrieben hatte. Die Lehrerin hat einen Blick darauf geworfen und das Blatt sofort zerknüllt. Richard hat es nie zu sehen bekommen. Trotzdem glaube ich, dass er genau wusste, dass ich ihn mochte. Auf jeden Fall hatten die anderen Jungs es mitgekriegt, denn sie schoben ihn unauffällig in meine Richtung, damit er neben mir gehen konnte, als sie vorschlugen, einen Waldspaziergang zu machen.

Ich dachte mir nichts dabei, schließlich fühlte ich mich im Wald zu Hause. Hinterher haben sie natürlich alle behauptet, meine Bereitwilligkeit mitzugehen wäre der Beweis dafür gewesen, dass ich ganz genau wusste, was auf mich zukam. Aber ich habe nichts geahnt, nicht einmal, als es anfing. Wir waren auf einer Lichtung angekommen, und ich dachte, sie würden einen neuen Joint anzünden, aber stattdessen haben sie Richard wieder auf mich zugeschubst, und ich bin ganz rot geworden, als ich merkte, dass er mich küssen wollte.

Den Rest kann man sich sicher denken. Ich will nicht ins Detail gehen. Es tat weh, es tat furchtbar weh, aber das

Schlimmste war die Scham. Das unbeholfene Gefummel an meinen Brüsten. Ein Stein unter meinem Schulterblatt. Durch das Laub der Bäume über mir konnte ich den blauen Himmel sehen. Ein paar von den Jungs hatten Probleme, und das tat am meisten weh, als sie sich abmühten, um zum Ziel zu kommen. Dann war es plötzlich vorbei, und ich war allein. Ich habe mich angezogen und bin nach Hause gegangen. Meine Mutter war außer sich vor Angst, sie hatte schon in der ganzen Stadt angerufen. Mit meinem Vorsatz, meiner Mutter nichts zu erzählen, war es vorbei, als sie mich sah – meine verdreckten Kleider, mein Gesicht. Es dauerte fünf Minuten, bis sie die Geschichte aus mir raushatte, und wieder fünf Minuten später waren wir unterwegs zur Polizei. Auf dem ganzen Weg redete sie mir ein, es sei teilweise meine eigene Schuld gewesen, so wie ich herumlief, so wie ich mich bewegte. »Diese Jungs darf man nicht provozieren«, sagte sie. »In dem Alter sind die wie brünstige Schweine.« Ich muss ihr allerdings zugutehalten, dass sie für mich gekämpft hat. Als mein Vater kam, hat er sich aufgeregt, weil meine Mutter die Polizei eingeschaltet hatte. Er meinte, es sei ein bedauerlicher Vorfall gewesen, aber man wisse ja, wie Jungs so sind. Ausnahmsweise gab meine Mutter nichts auf das, was er sagte, und sie hätten sich auf der Polizeistation beinahe geprügelt. Dann ging die Befragung los. Ja, ich kannte die Jungs. Ja, ich war freiwillig mit ihnen in den Wald gegangen. *Was ich mir dabei gedacht hätte?* Nichts, sagte ich. Der Diensthabende nahm meine Aussage widerstrebend auf und erklärte, sie würden der Sache nachgehen.

Damit begann die erste schlimme Phase meines Lebens. Die zweite war die, als ich mit meinem Mann und zwei Kleinkindern in einer winzigen Wohnung hauste. Aber das war später. Man sagte mir, die Jungs behaupteten, ich sei einverstanden gewesen, man sagte mir, das seien anständige Jungs, die würden nicht lügen. Ein paar von ihnen stammten aus prominenten Familien in der Stadt, Familien mit Geld und Anwälten, und am Ende, nach stundenlangen Befragungen und endlosem Theater, wurde der Spieß umgedreht, und plötzlich waren wir im Zugzwang, und es hieß, wir würden großen Ärger bekommen, wenn wir die Anzeige nicht zurückziehen würden. Also haben wir es getan. Ein Polizist hat mir eine schwere Hand auf die Schulter gelegt. *Du willst doch nicht im Odditorium enden, junge Dame.*

Wenn ich einem dieser Jungs in der Stadt über den Weg lief, manchmal zusammen mit größeren Mädchen, dachte ich jedes Mal: *Ich habe dich erkannt.* Ein Spruch, den ich irgendwie in der Kirche aufgeschnappt hatte. Ich habe meinen ersten Mann übrigens unter anderem deswegen geheiratet, weil er zu den wenigen Jungs in der Highschool gehörte, die immer noch nett zu mir waren, nachdem die Sache sich herumgesprochen hatte. *MJ treibt's mit jedem.* Da habe ich angefangen, lange Röcke und diese unförmigen Hemden zu tragen, um meinen Körper zu verbergen. Selbst Hosen waren mir zu gewagt.

John hat mir mehr über diese Sache hinweggeholfen als alle Therapeuten, die ich über die Jahre bezahlt habe. Er hat meinen Schmerz nachempfunden. Als ich ihm davon erzählt habe, hat er geweint, und mit jeder seiner Tränen fühlte ich mich leichter. Es war unglaublich. »Die haben ein schreckliches Verbrechen an dir verübt und hätten dafür bestraft werden müssen«, sagte er. »Aber das wird nicht passieren. Und das Mindeste, was du tun kannst, ist, dich nicht selbst zu bestrafen.«

Aber jetzt habe ich das Gefühl, als würde die ganze Welt mich bestrafen. Mir alles wegnehmen. Die Zeit will nicht vergehen. Ich spüre das Ticken jeder Sekunde, und die leeren Stunden breiten sich vor mir aus. Ich weiß wirklich keinen Ausweg mehr.

Kapitel 56

Deborah

Nachdem ich das Telefongespräch beendet habe, gehe ich durchs Haus und zerschlage Gegenstände.

Diese ... Person, diese Helen ist also schwanger. Sie hat das Gelübde gebrochen.

Die blaue Wohnzimmerlampe geht zu Bruch, die John und ich in Florenz für unser erstes Haus ausgesucht haben, noch ganz verblüfft darüber, dass wir plötzlich Geld hatten, nach all den Jahren des Darbens. John fand, das Blau passe zu meinen Augen. Die Erinnerung versetzt mir einen Stich. Dann kracht das Besteck aus der Schublade zu Boden. Ich werfe mit Gabeln und Messern. Ein Hagel aus scharfen Kanten, und ich bedaure es, dass niemand da ist, den ich damit verletzen kann. Ich bin ganz allein in diesem Haus. Es gibt nicht einmal mehr einen Goldfisch, einen Hamster oder eine Eidechse, die Haustiere der Kinder von früher.

Das gehörte nicht zum Plan. Der Plan ist gescheitert. Es war vorgesehen, dass ich mein Leben in Würde weiterführen würde. Als Mrs John Taylor. Ohne eine Spur aus Müll hinter mir herzuziehen, eine Spur aus falschen Ehefrauen, Bastarden, Kinderbräuten. Es ist eine Schmach. Es ist unwürdig. Ich habe sogar getan, was gewisse Leute mir nahegelegt haben, nachdem dieser Schmutz publik geworden war: Ich habe all meine Ämter niedergelegt. Den Vorsitz des South Peninsula Garden Club. Meine Mitgliedschaft in der Palo Alto Junior League. Meinen Sitz im Führungskomitee der Peninsula Open Space Preservation Society. Ich habe sie alle aufgegeben.

Meine größte Wut gilt der Überbringerin der Nachricht, dieser jungen Polizistin. Sie hat mich angerufen, nachdem sie in L.A. gewesen war, um mit Helen zu sprechen, und hat die Bombe ganz beiläufig platzen lassen. Es hat ihr garantiert Spaß gemacht. Aber so leicht gebe ich mich nicht geschlagen. Abmachung ist Abmachung.

Ich buche einen Flug nach L.A.

Kapitel 57

Helen

Ein Junge. Ich bekomme einen Jungen. Das ist eine schockierende Nachricht. Eine unangenehme Nachricht. Inakzeptabel. Was soll ich mit einem Jungen? In meiner Zukunft gibt es keinen Platz für einen Jungen.

Heute Morgen kam der Anruf aus dem Labor, da habe ich es erfahren. Die Frau am Telefon, die Laborassistentin, gab sich neckisch. »Ihr Kind ist gesund«, sagte sie. »Die Amniozentese liefert keinen Grund zur Besorgnis.«

»Ach, da bin ich ja erleichtert«, erwiderte ich und meinte es ernst. Mein ganzer Körper entspannte sich. Was hätte ich gemacht, wenn mein Kind Downsyndrom oder irgendeine schwere Fehlbildung gehabt hätte? Ich hätte es abgetrieben. Ich hätte keine andere Wahl gehabt.

»Wollen Sie denn das Geschlecht nicht wissen?«, fragte die Frau. Ich war mir so sicher, dass es ein Mädchen war, dass ich ganz vergessen hatte, danach zu fragen. »Doch, natürlich«, sagte ich und wartete. Aber die Frau wurde kokett. »Wollen Sie raten?«, fragte sie. Das hat mich geärgert und aus lauter Streitlust habe ich »Junge« gesagt, woraufhin sie ausrief: »Richtig!« »Ein Junge?«, fragte ich ungläubig. »Ganz genau, und Sie scheinen sich ja auch einen gewünscht zu haben!« Ich habe aufgelegt, ohne mich zu verabschieden.

Was weiß ich denn schon über Football und Eidechsen und feuchte Träume? Ich war darauf eingestellt, die Freuden und Leiden eines Mädchens zu teilen, aber nicht, mich einem Testosteronansturm zu stellen. Ich werde mich damit auseinandersetzen müssen. Ich werde darüber nachdenken müssen.

Heute ist ein anstrengender Tag. Selbst die trauernden, überlasteten Eltern kosten mich heute mehr Nerven als gewöhnlich. Ich ziehe mich oft ins Zentrum meines Gehirns zurück, das die Signale kontrolliert, die ich aussende. Die Augen, die sich weit öffnen, während ich zuhöre, und im rechten Moment nachdenklich zusammenziehen. Die Stimme, fest und doch voller Mitgefühl. Die Hand, die fast einen Arm berührt, aber doch innehält, um nicht aufdringlich zu wirken. Das bedeutet nicht, dass ich nicht in der Lage bin, echte Herzlichkeit zu empfinden. Aber manchmal bin ich einfach so erschöpft. Erschöpft und unleidlich und unfähig, meine Arbeit gut zu machen. Für die Leute ist es besser, wenn ich so tue als ob, wenn ich die Kinder anschaue, ihre kleinen Köpfe tätschle, sie anlächle, ohne sie wirklich zu sehen. Gute Onkologen sind gute Schauspieler. Das macht sie aber nicht zu schlechten Menschen.

So hätte ich gedacht, als ich noch jung war, sogar noch, nachdem ich mit dem Studium fertig war. Ich dachte, Aufrichtigkeit sei Bedingung. Inzwischen strebe ich nach Authentizität. Das ist etwas ganz anderes.

Aber heute läuft es schlecht. Mein Kontrollzentrum funktioniert nicht richtig. Heute Morgen habe ich tatsächlich einem Vater den Arm getätschelt, woraufhin der ziemlich ärgerlich reagiert hat. Für ihn war ich das große böse Krebsmonster, das ihm die Nachricht vom bevorstehenden Tod seines geliebten Sohnes überbrachte. Geliebter *Sohn.* Ich denke an blaue Decken und Strampelhöschen bedruckt mit Fledermäusen und Fußbällen und Raumschiffen und Lokomotiven. Ich muss mich schütteln. Banalitäten, ich weiß. Ich schäme mich mitten in meinem Unmut.

Ich streife meine Pumps ab, um mir bequeme Turnschuhe anzuziehen, wie immer nach Feierabend.

Es klopft, und dann öffnet Sally, meine Lieblingskrankenschwester, die Tür zu meinem Sprechzimmer. »Hier ist eine Frau, die sich nicht abwimmeln lässt«, flüstert sie und verzieht das Gesicht.

»Eine Mutter?«, frage ich müde.

»Eher eine Großmutter. Aber ich vermute, dass es etwas mit … dieser Sache zu tun hat.« Sally ist schon immer sehr zurückhaltend gewesen, wenn es um meine Beziehung zu John ging – bevor wir verheiratet waren, als wir versuchten, es vor den Klatschmäulern hier in der Klinik geheim zu halten, und vor allem nach seinem Tod, als die Reporter wie die Geier hier einfielen.

»Sie sagt, sie ist Deborah.« Sally setzt eine entschlossene Miene auf, als sie mein Gesicht sieht. »Okay, ich schicke sie weg.«

»Nein, bitten Sie sie herein.« Es hat keinen Zweck. Nach allem, was ich über Deborah Taylor weiß, lässt sie sich sowieso nicht abwimmeln, nicht, wenn sie weiß, dass ich hier bin, und das weiß sie garantiert. Ich schlüpfe wieder in meine Pumps.

Als Deborah das Zimmer betritt, spüre ich, wie die Machtverhältnisse umkippen, einfach so. Statt der Ärztin könnte ich genauso gut die Patientin sein, in einem Papiernachthemd auf der Untersuchungsliege. Ich stehe auf, um mich zu behaupten, aber der Schuss geht nach hinten los, denn sie sagt prompt: »Bitte, setzen Sie sich.« Ich komme ihrer Bitte nach und fühle mich in meinem eigenen Zimmer wie eine Besucherin.

Sie bleibt stehen, bis Sally die Tür geschlossen hat. Dann ist Schluss mit der Höflichkeit. »Wie können Sie es wagen«, zischt sie. Ich versuche noch nicht einmal so zu tun, als wüsste ich nicht, wovon sie redet.

»Ich *wage* überhaupt nichts«, sage ich mit mehr Energie, als ich in meinen müden Knochen spüre. »Aber was geschehen ist, ist geschehen.«

»Ist es ein Junge?«, fragt sie.

Ich frage mich flüchtig, warum ihr das wichtig ist.

»Das werde ich Ihnen nicht sagen«, entgegne ich. »Sie haben hier keine Rechte.«

Deborahs Mundwinkel zucken, und ihr Blick wird boshaft. »Das stimmt«, erwidert sie, dann macht sie einen Schritt und schiebt sich gegen meinen Schreibtisch. »Merken Sie sich eins. Sie werden den Namen Taylor nicht benutzen.«

Das haut mich um. »Wie bitte?«

»Außerdem hat dieses Kind keinen Anspruch auf Johns Vermögen.«

Ich hebe die Hände. »Akzeptiert. Beides.«

Deborah starrt mich eine volle Minute lang an. Dann sehe ich, wie die Spannung aus ihrem Körper weicht.

Meine Kraft kommt zurück, während die ihre sie verlässt. »Ich verstehe nicht, was das alles mit Ihnen zu tun hat«, sage ich. Ich muss mich ziemlich anstrengen, um aufzustehen und mich an ihr vorbeizuschieben. »Und ich verstehe auch nicht, warum Sie hier hereinplatzen müssen wegen einer simplen Sache, die Sie genauso gut telefonisch oder per E-Mail hätten erledigen können.«

»Weil ich Ihrer Antwort nicht getraut hätte«, entgegnet sie. »Ich musste Sie persönlich aufsuchen.«

Plötzlich bin ich so müde wie noch nie. Nicht nur müde, sondern schläfrig. Am liebsten würde ich mich zusammenrollen und tagelang schlafen. Aber das ist unmöglich – es ist erst Montag, und ich habe eine volle Arbeitswoche vor mir.

Deborah beobachtet mich, und so sehr es ihr zu widerstreben scheint, wirkt sie besorgt. »Geht es Ihnen gut?«, fragt sie.

»Selbstverständlich«, sage ich, aber im selben Moment geben meine Knie unter mir nach. Deborah fängt mich auf und setzt mich sanft in einen Sessel.

»Nein, es geht Ihnen nicht gut. Sie sind ganz blass. Wann haben Sie zuletzt etwas gegessen?«

»Heute noch nichts«, gebe ich zu. Heute Morgen war mir zu übel, um etwas zu frühstücken, und später war ich zu beschäftigt, um mir etwas zu besorgen.

»Das ist verrückt. Als ich schwanger war, habe ich den ganzen Tag gegessen und hatte immer noch Hunger. Hier«, sie zieht einen Müsliriegel aus ihrer Handtasche hervor. »Davon habe ich immer welche dabei, wenn ich fliege.«

Ich nehme den Riegel, wickle ihn aus und beiße ein Stück ab.

»Essen Sie ihn auf. Versuchen Sie nicht, irgendetwas zu tun, ehe Ihr Blutzuckerspiegel wieder in Ordnung ist.«

Ich lächle gequält. »Wer ist denn hier die Ärztin?«

Sie schaut mich ernst an. »Sie sollten lieber fragen: *Wer ist die leichtsinnige Schwangere?*«

Darüber muss ich lachen. Ich beiße noch einmal von dem Müsliriegel ab. »Irgendwie hätte ich nicht gedacht, dass Sie einen Sinn für Humor haben.«

»Ich bin durchaus bekannt dafür, dass ich ihn bei Gelegenheit zeige«, erklärt sie feierlich. Dann lächelt sie tatsächlich.

Sie wendet sich zum Gehen. Seltsam, wie verletzlich sie mir plötzlich erscheint, als ich sie von hinten sehe, wie ihre Schulterblätter sich an ihren mageren Schultern abzeichnen. Ich versuche mich zu erinnern, ob sie bei der Beerdigung schon so dünn war. Sie scheint einige Kilo abgenommen zu haben.

»Warten Sie«, sage ich. Wider besseres Wissen und trotz meiner Müdigkeit ist es mir ein Bedürfnis, der Frau gegenüber eine freundliche Geste zu machen.

Sie bleibt stehen und sieht mich fragend an.

»Fliegen Sie heute Abend wieder zurück?«

»Nein. Ich werde mir ein Hotel suchen und morgen zurückfliegen. Zweimal an einem Tag durch die Sicherheitskontrolle zu müssen ist mehr, als ich ertragen kann.«

Ich höre mich selbst, wie ich sie einlade, bei mir zu übernachten. »Ich habe ein Schlafsofa in meinem Arbeitszimmer. Es wäre kein Problem.« Das ist eine Lüge, und das gibt mir zu denken. Ich sage selten die Unwahrheit, und wenn, dann tue ich es normalerweise aus gutem Grund. Aber ich habe keinen Grund, Johns Frau zu mir nach Hause einzuladen. Die Worte *Sitte und Anstand* kommen mir in den Sinn.

Sie scheint über mein Angebot nachzudenken. »Ich möchte Ihnen nicht zur Last fallen«, sagt sie dann. »Vor allem, nachdem ich hier so hereingeplatzt bin.«

Ich will sie überreden. »Wir gehören doch sozusagen zu ein und derselben Familie«, sage ich und gestikuliere dabei mit der Hand, schätze jedoch den Abstand zwischen uns falsch ein und berühre ihren Arm. Das ist zu viel. Wir weichen beide zurück, und ich denke: *Okay, das war's.*

Dann akzeptiert sie mein Angebot.

Kapitel 58

Helen

Deborah in Johns Lieblingssessel sitzen und aus einem Glas trinken zu sehen, das er fast mit Sicherheit irgendwann einmal benutzt hat, verwirrt mich. Nein, es ist mehr als das – es macht mich verrückt.

Seit ungefähr einer Stunde ist sie nun in meiner Wohnung. Wir haben Sushi bestellt, und während wir darauf warten, dass es geliefert wird, dusche ich und ziehe mir meinen Schlafanzug an. Sie ist immer noch komplett angezogen – anders kann ich sie mir gar nicht vorstellen –, nicht mal die Schuhe hat sie ausgezogen.

»Fehlt er Ihnen?«, fragt sie. Sie schaut sich ungeniert im Wohn- und im Esszimmer um, die im Vergleich zu ihrem Haus in Palo Alto winzig sind, wenn auch für meinen Geschmack gemütlicher. Aber natürlich auch nicht so originell und eigenwillig wie Johns Märchenschloss in San Francisco. Es gibt ein großes und ein kleines beigefarbenes Sofa und einen breiten Sessel, in dem Deborah jetzt sitzt. Vor den Sofas steht ein antiker Couchtisch und in der Essnische ein antiker Tisch mit vier passenden Stühlen. Die Wände sind fast kahl. Meine Wandkunst befindet sich in meinem Sprechzimmer in der Klinik, dessen Wände mit Kinderfotos bedeckt sind. Fotos von Patienten. Viele von ihnen sind tot, aber es haben auch viele überlebt. Es ist mir wichtig, immer wieder daran erinnert zu werden. Doch in ein paar Monaten wird alles ganz anders sein. Dann wird mein Sprechzimmer ein Kinderzimmer sein, wo überall Spielsachen und Decken und Windeln herumliegen.

Ich bin gespannt, wie ich damit zurechtkommen werde. Ich habe es gern, wenn alles an seinem Platz ist. Ich hänge meine Kleider auf, sobald ich sie ausziehe. Ich putze Waschbecken und Badewanne sofort nach Gebrauch, ich spüle das Geschirr sofort nach dem Essen.

Nachdem John in mein Leben getreten war, habe ich ständig seine Hemden und Socken vom Boden aufgelesen, benutzte Gläser in die Spülmaschine geräumt. Ich muss an Deborahs Haus denken, sauber wie geleckt. Vielleicht haben wir mehr gemeinsam, als ich gedacht hatte.

»Haben Sie auch immer hinter John her aufgeräumt?«, frage ich sie.

Sie wirkt überrascht, dann lächelt sie. Kein besonders liebenswürdiges Lächeln. Für den Fall, dass ich ihr gegenüber weich werden sollte, rufe ich mir in Erinnerung: Sie ist keine liebenswürdige Frau.

»Nein, ich hatte ihn erzogen. Hat er Ihnen das etwa zugemutet? Tja, dann wusste er offenbar, dass er damit durchkommen würde. Ich habe ihm beigebracht, dass alles an seinen Platz gehörte.«

»Ja, das ist auch mein Grundsatz«, sage ich, und Deborah hebt ihr Weinglas, wie um mir zuzuprosten. »Aber ich konnte ihn nie dazu bringen, sich daran zu halten.«

Zwei Frauen, die sich über ihren Mann beklagen.

»Es wird Sie vielleicht interessieren zu erfahren, dass John in dem … anderen … Haushalt der Ordentliche war«, sagt Deborah. Sie lächelt wieder, aber diesmal liegt Zorn in ihrem Lächeln. »Er hat mir erzählt, dass MJ als Hausfrau ziemlich schlampig und in der Küche nicht zu gebrauchen war. Sie ließ Töpfe und Pfannen benutzt herumstehen und stapelte das schmutzige Geschirr in der Spüle. Also hat er die Hausarbeit übernommen. Können Sie sich das vorstellen? Ich frage mich, wie diese Frau jetzt zurechtkommt, ohne ihren Putz- und Aufräumdienst.«

»Auf der Trauerfeier hat sie von nichts anderem als ihrem Garten geredet.«

»Ja«, erwidert Deborah knapp. »Ihren verdammten Garten kann sie behalten. Und das Haus auch.«

Ich sage nichts dazu. Ich weiß nicht, was die beiden miteinander ausgehandelt haben, und ich will es auch nicht wissen. Deborah kommt mir nicht vor wie eine Frau, die großzügig oder barmherzig ist. Als Richterin wäre sie eine Anhängerin der Todesstrafe, eine, die sich streng an die Buchstaben des Gesetzes hält. Aber MJ, dieses verwirrte Geschöpf, scheint etwas in ihr zu berühren, einen Tropfen Menschlichkeit aus dem steinernen Herzen zu quetschen.

Deborah bricht das Schweigen mit einer merkwürdigen Frage. »Sagen Sie mal, wie haben Sie John eigentlich kennengelernt?« Sie lässt einen Augenblick verstreichen, dann fährt sie fort: »Er hat es mir nie erzählt. Er wollte es mir nicht sagen. Das war ungewöhnlich.«

»Im Krankenhaus.« Es freut mich, dass John sich geweigert hat, mit ihr über dieses Detail unseres gemeinsamen Lebens zu sprechen. Und ich bin mir auch nicht sicher, ob ich es möchte.

»Mehr wollen Sie mir nicht mitteilen?«, fragt sie, und ich bin verwundert über den flehenden Unterton in ihrer Stimme. Sie hat ihr Weinglas abgestellt, es ist noch halb voll, und sieht mich bittend an. Ist das ein Trick? Aber was hätte sie davon, wenn sie mich dazu verleitete, ihr meine Liebesgeschichte zu erzählen?

»Bisher hat mich noch nie jemand danach gefragt«, sage ich. Und das stimmt. Meinen Freunden hatte ein knappes »Ich habe einen Mann kennengelernt« genügt, hauptsächlich, weil die Neuigkeit so frappierend war, dass sie mich sofort mit Fragen über John bedrängten, anstatt sich dafür zu interessieren, wie wir uns nähergekommen waren. Sie haben sich unglaublich für mich gefreut. Meine besten Freunde, die nie hatten akzeptieren können, dass ich allein glücklich war.

Ich hole tief Luft. »Ich hatte einen neuen Patienten, einen zehnjährigen Jungen, der mit einer Geschwulst an der Stirn geboren worden war. Nach der Geburt wurde festgestellt, dass es sich um eine gutartige Wucherung handelte, aber die Familie konnte sich eine kosmetische Operation nicht leisten, und so lebte der Junge einfach damit. Sie haben mir Fotos gezeigt. Als er klein war, war die Wucherung kaum zu sehen, und später verbarg er sie unter seinem Pony. Aber als der Junge neun Jahre alt war, bildeten sich weitere Geschwulste – genauer gesagt, Tumore – in seinem Gesicht. Seine Eltern kamen mit ihm zu mir, um sich zu vergewissern, dass es sich tatsächlich um gutartige Tumore handelte. Es waren Blutschwämme, gutartige Tumore und an Blutgefäßen angelagerte Endothelzellen. Da die Tumore inzwischen die Atmung und das Sehvermögen des Jungen beeinträchtigten, musste die Versicherung für deren Entfernung aufkommen. Er wurde also operiert. Aber der Chirurg hatte sich keine besondere Mühe gegeben, und der Junge war nach der OP schrecklich entstellt. Um den Eltern einen Gefallen zu tun, habe ich herumtelefoniert, um einen Chirurgen zu finden, der bereit war, den Jungen kostenlos noch einmal zu operieren. Natürlich hatte ich von Johns Klinik gehört. Sie ist ziemlich berühmt in Medizinerkreisen, vor allem unter Kinderärzten. Ich habe dort angerufen, man hat mir die Formulare geschickt, und ich machte mich daran, sie auszufüllen und den Fall mithilfe von Fotos und Laborberichten zu dokumentieren. Dann sagte mir ein Kollege, dass John hier an der UCLA eine Gastprofessur übernommen hatte und eine Vorlesung über Gesichtsrekonstruktion nach schweren Verbrennungen hielt. Ich habe ihn sofort angerufen und ihn um eine Beratung gebeten. Das heißt, ich habe ihm eine E-Mail geschickt, da ich seine Handynummer nicht hatte und die Klinik mir nur gestattete, eine Nachricht zu hinterlassen. Überraschenderweise hat er sich sofort bei mir gemeldet. Und da er sich gerade an der UCLA aufhielt, schlug er vor, mich noch am selben Tag in meinem Sprechzimmer aufzusuchen.«

»Wie war Ihr erster Eindruck von ihm?«, fragt Deborah. »Ich bin einfach neugierig.«

»Er hatte zweifellos einmal sehr gut ausgesehen, aber ich weiß noch, dass ich dachte, er geht aus dem Leim: übergewichtig, rotes Gesicht. Ich dachte sofort an Bluthochdruck oder Vaskulitis, habe sogar in Erwägung gezogen, dass er Alkoholiker sein könnte. Aber die Röte verschwand nach ein paar Minuten, und da wurde mir klar, dass er nur errötet war. Ein Sechzigjähriger, der errötete, als er mir begegnete! Ich hatte die Akte des Patienten vor mir liegen, wir haben uns die Fotos gemeinsam angesehen, und er hat sofort gesagt, er könne dem Jungen helfen. Ohne zu zögern. Wir haben gleich einen Operationstermin festgelegt. Der Junge und seine Eltern waren furchtbar nervös, und aus irgendeinem Grund war ich es auch. Es stand so viel auf dem Spiel. Ich wollte unbedingt, dass die Operation erfolgreich verlief. Es war mir ungeheuer wichtig. Schließlich war ich die treibende Kraft gewesen. Von da an standen wir in E-Mail-Kontakt. Es waren geschäftsmäßige Mails, und doch spürte ich, dass er um mich warb. Er hat mich mehrmals angerufen, um mit mir die Operationstechnik zu besprechen, die er anwenden würde – er wollte Haut vom Oberschenkel des Jungen in sein Gesicht transplantieren, um die Narben zu überdecken, und die Gesichtsform mit Knorpeln, die aus dem Schädel entnommen werden, wieder aufbauen. Einmal habe ich gefragt, ob ich bei der OP zusehen dürfe. Er meinte, sie würde lange dauern – sechs bis acht Stunden –, ich könne jedoch so lange dabeibleiben, wie ich wolle. Ich war vollkommen fasziniert. Ich stand im Beobachtungsraum über dem OP und konnte die ganze Zeit Johns Hände sehen. Egal wie schlampig er sonst war, davon war im OP nichts zu merken. Er war sanft und feinfühlig. Ich bin die ganzen siebeneinhalb Stunden geblieben. Ich habe erst gemerkt, wie angespannt ich war, als sich John, nachdem er die letzte Naht gesetzt hatte, zu seinem Team umdrehte und triumphierend die Daumen hochreckte. Dann hat er zum Beobachtungsraum hochgeschaut – ich wollte gerade gehen – und erst auf sich, dann auf mich gezeigt und so getan, als würde er etwas trinken. Ich habe genickt. Im Wartezimmer war ich furchtbar aufgeregt. Ich habe mich gefühlt … wie soll ich es beschreiben? Als würde ich nach langer Zeit meinen Geliebten wiedersehen. Mein Vater hat früher immer gern ein Zitat zum Besten gegeben, wenn meine Mutter hereinkam, es war so eine Art privater Scherz zwischen ihnen. *Wer ist sie, / die da aus der Steppe heraufsteigt / in Säulen von Rauch, umwölkt von Myrrhe und Weihrauch, / von allen Wohlgerüchen der Händler? Meine Geliebte.* Die Worte sind mir eingefallen, als er auf mich zukam, das Haar noch ganz nass vom Duschen. Sein Gesicht war wieder ganz rot. Noch tiefer rot als beim ersten Mal. Ich war erstaunt, wie ähnlich es uns ergangen war, als er sagte: *Das musste unbedingt ein Erfolg werden. Ich musste die Hand der Prinzessin gewinnen.* Keine weitere Erklärung. Wir sind nicht in eine Bar gegangen. Wir sind sofort zu mir gefahren, ohne viele Worte zu wechseln.«

Deborah sagt nichts. Ich habe sie beim Erzählen nicht angeschaut, und als ich mich ihr jetzt zuwende, sehe ich zu meiner Verwunderung, dass ihre Augen geschlossen sind. Sie sitzt zurückgelehnt im Sessel, die Hände umklammern die Armlehnen – und nur die Anspannung in ihren Händen verrät mir, dass sie nicht schläft.

Kapitel 59

MJ

Es geht mir schlecht, das schlimme Gefühl ist wieder da. Das ganz schlimme. Und ich kann es nicht abschütteln.

So habe ich mich zuletzt vor über fünfundzwanzig Jahren gefühlt. Ich hatte kurz zuvor mein zweites Kind bekommen, musste nachts aufstehen zum Stillen und Windelnwechseln und mich tagsüber um ein hyperaktives Kleinkind kümmern. Mein Mann war beim Odditorium, er nahm damals jeden Baustellenjob an, den er kriegen konnte. Wir brauchten das Geld. Ich hing zu Hause mit den Kindern fest. Es war, als würde meine Seele ersticken. Als bekäme ich keine Luft. Als hockte ein Ungeheuer auf meiner Brust. Der Drang zu verschwinden, einfach abzuhauen, war am Ende so überwältigend, dass ich mich allen körperlichen und finanziellen Schwierigkeiten zum Trotz auf den Weg quer durchs Land machte.

Teilweise war es natürlich der Schlafentzug. Und teilweise die totale, tödliche Langeweile. Die meisten meiner Freundinnen befanden sich in einer ähnlichen Situation, und so trafen wir uns mit unseren Kindern auf dem Spielplatz oder zum Kaffee bei einer von uns zu Hause, und in diesen Momenten ließ das Gefühl ein bisschen nach. Damals begriff ich, warum manche Frauen ihre Kinder schlagen. Mir ist das zwar nie passiert, aber ich konnte es verstehen. Ein Klaps auf den kleinen Po, eine Ohrfeige, irgendetwas, nur damit das Geschrei und Gequengel endlich aufhören.

Ich beging den Fehler, mit meinem Mann darüber zu sprechen. Es war eines Nachts, nachdem ich mal wieder den Kleinen gestillt hatte. Ich war erschöpft und hatte eine mörderische Wut. Ich hätte ihnen allen im Schlaf den Hals umdrehen können, meiner kleinen Familie. Ich stellte mir vor, wie ich den Gashahn aufdrehte und die Wohnung verließ. Ich war so erschrocken über mich selbst, dass ich meinen Mann geweckt habe. Ich sagte: »Ich habe Probleme mit den Kindern.« Er war selbst todmüde, erschöpft von der harten Arbeit, aber er hat mir zugehört und genug gehört, um sich Sorgen zu machen, denn am nächsten Morgen hat er mich dann überredet, bei einem der fünf Therapeuten anzurufen, die es in Gatlinburg gab. Der Therapeut meinte, das würden alle Mütter durchmachen, wenn die Kinder klein sind, und ich solle mich damit abfinden und die Klappe halten und dem Herrgott dafür danken, dass meine Kinder gesund waren.

Ich nickte, aber wieder meldeten sich die Mordgelüste. Ich bin von der Praxis des Therapeuten aus zur nächsten Tankstelle gefahren, habe mir eine Straßenkarte gekauft und angefangen, meine Flucht zu planen. Die Karte war das Einzige, was mich in den Monaten, die ich brauchte, um den Mut und das nötige Geld für die Reise zu sammeln, gerettet hat. Ich habe jede Woche ein bisschen Geld zurückgelegt und auf ein Konto eingezahlt, das ich mir auf meinen Namen eingerichtet hatte. Ich habe mir eine Kreditkarte besorgt. Mit einem Textmarker habe ich mir die Strecke von Tennessee nach L.A. eingezeichnet. Ich träumte von Freiheit.

Ohne die Karte wäre ich wahrscheinlich in irgendeinem Frauengefängnis gelandet. Gott steh mir bei, es hätte nicht viel gefehlt. Ich war eine Wahnsinnige. Aber als ich endlich unterwegs war, die Kinder auf ihren Kindersitzen festgeschnallt, die Fenster heruntergekurbelt und die Landstraße vor mir, verflog das alles, und ich wurde die liebevolle Mutter, die ich sein sollte.

Aber diesmal kann ich das drückende Gefühl, die Atemnot nicht abschütteln. Dabei gibt es niemanden, der Forderungen an mich stellt, meine Kinder sind erwachsen und selbstständig, mein Mann ist tot. Da ist natürlich noch Thomas, aber ihn würde ich nie als Belastung empfinden. Niemals. Er war der Einzige, dem ich von meinem Plan, aus Tennessee abzuhauen, erzählt habe, und ich werde nie vergessen, wie bleich er geworden ist, als ihm klar wurde, dass ich ohne ihn gehen würde. Er wird mir nie eine Last sein. Und ich ihm auch nicht.

Kapitel 60

MJs Brief an ihren Bruder

Mein lieber Thomas,
es ist so weit. Das Leben bietet mir einen schmalen Pfad, und nur diesen einen, dem ich folgen muss. Die Schwere ist wieder da, und sie erweist sich als eine so große Bürde, dass ich sie nicht mehr tragen kann.
Ich weiß, es wird dich tief treffen, nach allem, was wir durchgestanden haben, sowohl gemeinsam als auch jeder für sich, aber meistens gemeinsam. Du warst immer mein treuer Begleiter, und dafür werde ich dir ewig dankbar sein. Ich bereue nichts. Und das solltest du auch nicht. Das Leben ist, wie es ist, diese Spanne, die uns gegeben wird, und ich habe das Beste aus meinem Leben gemacht. Aber jetzt kann ich einfach nicht mehr. Neulich abends habe ich zum heiligen Judas gebetet. So wie Mom es gemacht hat, wenn sie große Sorgen hatte. Der Schutzpatron der hoffnungslosen Fälle. Wirst du ihn bitten, für mich Fürsprache zu halten? Mehr verlange ich nicht. Und dass meine Asche in meinem Garten begraben wird, der von nun an dir gehört. Alles, was mir je gehört hat, hat auch dir gehört. Das weißt du. Kümmere dich um den Garten. Bitte.

Sag den Jungs, es tut mir leid. Und es tut mir unendlich leid – mehr als ich es mir je hätte träumen lassen. Es ist unrecht, ein Leben zu nehmen, egal wie viel einem geschuldet wird.

In Liebe, MJ

Kapitel 61

Samantha

Als das Telefon um drei Uhr morgens klingelte, hat Peter abgenommen und mir wortlos den Hörer gereicht. Die Polizei von Los Gatos war schon kurz nach Mitternacht vor Ort eingetroffen, kurz nachdem MJ Taylors Bruder Thomas sie verständigt hatte. Nachdem er seine Schwester seit zwei Tagen nicht hatte erreichen können, war er schließlich hingefahren. Er war total durchgedreht und gab bereitwillig zu, dass er sturzbetrunken war, als er MJ fand, und mit dem Anruf bei der Polizei gewartet hat, bis die Wirkung des Alkohols nachgelassen hatte.

Als ich ankomme, ist schon alles erledigt, nur die Leiche muss noch abtransportiert werden. MJ liegt auf ihrem Bett, bekleidet mit einer Art Sari aus glitzernd blauem Stoff, der über die Bettkante fällt wie ein leuchtender Wasserfall. Sie hat sich geschminkt. Und Schmuck angelegt. Gekleidet wie eine Braut ist sie aus dem Leben geschieden.

»Hat sie einen Abschiedsbrief hinterlassen?«, frage ich den leitenden Kollegen. Er nickt und reicht mir einen Asservatenbeutel. Ich lese den Brief, dann gehe ich zu Thomas hinüber, der in einer Ecke des Wohnzimmers sitzt, das Gesicht in den

Händen vergraben. Als ich mich nähere, hebt er den Kopf. Ich schwöre bei Gott, dass ich noch nie so abgrundtiefe Verzweiflung im Gesicht eines Menschen gesehen habe.

»Ohne sie wäre ich längst tot oder so gut wie«, sagt er, bevor ich dazu komme, ihn anzusprechen. »Dann wäre ich als Methjunkie geendet oder schlimmer.«

»Haben Sie den Abschiedsbrief Ihrer Schwester gelesen?«, frage ich so sanft wie möglich.

Er nickt, dann vergräbt er das Gesicht wieder in den Händen.

»Was sagt er Ihnen?«, frage ich. »Das meiste klingt für mich ziemlich abstrakt. Was war das für eine Bürde, die sie nicht mehr tragen konnte? Gesteht sie mit dem Brief den Mord an John Taylor?«

Thomas schüttelt stumm den Kopf.

»Thomas, hat sie John Taylor umgebracht? Ich stelle Ihnen eine direkte Frage.«

Er antwortet nicht.

»Thomas?«

Endlich sagt er ganz langsam: »Das spielt doch keine Rolle mehr. Nichts spielt noch eine Rolle.«

»Was sagen Sie da?«

Er steht auf. »Ohne Anwalt rede ich nicht mit Ihnen.«

Kapitel 62

Deborah

Diese MJ ist also tot. Und ihr Bruder hat praktisch zugegeben, dass sie meinen John getötet hat. Die Frau tut mir tatsächlich leid. Sie hat gelitten. Und zu meiner eigenen Verwunderung bin ich froh, dass sie wenigstens sechs Jahre mit John hatte. Anscheinend sechs glückliche Jahre. Sie hat eine Leere in ihm gefüllt, von deren Existenz ich nie etwas geahnt habe. Die Vorstellung, dass John ihr Hausmann und Gärtner war, wird mich noch jahrelang amüsieren.

Möge Gott ihrer Seele gnädig sein.

Kapitel 63

Samantha

Einen Tag, nachdem MJs Leiche entdeckt wurde, macht Thomas seine Aussage. Und die ist erste Sahne.

Er behauptet, dass MJ irgendwie herausgefunden hatte, dass ihr Mann entgegen dem, was er ihr gesagt hatte, nicht in L.A. war. Sie hat sogar herausgefunden, dass er im Westin wohnte. Wie sie dahintergekommen ist, wusste Thomas nicht. Aber sie hat Thomas am Freitag, dem 10. Mai, abends angerufen und war furchtbar aufgeregt. Das war gegen sieben. Da war er, entgegen seiner früheren Aussage, bereits in MJs Haus und wartete auf sie. Sie sagte ihm, sie brauche seine Hilfe. Sie bat ihn, aus ihrem Wandschrank die lange blonde Perücke zu holen, die von Weitem MJs eigener langen, ergrauenden Mähne glich, eine Perücke, die sie für eine Halloweenparty gekauft hatten, zu der sie als Thomas und er als MJ gegangen waren. MJ gab ihrem Bruder genaue Anweisungen, er solle ein Kleid von ihr anziehen – dazu die Perücke, einen ihrer besonders auffälligen Hüte und eine Sonnenbrille – und zum Supermarkt und zum Drogeriemarkt gehen, um ihre Einkäufe zu erledigen. Und er solle dafür sorgen, dass er bemerkt werde. Dann hat er brav bei Trader Joe's das Regal mit den Cornflakes umgestoßen, bei Walgreens ein paar Toilettenartikel gekauft und hat auf dem Weg vom Parkplatz am Drive-through-Schalter der Apotheke angehalten, um MJs Rezept einzulösen. Alles genau nach Anweisung. Um 19:45 Uhr haben sich die beiden bei MJ getroffen, wo Thomas sich wieder umgezogen hat. Dann hat MJ darauf bestanden, in einem Restaurant um die Ecke essen zu gehen, mit dem Argument, sie müssten sich *dort sehen lassen*.

Thomas schwört, er habe zu dem Zeitpunkt nicht gewusst, was los war. MJ habe sich einen Wodka Tonic bestellt – was sehr ungewöhnlich für sie war – und sich geweigert, ihm mehr zu erzählen. Erst am Sonntag habe er von John Taylors Tod erfahren.

»Es wäre perfekt gewesen. Niemand wäre dahintergekommen«, sagt Thomas während seiner Vernehmung. Dann fängt er an zu weinen. »MJ hätte sich nicht umzubringen brauchen.«

»Das hat ihr Gewissen entschieden«, sage ich mitfühlend. »Aber warum haben Sie dem Plan zugestimmt, obwohl John Taylor doch Ihre goldene Gans war? Hatte er Ihnen nicht Geld versprochen?«

»Ich habe dem Plan nicht zugestimmt!« Er richtet sich auf. »Ich wusste überhaupt nichts davon!«

»Sie haben nicht nachgefragt, warum Sie sich als Ihre Schwester verkleiden sollten? Es fällt mir schwer, das zu glauben.«

»Klar hab ich gefragt! Sie hat einfach behauptet, sie hätte an zwei Orten gleichzeitig sein müssen. Und ich habe MJ vertraut. Bedingungslos.« Wieder bricht er in Tränen aus.

»Wissen Sie, ob sie es getan hat?«, frage ich. »Warum sie

John Taylor umbringen wollte? Ich habe ein paar Vermutungen, aber es wäre gut, wenn ich es mit Sicherheit wüsste.«

Thomas zuckt resigniert mit den Schultern. »Wahrscheinlich hat sie das mit den anderen Frauen herausgefunden. Das hätte sie nicht verkraftet.«

»Und wie soll sie das herausgefunden haben?«

»Keine Ahnung.«

Und das war's so ziemlich. Ruhe in Frieden, MJ Taylor.

Aber ich bin nicht überzeugt. Thomas wird abgeführt. Ich kehre an meinen Schreibtisch zurück und mache mich daran, erneut einen gerichtlichen Beschluss zur Herausgabe von MJs Telefonliste und E-Mail-Liste für die Woche vor ihrem Tod zu beantragen.

Kapitel 64

Samantha

Susan zitiert mich in ihr Büro.

»Was ist das?«, fragt sie mich und wedelt mit meinem Antrag.

Ich wappne mich. »Ich bin nicht davon überzeugt, dass MJ die Täterin ist«, erwidere ich. Ich fühle mich nicht ganz wohl in meiner Haut, als ich das sage. Ich mag es nicht, vor Susan dumm dazustehen, und ich fürchte, dass das, was ich vorhabe, dazu führen könnte.

»Sam«, sagt Susan. »Sie hatten recht. Sie haben doch die ganze Zeit darauf gedrungen, dass wir MJ unter Druck setzen sollten, dass sie uns irgendetwas verschwieg. Und von Mark Epstein haben Sie sich auch nicht zum Narren halten lassen. Sie haben den richtigen Riecher gehabt. Schließen Sie den Fall ab, und wenden Sie sich anderen Dingen zu.«

Ich schüttle den Kopf. »Nein, es fühlt sich nicht richtig an.«

Es klopft an der Tür. Es ist Grady. »Glückwunsch«, sagt er zu mir. »Sie sind drangeblieben, haben sich auf Ihren Instinkt verlassen. Gute Arbeit.«

Ich sehe ihn und Susan abwechselnd an. »Sie kapieren es

beide nicht. Ich bin noch nicht fertig. Der Fall ist noch nicht abgeschlossen.«

Ich sehe, wie sie einen Blick austauschen.

»Was gefällt Ihnen denn nicht, Sam?«, fragt Susan.

Ich merke, dass sie sich bemüht, geduldig zu sein. Was bedeutet, dass sie fast am Ende ist mit ihrer Geduld.

»Erstens: Woher sollte MJ sich mit der Wirkung von Kaliumsalz auskennen? Und wo hätte sie das Zeug auftreiben sollen?«

Grady schüttelt den Kopf. »Sie haben selbst gesagt, dass allgemein bekannt ist, was eine Überdosis Kaliumsalz anrichten kann. Ich meine, Herrgott noch mal, das ist das Zeug, was sie bei Hinrichtungen benutzen.«

»Okay, und woher hatte sie das Zeug dann?«, frage ich trotzig.

Grady lacht. Er zeigt auf Susans Computer. »Darf ich?«, fragt er. Sie nickt. Er zieht die Tastatur zu sich heran, tippt *Kaliumsalz* ein und drückt auf die Eingabetaste. Ich kann die Liste der Einträge sehen, die auftauchen.

»Es ist ein ganz gewöhnlicher Nahrungszusatz für Menschen und Tiere. Weiß der Kuckuck, womöglich hat Dr. Taylor sogar für sich selbst oder für MJ ein Rezept dafür ausgeschrieben.«

Ich schüttle den Kopf. »Wir haben die Apotheken in ihrer Gegend überprüft. Es wurde kein Rezept für Kaliumsalz eingereicht.«

»Dann hat sie es eben bei einer kanadischen Apotheke bestellt, wo sie es ohne Rezept bekommen konnte«, beharrt Grady. »Sie haben bei Ihren Recherchen doch selbst festgestellt, dass es kein Problem ist, eine Apotheke zu finden, die so was verkauft. Das Zeug fällt schließlich nicht unter das Betäubungsmittelgesetz.«

Ich wende mich an Susan. »Heißt das, Sie erlauben mir nicht, den gerichtlichen Beschluss auf die Herausgabe von MJs Telefonliste und E-Mail-Liste zu beantragen?«

Sie seufzt. »Sam …«

»Ich finde, wir dürfen das nicht einfach laufen lassen. Wir haben zu viel in diese Ermittlung investiert. Tun Sie mir einfach den Gefallen, dann gebe ich Ruhe. Versprochen. Dann akzeptiere ich, dass MJ die Mörderin ist.«

Susan zögert, doch dann nimmt sie einen Stift und unterschreibt die Formulare. »Also gut, reichen Sie den Antrag ein. Aber dann ist Schluss, Sam. Danach geht's zurück in die Abteilung für Einbruchsdelikte.«

»Sie meinen die Abteilung für bellende Hunde«, murmle ich vor mich hin, aber ich fürchte, Susan hat es gehört, denn sie hebt ruckartig den Kopf.

»Und noch etwas«, sage ich zaghaft.

»Ja?«, erwidert Susan gereizt.

»Ich bitte um die Erlaubnis, Deborah Taylor noch einmal zu befragen.«

Susan schüttelt den Kopf. »Kommt nicht infrage. Der Staatsanwalt steigt mir jetzt schon aufs Dach. Laut Deborah haben Sie sie sinnlos belästigt. Ohne erkennbaren Grund. Ihr immer und immer wieder dieselben Fragen gestellt. Die Frau hat gute Beziehungen, Sam. Ich kann nicht zulassen, dass das so weitergeht.«

»Nur eine Befragung noch. Um ein paar offene Dinge zum Abschluss zu bringen.«

Kapitel 65

Auszug aus der Vernehmung von Deborah Taylor vom 5. September 2013

[Vorstellung, Erklärung von polizeilicher Vorgehensweise und Procedere, Ankündigung, dass das Gespräch per Video aufgezeichnet wird]

Samantha Adams: Ich nehme an, Sie haben die Neuigkeiten vernommen.
Deborah Taylor: Ja. Ja, das habe ich. Es war also MJ. Ich hätte ihr gar nicht zugetraut, so einen komplizierten Plan durchzuführen. Ich frage mich, wie sie es herausgefunden hat. Oder was sie herausgefunden hat. Einfach nur, dass John noch weitere Ehefrauen hatte? Oder wusste sie auch von Claire? Dass ihre kleine Idylle dem Untergang geweiht war?
Samantha Adams: Das werden wir wohl nie erfahren.
Deborah Taylor: Warum haben Sie mich dann noch einmal herbestellt? Soweit ich weiß, ist der Fall doch abgeschlossen. Sie werden also alles haben, was Sie brauchen. Ich wüsste nicht, was ich dem noch hinzufügen könnte, außer meiner Erleichterung darüber, dass diese unsägliche Situation endlich aus der Welt geschafft ist.

Samantha Adams: Es gibt noch ein paar Unklarheiten.
Deborah Taylor: Und die wären?
Samantha Adams: Zum Beispiel, dass MJ ihrem Bruder in ihrem Abschiedsbrief versichert, er würde den Garten, das Geld und überhaupt »alles« bekommen. Was hat sie damit gemeint?
Deborah Taylor: Ich nehme an, meine Zusicherung, dass ich keine Ansprüche auf Johns Anteil am Haus in Los Gatos anmelden würde.
Samantha Adams: Ist sein Anteil nicht mittlerweile mehr als zwei Millionen Dollar wert?
Deborah Taylor: Doch, aber ich sagte Ihnen ja bereits, dass ich finanziell gut genug dastehe. John hatte eine hohe Lebensversicherung, dazu kommen unsere Ersparnisse. Ich konnte es mir leisten, großzügig zu sein. Es war das Mindeste, was ich tun konnte angesichts der ungewöhnlichen … Haushaltsgestaltung, die ich arrangiert hatte. Bei Helen sah die Sache anders aus, sie wollte nichts und hat um nichts gebeten. Aber MJ war sehr besorgt, bis wir zu einer Einigung gekommen sind.
Samantha Adams: Wann haben Sie mit MJ über Geld gesprochen?
Deborah Taylor: Das war etwa einen Monat nach Johns Tod. Ich habe ihr erklärt, dass sie das Haus behalten könne, dass ich ihr als Johns Alleinerbin seinen Anteil überschreiben würde. Ich habe ihr außerdem zugestanden, das Geld zu behalten, das auf ihrem gemeinsamen Konto lag, eine beträchtliche Summe. Sie wäre finanziell abgesichert gewesen. Und wenn sie sich entschlossen hat, all das ihrem Bruder zu vererben, habe ich keinen Grund, Einwände dagegen zu erheben.

Samantha Adams: Und Sie trauen ihr den Mord tatsächlich zu?

Deborah Taylor: Auf jeden Fall. Sie war nicht das schlichte Hippiemädchen, das sie gern dargestellt hat. Ziemlich raffiniert, ihren Bruder als ihre Doppelgängerin loszuschicken. Die beiden hatten eine interessante Beziehung. Ich hatte nie einen Bruder oder eine Schwester, dem oder der ich so nahegestanden hätte. Eigentlich hatte ich überhaupt niemanden, dem ich nahegestanden habe, seit die Bindung zwischen John und mir abgebrochen war. Meine Kinder haben mir die ganze Sache noch immer nicht verziehen. Selbst Charles, mein Ältester, auf dessen Unterstützung ich mich immer verlassen konnte, ist abgetaucht. Er reagiert nicht auf meine Anrufe, ruft nie zurück. In der Hinsicht habe ich MJ also beneidet, sie hatte eine tiefe Beziehung zu jemandem. Vielleicht finden Sie es lächerlich, dass ich so einen bescheidenen Wunsch hatte. Ich nehme an, dass die meisten Menschen derartige Beziehungen haben. Mir ist das nie leichtgefallen. Aber mit John war es so. Schade, dass mir das nicht rechtzeitig bewusst geworden ist.

Samantha Adams: Dass Ihnen was nicht bewusst geworden ist?

Deborah Taylor: Wie sehr ich ihn immer noch liebte.

Kapitel 66

Helen

MJ. Das arme Ding. Man sah ihr beinahe an, wie sie nach Atem rang, wie fremd sogar die Luft in dieser Welt ihr war. Es erfüllt mich nicht mit Groll, dass sie vorübergehend bei John einen sicheren Hafen gefunden hatte. Sechs Jahre, in denen sie glücklich war. Vielleicht nicht gerade das ganz große Los, aber immerhin. Ich erlebe es jeden Tag, wie Familien zerrissen werden, Familien, die sich nie von dem Verlust erholen werden, Menschen, die fürs Leben gezeichnet sind.

Meine Situation ist so anders als MJs, dass ich eigentlich so etwas wie die Schuld der Überlebenden empfinden müsste. Aber das tue ich nicht. Ich bin einfach nur glücklich. Ich weiß, dass ein Teil dieses Glücksgefühls den Schwangerschaftshormonen geschuldet ist. Ich fühle mich, als könnte ich die ganze Welt erobern. Man sieht es inzwischen ganz deutlich, die Leute sprechen mich vorsichtig darauf an, versuchen auf taktvolle Weise herauszuhören, ob ich mich über die Schwangerschaft freue oder nicht. Sie bräuchten mich nur anzusehen, dann wüssten sie sofort Bescheid. Ich hatte mir immer vorgestellt, dass ich meine zweite Lebenshälfte allein verbringen würde. Dann kam John. Und jetzt ein Kind.

Inzwischen habe ich mich ein bisschen damit versöhnt, dass es ein Junge wird. Noch nicht ganz, aber so weit, dass es meine Stimmung nicht mehr beeinflusst. Ich achte auf eine gesunde Ernährung, nehme meine Vitamine, und mein Gynäkologe versicherte mir nach der letzten Ultraschalluntersuchung, dass alles gut aussieht.

Vor ein paar Tagen hatte ich eine seltsame Begegnung. Ich habe eine Bekannte getroffen, die Freundin einer Freundin, die ich mal auf einer Party kennengelernt habe. Sie gratulierte mir ganz unbefangen, ohne zu wissen, welch zweifelhaften Ursprungs diese Schwangerschaft ist. »Und wie geht es dem glücklichen Ehemann?«, fragte sie. »Der ist bestimmt total aus dem Häuschen, oder?« »John ist tot«, sagte ich. Im selben Augenblick wurde mir bewusst, dass ich es zum ersten Mal laut ausgesprochen hatte. Die Frau wurde ganz blass und machte einen Schritt rückwärts. Ich habe nur halb zugehört, als sie mir stotternd und stammelnd ihr Beileid aussprach, denn erneut mit der Realität von Johns Tod und der Schwere meines Verlusts konfrontiert zu werden, hatte mich wie ein Schlag getroffen. Als er noch lebte, war die Welt ein besserer Ort. Aber dieses Kind würde nicht existieren, wenn John noch lebte. Ich kenne mich gut genug, um das zu wissen, und auch wenn es beschämend ist, was John Taylor anging, war ich schwach, solange er da war, hatte ich keine Kontrolle über mein Schicksal oder über meinen Körper. Als ich festgestellt habe, dass ich schwanger bin, war ich so überwältigt von der ungeheuren Tragweite der Entscheidung, die mir bevorstand, dass ich mich für den Tag krankgemeldet habe – was noch nie vorgekommen ist. Dann bin ich nach Pacific Palisades gefahren und stundenlang am Strand spazieren gegangen. John oder das Kind? John oder das Kind? Ich wusste, wenn ich John von der Schwangerschaft erzählte, würde ich damit das Schicksal des Kindes besiegeln, dass es als blutiger Zellklumpen in einem Container für medizinischen Sondermüll enden würde. Es war die schwerste Entscheidung meines Lebens, und ich konnte sie nicht treffen, beim besten Willen nicht. Johns Tod brachte die Entscheidung. Ich musste nicht zwischen ihm und dem Kind wählen. Mein Weg war frei.

In diesem Stadium, im vierten Monat, hat das Kind schon Finger und Zehen und einen zarten Haarflaum. Es schwimmt im Fruchtwasser, und ich achte darauf, es vor lauten Geräuschen, Zigarettenrauch, wütenden Menschen, sogar vor unangenehmen Bildern zu schützen. Ich wende den Blick von allem ab, was mir missfällt. Ich möchte ein ruhiges Gefäß sein für dieses Kind, nichts Hässliches soll das Gewebe meines Bauchs durchdringen. Die Eltern meiner Patienten betrachten meine linke Hand, an der ich keinen Ring trage, und wissen nicht, ob sie mir gratulieren sollen oder nicht. Einige von ihnen sind ganz offen neidisch. Während ich ihre Kinder aus dieser Welt hinaus begleite, bringe ich neues Leben in die Welt. Inmitten schrecklichen Leids gibt es Freude.

Gestern war eine Patientin hier, Krebs im Endstadium. Ihre verzweifelten Eltern wollten eine weitere Chemo, die ihrer Tochter aber nur zusätzliches Leiden beschert und nichts genützt hätte. Ich habe mich dagegen ausgesprochen. Ich habe das Kind ins Wartezimmer in die Obhut der Kinderfrau geschickt und kein Blatt vor den Mund genommen. »Wenn Sie

Ihre Tochter lieben, werden Sie ihr das nicht antun«, sagte ich. »Dann werden Sie mir gestatten, palliative Maßnahmen zu verschreiben, die ihr den Rest ihres Lebens erleichtern.« Zuerst schwiegen sie. Der Mann weinte, die Frau war stoischer. Dann fauchte die Frau: »Sie haben gut reden!« und schaute auf meinen Bauch. »Ich erinnere mich noch gut an meine Schwangerschaft«, sagte sie. »Wir waren so glücklich. Als unsere Tochter geboren wurde, wussten wir nicht, dass sie diese Saat von Geburt an in sich trug. Für uns war sie einfach nur perfekt.«

Ich habe meine Hand auf meinen Bauch gelegt, und ein kalter Schauder lief mir über den Rücken bei dem Gedanken, was ich diesem Kind womöglich angetan hätte, wenn John nicht gestorben wäre. Dann habe ich meine Hand auf die der Frau gelegt und gesagt: »Es tut mir wirklich sehr, sehr leid. Aber Sie müssen zuerst an Ihre Tochter denken.«

Ich nehme an, der Mordfall John Taylor ist jetzt abgeschlossen. Gott sei Dank.

Du scheinst wirklich ein liebes Mädchen zu sein, Samantha Adams, aber ich bin froh, dass ich dich los bin.

Kapitel 67

Deborah

Erleichterung. Das war das Gefühl, mit dem ich heute Morgen aufgestanden bin, geduscht und meinen Obstsalat zum Frühstück gegessen habe. Totale Erleichterung. MJ ist nicht mehr. Ein Problem ist gelöst. Das letzte große eigentlich.

Es ist neblig draußen. Der Nebel ist so dicht, dass ich nass werde, als ich um zehn Uhr zum Einkaufen gehe. Mit meinen Einkaufstaschen aus Baumwollstoff gehe ich die zwei Blocks bis zu Whole Foods, ignoriere den großen Obdachlosen, der immer am Eingang steht und seine Schilder hochhält, die er offenbar für witzig hält. *Für nur 100 000 Dollar kann ich mir ein Essen und einen Mercedes leisten.* Und: *Ich trinke meinen Cappuccino trocken.* Und: *Bitte kein Filet mignon – bin Vegetarier.* Ich habe noch nie gesehen, dass ihm jemand etwas gegeben hätte, aber es muss ein lukrativer Posten sein, sonst würde er nicht dauernd hier stehen.

Ich gehe an den Regalen entlang, lege eine Avocado, drei Tomaten, eine Dose Suppe in meinen Korb. Ich kaufe in der Regel nur für einen oder höchstens zwei Tage ein. Ohne John haben meine Tage keine Struktur mehr, und ich habe fast aufgehört, jeden Morgen auf ihn zu warten. Aber ich kaufe immer noch Himbeeren, sein Lieblingsobst, und andere Leckereien, die ich ihm immer mitgegeben habe für den Fall, dass er keine Zeit hatte, eine richtige Mittagspause zu machen. Diese Aufgaben strukturierten mein Leben, gaben ihm eine Form. Jetzt sind meine Tage nur noch eine amorphe Zeitspanne, begrenzt vom Sonnenaufgang am Morgen – ich stehe immer noch sehr früh auf – und dem Sonnenuntergang am Abend. Ich gehe selten nach zehn ins Bett. Ich schaue oft auf die Uhr.

Nicht alle meine Freundinnen haben mich verlassen. Nicht alle waren entsetzt über die Lügen, die ich ihnen all die Jahre aufgetischt habe. Ich treffe mich zwei- bis dreimal pro Woche mit diesen loyalen Frauen zum Mittagessen. Natürlich habe ich alle meine Posten niedergelegt. Aber ich bin auf der Suche nach etwas Neuem, nach etwas, das meine Stunden füllt. Stricken liegt mir nicht. Vielleicht eine ehrenamtliche Stelle in einem Tierheim oder eine befriedigende Arbeit in einer gemeinnützigen Organisation, wo der Einsatz der Hände und des Körpers erfordert wird und man nicht nur Mittag- und Abendessen für gelangweilte Damen organisiert.

Ich schalte den Computer ein, lese die neuesten Nachrichten. Es ist erst eins. Der Tag dehnt sich vor mir aus, aber seit den Ereignissen der vergangenen Woche sind die Stunden nicht mehr von Angst erfüllt, sondern von Verheißung. Ich bin einfallsreich. Ich werde schon wieder eine passende Nische finden. Gott sei Dank ist Geld kein Problem.

Als ich gerade die Schlagzeilen überfliege, klingelt es an der Haustür. Ich erwarte niemanden, und als ich durch die Gardinen spähe, stelle ich mit Entsetzen fest, dass es schon wieder diese junge Polizistin ist. Ich setze ein angemessenes Lächeln für die Begrüßung auf und öffne die Tür. Sie lächelt nicht.

»Darf ich reinkommen?«, fragt sie.

Es passt mir nicht, aber ich lasse es mir nicht anmerken. Ich führe sie ins Wohnzimmer, biete ihr einen Sessel an und setze mich aufs Sofa. Sie kommt ohne Umschweife zum Thema.

»Ich habe mir MJ Taylors Telefonliste von der Woche vor ihrem Tod vorgenommen.« Sie schaut mich an, als würde sie einen Kommentar erwarten.

Ich neige nur den Kopf und sage: »Fahren Sie fort.«

»Am Tag ihres Todes hat sie zuerst Helen Richter und dann Sie angerufen.«

Erneut wartet sie ab, aber ich verziehe keine Miene.

»Das Gespräch mit Helen war sehr kurz, es hat weniger als eine Minute gedauert. Aber mit Ihnen hat sie zwanzig Minuten lang telefoniert. Das war etwa Viertel nach fünf. Wir gehen davon aus, dass sie kurz danach gestorben ist. Zwischen halb sieben und neun.«

Ich sage nichts.

»Worüber haben Sie gesprochen?«, fragt die Polizistin. »Helen Richter sagt, MJ wollte nur plaudern, aber sie, Helen, habe keine Lust gehabt, in MJs Gefühlschaos hineingezogen zu werden, und sie höflich, aber bestimmt abgewimmelt. Dann hat MJ bei Ihnen angerufen. Was wollte sie?«

»Sich ausquatschen. Über John, darüber, wie leid es ihr tat, wie sehr er ihr fehlte, wie sie nun weiterleben sollte.«

»Hat Sie Ihnen gegenüber ein Geständnis abgelegt?«

»Nein, nicht direkt. Aber aus all dem Geschwafel habe ich geschlossen, dass sie versucht hat, ein Geständnis abzulegen.«

»Und trotzdem haben Sie mich nicht angerufen?« Die Wangen der Polizistin sind gerötet. Sie hat aufgehört, sich Notizen zu machen. »Sie scheinen das alles ziemlich leichtzunehmen.«

»Ich hätte Ihnen nichts Konkretes an die Hand geben können. Wie Helen richtig vermutet hat, war es ziemlich chaotisch. Ich habe ihr eine Weile zugehört ...«

»Zwanzig Minuten lang«, unterbricht sie mich.

»Ja, zwanzig Minuten lang. Dann habe ich mich verabschiedet und aufgelegt.«

»Hatten Sie den Eindruck, dass sie verzweifelt war? Dass sie sich das Leben nehmen könnte?«

Ich überlege, was ich antworten soll.

»Deborah, hat sie Ihnen gesagt, dass sie vorhatte, sich das Leben zu nehmen?« Sie wird lauter.

»Ja«, gebe ich schließlich zu. »Sie hat gesagt, dass sie darüber nachdachte.«

»Und was haben Sie ihr gesagt?«

»Ich bin keine Hotline für Selbstmordgefährdete. Ich habe keine Ausbildung darin, wie man mit solchen Situationen umgeht. Jedenfalls habe ich ihr keinen verlogenen Trost angeboten, falls Sie das meinen. Ich habe zu ihr gesagt, ja, John ist tot, und er kommt nicht zurück. Ich habe ihr gesagt, falls sie irgendetwas mit seinem Tod zu tun hatte, sei es kein Wunder, dass sie verzweifelt war.«

»Schneidende Worte«, bemerkt die Polizistin. Sie schaut mich nicht an, sondern fummelt an ihren Händen, wie ich es schon öfter bei ihr beobachtet habe. Eine nervöse Angewohnheit.

»Ich war weder geduldig, noch habe ich sie aufgemuntert,

das ist richtig. Aber ich war mir auch nicht sicher, was sie meinte. Ich dachte, sie sei einfach hysterisch.«

»Menschen neigen dazu, unüberlegt zu handeln, wenn sie ihre Gefühle nicht unter Kontrolle haben.«

»Ich war davon überzeugt, dass sie bluffte. Dass es ihre Art war, mein Mitgefühl zu erregen.«

»Und deswegen waren Sie knallhart.« Ihre Stimme ist kalt.

»Ich habe zu ihr gesagt, sie soll es doch einfach tun, wenn ihr danach zumute sei«, bricht es aus mir heraus.

Die Stille im Zimmer ist absolut.

»Ich glaube, das reicht erst mal«, sagt die Polizistin, immer noch, ohne mich anzusehen. Sie steht auf und will gehen.

»Moment«, sage ich.

Sie bleibt stehen.

»Warum belästigen Sie mich weiterhin wegen dieses Falls?«, frage ich. »Von meinen Freunden im Rathaus von Palo Alto City habe ich erfahren, dass der Fall abgeschlossen ist.«

Die junge Frau scheint über irgendetwas nachzudenken. Und entscheidet sich offensichtlich, mir keinen reinen Wein einzuschenken. Man sieht es immer, wenn Leute mit so einem offenen, ehrlichen Gesicht versuchen zu lügen.

»Ja. Der Fall ist abgeschlossen.« Dann geht sie.

Ich glaube ihr kein Wort.

Kapitel 68

Samantha

Ich stehe vor Susan in ihrem Büro. Ihr Blick ist streng. »Wir« – sie sagt mir nicht, wer mit dem »wir« alles gemeint ist – »haben wieder eine Beschwerde von Mrs Taylor. Sie behauptet, dass Sie sie erneut belästigt haben. Samantha, was für ein Spiel spielen Sie? Der Bürgermeister macht mir die Hölle heiß. Sie wissen, dass Mrs Taylor Freunde in hohen Positionen hat. Ich habe Ihnen eine weitere Befragung zugestanden. Und jetzt höre ich, dass Sie die Frau noch einmal zu Hause aufgesucht haben. Unangekündigt.«

»Ich bin nicht davon überzeugt, dass wir wirklich wissen, was genau passiert ist«, erwidere ich tapfer, aber ich fürchte, dass Susan meine laute Stimme und meine aufrechte Haltung genau durchschaut.

»*Sie* sind nicht überzeugt?« Ihre Stimme trieft vor Sarkasmus.

»Nein«, sage ich noch etwas lauter. »Es ergibt einfach keinen Sinn.«

»Und das wird es auch nicht. Es ist ein verdammtes Rätsel, was diese Leute getrieben haben. Es würde mich wundern, wenn Sie es verstünden. Aber das bedeutet nicht, dass

Sie weiterhin Zeit und Energie dafür verschwenden können, menschliche Schrullen verstehen zu wollen. Manchmal muss man einfach akzeptieren, dass die Dinge sind, wie sie sind.«

»Es ist ja nicht so, als würde ich die Situation nicht verstehen«, entgegne ich. »Ich verstehe sie nur zu gut. Verdammt, wenn ich Dr. Taylor gekannt hätte, wäre ich wahrscheinlich seine fünfte Ehefrau geworden.« Susan sieht mich seltsam an, trotzdem fahre ich fort. »Aber die Todesumstände ergeben keinen Sinn. Wie hätte MJ John Taylor in Schach halten und ihm das Kaliumsalz injizieren sollen? Gesetzt den Fall, dass sie es geschafft hätte, sich das Zeug zu besorgen?«

»Sam«, sagt Susan jetzt etwas ruhiger. »Das wären gute Fragen gewesen, bevor wir die Aussage von MJs Bruder hatten. Aber Tatsache ist, dass er eine Aussage gemacht hat, aus der klar und deutlich hervorgeht, dass MJ sowohl ein Motiv als die Gelegenheit hatte.«

»Nein, er hat MJ nie direkt gefragt, ob sie John Taylor umgebracht hat, und sie hat es ihm auch nie direkt gesagt«, entgegne ich.

»Aber ihren Bruder zu bitten, sich zu verkleiden! Reicht Ihnen das etwa nicht? Warum sollte sich irgendjemand die Mühe machen, ein solches Alibi zu konstruieren, wenn er nicht schuldig wäre?«

Ich stutze. »Was haben Sie gerade gesagt?«, frage ich. »Von wegen ein Alibi konstruieren?«

»Sam. Lassen Sie's gut sein. Ich möchte, dass das ein Ende hat. Nehmen Sie sich drei Tage Urlaub. Ich kann nicht zulassen, dass mir meine Detectives Amok laufen.«

Als ich ihr Büro verlasse, klingelt mein Handy. Eine SMS von Peter. Seltsam, er schickt mir fast nie eine SMS, weil er *altmodische Gespräche* bevorzugt, wie er es nennt. Und die SMS ergibt nicht mal einen Sinn. *Sag Peter, er soll James anrufen.* Warum sollte Peter mir so einen Unsinn schreiben? Er hat nicht die Angewohnheit, mich dauernd an irgendwas zu erinnern, so wie manche Paare sich gegenseitig an die Geburtstage oder Hochzeitstage ihrer Eltern erinnern. Also rufe ich ihn an.

»Hallo«, sage ich, als er sich mit einem untypisch forschen »Ja?« meldet. »Was war das für eine SMS?«

»Schon in Ordnung, ich kann auch mit dir reden anstatt mit Peter«, sagt die Stimme, die ich jetzt erkenne. Es ist James, Peters bester Freund. »Er hat gestern Abend sein Handy bei mir liegen lassen.«

»Ich wusste gar nicht, dass Peter gestern bei dir war.« Wie immer hatte ich Überstunden gemacht und mich nicht bei Peter erkundigt, wie sein Tag verlaufen war, als ich um kurz vor neun nach Hause kam. In letzter Zeit ist die Kommunikation zwischen uns ein bisschen gestört.

»Ja, er ist auf ein Bier vorbeigekommen. Aber er hat sein Handy liegen lassen. Sag's ihm einfach, damit er es nicht verzweifelt sucht.«

Nachdem ich James versprochen habe, Peter Bescheid zu geben, lege ich auf. Dann überlege ich kurz, steige in mein Auto und fahre zu Deborah Taylor.

Kapitel 69

Samantha

Ich möchte Ihnen zu Ihrem Erfolg gratulieren«, sage ich. Ich sitze auf der Kante eines weichen Sessels in Deborah Taylors Wohnzimmer und widerstehe der Versuchung, es mir in dem Sessel bequem zu machen. Deborah Taylor steht vor mir. Sie wirkt nicht gerade erfreut. Ich habe sie dabei gestört, einen riesigen Blumenstrauß für ihren Esstisch zu arrangieren. Schnittblumen – sie erinnern mich an MJ, und das macht mich traurig.

Von oben ist das dumpfe Dröhnen eines Staubsaugers zu hören. Die Putzfrau ist da. Ich kann es kaum glauben, dass Deborah mich ins Haus gelassen hat. Sie hat wohl einfach zu gute Manieren. Sie trat zur Seite, und ich habe mich regelrecht an ihr vorbeigeschoben.

»Zu welchem Erfolg genau?«, fragt Deborah, immer noch stehend.

»Dem Mord an Ihrem Mann John Taylor«, erwidere ich. Und warte. Welche Reaktion wird sie zeigen? Schock? Empörung? Wird sie es ganz kühl abstreiten? Ich tippe auf Letzteres. So cool wie Deborah ist.

Dann überrascht sie mich. Nicht mit ihrer Gefasstheit –

damit habe ich gerechnet. Sondern damit, dass sie es gar nicht abstreitet.

»Sie werden es nie beweisen können«, sagt sie. Wie immer ist ihr Erscheinungsbild makellos, sie trägt einen taillierten roten Blazer über einer weißen Bluse und einem langen schwarzen Rock. Die Kleider betonen ihre schlanke Figur.

Sie geht zur Treppe, schaut nach oben und lauscht auf das Geräusch des Staubsaugers. »Wir wollen doch nicht, dass jemand dieses Gespräch mithört«, sagt sie, kommt zurück ins Wohnzimmer, setzt sich aber immer noch nicht. »Vor allem, da ich annehme, dass dieser Besuch hier nicht mit Ihren Kollegen abgesprochen ist. Das ist doch ein Alleingang, richtig?«

»Ich erzähle Ihnen, wie Sie es getan haben«, schlage ich vor. »Und Sie korrigieren mich, falls ich mich irre.«

»Kein Aufnahmegerät, keine Notizen. Dieses Gespräch findet nicht statt. Und danach will ich Sie hier nie wieder sehen.«

»Ich muss es wissen«, gebe ich zu. Dann füge ich widerstrebend hinzu: »Sie waren zu gut. Das war fast der perfekte Mord. Aber Ihnen sind zwei Fehler unterlaufen.«

»Ach?«

»Der erste war, dass Sie den Zimmerschlüssel mitgenommen haben, als Sie das Westin verlassen haben. Und der zweite, MJ mit einzubeziehen. Sie war viel zu emotional – zu unberechenbar. Es wäre besser für Sie gewesen, sich an einen einfacheren Plan zu halten. Zum Beispiel Helen als Doppelgängerin zu benutzen anstatt MJ.«

»Helen kam wohl kaum infrage, da sie sechshundert Kilometer weit weg wohnt«, entgegnet Deborah. Sie setzt sich langsam, ohne Hast. Falls meine Worte sie beunruhigen, so lässt sie es sich nicht im Geringsten anmerken.

»Fahren Sie fort«, sagt Deborah, nachdem sie ihren Rock geglättet hat. »Sagen Sie Ihren Text auf. Aber fassen Sie sich kurz. Ich habe heute Abend Gäste zum Essen, und ich muss noch einiges vorbereiten.«

»Sie waren der Kopf, MJ die Handlangerin«, setze ich an und drücke mir die Daumen. »Sie haben sie da mit hineingezogen, und sie wusste nicht, was sie tun sollte.«

»*Falls* ich Ihrer Fantasiegeschichte folgen würde, dann müsste ich Sie darauf hinweisen, dass Sie sich in Bezug auf MJ gewaltig irren. Die Arme. Dass man sie für eine Mörderin hält. Oder, schlimmer noch, dass sie sich selbst für eine gehalten hat.«

»Aber MJ war auf jeden Fall dort – entweder mit Ihnen oder Ihretwegen.«

Deborah unterbricht mich. »Sie gehen das ganz falsch an. Versuchen Sie doch ausnahmsweise einmal, logisch zu denken. Erklären Sie mir zum Beispiel eins: Warum hätte MJ John umbringen sollen?«

Ich schweige. Genau das ist es, was für mich keinen Sinn ergibt. Würde MJ John aus Wut töten? Hatte sie irgendwie von Claire und Johns Scheidungsabsichten erfahren? Aber MJ war kein Typ Frau, der einen Mord begehen würde. Sie konnte sich fürchterlich aufregen, das ja. Vielleicht sogar handgreiflich werden. Aber ein kaltblütig geplanter Mord? Nein. Dann fällt mir Peters SMS ein, und plötzlich hab ich's.

»Ich glaube, es hat sich folgendermaßen abgespielt«, beginne ich langsam. »MJ ist ganz zufällig auf John Taylors Geheimnis gestoßen. Vielleicht hat sie ja nur von einer seiner anderen Frauen erfahren. Vielleicht von Claire Fanning – wer weiß? Irgendwie hat sie herausgefunden, dass sie nicht die einzige Frau in seinem Leben war. Sie war am Boden zerstört. Am Donnerstagmorgen hat sie John Taylor in ihrem gemeinsamen Haus zur Rede gestellt. Er hat alles zugegeben – er lebte zwar in Polygamie, aber er war kein guter Lügner –, und sie ist durchgedreht. Sie hat ihn rausgeworfen, ihm gesagt, er solle nie wieder zurückkommen. Also ist er zu Claire gegangen und hat ihr gesagt, er müsse eine Weile irgendwo unterkommen, bis er sich überlegt habe, was am besten zu tun sei. Aber dann haben die beiden sich ebenfalls gestritten, und zwar darüber, wann John ihre Beziehung öffentlich machen würde. John Taylor saß in der Zwickmühle. Er war hin- und hergerissen. Am Freitagnachmittag hat er sich dann im Westin ein Zimmer genommen, um in Ruhe nachdenken zu können. Um 18:47 Uhr wurde MJ per SMS ins Westin bestellt – und sie ist sofort hingefahren.«

Ich hole tief Luft. »Und da kommen Sie ins Spiel. Sie haben John Taylor ermordet. Und es so eingerichtet, dass MJ Ihnen ein Alibi geben würde und vielleicht sogar den Kopf würde hinhalten müssen.«

»Und wie kommen Sie darauf?«, fragt Deborah. Sie wirkt amüsiert.

»Sie sind irgendwann vor halb sieben zum Westin gefahren. Lassen Sie mich rückwärts rechnen. Um halb sieben Uhr waren Sie in Menlo Part auf Ihrer Versammlung, und da die Fahrt eine Viertelstunde dauert, sagen wir mal, dass Sie etwa um sechs Uhr im Westin waren.«

»Und warum hätte ich dahin fahren sollen?«

»Sie hatten die Sache mit Claire Fanning herausgefunden –

und dass John sich von Ihnen scheiden lassen wollte. Ich vermute, dass John sich irgendwie verplappert hat – Sie sind sehr clever, es ist wirklich erstaunlich, dass Claire und John es geschafft haben, so lange unter Ihrem Radar zu fliegen. Aber nachdem die Katze aus dem Sack war, hatte John keine Chance mehr. Sie haben ihn so lange unter Druck gesetzt, er solle es sich anders überlegen, bis er sich, was Claire anging, nicht mehr ganz so sicher war. Aber ich könnte mir vorstellen, dass John Angst hatte, das zuzugeben – dass er Claire gegenüber nicht schwach erscheinen wollte. Claire wusste nur, dass er auf einmal ... sagen wir mal ... nicht mehr ganz so begeistert war von ihren gemeinsamen Plänen. Woraufhin sie ebenfalls angefangen hat, ihn zu drangsalieren. Der Mann tut mir aufrichtig leid.« Ich mache eine kleine Pause, um meine Gedanken zu ordnen.

Dann fahre ich fort. »Als John am Donnerstagnachmittag von Ihrem Radarschirm verschwand, dachten Sie, er wäre zu Claire zurückgegangen. Das konnten Sie nicht hinnehmen. Als er dann am Freitagmorgen nicht wie üblich bei Ihnen auftauchte, haben Sie ihn angerufen – und den ganzen Tag hinter ihm hertelefoniert. Der Himmel weiß, warum er am Freitagnachmittag drangegangen ist, nachdem er so viele Anrufe ignoriert hatte – wahrscheinlich aus purer Gewohnheit. Und Sie haben ihn dazu gebracht, Ihnen zu sagen, wo er steckte. Das wird Ihnen nicht schwergefallen sein, so gut wie Sie ihn kannten. Sie sind also hingefahren – ich schätze, Sie haben ihm gesagt, Sie wollten einfach nur *reden.* Sie waren lange genug bei ihm, um ihm eine Spritze mit Kaliumsalz in den Rücken zu rammen. Vielleicht hat er den Einstich gespürt, vielleicht auch nicht, aber die Tat war auf jeden Fall begangen. Dann haben Sie das Hotel wieder verlassen. Sie wussten, dass MJ jeden Augenblick eintreffen und ihn tot vorfinden würde. Gestorben an einem Herzinfarkt.«

»Und woher hätte ich wissen sollen, dass MJ kommen würde?«, fragt Deborah.

»Weil Sie sie zuerst mit Johns Handy angerufen und ihr dann von seinem Handy aus eine SMS geschickt hatten. Das war Ihr Alibi. Als Sie im Westin waren, haben Sie Johns Handy gestohlen. Um halb sieben waren Sie wieder bei Ihrer Versammlung und in Sicherheit. Dann haben Sie sich unter irgendeinem Vorwand – die Toilette, nehme ich an – kurz verdrückt, bei MJ angerufen und sofort aufgelegt, als sie sich gemeldet hat. Anschließend haben Sie ihr diese dringende SMS geschickt. Demnach wäre John nachweislich um 18:45 Uhr noch am Leben gewesen, und Sie hatten ein wasserdichtes Alibi. MJ würde im Hotel eintreffen, John tot vorfinden, offenbar das Opfer eines Herzinfarkts, und niemand hätte irgendeinen Verdacht geschöpft. Das war zumindest der Plan.«

Deborah hört mir aufmerksam zu, mehr nicht.

»Die SMS und der Anruf waren einerseits für Ihr Alibi von entscheidender Bedeutung, aber andererseits hat beides Möglichkeiten für Komplikationen geschaffen«, sage ich. »Und es sind tatsächlich Komplikationen aufgetreten.«

Deborah nickt. »John ist nicht sofort gestorben. Ich muss die Dosis falsch berechnet haben. Er war sehr korpulent. Das wird sicherlich eine Rolle gespielt haben.«

»Als MJ ankam, lebte John also noch. Er hat sie in sein Zimmer gelassen, und die beiden haben sich sofort wieder gestritten. Ich vermute, dass MJ so wütend geworden ist, dass sie John gepackt hat, ihn vielleicht sogar geschlagen hat, was die blauen Flecken an seinen Armen und seinem Hals erklären würde. Und John, dem es bereits ziemlich schlecht ging, hat das Gleichgewicht verloren, ist gestürzt und dabei mit dem Kopf auf die Schreibtischkante geschlagen. Und dann kam der Herzinfarkt.«

»MJ ist mit schuld«, sagt Deborah. »Sie ist nicht so arglos, wie Sie glauben.«

»Zweifellos war MJ entsetzt, als John tot vor ihr am Boden lag, und wahrscheinlich hat sie geglaubt, es sei ihre Schuld. Das vermute ich zumindest. Wenn sie den Notruf gewählt hätte, wer weiß, was passiert wäre. Aber sie ist in Panik geraten und geflüchtet.«

»Aber sie war nicht so sehr in Panik, dass sie vergessen hätte, im ganzen Zimmer alle Fingerabdrücke wegzuwischen«, wendet Deborah ein.

»Ja, in der Hinsicht hat sie einen erstaunlich klaren Kopf bewiesen und auch im Hinblick auf das, was sie anschließend getan hat. Inzwischen war es kurz nach sieben, und da hat sie Thomas angerufen. Ironischerweise war er da gerade in ihrem Haus angekommen, nach seinem unseligen Treffen in Palo Alto. Sie hat ihn angewiesen, sich als sie zu verkleiden, um es so aussehen zu lassen, als wäre sie zu dem Zeitpunkt, als John starb, in Los Gatos gewesen.«

»So viel Weitsicht hätte ich der Frau gar nicht zugetraut«, stimmt Deborah zu.

»Und nicht nur das, sie hat sogar die Geistesgegenwart besessen, Thomas nicht von ihrem Handy aus anzurufen, sondern von einer Telefonzelle aus, damit der Anruf nicht verfolgbar war. Und als sie wieder zu Hause war, hat sie von dort aus bei John und im Hotel Westin angerufen, um ihre Geschichte zu untermauern, dass sie, als sie einkaufen ging, vergessen hatte, ihr Handy mitzunehmen«, sage ich.

Ein paar Punkte machen mir immer noch zu schaffen. »Eins verstehe ich nicht. Wenn Sie Johns Handy mitgenommen haben, wieso haben wir es dann bei ihm gefunden, als seine Leiche am Samstag entdeckt wurde?«, frage ich.

Deborah lächelt. »Ich gebe nichts zu. Aber *wenn* ich es so geplant hätte, wie Sie es darstellen, dann hätte ich auch den Zimmerschlüssel mitgenommen. Um noch einmal zurückkehren und das Handy in Johns Tasche stecken zu können.«

»Und wenn John schon tot gewesen wäre, als MJ kam, und sie den Notruf gewählt hätte?«, frage ich. »Dann wäre da so viel los gewesen, dass Sie keine Möglichkeit gehabt hätten, das Handy zurückzubringen.«

»Noch einmal, *wenn* ich eine solche Operation durchgeführt hätte, dann hätte ich für alle Eventualitäten einen Extraplan gehabt. Ich hätte ein iPhone gekauft, dasselbe Modell wie Johns, und es bei John gelassen. Wenn es mir dann unmöglich gewesen wäre, noch einmal in sein Zimmer zu gelangen, um sein Handy zurückzulegen, weil die Sanitäter mit ihm beschäftigt waren, dann hätte die Polizei das Ersatzhandy gefunden und für das seine gehalten.«

»Das war aber riskant.«

»Ja, schon allein, weil die Nummer nicht gestimmt hätte. Aber wenn MJ John tot vorgefunden hätte, dann hätte jeder geglaubt, er wäre einem Herzinfarkt erlegen, und niemand hätte Fragen gestellt. Es hätte gar keinen Grund gegeben, das Handy genauer zu überprüfen.«

»Sie sind also an dem Abend auf Ihrem Heimweg noch einmal zum Westin zurückgefahren. Als Sie sahen, dass alles ruhig war, sind Sie in Johns Zimmer geschlüpft und haben die Handys ausgetauscht.«

»Klingt plausibel.«

»Leider haben Sie vergessen, den Zimmerschlüssel dazulassen.«

»Ja, der Täter hat offenbar vergessen, den Zimmerschlüssel dazulassen«, erwidert Deborah ruhig. Sie wirkt so entspannt, dass es mich nicht wundern würde, wenn sie gähnte. »Sie haben mir noch gar nicht gesagt, welches Motiv ich hätte.«

»Sie hatten zwei Motive«, antworte ich. »Erstens wollten Sie Ihren Status als Mrs John Taylor nicht verlieren. Sie sahen die schlimmste Schande auf sich zukommen – eine öffentliche Scheidung.«

»Interessant. Und mein zweites Motiv?«

»Pure Habgier. Das Geld wäre nicht mehr so reichlich geflossen, und das konnten Sie nicht akzeptieren. Sie wussten, dass Claire Fanning und John eine Klinik gründen wollten, die kostenlose Behandlung von Kindern anbieten würde. John wäre nicht in der Lage gewesen, Ihnen einen Unterhalt zu zahlen, der Ihnen weiterhin Ihren gewohnten Lebensstil ermöglicht hätte. Und dann waren da noch die verlockenden zehn Millionen von seiner Lebensversicherung, eine nicht zu verachtende Summe.«

»Das werden Sie nie beweisen können. Niemals. Wie Sie selbst sagten, es ist anscheinend das perfekte Verbrechen. Wenn John sofort gestorben wäre, bevor MJ eintraf, wäre es noch perfekter gewesen, denn ohne die Hämatome hätte die Polizei keinen Verdacht geschöpft. MJ hätte John tot vorgefunden, man hätte einen Herzinfarkt festgestellt, Ende der Geschichte.«

»Aber ich glaube nicht, dass das der springende Punkt ist.«

»Und wieso nicht?«

»Letztlich ist das Ganze für Sie kein besonders gutes Geschäft«, sage ich. »Sie haben Ihren Mann verloren. Nach allem, was Sie mir erzählt haben, haben Sie auch Ihre Familie verloren. Und Ihre gesellschaftliche Stellung wird nie wieder dieselbe sein. Eigentlich haben Sie auf der ganzen Linie verloren. Und was mir wirklich zu schaffen macht, ist, dass Sie einem wirklich anständigen Mann das Leben genommen haben. Einem Mann, der durchaus seine Fehler hatte, der aber trotzdem ein wirklich guter Mensch war.«

Deborah macht ein hässliches Geräusch, so hässlich, dass ich kaum glauben kann, dass es von ihr kommt.

»Und was bei diesem Fall richtig wehtut, ist das Schicksal der armen MJ«, fahre ich fort. »Sie hat von allen am meisten gelitten. Sie hatte ein Gewissen. Sie hatte nach Johns Tod keine Freude mehr an ihrem Haus und ihrem Garten. Ihr Schicksal war in dem Moment besiegelt, als sie das Hotelzimmer betreten hat. Sie haben sie in dem Glauben gelassen, sie hätte einen Menschen getötet, und allein dafür haben Sie es verdient, bestraft zu werden.«

»Sie hat mir meinen Mann weggenommen. Mit ihr hat alles angefangen.«

»Das mit der Polygamie war Ihre Idee. MJ war eine unschuldige Zuschauerin.«

Deborah zuckt die Achseln. »Ich habe kein Mitleid mit ihr.«

Ich bin fertig. Es gibt nichts mehr zu sagen. Ich stehe auf und gehe, ohne dass noch ein Wort gesprochen wird.

Draußen hole ich mein Handy aus der Tasche und schalte die Aufnahmefunktion aus. Auch wenn das vor Gericht nicht zulässig ist, Susan und Grady werden es äußerst interessant finden.

Kapitel 70

Samantha

Es ist schon wieder spät geworden. Leise schließe ich die Tür auf, schleiche auf Zehenspitzen in die Küche, um mir ein Glas Wasser zu holen, gehe ins Bad. Auf dem Weg halte ich inne. Die Schlafzimmertür steht offen. Peter macht sie immer zu, wenn er zu Bett geht, er behauptet, dann hört man die Straßengeräusche nicht so deutlich, obwohl ich noch nie einen Unterschied bemerkt habe. Das Bett ist unberührt. Wo kann Peter sein? Wochentags ist er nie nach zehn unterwegs – zumindest nicht ohne mich.

Ich bin mir sicher, dass das ein Zeichen ist, eine Botschaft, die Peter nicht auf andere Weise überbringen kann. Mir fährt ein Schreck in die Glieder, denn ich habe ihm mal im Scherz gesagt, dass es mir, wenn er nicht mehr mit mir zusammen sein wollte, am liebsten wäre, nach Hause zu kommen und festzustellen, dass er mit Sack und Pack abgehauen wäre. Einfach verschwunden. Wie bei den Häusern, die in Pompeji bei Ausgrabungen entdeckt wurden, gedeckter Tisch, Essen auf dem Herd, alles an seinem Platz, aber niemand zu Hause. Ich bemühe mich, ruhig zu bleiben, stolpere aber trotzdem in meiner Hast, um zum Wandschrank zu gelangen.

Seine Sachen sind weg. Ich gehe ins Wohnzimmer und sehe die Leerstellen, die Lücken im Bücherregal und den CD- und DVD-Stapeln, das nackte Sofa, auf dem sonst immer die blaue Decke liegt, seine Lieblingsdecke, in die wir uns an kalten Winterabenden kuscheln. Peter ist ausgeflogen.

Ich setze mich, weiß nicht, was ich empfinde. Bin ich erleichtert oder erschüttert? Das war eigentlich schon lange absehbar. Was bleibt mir jetzt? Träume von einem toten Arzt. Die Hoffnung, eines Tages mit einem Menschen das zu finden, für dessen Erfüllung er vier Frauen brauchte.

Ich öffne meinen Laptop und schreibe einen Bericht über mein Gespräch mit Deborah vom heutigen Nachmittag. Ich halte inne, denke an die drei Frauen. Oder zwei, es sind ja nur noch zwei, seit MJ tot ist. Sie alle, *wir* alle – denn ich betrachte mich als Teil des Zirkels – sind letztlich verlassen worden. Aber trotz meines großen Mitleids mit MJ muss ich an Helen denken, während ich hier sitze. Es ist ein überraschend kühler Abend für August. Ich hole mir ein Sweatshirt und setze mich wieder an meinen Laptop. Ja, es ist Helen, die mir nicht aus dem Kopf geht. Die ihr Leben kranken Kindern widmet, sich ein unabhängiges Leben aufbaut und dann *von Freude überrascht* wird. Wieder diese Worte.

Und was bleibt mir?

Die leere Hülle einer freundschaftlichen, aber alles andere als befriedigenden Beziehung – und die Angst, dass ich nichts Besseres zu erwarten habe.

Ich döse ein und fange sofort an zu träumen, ein luzider Traum, in dem ich weiß, dass ich träume, aber nicht aufwachen kann.

Ich bin eine Patientin von John Taylor, liege auf dem Operationstisch, hilflos durch die Narkose. *Wer nichts hat, hat nichts zu verlieren,* sagt John Taylor zu mir, und das Zitat erinnert mich an einen anderen Meister der doppelten Verneinung. Ich kann mich nicht bewegen, bin aber bei Bewusstsein. Dr. Taylor wird aus mir ein Musterbeispiel machen, noch habe ich ein normales Gesicht, aber er wird es umformen, etwas anderes aus mir machen. Etwas Besseres. Mein Leben liegt in seinen Händen. Er steht neben mir am Operationstisch, sein Gesicht ist so gütig wie in seinen Lehrvideos. *Das ist es, was du verdient hast,* sagt er und setzt das Skalpell an.

Danksagung

Ich danke herzlichst all den Menschen, die meine ersten Entwürfe dieses Buchs gelesen und kommentiert haben, unter ihnen David Renton, Mary Lang, Marilyn Lewis, Talila Baron, Frank LaPlante, Marie LaPlante, Teresa Heger, Gayle Shanks, Rich Seidner und Mitch Rotman. Mein unendlicher Dank für die redaktionelle Arbeit gebührt Corinna Barsan und Elisabeth Schmitz bei Grove Atlantic und Briony Everroad für das scharfsichtige Lektorat. Und natürlich bedanke ich mich ganz besonders bei meiner geliebten Agentin Victoria Skurnick in der Levine-Greenberg Literary Agency für ihre Hilfe, Unterstützung und Freundschaft.

Alice LaPlante

ist eine preisgekrönte Autorin, die an der San Francisco State University und an der Stanford University unterrichtet. Ihr Debüt »Ich darf nicht vergessen« war innerhalb eines Monats nach Erscheinen nicht nur auf der Bestsellerliste der *New York Times*, sondern auch auf der Liste der *Independent Booksellers Association* vertreten. Von der *New York Times* über die *Vogue* bis zum *Guardian* wurde der Roman als eines der besten Bücher des Jahres ausgewählt und mit dem Wellcome Trust Book Prize ausgezeichnet sowie für den renommierten Krimipreis, den Gold Dagger, nominiert. Alice LaPlante lebt mit ihrer Familie im nördlichen Kalifornien.
Weitere Informationen unter www.alicelaplante.com.

Von Alice LaPlante außerdem lieferbar:

Ich darf nicht vergessen. Psychothriller (auch als E-Book erhältlich)
www.goldmann-verlag.de

GOLDMANN
Lesen erleben